Fantasy

Herausgegeben von Friedel Wahren

Das Schwarze Auge

OLAF FLATERGAST

Druiden-Rache

*Neunundfünfzigster Roman
aus der
aventurischen Spielewelt*

begründet von
ULRICH KIESOW

Originalausgabe

WILHELM HEYNE VERLAG
MÜNCHEN

HEYNE SCIENCE FICTION & FANTASY
Band 06/6059

Umwelthinweis:
Dieses Buch wurde auf
chlor- und säurefreiem Papier gedruckt.

Originalausgabe 10/2001
Redaktion: Joern Rauser
Copyright © 2001
by Wilhelm Heyne Verlag GmbH & Co. KG, München,
und Fantasy Productions, Erkrath
http://www.heyne.de
Printed in Germany 2001
Umschlagbild: Zoltán Boros & Gábor Szikszai/
Agentur Kohlstedt
Kartenentwurf: Ralf Hlawatsch
Umschlaggestaltung: Nele Schütz Design, München
Technische Betreuung: M. Spinola
Satz: Schaber Satz- und Datentechnik, Wels
Druck und Bindung: Elsnerdruck, Berlin

ISBN 3-453-18830-6

Inhalt

Teil 1

Der Flüchtling 9

Schicksalssee 11
Tairachs Krieger 17
Das Verderben 26
Der Ausweg 40
Schwalbe gegen Falke 50
Feydalir 60
Die Hilfe der Lairfeyra 77
Tharnundrê 93
Eishüter 99
Theras Pflanzenkunde 111

Teil 2

Der Jäger 121

Der Agent 123
Die Rückkehr des Grauens 133
Albtraum im *salasandra* 140
Untersuchung eines Sturms 160
Das Rätsel 167
Lenka 186
Der Fehlschlag 201
Silberlöwen sind keine Packesel 213

Von den Salamandersteinen über den Roten Pass zur Stadt der Gongs	222
Durchs Bornland	229
Wiedersehen und Sühne	235
Der Norbarde	252
Allerlei seltsame Begegnungen	261
Wieder ein Rätsel	275
Die Mag Therened	293
Eishüter	306
Rückkehr und Erfüllung	324

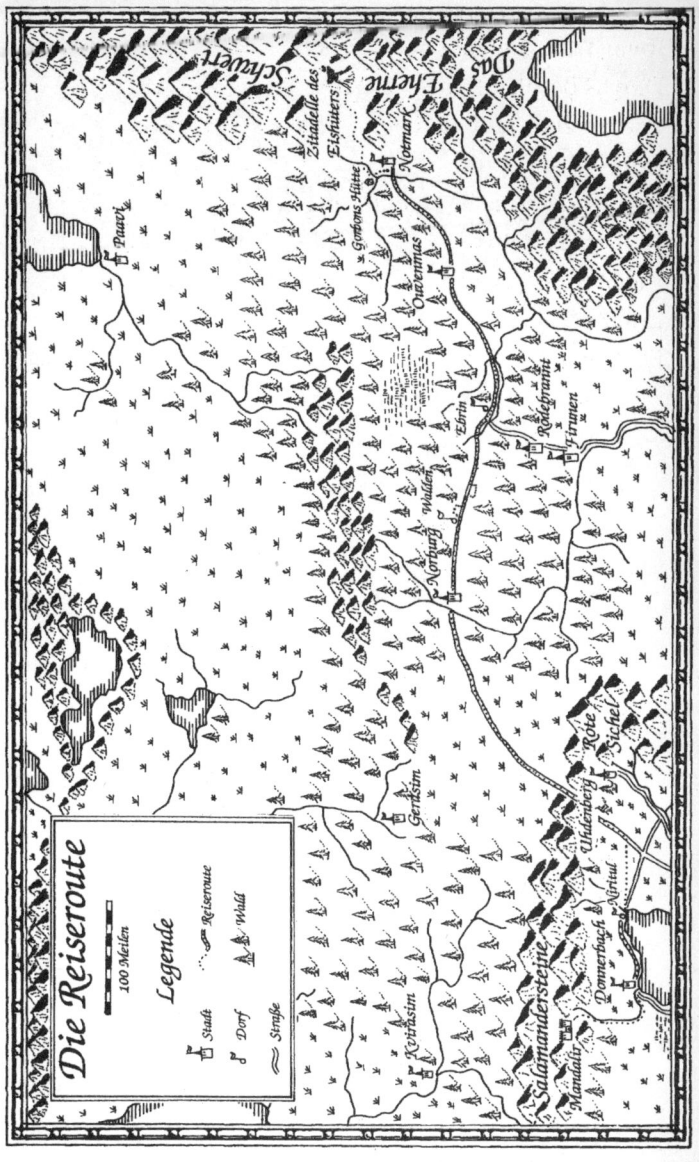

I. TEIL

Der Flüchtling

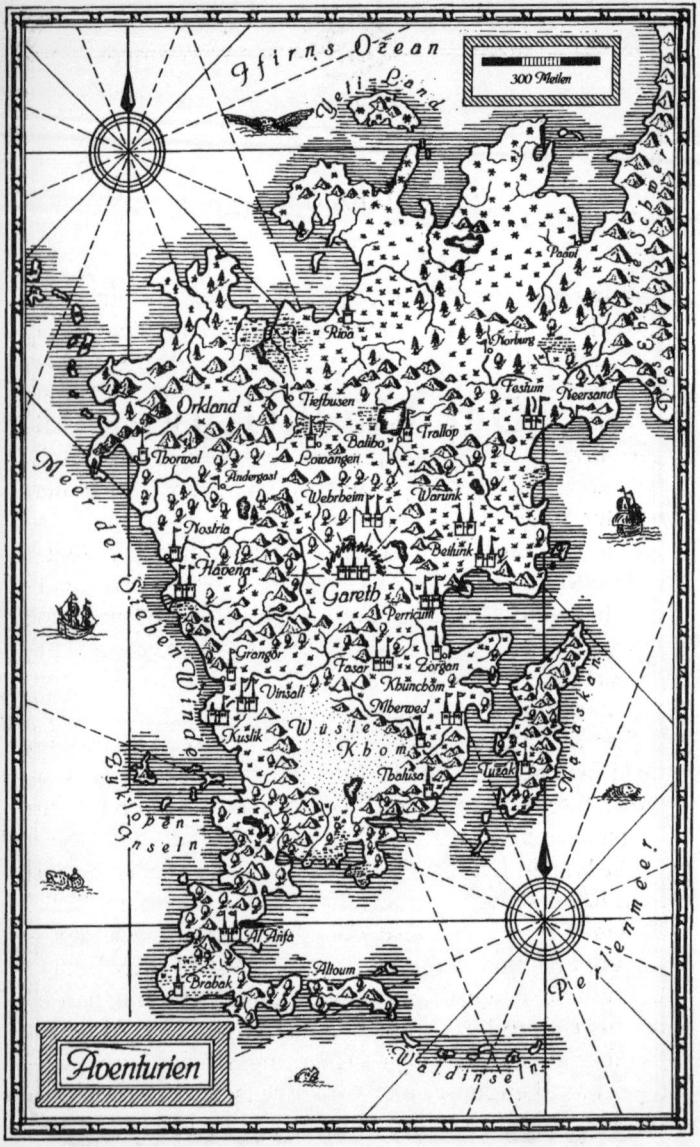

Schicksalssee

Der Tag des Unheils war ein wunderbarer Frühlingstag. Einer jener Tage, wie man sie nur im Phex erlebte – und nur in den Tiefen der Wälder an der Praiosseite der Salamandersteine. Aldlif war schon früh in den Morgen hinausgerannt. Sein Bruder hatte sich beeilt, ihm zu folgen, und so hatten sie nicht schnell genug zum Bruchsee kommen können. Kiefernnadeln und Steinchen wollten ihnen in die Fußsohlen stechen, aber ihre Füße waren das tägliche Barfußlaufen gewohnt und gegen solcherlei Unbequemlichkeiten gewappnet. Sie überquerten eine Lichtung, auf der hüfthohes Farnkraut wuchs, sprangen über den Ameisenhaufen, dessen Errichtung sie von Anbeginn mit Neugier verfolgt hatten, und kamen endlich zur Senke des Sees.

Der See lag dort unten friedlich im Morgenlicht, von zwei Seiten durch steile Abstürze aus Walderde flankiert. Fische schnappten nach Insekten, während ein Vogel nach den Fischen stieß.

Die beiden Jungen eilten zum Abhang, blieben an seinem Rand stehen und zogen sich aus. Nachdem Aldlif seinen Köcher, den Eschenbogen und die Kleider – Lederwams und Unterzeug, ein Gürtel mit einer Ledertasche und einem Messerchen – abgelegt hatte, sah er herausfordernd zu seinem jüngeren Bruder Aldhelm hinüber, der sein einziges Kleidungsstück, den weichgegerbten Lendenschurz mit Gürtelschnur, gerade abgestreift hatte.

»Das traust du dich nicht!«, sagte Aldlif und straffte sich. Das kleine Amulett aus dem Kernholz der Blutulme, das an einem Lederbändchen um den Hals des fast einen Kopf größeren Knaben hing, glänzte spöttisch. »Da rutschst du niemals runter.«

Aldhelm sah verächtlich zu der hoch aufgerichteten Gestalt des Jungen mit der – wie für sein Alter typisch – samtenen Haut auf, die leicht gebräunt, doch an mehreren Stellen durch kleine Kratzer und andere Alltagsverletzungen gezeichnet war. Wenn anderswo Nacktheit der Kleiderordnung die Macht nahm und Gleichheit schaffte oder gar das Verhältnis umkehrte, so war hier das Gegenteil der Fall. Denn Aldlifs bloßer Körper ließ schon jetzt erkennen, dass er zu einem Jüngling von atemberaubender Schönheit heranwachsen würde. Obwohl so schmal und schwach wie andere Jungen – eher noch ein wenig graziler –, schien er schon so wohlgestaltet wie es ein Menschenjunge nur im günstigsten Fall sein konnte. Denn anders als sein Bruder war Aldlif kein bisschen Mensch. Vielmehr war er voll und ganz ein Elf der Wälder, ein *lairfrey*. Und das wusste er. Das verstand er seinem Bruder Aldhelm bei jeder passenden Gelegenheit unter die Nase zu reiben. Dies war auch der Grund, weshalb Aldhelm von jedem, nur nicht von Aldlif eine Herausforderung ausschlagen konnte.

»Glaubst du etwa, ich trau mich nicht?«, rief er und schürzte ärgerlich die Lippen. Aldlif grinste und griff sich ans Ohr. Und das war eine mehr als klare Antwort. Denn wenn Aldhelm auch ebenso spitze Ohren hatte wie er, so war gerade das der schmerzliche Hinweis auf den Unterschied ihrer Herkunft, der Aldhelm zu Aldlifs Halbbruder machte. Denn Aldhelms Mutter war eine Hexe: Ein Mensch also.

Aldhelm trat an die Bruchstelle, sah auf die dunkle Wasserfläche dort unten am Fuße des Abhangs und blickte zu Aldlif zurück. Der grinste noch breiter, drückte seine leicht geschrägten Augen zu und löste mit einer anmutigen Bewegung den Blutulmentalisman vom Hals, um ihn Aldhelm zu überreichen.

»Nimm den. Der gibt dir Mut.«

Aldhelm wollte das Angebot erbost ausschlagen, aber unwillkürlich überlegte er es sich anders, griff doch zu und legte sich das Amulett um den Hals.

»Ich komme hinter dir her, keine Angst«, erklärte Aldlif. »Sowas mach ich jeden Tag dreimal, wenn du willst.«

Aldhelm schnaubte verächtlich und drehte das Gesicht wieder dem See zu. Ihm standen die Haare zu Berge, das war gar keine Frage. Ein Kribbeln kroch seine Schenkel herauf und in seinen Bauch hinein, als er den rechten Fuß vom Saum löste. Er presste die Lippen aufeinander – und gab sich einen Ruck.

Die Rutschpartie den beinahe senkrechten Abhang hinunter mochte durch die weiche Erde gemildert werden; aber er rutschte immer schneller, schneller und schneller dem See entgegen und zog eine Lawine aus Erde und Wurzelstückchen hinter sich her. Über sich hörte er noch den begeisterten Schrei seines Bruders, der hinter ihm hersprang, dann schlug etwas gegen seine Füße. Er kippte vornüber und landete kopfüber im See.

Die Geschwindigkeit der Rutschpartie drückte ihn tief unter Wasser. Das Wasser war wie eine Wand aus schwarzem Glas vor seinen Augen und presste ihm die Luft in hellen Perlen aus den Lungen. Einen Herzschlag lang fürchtete er, nicht mehr rechtzeitig auftauchen zu können und ertrinken zu müssen, wurde von Panik geschüttelt – dann schoss er empor und durchbrach die Wasseroberfläche. Er hörte das helle und fröhliche Lachen seines Bruders – er lachte stets hell und fröhlich – und schnappte nach Luft. Doch es war ihm, als wolle die Luft nicht in seine Lungen zurückkehren. Japsend wie ein Fisch auf dem Trockenen paddelte er auf das Ufer zu und sank in das niedrige Schilfgras. Seine hektischen Atemzüge wurden von einem lauten Pfeifen begleitet. Sein Brustkorb hob und senkte sich mit quälender Hast.

Hinter sich hörte er immer noch dieses helle Lachen. So sehr er seinen Bruder auch mochte, so sehr wünschte er ihm zu gewissen Zeiten doch die Keuche an den Hals. Wie zum Spott vergnügte sich Aldlif mitten im See und tauchte übermütig. Und als er in wenigen, mühelosen Zügen zu Aldhelm schwamm und ihn anblickte, nun in ehrlicher Sorge, mit angewinkelten Beinen die Füße in den Untergrund stemmte, da wurde es Aldhelm zu viel. Keuchend fuhr er herum, holte aus und trieb die Knöchel seiner geballten Faust dem ahnungslosen Aldlif genau in jene weiche Stelle unter Wasser, wo es Aldlif mindestens genauso weh tat wie einem, der nur zur Hälfte von seiner Art war.

Aldlif bekam große Augen, schrie auf, krümmte sich vornüber und barg sein junges Glied in den Händen. Aldhelm suchte seinen Atem für einen Augenblick unter Kontrolle zu halten und schrie:

»Das fürs Lachen!«

Aldlif sah ihn mit einem Anflug von Zorn an, sein Gesicht zuckte unter Schmerzen – und dann lachte er! Gequält und abgehackt, aber er lachte, spottete über seinen kleinen Bruder und dessen fiese List. Er drehte sich und schwamm langsam davon. Aldhelm sah ihm nach und ließ sich mit einer – wenn auch durch seines Bruders Verhalten leicht getrübten – Genugtuung ins Schilf zurücksinken. Das hatte Aldlif schon lange verdient.

So hätte der Tag eigentlich weitergehen können. Sie hätten sich bald wieder versöhnt, denn Aldlif war ein Meister darin, und dann wären sie heimgekommen und hätten beide beim Einschlafen an einen gelungenen Tag gedacht.

Aber ihr Geschrei war nicht ungehört verhallt. Die allzu offensichtliche Fährte wurde aufgenommen. In den Schatten des Waldes suchten Augen. Eilige Schritte zerdrückten das Nest eines Vogels im Unterholz. Ein Sonnenstrahl schnitt durchs Geäst der Kiefern und ließ Stahl wie Feuer gleißen.

Gerade hatte sich Aldlif von den Schmerzen erholt und paddelte mitten im See, da wurde er von den Boten des Unheils entdeckt. Als sie sahen, wer ihr Opfer sein sollte, zögerten sie nicht lange. Sie spannten ihre Bögen.

Aldlif hatte nicht die geringste Chance. Noch ehe er das Ufer erreicht hatte, traf ihn der erste Pfeil.

Aldhelm hörte, wie das Paddelgeräusch plötzlich abbrach, sah Aldlif zwar nicht durchs Schilf, hörte aber eilige Schwimmbewegungen – und dann seinen Schrei. Hörte auch ein Röhren vom Ufer her.

Feinde waren gekommen. Neben Menschen waren auch solche darunter, von denen er nur in Geschichten gehört, die er aber niemals mit eigenen Augen gesehen hatte: *fialgra*, Orks. Er presste sich tief ins Schilf und wagte kaum zu atmen. Seine Ohren verrieten ihm, was am Ufer vor sich ging. Sein Bruder war getroffen worden, wurde aus dem Wasser gefischt, und dann gab es nur noch Schreie.

Da wusste Aldhelm, dass sein Bruder verloren war und er ihm nicht helfen konnte. Er wusste, dass er selber sehen musste, wie er seine Haut retten konnte. Jetzt, da die Bande mit ihrem neuen Spielzeug beschäftigt war und wohl von Aldhelms Existenz nichts ahnte, hatte er vielleicht eine Chance.

Aldhelm legte sich ganz flach aufs Wasser und ließ sich schnell und doch vorsichtig durchs Schilf gleiten. Einige harte Stängel kratzten ihm über Brust und Bauch, ließen ihn mehrfach beinahe zusammenfahren, aber die Angst gab ihm Selbstbeherrschung. Er hatte gehört, dass Menschen und *fialgra* dumm und einfältig seien. Für seinen Teil glaubte er lieber, dass sie schlau und umsichtig zu Werke gingen. Also wollte er sich nicht zur Unvorsichtigkeit verleiten lassen.

Das Schilf wich zurück. Jetzt begann der schwierigere Teil. Die Schreie erstarben. Das Gelächter, das sie begleitet hatte, verhallte nach und nach. Mit aller Macht musste Aldhelm sich zusammenreißen. Sein Bruder war tot. Er selbst musste flüchten. Sein Bruder war tot. Er selbst brauchte alle Konzentration, alle Aufmerksamkeit, die er aufbieten konnte, um mit heiler Haut davonzukommen. Aber sein Bruder war tot!

Aldhelm spähte aus, sah die Mörder am jenseitigen Ufer und suchte den besten Fluchtweg über die Uferlichtung in den Wald. Wie er es so oft im Spiel getan hatte. Mit seinem Bruder. Der tot war.

Langsam stemmte er sich auf alle Viere, sodass das Gras ihn gerade noch verbarg, und schob sich einige Schritt vorwärts. Und verharrte. Die Angreifer gingen auseinander. Mit seinem Bruder waren sie fertig. Jetzt würden sie seine Habseligkeiten suchen. Und Aldhelms Kleidung daneben finden. Dann würde die Jagd beginnen.

Einen Augenblick lang spielte Aldhelm mit dem Gedanken, zu seinen Sachen zu schleichen; aber er verwarf die Idee so schnell, wie sie gekommen war. Er käme den Hang niemals unbemerkt hinauf. Also gab es nur noch eine Möglichkeit: Er musste die Lichtung überqueren, in den Wald hinein, und dann so schnell wie möglich zu seinem Volk zurück.

Tairachs Krieger

Es war die Zeit für ein Fest gekommen. Halone Bienenschwarm war vor zwei Tagen heimgekehrt. Halone, die die Welt jenseits der Wälder erkundet, die Menschen und allerlei fantastische Wesen getroffen hatte und nun heimgekehrt war, um ihren Leuten von ihren Erlebnissen zu berichten. Die vergangenen zwei Tage hatte Halone sich erholt und in einsamer Versenkung in ihrem Heimatwald verbracht; doch heute war es an der Zeit, sich dem Dorf zu widmen. Noch ehe die ersten Sonnenstrahlen durch die Baumwipfel brachen, war sie aufgestanden. Sie war den knorrigen Ahorn ihrer Familie hinabgestiegen, in dem sie so lange nicht mehr gerastet hatte, und war gedankenverloren durch das Dorf gewandert. Schon als Kind hatte das Selbstverständlichste sie begeistert: Hier unten, vom Waldboden aus, zeugte für den unbedarften Beobachter keine Spur von den hundert *lairfeyra*, den Waldelfen, die über ihrem Kopf in ihrem Baumdorf lebten. Allein ihr geübtes Auge erkannte die untrüglichen Zeichen der Besiedelung. Hier war ein geheimer Pfad angelegt worden, dort hatten Elfenkinder ihre Spuren von einem wilden Spiel hinterlassen; ein Bogner hatte ein paar Späne vergessen.

Aber viel mehr war da nicht. Über Halone begann ein Specht zu hämmern – an der Eiche, in der ihre Großtante mit ihrer Familie lebte. Halone sog die Luft ein, warf den Kopf in den Nacken und begrüßte die Sonne, die sich langsam und gemächlich zwischen den Bäumen zu zeigen begann und den Waldboden in ein herrliches Mosaik aus lang gezogenen Schatten und warmem Licht verwandelte. Nach zwei Jahren der Wanderung musste sie sich endlich nicht mehr mit den seltsamen Menschen und ihren obskuren Gebräuchen abgeben, musste sich nicht ständig mit ihrem abwegigen Verhalten auseinander setzen. Nach zwei Jahren der Wanderung war sie endlich wieder daheim.

Ihre Kleidung erregte jedes Mal aufs Neue Aufsehen, wenn sie in ihr Dorf zurückkehrte. Sie lachte, wenn die kleinen Elfenkinder wie neugierige Füchse herbeigerannt kamen und mit einem hellen Staunen in den Augen den Stoff ihres Wamses und ihrer Hose berührten; mit Bewunderung den Rapier anstarrten, dessen Korb aus verschlungenen Stahlbändern in der Sonne glänzte, als wäre er mit frischem Tau benetzt. Sie liebte dieses Willkommen, dessen sie sich stets sicher sein konnte. Die älteren Elfen blieben auf ihre natürliche Art zurückhaltend, doch freuten sie sich nicht minder. Es war Halone, als wäre sie nie fort gewesen, so selbstverständlich nahm man sie auf.

Bis zum Abend dieses dritten Tages. Denn nachdem Halone im Kreise ihrer Familie die erste Begrüßung erlebt hatte, hängten ihre Eltern eine Decke aus Hirschfell an die Äste ihres Baumes. Das war das Zeichen für die anderen Elfen, ihre Instrumente zu stimmen, ein Feuer zu schüren und jeder für sich einen Beitrag zum Fest zu leisten – denn ein Fest wurde es!. Die ganze Nacht hindurch wurde getanzt, gesungen und gelacht. Gerösteter Auerhahn und allerlei anderes Wild, gewürzt mit wildem Thymian und Drachenkräutlein, wartete darauf, verzehrt zu werden.

Dieses Mal nickte Halone, als sich ihre Blicke beim Tanz mit denen eines Jünglings namens A'lamjandir kreuzten – vor ihrer letzten Abreise schon hatten beide gespürt, wie ihre Blicke sie wechselseitig erschüttert hatten; Halone war nur wenig älter als er. Diesmal also sollte es nicht bei Blicken bleiben. Halone, neugierig und wagemutig in der Kunst der Liebe, tanzte stets mit anderen, niemals mit A'lamjandir, und er spielte ihr Spiel mit, mühte sich aber, sie immer wieder unversehens zu berühren. Schließlich ließ sie es geschehen, tief in der Nacht. Hand in Hand wirbelten sie über den Platz und ließen sich von der Musik tragen, die anspornender geworden war, denn natürlich war den anderen ihre Zuneigung nicht verborgen geblieben. Und als sie beide wie zufällig vom Platz fort und zwischen den Bäumen tanzten, da lachten viele, denn es war eine Nacht der Freude. Die beiden aber wussten, wohin es sie trieb: Schon bei Halones letztem Besuch hatten sie sich die Lichtung auserkoren, die mit Waldmoos gepolstert war und mit weichen Gräsern, die beim Laufen über die Beine strichen.

Dort rang sie ihn nieder. Übermütig wie Kinder balgten sie im Gras; dann setzten sie sich einander gegenüber auf die Knie und hielten sich gegenseitig mit den Augen fest. So kauerten sie eine ganze Weile. Schließlich legte Halone den Kopf ein wenig zur Seite, sodass das Haar auf ihre Schulter fiel; er tat es ihr nach. Auf ihrer beider Lippen lag der Hauch eines Lächelns.

Nun rückte sie mit dem rechten Schenkel einen Spann vor, straffte dabei die Schultern. Desgleichen tat er und bewegte dabei leicht den Kopf zur Seite. Sie wiederholte seine Bewegung, sodass sich ihre Blicke einen winzigen Moment lang kreuzten. Als dann ihre Gesichter sich wieder gegenüber standen, rückten sie mit den linken Schenkeln vor, und es kribbelte in ihren Mägen. Das Ganze wiederholte sich etwa vier, fünf Mal, und mit jeder Wiederholung wuchs die Kraft der Gefühle in ihnen. Als ihre Knie sich schließlich berührten, da waren sie halb von Sinnen, und kaum mehr fähig, ihre Gefühle zu zügeln. Doch taten sie es.

Erst streckten sie die Arme weit zur Seite aus, als wollten sie etwas Flaches und Großes zwischen sich stützen, hoben die Köpfe in den Nacken und senkten sie wieder, die schlanken Körper weit durchgestreckt. Hernach fassten sie sich an den Händen und ließen Geist zu Geist wandern. So verharrten sie für eine lange Zeit und tauschten Gedanken, Gefühle, Bilder ihres Lebens und ihrer Träume.

Dies alles war ohne ein Wort im Schein des Mondes vor sich gegangen, von tiefer Ruhe beseelt, trotz der Hitze des Verlangens, die in ihnen beiden loderte und immer höher geschürt wurde. Ganz natürlich, übergangslos und sanft glitt er an sie heran und sie ließ sich auf den Boden niedersinken. Sanft biss er ihr in die Schulter und schmeckte die salzige Würze ihrer Haut, umschlang ihren Nacken und drückte sie an sich.

Ihre Finger lösten seinen Gürtel, der Kittel glitt ihm über die Haut, als wäre er für nichts anderes gemacht. Die kühle Abendluft prickelte auf seinem Oberkörper, als er sich daran machte, ihr Wams zu lüften. Was sie zu einem hellen Lachen veranlasste: Sie hatte bei den Menschen ein Wams mit Knöpfen erstanden – und diese waren A'lamjandir unbekannt. Also mühte er sich so heftig wie erfolglos, bis sie ihm mit sanften Fingern zu Hilfe kam. Was sich ihm darbot, voll geheimnisvoller Glut im Licht des Mondes, das war jede Mühe wert. Langsam senkte er das Haupt, das Haar fiel ihm über die Wange, und er kostete, schnüffelte, erforschte, derweil sie den Lederriemen seines Schurzes löste. Er spürte die Erleichterung, als endlich Raum gewann, was diesen mit zornigem Druck gefordert hatte, begrub sein Gesicht noch tiefer in den warmen Hügeln, spürte ihre Linke, wie sie ihm ins volle Haar griff, spürte, wie sie ruckte – und dann japste er vor Erstaunen und Überraschung, riss den Kopf empor, die Augen weit geöffnet, da sie mit der geöffneten Hand jene Fülle ergriff, die sich zwischen seinen Schenkeln darbot. Sein Atem ging rasend, er drückte sich tief auf sie nieder, seine Augen suchten ihren Blick, sahen jede Wimper und daneben den edelsteinartigen Glanz ihrer Augen, brachte Mund zu Mund und wühlte in ihrem Haar. Ihr sanfter Griff löste sich. Dann vereinigten sich ihre Körper. So entlud sich gleichsam mühelos ein Rausch an Gefühlen, bewirkte einen lang andauernden, so ruhigen wie besinnungsraubenden Genuss.

»Ein Kind?«

»Zu früh«, lächelte er. »Wir haben noch viel Zeit – wenn du nicht gleich wieder verschwindest …«

Da ließ sie ein helles Lachen hören und barg sein Haupt in ihren Händen.

»Diesmal bleibe ich. Wenigstens länger.«

Ein Grinsen überspielte seine aufkeimende Unsicherheit.

»Diese Nacht wird so wunderbar wie ein ganzes Jahr«, flüsterte er.

»Und wir haben noch viele Nächte vor uns«, flüsterte sie.

Auf den Genuss folgte Ermattung. Als A'lamjandir im ersten Morgenlicht erwachte, dicht an Halone gepresst, war die Hitze der Nacht verschwunden. Feiner Nebel dampfte über den Boden der Lichtung. Schweiß, erkaltet im Schlaf, bedeckte A'lamjandirs Haut.

»Guten Morgen«, sagte er, aber nicht zu Halone, die noch friedlich schlummerte, sondern zu einem kleinen Elfen, der ein Stück entfernt vor ihm stand und sie beide ansah. Es war sein jüngster Bruder und Halbelf, Aldhelm. In der Hand hielt er einen toten Eichelhäher; um die schmalen Schultern hing ein Köcher mit Bogen, den er zur Vogeljagd mitgenommen hatte, und um seine Brust baumelte ein Lederband mit allerlei Zierrat wie Knochen und Hirschzähnen. Auch wenn der Junge noch viel zu jung war, als dass die Magie der Liebe einen Angriffspunkt hätte finden können, verspürte er ein ungewohntes Kribbeln in der Bauchhöhle – dabei war der Anblick doch eigentlich ganz gewöhnlich. A'lamjandir lächelte.

»Die anderen bereiten sich auf die große Einigung vor, auf ein *salasandra*, nehme ich an?«

Der Junge nickte und ging. A'lamjandir sah der kleinen Gestalt hinterher und machte sich daran, Halone sanft zu wecken.

Aldhelm trat zu seinem Wohnbaum und legte den erjagten Vogel in eine Schale aus natürlich gewachsenem Flechtwerk. Halone und A'lamjandir hatte er fast schon wieder vergessen. Seine Gedanken galten etwas anderem. Es würde ein heißer Tag werden, und als Aldhelm auf dem Weg zum Wohnbaum war, hatte sein anderer Bruder ihm zugerufen, doch im Bruchsee baden zu gehen. Darauf freute er sich. Eilig legte er den Köcher und den Ziergurt ab und griff seinen Schurz mit dem Messer: Der Weg war recht weit.

Wenig später kletterte Aldlif herauf. Ein Elfenmädchen kam vorbei, nahm sich den Bogen, für den Aldhelm jetzt keine Verwendung hatte, und verschwand im Geäst, während die beiden sich auf den Weg machten und sich auf den Tag freuten, der ihnen bevorstand.

*

Halone hatte nichts von ihrer alten Sicherheit verloren, als sie gemeinsam mit A'lamjandir über Äste und schmale Brücken zu der alten Eiche hinüberlief, die im Inneren ihrer gewaltigen Krone den Versammlungsort barg. Dort warteten bereits alle Elfen des Dorfes, die sich nicht gerade auf Jagd befanden. Sie saßen eng beieinander und fassten sich an den Händen oder hatten ihre Arme auf die Schenkel gelegt. Einige hielten die Augen geschlossen, als ob sie schliefen, der Blick anderer weilte in weiter Ferne. Melodien lagen in der Luft, gesummt von einigen Anwesenden, und obgleich sich sämtliche Weisen unterschieden – in Tonhöhe, Takt und Lautstärke – fügten sie sich doch alle zueinander und ergänzten, bestärkten und erfrischten sich. Gedämpft fiel das Sonnenlicht auf die tief in sich versunkene Versammlung. Doch als Halone zu ihnen hinüberkletterte, bildete sich, scheinbar von fremder Hand gelenkt, eine Lücke im Kreis der Elfen, und sie setzte sich mit einem tiefen Seufzer.

Ihr gegenüber saß Dyulind. Halone gehörte zu seinen Verehrerinnen. Sie liebte ihn zwar nicht wie A'lamjandir, bewunderte ihn aber: Dyulind, ein Elf in den besten Jahren, hatte schon früh seinen Mut und seine Umsicht bewiesen. Sein erdbraunes Haar fiel ihm lang über die Schultern; seine Stirn schmückte ein reich verzierter Lederreif. Seine Augen ruhten sanft auf Halone und musterten sie doch voll Aufmerksamkeit und Interesse, aber auf eine Art, die nicht überheblich oder beurteilend, vielmehr freundschaftlich wirkte. In seinem Gesicht schien stets ein Sonnenstrahl zu glänzen. Sein ledernes Gewand war unauffällig, und doch trug er es mit Würde. An der Seite führte er ein schlankes Langschwert. Sie freute sich, als sie sich mit ihm und den anderen ins *salasandra* versenkte.

Wie lang hatte sie dies entbehren müssen! Wie lang hatte sie nach der Kraft ihrer Verwandten, ihrer Freunde und Bekannten gedürstet! Wie lang hatte sie diesen Augenblick herbeigesehnt! Doch nun war es endlich soweit. Nach einer schieren Ewigkeit, so kam es ihr wenigstens vor, durfte sie wieder an dem *salasandra*, der

Vereinigung der Geister, teilnehmen. Es war ein ungewohntes Gefühl: Da war zunächst zu viel Drängen in ihr, zu viel Ungeduld; doch langsam fühlte sie sich ein in die Geister der anderen, und öffnete schließlich ihren eigenen Geist.

Sie verharrten lange. Denn niemand drängte Halone, alle wussten, oder ahnten doch zumindest, wie schwer es war, nach langer Abwesenheit wieder im *salasandra* zu verschmelzen; und bis das Öffnen der Geister vollständig war, vergingen Stunden. Auch für die anderen war es diesmal schwerer als sonst: Irgendetwas lag wie ein Störgeräusch über der Versammlung. Doch man glaubte, es hinge mit Halones langer Abwesenheit zusammen, und überwand es in gemeinschaftlicher Mühe.

Und dann war es soweit, und sie begannen, Gefühle und Gedanken auszutauschen. Vieles war geschehen, seit Halone fortgegangen war: Große Jagden auf ungewöhnlich geschickte Tiere ebenso wie das Auftauchen eines seltsamen Mannes. Das war das erste Mal gewesen, dass die Sippe einen Menschen zu Gesicht bekommen hatte. Er war allein und im Gewande der Waldelfen, der *lairfeyra*, zu ihnen gekommen, und sie hatten ihm schließlich so etwas wie verwundertes Vertrauen geschenkt. Nachdem sie sich überzeugt hatten, dass er im Geiste wie im Körper harmlos war, hatten sie ihrer Neugier nachgegeben. Doch hatte er sie darin übertrumpft: Fragen über Fragen hatte er ihnen gestellt, dumme Fragen, aber das hatte sie auf eigentümliche Weise amüsiert; er hatte nach den größten Alltäglichkeiten gefragt – wie ein Kind. Und sie hatten ihm bereitwillig Auskunft erteilt und viel dabei gelacht, denn er hatte ein merkwürdiges Gebilde dabei, das er Buch nannte, und darin hatte er mit einem Federkiel nach jeder Antwort unverständliche Zeichen gemalt; und seine Augen hatten dabei geleuchtet.

So fuhren sie im *salasandra* fort, bis Unruhe zwischen ihnen entstand: Die Störung, die sie schon gleich zu Anfang bemerkt hatten, ließ sich nicht mehr zurückdrängen. Es war, als würde Gift in ihre Gefühle geträufelt. Verstört tauchten sie aus der Versenkung auf. Etwas Derartiges war noch keinem von ihnen passiert. Halone, die sich selbst zunächst als Ursache der Störung vermutet hatte, wusste, dass sie irrte.

»Als würde der Wald selbst leiden«, flüsterte einer der Elfen. Nachdem sich aber keine Ursache für den Vorfall finden ließ, beschloss man, anstelle des *salasandra* eine gewöhnliche Versammlung abzuhalten. Doch kaum hatte man damit begonnen, da hallte ein Schrei durch den Wald.

Das Verderben

Aldhelm starrte zu den Schemen der Angreifer hinüber. Es waren allesamt kräftige, vierschrötige Gestalten, wie er sie noch nie gesehen hatte; aber dies waren auch die ersten *fialgra* und die ersten männlichen *telor*, Menschen, die er zu Gesicht bekam. Ihr Anblick schürte seine Angst. Wie sie Aldlif gequält und getötet hatten, passte ganz zu ihrem Aussehen. Die meisten steckten in abgenutzten, aber zweckmäßigen Lederwämsen. In Fäusten und Gürteln trugen sie alle Arten von Waffen; die der *fialgra* waren überwiegend schartig und abgenutzt, aber der Umfang ihrer Oberarme ließ ohnehin jede Waffe in ihren Händen zu überflüssigem Zierrat werden. Nicht alle standen beisammen und unterhielten sich über ihr getötetes Opfer; viele sicherten nach allen Richtungen oder machten sich daran, die Umgebung zu durchstreifen.

Aldhelm richtete den Blick wieder auf die Lichtung am Ufer. Es erschien ihm geradezu unmöglich, sie zu überqueren, ohne von einem der Feinde, der *feygra*, gesehen zu werden. Das Gras war dort an vielen Stellen nicht ausreichend hoch, um ihn vollständig zu verbergen. Und mit jedem Augenblick, den er zögerte, verteilten die *feygra* sich mehr um den See, kamen sie diesem letzten Fluchtweg näher; und mit jedem Augenblick wurde die Wahrscheinlichkeit größer, dass einer von ihnen hinauf auf den Hang kletterte und Aldhelms Sachen bei denen seines Bruders entdeckte. Selbst *fialgra* und Menschen konnten bis zwei zählen, fürchtete Aldhelm.

Er musste handeln. Sofort. Dazu blieb ihm nur eine Wahl.

Noch nie hatte er sich auf den Zauber verlassen müssen, mit dem er nun hastig begann. Es war immer ein Spiel gewesen, nichts Ernsthaftes. Noch nie hatte ihm das Herz dabei bis zum Hals hinauf geschlagen. Noch nie war er sich so sicher gewesen, dass er die Sache vermasseln würde.

Er sank ins Wasser zurück, legte den Kopf auf die Brust und die Hände auf die Schenkel, und sammelte seine Gedanken. Zunächst machte er seinen alten Fehler, die Stirne zusammenzuziehen, als er sich zur Sammlung zwingen wollte. Doch dann gelang es ihm, alle Geräusche aus seinem Kopf zu bannen, stattdessen die Kühle des Wassers und das Streicheln der vielen Wasserpflanzen zu spüren, die über seine Haut strichen; den sanften Wind und die wärmende Sonne zu fühlen, jeden Gedanken an das gerade geschehene Grauen für einen winzigen Augenblick zu vergessen.

Und dann wichen auch die Eindrücke seiner Umgebung, machten Platz für etwas anderes, Neues. Es war, als würde Aldhelm mit dem Wald selbst verschmelzen, als sei der Forst ein riesiges, lebendiges Wesen. Vorsichtig fragte Aldhelm nach, wie er es gelernt hatte, lockte, drängte und beharrte. Bis er spürte, wie sich eine Last von ihm löste.

Und dann war er wieder in den Grenzen seines Körpers. Nur einen Herzschlag lang hatte die Versenkung ins Reich der arkanen Kräfte gedauert. Er fühlte eine unbestimmte Leere in sich, wie jedes Mal nach diesem für ihn noch anstrengenden Formen der Magie. Zunächst fürchtete er, seine Bitte sei nicht erhört worden, er wäre in seiner Forderung zu hastig, nicht sanft genug gewesen. Doch schon begann der Boden zu dampfen. Unnatürlich schnell wogten Nebelschwaden aus dem Gras der Lichtung, dicht wie zu tief gesunkene Regenwolken, und wuchsen stetig. Aldhelm sprang empor und rannte los, mitten in den Nebel hinein. Kaum war er in das Weiß eingetaucht, da hörte er schon die erschrockenen Rufe seiner Feinde. Sie schrien verwirrt durcheinander, bis eine schärfere, lautere Stimme eine schnelle Folge von Befehlen wie Trommelschläge keifte. Die anderen Stimmen verstummten, Schritte hasteten jenseits des Nebels umher.

Aldhelm spürte die Versuchung, in der Sicherheit zu verweilen, die ihm das flauschige Weiß vorgaukelte, doch er wusste, wie schnell sich der magische Schutz wieder in Nichts auflösen würde. Also stürzte er weiter. Da wuchs plötzlich ein schwarzer Schatten neben ihm empor. Aldhelm konnte gerade noch stehen bleiben. Der *fialgra* stürmte mit seinem Speer im Anschlag an ihm vorbei, ohne ihn zu sehen. Wäre er einen Schritt weiter seitlich in den Nebel gerannt, hätte er Aldhelm aufgespießt wie einen Fisch.

Die Nebelwand reichte bis an den Waldrand heran. Aldhelm warf sich ins Gestrüpp und kroch eilig weiter, tiefer ins dichter und dichter werdende Gewirr aus Haselsträuchern, Brombeer und Efeu. Vom See her erschollen die Schreie der *feygra*, die nach der Ursache für den Nebel suchten, der sich bereits wieder verflüchtigte. Einige drangen in den Wald vor, wagten sich jedoch nicht zu tief hinein.

Als Aldhelm das Dickicht durchquert hatte, drangen nur noch vereinzelte Rufe herüber.

Er war den *feygra* entkommen.

*

Der Schrei ließ die Elfen hochschrecken. Es war ein Warnruf, wie ihn schon seit hundert Sommern kein Elf dieses Dorfes mehr vernommen hatte. Doch war er nicht vergessen: Einen Augenblick lang lauschten alle wie gebannt, dann entfaltete sich zwischen den Bäumen hektische Betriebsamkeit. Ein Bote stürzte zum Rat und hielt vor Dyulind inne. Er war dermaßen erschöpft, dass er zu Boden sank.

»Sie sind da.«

Dyulind sah den Boten an. Sein Gesicht zeigte Unverständnis.

»Sie haben unsere Wächter umgangen, sie sind da, unbemerkt!«, keuchte der Bote. »Sie kommen aus allen Richtungen! Die *feygra* sind gekommen.«

»Sie sind da?«, wiederholte Dyulind fassungslos. »*Hier*?«

»Sie sind unbemerkt hergekommen!«, wiederholte der Bote. »Ich mochte es selbst kaum glauben, aber es ist wahr! Jeden Augenblick können sie auftauchen! Die meisten sind *telor*, aber es sind auch *fialgra* unter ihnen!«

Und damit taumelte er weiter. Dyulind sparte sich seine Fragen für später auf. Jedes Mitglied der Sippe wusste, was es im Angriffsfall zu tun hatte. Mehrere Elfen huschten übers Laub hinweg, um dem Gegner entgegenzueilen. Andere holten ihre Waffen und verschmolzen mit dem Grün der Baumkronen. Dann lag der Wald wieder ruhig und in trügerischer Leere da. Kein Zeichen verriet dem ungeübten Auge die Anwesenheit eines Dorfes und seiner wachsamen Bewohner, die mit gespannten Bögen auf das Erscheinen der Feinde lauerten.

Halone hielt von einem Ast aus Ausschau nach den *feygra*. Sie merkte, dass tiefe Unruhe von ihr Besitz ergreifen wollte: Der Pfeil klapperte kaum hörbar auf dem schussbereiten Bogen. Sie zwang sich zur Ruhe. Oft genug schon hatte sie einer überlegenen Streitmacht gegenüber gestanden. Und hier war sie daheim. Es war kaum möglich, einem Dorf der *lairfeyra* ernsthaften Schaden zuzufügen, es sei denn, man brannte den Wald nieder. Oder Elfen kämpften gegen Elfen, was allerdings ganz unvorstellbar war. Oder die Feinde besaßen eine mächtige, übernatürliche Unterstützung. Ziemlich viele ›oders‹, dachte Halone mit einem unguten Gefühl. *Telor* oder gar *fialgra* wagten sich üblicherweise nicht weit in die Wälder der Salamandersteine vor, wenigstens nicht in größerer Anzahl, und gewiss nicht, um sinnlos Dörfer zu vernichten. Im Allgemeinen kamen *telor* nicht weit über den Waldrand hinaus, schon gar nicht unentdeckt.

Aber die Wächter waren überlistet worden. Die unsichtbaren Schutzkreise eines Dorfs der *lairfeyra* unentdeckt zu durchdringen, gelang nur den wenigsten, und wenn *telor* nur in den seltensten Fällen zu jenen wenigsten gehörten, so zählten *fialgra* ganz gewiss nicht dazu. Und doch hatten sie es geschafft ... Halone biss sich auf die Lippen. Das unbestimmte Gefühl, etwas Furchtbares stünde ihnen bevor, ließ sich nicht vertreiben. Sie überprüfte den Sitz ihres treuen Rapiers und ließ sich innerlich fallen. Endlich nahm die Ruhe vor dem Kampf von ihr Besitz.

Ihr Blick glitt über das Spiel aus Licht und Schatten, aus Grün, Grau und Braun tief unter ihr auf dem Waldboden. Alles war ruhig. Ein Specht hämmerte. Es war das Schlagen eines gewöhnlichen Vogels, bemerkte Halone, kein getarntes Signal. Die Sonne schien auf das trockene Laub und ließ es goldbraun schimmern. Man hätte meinen können, alles sei in bester Ordnung.

Sie sah zu A'lamjandir empor, der schräg über ihr im Geäst lauerte. Er drehte ihr den Kopf zu, lächelte und zog die Schultern hoch. Dann widmete er sich wieder seinem Ausguck.

Der Boden unter ihnen blieb so leer und so friedlich wie je. *Fialgra* waren aber dafür bekannt, dass sie mit lautem Geschrei und im Pulk vorstürmten. *Telor* galten ebenfalls als ungelenk und laut, auch wenn Halone sich auf ihren Reisen vom Gegenteil hatte überzeugen können.

Hätte sie die Meldung nicht mit eigenen Ohren vernommen, Halone hätte gedacht, dass man ihr einen Streich spielen wollte. Aus den Augenwinkeln gewahrte sie, wie A'lamjandir die Gesten eines Sichtzaubers machte. Plötzlich fühlte sie eine Hand an der Schulter.

»Schau«, hauchte A'lamjandir und deutete auf einen Punkt unter ihnen.

Halone konnte zunächst nichts Ungewöhnliches entdecken, doch als sie genauer hinsah, da fiel ihr etwas Unheimliches auf. Im Laub bildete sich wie aus dem Nichts eine Reihe kleiner Mulden – und diese liefen gezielt auf ihren Baum zu.

Gleichzeitig rissen sie und A'lamjandir ihre Bögen hoch, schossen auf die Erscheinung und stießen den Warnruf aus. Das dort unten war eine Spur, doch derjenige, dessen Spur sie sahen, war unsichtbar. Er war auch flink wie ein Eichhörnchen, wie sich herausstellte: Kaum war der Warnschrei erklungen, wurde das Wesen sichtbar, schoss vor, auf ihren Wachbaum zu, und kletterte mit unheimlicher Behendigkeit daran empor. Es besaß die Gestalt einer hundsgroßen Echse, mit kurzen, stämmigen Beinen und scharfen Krallen. Der Körper war bedeckt mit einer bräunlichen Schuppenhaut, und in seinen Augen glomm ein rotes Feuer.

Halone ließ ihren Bogen sinken und griff nach ihrem Rapier. A'lamjandir zerrte sie hoch und deutete auf einen nahegelegenen Baum. Einen Wimpernschlag bevor das unheimliche Wesen sie erreichte, sprangen sie hinüber. Kaum gelandet, fuhr A'lamjandir herum, Bogen und Pfeil in den Händen, und schoss. Doch das Geschoss glitt wirkungslos an der Schuppenhaut des Wesens ab, das sich zu Boden fallen ließ und zu Halones und A'lamjandirs Baum eilte. Pfeile anderer Elfen bohrten sich dicht bei ihm ins Laub, doch das Tier, oder was es auch immer sein mochte, schenkte ihnen keine Beachtung. Kurz vor dem Baum wurde es getroffen. Doch war die Wunde nicht schwer genug. Sogleich begann es mit dem Aufstieg. Halone suchte Halt und machte sich bereit, den Kletterer mit ihrer Waffe zu empfangen. Im letzten Augenblick stieß sie die Waffe vor, dem Wesen entgegen.

Ein Ruck ging durch ihren Arm, als die Klinge ihr Ziel traf. Das Echsenwesen jedoch erwies sich als zäher, als Halone erwartet hatte: Kaum hatte es die Waffe abgestreift, umrundete es den Baum und führte den Aufstieg von der anderen Seite her fort. Wo es von einem Pfeil A'lamjandirs erwartet wurde. Das war der Kreatur zu viel. Mit einem Zischen stürzte sie in die Tiefe und regte sich nicht mehr.

Halone war durch den Angriff des Geschöpfes so beansprucht worden, dass sie um sich herum nichts mehr wahrgenommen hatte. Nun erfasste sie mit raschem Blick die Lage. Ein ganzes Heer der Echsenwesen war übers Dorf hergefallen: Überall erwehrte man sich ihrer todesmutigen Angriffe. Sie mochten keine ernsthafte Bedrohung darstellen, aber sie erfüllten ihren Zweck gut: Der Albtraum war mit ihrer Niederlage keineswegs vorbei. Er begann erst. Jetzt tauchten *feygra* hinter Gebüsch und Baumstämmen auf, zu denen sie sich während der Ablenkung vorgearbeitet hatten, und begannen mit dem eigentlichen Angriff.

Und auch diesmal: Sie stürmten nicht kopflos unter Gebrüll vor, nur um den Elfen vor die Bögen zu laufen. Sie kämpften aus dem Verborgenen heraus und nutzten jede sich bietende Deckung. Und sie schossen nicht mit klobigen Bögen, sondern mit Armbrüsten, die sie bequem aus der Deckung heraus abfeuern konnten. Auch versuchten sie gar nicht erst, selbst die Bäume zu erklimmen, sondern jagten ihre Echsen hinauf und legten Hylaier Feuer.

Doch die Elfen waren geübte Kämpfer. In ihrem eigenen Wald galten sie als unschlagbar, denn hier kannten sie jeden Winkel und jedes Versteck und buchstäblich jeden Ast. Ständig wechselten sie ihren Standort, bewegten sich mühelos durch die Baumwipfel oder überquerten unerkannt den Waldboden, um dann dicht neben oder hinter ihren Feinden wieder zu erscheinen, zu schießen und sich gleich darauf geradezu in Luft aufzulösen. So machten sie den Angreifern das Leben schwer.

Das Blatt schien sich zu wenden. Halone sah A'lamjandir vom Nachbarbaum aus kämpfen und gemeinsam beschossen sie die Angreifer. Langsam gingen ihr die Pfeile aus. Doch das sollte ihr Problem nicht mehr sein.

Eine Welle von Magie lief ähnlich einer inneren Erschütterung durch den Wald. Und dann brach Chaos aus. Halone hörte A'lamjandir überrascht aufschreien, blickte hinüber, hörte, wie seine Schreie den Ton von Qual annahmen, sah, wie er gegen einen Gegner kämpfte, der aus dem Nichts über ihm erschienen und von seltsam vertrauter Statur war – da gewahrte sie selbst etwas hinter sich. Allein ihre Intuition bewahrte sie davor, erschlagen zu werden. Als sie den Schemen hinter sich wahrnahm und sich hastig duckte, splitterte die Borke des Baumes unter dem Hieb, der ihr gegolten hatte. Sie fuhr herum, stieß blindlings den Rapier vor und erstarrte. Hinter ihr stand ein Elf. Hinter ihr stand ihr eigener Vater. Doch hatte er sich auf grausige Art verändert: Sein Fleisch war blutlos und bar jeden Lebens, die Augen wirkten leer, zahlreiche Wunden zeugten von dem Kampf, den er verloren hatte, von dem Kampf, in dem er gestorben war – und doch hatte er sie gerade angegriffen. Ihr Zögern wurde ihr um ein Haar zum Verhängnis: Rücksichtslos hieb der Elf weiter auf sie ein. Sie trat zu und warf den leeren Körper gegen den Baumstamm zurück. Im Tode hatte ihr Vater zumindest sein Geschick eingebüßt: Die kalten Hände griffen nach einem Zweig, fanden dort auch Halt, aber ein Fuß stieß ins Leere, und so war der Angreifer für einen Augenblick vollauf damit beschäftigt, sein Gleichgewicht zu finden. Halone aber zögerte nicht mehr: Sie sprang hinüber zu A'lamjandir. Eilig schwang sie sich einige Zweige hinunter zu ihm und seinem Feind. A'lamjandir hatte weniger Glück gehabt als sie: Gleich zwei verstorbene Sippengenossen waren über ihn hergefallen und hatten ihm schon bei ihrem ersten Angriff eine schwere Verletzung zufügen können; aus einer klaffenden Wunde im Rücken quoll Blut und sein rechter Arm hing schlaff herab. Halone attackierte die Untoten, doch fiel es ihr unsagbar schwer: Ein Elf kämpfte nicht gegen Elfen, nicht einmal gegen Verstorbene. So konnte sie A'lamjandir nicht mehr retten. Ein Hieb raubte ihm das Leben. Er stürzte vom Baum. Halone folgte ihm jedoch, als könnte sie ihm noch helfen. Aus den umliegenden Wipfeln drangen gleichfalls Kampfgeräusche. Der Schrecken und die Überraschung bot den Angreifern den Vorteil, den sie brauchten. Halone sah ein halbes Dutzend *feygra* zwischen den Bäumen auftauchen, gerade, als sie von ihrem toten Geliebten abließ und Dyulind zur Hilfe eilen wollte, der sich umringt von Feinden seiner Haut wehrte.

Sie fällte einen Söldner in einer fließenden Bewegung, stieß einen Zweiten mit einem gezielten Tritt von sich und eilte in seine Richtung. Dyulind kämpfte gegen drei Angreifer gleichzeitig, erwehrte sich ihrer aber auf eine fast spielerische Art. Doch Halone kannte die Krieger ihres eigenen Volkes zu gut, um sich täuschen zu lassen. Tatsächlich war Dyulind nahe am Ende seiner Kräfte.

Aus den Augenwinkeln gewahrte sie einen niederfahrenden Speer, parierte ihn mit ihrem Rapier und wollte weiterrennen, dich der *fialgra* war flink und verwickelte sie in ein Gefecht. Es war ein gewöhnlicher Kämpfer, aber auch gewöhnliche *fialgra* waren recht zäh; diese hier ganz besonders, hatte Halone festgestellt. Sie flohen nicht bei einer kleinen Verletzung, sie wurden dann erst richtig wütend. Auch wusste ihr Gegner seinen Speer geschickt einzusetzen, während Halone erneut die Nachteile einer zwar eleganten, aber zu schlanken Waffe verfluchte. Warum nur hatte sie sich nicht längst ein möglichst breites Schwert zugelegt, dachte sie, als ihre Klinge wirkungslos vom Speerschaft abprallte. Aber das dachte sie sich bei jedem Kampf und unternahm dann doch nichts.

Es dauerte eine ganze Weile, bis der *fialgra* schwer verletzt sein Heil in der Flucht suchte. Halone wandte sich wieder Dyulind zu. Dyulind war noch gut zwanzig Schritt entfernt. Und schräg hinter ihm, jenseits der sich um Dyulind drängenden Angreifer, stand ein ungerüsteter *fialgra*, auf dessen Brust ein großes Knochenamulett prangte. Halone erkannte ihn sofort: Es war ein Schamane, einer der Wissenden der *fialgra*. Und dieser Schamane hob gerade die Hände, ohne die Augen von Dyulind zu wenden.

Halone überschlug in Gedanken blitzschnell die Entfernung. Zu weit, um ihn rechtzeitig zu erreichen. Also blieb nur eins. Sie sprang vor, griff einen Stein, warf ihn und traf den *fialgra* an der Stirne. Der Stein prallte wirkungslos vom Schädel des Schamanen ab, aber der *fialgra* hob den Kopf, ohne in seiner Beschwörung innezuhalten, und blickte unwillkürlich auf Halone.

Sie nutzte den Augenblick, machte eine rasche Geste. Der Schamane riss die Arme vor die Augen und heulte. Halone ließ erleichtert ihre Hand sinken. Auch wenn er sich gleich wieder in der Gewalt haben würde, für einige Augenblicke war er nun blind – und die unmittelbare Gefahr damit gebannt. Halone rannte los. Zwei Söldner verstellten ihr den Weg. Sie aber sprang empor, griff den Ast einer Buche und setzte über die Angreifer hinweg. Ehe sie begriffen, war Halone schon dicht beim Schamanen. Und wich im letzten Augenblick zur Seite aus, als ihr plötzlich ein Speer entgegenschoss.

Hinter dem Schamanen war ein *fialgra* hervorgestürmt, den Speer in der Hand, und stürzte sich ungestüm auf Halone. Nein, dies waren keine gewöhnlichen *fialgra*, schoss es Halone durch den Kopf, als sie dem Speerstoß auswich und den Rapier im Gegenangriff vorstieß. Sie wurde von dem Schamanen immer weiter abgedrängt. Hass und Wut machten sie blind für ihre Umgebung. A'lamjandir erschlagen. Jetzt erst brachen die Gefühle sich Bahn, genau im falschen Augenblick. Denn als der *fialgra* sich zur Flucht wandte, hatte sie den Schamanen ganz vergessen und stürmte ihm mit gezücktem Rapier hinterher.

Der *fialgra* drehte sich völlig unerwartet um, stürzte, vom eigenen Schwung getragen, hintenüber, und hatte doch noch genügend Zeit, ihr ein Pulver ins Gesicht zu werfen. Es brannte wie Feuer in den Augen. Der *fialgra* überschlug sich und kam behende wieder auf die Beine, zog eine Axt und griff an. Halb blind wich Halone seinem Hieb aus, machte Gegenangriffe, so gut sie konnte; spürte glühenden Schmerz, als die Axt ihren Arm streifte und das Leder ihres Ärmels zerriss. Wütend schlug sie mit der anderen Faust zu und traf den *fialgra* tatsächlich so glücklich, dass er nach hinten kippte und für einige Augenblicke kampfunfähig war. Halone wischte sich über die Augen und sammelte sich. Sie brauchte etwas Zeit, um zumindest die Armverletzung notdürftig zu versorgen, dann konnte sie sich wieder in den Kampf werfen.

Ihr Verstand erfasste den Geist des Waldes, erbat sich

Beistand und formte ihn zu ihren Gunsten. Da kam der *fialgra* erneut auf die Beine. Die Kraft begann zu fließen.

Gerade hatte sie den letzten Gedanken zu Ende gedacht, da wurde sie vom Stiel der Axt getroffen. Sie stürzte zu Boden und verlor das Bewusstsein. Die Magie tat bereits ihre Wirkung.

Der *fialgra*, den die anderen Hargul nannten, war missmutig zu seinen Kameraden zurückgekehrt. Da war diese Elfe zum Greifen nahe gewesen, er hatte sie sogar getroffen, und dann war sie plötzlich verschwunden. Einfach weg. So etwas sollte einem aufrechten Krieger nicht geschehen, dachte Hargul. Das gehörte sich einfach nicht. Auch wenn sie ihm den Rapier hinterlassen hatte, der ihr beim Sturz aus der Hand gefallen war, die Waffe allein genügte ihm nicht. Er fühlte sich um seine Beute betrogen. Feinde mussten so sterben, dass auch etwas von ihnen übrig blieb, wo lag denn sonst der Sinn, gegen sie zu kämpfen? Und bisher hatten sie sich auch stets brav an diese Regel gehalten. Aber diese Elfe war einfach ... verschwunden. War gefallen und gleichzeitig verschwunden, als hätte das Unterholz sie verschluckt.

Hargul wusste, dass er so etwas eigentlich sofort den Wissenden oder den Suchern melden musste, aber er hatte keine Lust, seine Schmach anderen einzugestehen. Viel wichtiger war ihm, noch ein anderes Opfer zu finden, das dann nicht verschwand. Wenigstens wäre dies ein Ersatz.

Doch Hargul gehörte zu den *fialgra*, die grundsätzlich Pech hatten. Er sah nur noch Leute seiner eigenen Seite, die entweder ein letztes Gefecht zu ihren Gunsten entschieden oder herumeilten und plünderten – oder aber die Menschen hatten sich die übrigen Feinde vorgenommen. Enttäuscht schulterte er seine Axt und überquerte das ehemalige Dorfgelände. Überall hatte man

Feuer gelegt. Tief atmete Hargul den Rauch ein. Der Geruch des Krieges beruhigte ihn ein wenig. Vielleicht fand er ja wenigstens ein paar Verwundete, an denen er seinen Ärger auslassen konnte. Da fingen seine Augen einen Glanz auf. Den reinen Glanz von elfischer Magie. Vielleicht gab es doch noch etwas zu tun, dachte Hargul und eilte los.

*

Aldhelm rannte. Er rannte, als wären tausend Dämonen hinter ihm her. Seine Füße berührten nach Elfenart kaum mehr den Boden. Zunächst flogen die Bäume rechts und links an ihm vorbei, er wich dem Gestrüpp mühelos aus, ohne dass auch nur ein Ast ihn berührte. Doch war er nur ein Junge, kein ausgewachsener Elf, und die Furcht hatte ihre Klauen tief in seine Gedanken gegraben. So erschöpften sich seine Kräfte rasch, und gleichzeitig hinderte ihn die Angst daran, in den Kräfte sparenden Dauerlauf zu verfallen, den jeder Elf von den ersten Schritten an zu meistern lernte. Immer öfter streifte er Zweige, verfing sich gelegentlich in Ranken von Brombeeren, stürzte gar ein Mal, fuhr jedoch sogleich wieder hoch und rannte unter Aufbietung aller seiner Kräfte weiter. Er trat in ein großes Bett von Klebkraut, das an seinen Beinen zerrte. Er schenkte ihm keine Beachtung.

Die *feygra* waren da. Die Schauergeschichten seiner Großmutter waren Wirklichkeit geworden. Die größten Feinde ihres Volkes standen in ihrem Wald, ungehindert waren sie bis zum See vorgedrungen. Und dort hatten sie seinen Bruder getötet. Die *feygra* waren da.

Aldhelms Gedanken kreisten nur noch um dieses eine Wort: *feygra*. Seine Beine gaben alles, was in ihnen steckte. Noch nie war er so gerannt, nicht einmal beim großen Wettlauf mit den anderen. Für einen Augenblick achtete er nicht auf den Weg, dachte nicht daran, dass da ein viel größeres Hindernis auf ihn lauerte – und dann lag der gewaltige Ameisenhaufen schon vor ihm, größer als er selbst und voller winziger, geschäftiger Tiere. Ihm gelang es zwar noch, zur Seite zu springen und nicht mitten hineinzulaufen; aber dabei verlor er das Gleichgewicht, stolperte noch ein paar Schritt und stürzte mit einem gewürgten Schrei vornüber.

Der Ausweg

Dyulind sah sich eingekreist. Das Schwert vibrierte in seiner Hand. Nach Halones Eingreifen hatte er durch eine Lücke in den Reihen der Feinde schlüpfen können, war über Baumwipfel gesetzt, aber dann hatten sie ihn wieder gestellt. Der Kampf hatte ihn erschöpft. Nun stand er einem Dutzend *fialgra* und *telor* gegenüber, die durch die erfolgreiche Schlacht nicht nur in Siegestaumel, sondern auch in Raserei versetzt worden waren.

Er wusste: Das war sein Ende, wenn er nicht rasch etwas unternahm. Allein mit der Waffe in der Hand würde er kaum überleben. Aber etwas Zeit gewinnen, das konnte er. Er stieg auf ein Bein, richtete die ganze Spannung seines Körpers auf das Schwert, das in seiner Faust lauerte, und bereitete sich auf einen letzten Adlerschlag vor, einen tödlichen Hieb, den er in langen Jahren des Kampfes und des Übens entwickelt hatte.

Nacheinander stürmten zwei der heißblütigeren *fialgra* auf ihn zu, doch als er ihre Angriffe mit nur jeweils einem kraftvollen Hieb beendet hatte, wagte keiner mehr einen Vorstoß. Statt ihn in gemeinschaftlichem Angriff zu überwältigen, hielten sie ihre Waffen bedrohlich gehoben, bereit zum Angriff. Dyulind spürte, wie sie ihren Zorn kaum bezähmen konnten – sie wirkten wie eine Meute ausgehungerter Hunde, die an ihren Leinen zerrten. Dyulind konzentrierte sich auf seine Verletzungen, ohne dass seine Aufmerksamkeit gegenüber den *feygra* nachließ. Energien durchströmten seinen Körper, schlossen Verletzungen und heilten Wunden. Solange er seiner Magie mächtig blieb, war vielleicht noch nicht alles verloren. Da keimte wieder neue Hoffnung in ihm auf. Wenn die *feygra* noch ein wenig zögerten, würde er es vielleicht schaffen, ihre Reihen zu durchbrechen, und den Boden gewinnen, der sein Überleben bedeuten könnte – und es ihm damit ermöglichte, die Kunde des Angriffs den *lairfeyra* der anderen Dörfer des Waldes zu überbringen.

Er sammelte sich und ließ seinen Körper langsam Spannung aufbauen. Die Ungeduld der *feygra* wurde unerträglich. Was immer sie zurückhielt, jeden Augenblick mochte der Bann brechen. Im Stillen konzentrierte Dyulind sich auf die Kraft, die seine Flucht einleiten sollte. Nur noch wenige Augenblicke mussten die *feygra* zögern, dann hatte er es geschafft.

Da teilten sich die Reihen der Krieger. Ein massig gebauter *fialgra*, der die anderen um wenigstens einen Kopf überragte, erschien zwischen ihnen. In seiner Faust lag eine große Knochenkeule.

Der Großschamane der *fialgra* war persönlich gekommen.

*

Er hatte es genossen, den letzten beiden Vertretern dieses verhassten Volkes die Köpfe einzuschlagen. Der Feuerschein der brennenden Bäume bot genau die richtige Beleuchtung für diesen Triumph. Ein ganzes Dorf mit einem Schlag ausgelöscht, das war eine große Tat. Bhrogol küsste seine Keule und sah sich zufrieden um. Seine Leute spürten die wenigen auf, die sich verborgen hatten; und manch ein Elf war dem Ring der Wächter geradewegs in die Arme gelaufen, die in weitem Kreis um das Dorf im Verborgenen gelauert hatten. Auch mit den Menschen war er zufrieden. Wider Erwarten hatten sie sich als brauchbare Kameraden erwiesen. So seltsam sie auch sein mochten mit ihrem ganzen Gehabe, sie verstanden ihr Fach. Nun, sein Freund auf dem Gletscher würde zufrieden mit ihnen sein. Er würde sie belohnen ... so reich belohnen ... und sie hatten dann auch die alte Schuld beglichen, in der sie noch bei ihm standen.

So freute sich Bhrogol auf den Nachschub für seine Opferungen bei der Siegesfeier, als ein kleiner Botengänger angerannt kam. Der Herr der Elfen sei noch am Leben, dort hinten stünde er; er kämpfe wie ein Berserker und viele *fialgra* seien unter seiner Klinge bereits gefallen. Auch die *telor* trauten sich nicht so recht an ihn heran.

Bhrogol war erstaunt. Er hatte den Herrn, wenn er denn Herr war, längst für tot gehalten. Aber da gab es dann wohl doch noch etwas zu erledigen. Seufzend trabte er los.

Eingekreist von *fialgra*, in denen Furcht und Blutgier gleichermaßen wüteten, stand der Elf da, blutete aus vielen Wunden und wirkte dennoch Furcht einflößend. Er konzentrierte sich. Bhrogol fluchte.

»Lasst mich durch, ihr Schwachköpfe!«, brüllte er und stieß achtlos die Leute beiseite, die nicht schnell genug Platz machten. Bhrogol spürte die Dichte der magischen Kraft in dem Elfen, rasend schnell wurde sie höher; mit seiner erweiterten Wahrnehmung war es ihm, als beginne der Elf zu glühen. Es war schon fast zu spät.

Gerade stürmte er unter Mark erschütterndem Gebrüll vor, um der Vorbereitung ein Ende zu machen, da ging eine Veränderung im Gesicht des Elfen vor. Er sah Bhrogol auf sich zustürmen, erkannte den Großschamanen in ihm, und blitzartig leitete er die gesammelte Energie seines Zaubers in andere, in schnellere Bahnen.

Bhrogol schwang seine Keule, erreichte Dyulind,

doch anstatt mit dem Elfen zusammenzuprallen und ihn unter seinem massigen Körper zu begraben, rannte er ins Nichts. Er spürte noch die Berührung einer Feder an seiner Wange, dann krachte er, vom eigenen Schwung getrieben, mit solcher Wucht gegen einen Baum, dass er für einen Augenblick Sterne sah. Doch er hatte keine Zeit, sich mit dem Schmerz abzugeben. Mit einer für seine Größe erstaunlichen Behendigkeit fuhr er herum.

Der Platz, wo Dyulind gerade gestanden hatte, war leer. Bhrogol riss den Kopf in die Höhe. Also dort war der Elfenfürst! Er hatte etwas Ähnliches erwartet. Statt eines Elfenkriegers flatterte dort oben ein Falke, der mit eiligen Flügelschlägen an Höhe gewann.

Bhrogol verschwendete keine Zeit zum Fluchen. Er streckte die Arme gen Himmel und überschlug im Kopf die Zeit, die er benötigen würde: Wenig nur, der Elfe hatte selbst wohl kaum noch Kraft.

Einen Augenblick später war der Großschamane verschwunden. In einem eleganten Bogen jagte eine große Schwalbe in die Lüfte empor.

*

Aldhelm verschluckte sich, hustete, schnappte nach Luft und krallte die Hände in den Waldboden. Sein Fußknöchel tat unerträglich weh. Klebkraut hatte sich an seine Unterschenkel geheftet. Doch eine innere Stimme trieb ihn unbarmherzig an. Weiter! Seine Lungen bebten. Er musste weiter! Sein Körper zitterte vor Erschöpfung. Das Dorf warnen! Verzweifelt fletschte er die Zähne, stieß sich vom Boden ab und torkelte los. Der Knöchel war nicht gebrochen, nur ein wenig gezerrt wohl, aber dieses Wissen linderte die Schmerzen nicht, die die Qual des Laufens zusätzlich erhöhten.

Es war nicht mehr weit, er wusste es. Jeder Strauch und jeder Baum waren ihm hier vertraut; der Weg war für ihn so klar, als würde er auf einer Straße gehen. Aber ihm fehlte die Kraft. Die Kraft für lächerlich wenige Schritte, verglichen mit der Entfernung, die er rennend zurückgelegt hatte. Gerade noch wich er einem dichten Weißdornstrauch aus, an dessen langen und spitzen Dornen manche Beute eines Neuentöter ihr Ende gefunden hatte. Beinahe hätten sie das Blut eines Elfenjungen gefordert – der Schmerz hätte vermutlich genügt, um ihn endgültig zuammenbrechen zu lassen.

Irgendwo im Nebel der Erschöpfung nahm er ein Krachen und Bersten wahr, Schreie und Waffengeklirr. Das Blut rauschte in seinen Ohren und vernebelte seine Wahrnehmung. Waffengeklirr. Aldhelm stürzte gegen einen Baum und holte zusammengekrümmt und mit aufgerissenem Mund Luft. Waffengeklirr. Es kam aus der Richtung, in der sich das Dorf befand.

Gewiss eine Täuschung, redete er sich ein. Und eilte weiter. Er musste den Eltern und den anderen von Aldlifs Tod berichten. Schnell. Bevor die *feygra* das Dorf erreichten. Aber wenn da Waffen klirrten, dann ...

Rote Punkte zerplatzten vor seinen Augen. Seine Beine fühlten sich wie zwei glühende Holzspieße an. Der Wald drehte sich um ihn. Er bekam kaum noch Luft. Die blutigen Schrammen, die Äste und Sträucher ihm beigebracht hatten, spürte er gar nicht mehr. Aber er stolperte weiter.

Die Kampfgeräusche wurden lauter. Gelegentlich tauchten Lichterscheinungen den Wald für den Bruchteil eines Augenblicks in ein geisterhaftes Licht. Langsam verarbeitete sein Gehirn die Eindrücke. Doch anstatt stehen zu bleiben, jetzt, da die *feygra* längst über das Dorf gekommen waren, schleppte sich Aldhelm unbeirrt weiter. Der Drang, das Dorf warnen zu müssen, wurde abgelöst von der Furcht um seine Eltern.

Doch als er sah, was dort geschah, wurden all seine Sorgen hinweggefegt von nur einem Drang: zu überleben. Und dazu hieß es: rennen. Also weiter. Weiter! Nur weiter.

Er ließ das Inferno hinter sich und rannte blindlings durch den Wald. Sein Glück allein bewahrte ihn vor der Entdeckung durch die Sucher, die einen weiten Ring um das Dorf gebildet hatten und aus dem Verborgenen heraus flüchtige Elfen abfangen sollten. Denn er rannte nur wenige Schritt, als eine Brombeere mit ihrer stacheligen Ranke seinen Fuß fing. Mit rudernden Armen stürzte er vornüber, schlug mit dem Kopf gegen einen Baumstamm und blieb regungslos liegen.

Als Aldhelm das Bewusstsein wiedergewann, war ihm übel wie nie zuvor. Die Umgebung verschwamm vor seinen Augen und der Schüttelfrost ließ seine Glieder schlottern. Aber Aldhelm stand auf, stolperte weiter.

Der Wald drehte sich um ihn und alle paar Schritte sank er in sich zusammen und musste Kraft schöpfen. Er gab nicht auf. Nur fort!

So wurde es Abend. Doch selbst jetzt gönnte Aldhelm sich keine Ruhe. Die schrecklichen Bilder hatten sich in seine Erinnerungen gebrannt und trieben den halb besinnungslosen Jungen weiter.

Und dann kam das Geräusch. Zwischen den Bäumen vernahm Aldhelm etwas, was er noch nie gehört hatte. Es war ein Brummen oder Pfeifen, noch weit von ihm entfernt, doch schon jetzt laut und bedrohlich. Aldhelm starrte in die Finsternis. Das Brummen kam nicht näher, sondern schien an einem Ort zu verharren. Als der Knall eines berstenden Baumes zu ihm hinüberhallte, zuckte Aldhelm zusammen.

Größere Gefahr. Es rieselte Aldhelm kalt den Rücken hinunter. Da lauerte also eine noch größere Gefahr. Wenn sie auch im Augenblick auf einem Fleck verharrte – er war überzeugt, jeden Moment konnte sie sich in Bewegung setzen.

Also torkelte er weiter. Das fremdartige Geräusch wurde zu einem Brausen und Tosen, aber es kam nur näher, wenn Aldhelm sich darauf zu bewegte. Und wurde leiser, als er sich verbissen weiter und weiter durch den nächtlichen Wald arbeitete.

Schließlich klammerte er sich vollkommen erschöpft an einem Baum fest. Das Brausen erklang in weiter Ferne. Für den Augenblick war er sicher. Er sank am Baumstamm herab und war fast augenblicklich eingeschlafen.

*

Halone erwachte. Blut klebte ihr an der Stirn. Ihr Arm fühlte sich auch nicht so an, wie es sich für einen gesunden Arm gehörte. Aber da war etwas Schlimmeres. Ein Donnern und Rauschen hatte sie aus der Bewusstlosigkeit gerissen, und die Tatsache, dass der Boden zitterte. Und der Wald um sie herum wand sich wie unter Schmerzen, das spürte sie.

Mühsam kam sie auf die Beine. Außer ihrem Arm schien sie ganz in Ordnung zu sein – der Hieb, der ihr die Besinnung geraubt hatte, hatte eine Schramme hinterlassen, die verheilen würde. Das Blut war bereits verkrustet.

Kaum wieder Herr ihrer Sinne, übernahm ihre Intuition die Kontrolle. Rasch sicherte sie nach allen Seiten. Sie war allein. Das Donnern drang aus den Tiefen des Waldes zu ihr herüber, aber es konnte nicht allzu weit entfernt sein. Halone humpelte los.

Was sie sah, entlockte ihr einen Ruf des Unglaubens. Senkrecht zwischen den Bäumen wuchs eine Windhose empor, eine Windhose, die in sechzig Schritt Höhe spitz zulief. Unten ging sie in die Breite, als hätte man eine Stange Wachs mit Wucht auf einen Tisch gedrückt. Das

Unerklärlichste aber war, dass sich außerhalb des wirbelnden Konus kein Lüftchen regte, so, als gäbe es den Wirbelsturm gar nicht. Einzig das Brummen und die Erschütterung des Waldbodens wiesen auf seine Existenz hin. Ganz unten stoben kleine Äste und Laub zur Seite: Der Konus bohrte sich geradezu in den Boden. Oder aus dem Boden heraus. Halone zuckte zusammen. Natürlich! Aus dem Boden heraus! Das bedeutete, dass genau unter ihr ein was-auch-immer versuchte, sich an die Oberfläche zu graben.

Gerade wollte sie die Flucht ergreifen und losrennen, als das Brummen plötzlich leiser wurde. Das Zittern ließ nach. Der Konus … schrumpfte. Er sank nicht etwa in den Boden zurück, nein, er wurde gleichmäßig in allen Dimensionen kleiner. Verlor an Kraft. Erstaunt beobachtete Halone, wie die Windhose zu einem Strich schrumpfte, kaum mehr als ein haarfeines Flirren in der Luft. Und dann war die Erscheinung ganz verschwunden. Einzig eine kreisrunde, vollkommen glatt geschmirgelte Fläche zwischen den Bäumen zeugte von dem, was sich hier gerade abgespielt hatte.

Argwöhnisch berührte Halone den Kreis mit einem Stock. Nichts geschah. Sie strengte ihre Sinne an. Der Wald um sie herum hatte sich wieder beruhigt. Und wenn der Wald diese Erscheinung nicht mehr spürte, dann konnte sie sich sicher sein, dass da auch wirklich nichts mehr war. Einzig die freigewirbelte Fläche erschien wie ein Loch im Gewebe aus natürlichen Sinneseindrücken. Halone schüttelte verwundert den Kopf.

Und erschrak bis ins Mark. Über der Erscheinung hatte sie ganz vergessen, was geschehen war. Ihre Hand fuhr zum Gürtel, ertastete aber nur die leere Scheide ihres Rapiers. Der Arm beantwortete jede Bewegung mit einem wütenden Stechen. Der Dolch?

Mit einem Anflug von Erleichterung zog sie die schlanke Klinge aus dem Gürtel. Im Ernstfall würde er ihr nicht viel nützen, aber ein Dolch war immerhin besser als nichts.

Halone eilte zurück zum Lager.

*

»Da, noch einer.«

Tharnundrê sah nicht auf.

»Ah. Gut. Hierher.«

Der Krieger stieß das zitternde Bündel vor, das Tharnundrê voller Unglauben und Furcht anstarrte.

»Wollte sich verstecken«, erklärte er. Tharnundrê nickte.

»Der wievielte?«

»Der zehnte in dem Alter. Das sollten alle gewesen sein, soweit wir wissen.«

»Wir wissen es doch genau, denke ich«, sagte Tharnundrê scharf. Der Krieger zuckte wie unter einem Peitschenhieb zusammen.

»Sicher. Natürlich! Wir haben die Sippe lange genug beobachtet. Aber es waren ... zwölf.«

Tharnundrê seufzte. Sie legte ihre Herzhölzer beiseite und musterte den Gefangenen.

»Alter, nach menschlichen Maßstäben zwölf, dreizehn ... gut gemacht!«

Der Krieger drehte ihm grob die Arme auf den Rücken und zwang ihn, Tharnundrê ins Gesicht zu starren. Sie packte ihn am Kinn und verhinderte damit, dass ihr Opfer den Kopf wegdrehen konnte. Dabei schien ihr Blick nicht unangenehm. Im Gegenteil, er war sanft und gütig, strahlte eine beruhigende Kraft aus. Doch wenn man ihm zu lange ausgesetzt war, merkte man plötzlich, dass man sich von diesen dunklen Augen, die begonnen hatten, das eigene Innere zu erforschen, nicht mehr losreißen konnte. Der Junge sträubte sich, wand sich im Griff der Frau, wollte wohl schreien, aber Tharnundrê war unerbittlich. Als sie endlich von ihm abließ, da war ihr Opfer schweißüberströmt und zitterte am ganzen Körper.

Der Krieger verharrte erwartungsvoll. Tharnundrê schloss die Augen, als überlege sie, und ihre Lippen bewegten sich. Dann schüttelte sie den Kopf.

»Er ist es nicht. Findet die letzten beiden. Bei eurem Leben. Und wenn ihr jedes Blatt einzeln umwenden müsst!«

»Müssen wir ihn wirklich ...«, fragte der Krieger.

Tharnundrê blitzte ihn an.

»Allein der Hass würde ihn schon *badoc*, unelfisch machen. Wir haben das so oft besprochen! Ein Hirsch, der leidet, soll von seinem Leiden erlöst werden, wenn Heilung nicht möglich ist. Und ich erwarte gerade von einem Krieger der *telor* keine falsche Gefühlsduselei!«

Der Mann machte ein unglückliches Gesicht, nickte und führte seinen Gefangenen ab. Wenig später hallte ein spitzer Schrei durch den Wald, der jäh erstarb.

Tharnundrê hob ihre Herzhölzer wieder auf und schlug einen langsamen Takt. Warum nur konnten ausgerechnet die Leute, die man suchte, nicht am richtigen Fleck sein? Alle anderen jungen *lairfeyra* waren brav bei ihrer Sippe gewesen, bis auf ausgerechnet jenen einen, den sie suchte, mit seinem Freund oder Bruder. Aber sie würde ihn schon finden.

Schwalbe gegen Falke

Bhrogol ahnte nur zu gut, was die anderen Schamanen von seiner Wahl hielten. Sie hatten weit eindrucksvollere Tiere zu ihren Geistwesen erwählt: Wölfe, Adler, ja sogar Berglöwen. Keine Schwalben. Doch Bhrogol wusste, was er tat.

Er hatte seine Wahl noch nie bereut. Denn obwohl er darin höchstens einer Fliege etwas zuleide tun konnte, war die Schwalbe doch der schnellste und vor allem der wendigste Vogel, den er kannte. Und noch dazu einer, der kaum auffiel. Was man von Berglöwen nicht unbedingt behaupten konnte. Es hatte ihn viel Zeit gekostet, diese Verwandlung zu entwickeln; üblicherweise genügte die Magie nicht für ein derart kleines Tier. Aber letzten Endes hatte er Erfolg gehabt.

Nun also war es wieder einmal so weit. In Gedanken rezitierte Bhrogol seit Beginn der Verwandlung eine Strophe, und er musste den Falken haben, bis sie zu Ende war: Dann würde die Magie vergehen, und Bhrogol würde wieder Bhrogol sein – ein äußerst ungünstiger Umstand, wenn man beispielsweise hundert Schritt hoch über dem Boden dahinzog. Er war geübt genug, um dem Lied keine große Aufmerksamkeit mehr schenken zu müssen. So entdeckte er rasch den Falken vor sich: den Falken, der kein anderer war als Dyulind. Er hatte einen nicht zu verachtenden Vorsprung, und er flog durch die Baumwipfel; ob er seinen Verfolger im Nacken ahnte, wusste der Großschamane allerdings nicht. Doch in seiner Schwalbenform war es nicht besonders schwierig, dem Falken zu folgen und den Abstand zwischen ihnen immer weiter zu verringern.

Dann schien Dyulind auf ihn aufmerksam geworden zu sein. Plötzlich vollführte der Falke eine scharfe Wende, gerade, als er um eine Kiefer herum geflogen war, und plötzlich war er hinter der Schwalbe. Bhrogol gewahrte die scharfen Klauen, die sich schon nach ihm ausstreckten. Doch so einfach war er nicht zu haben. Mit rasender Geschwindigkeit flog er eine enge Schlaufe – nur wenige Handbreit an einem Baumstamm vorbei – und gewann gleichzeitig an Höhe. Der Falke flatterte angestrengt und konnte ihm in einem größeren Bogen folgen. Bhrogol ließ ihn herankommen. Kaum war der Falke schräg über ihm, kaum hatte er die günstigste Angriffsposition erreicht, stürzte Bhrogol senkrecht in die Tiefe. Dem Falken konnte dies scheinbar nur dienen: Er öffnete siegessicher die Klauen und stürzte hinterher. Doch Bhrogol brach nicht zur Seite aus, wie Dyulind es wohl gehofft hatte, denn da hätte der Falke ihm den Weg abschneiden können und ihn wohl auch gefangen. Bhrogol stürzte weiter auf den Waldboden zu.

Die Umgebung verschwamm in der rasenden Geschwindigkeit, mit der er auf den Boden zuflog. Einzig ein runder Fleck im Zentrum seiner Sicht blieb scharf. Nur noch wenige Augenblicke, und er würde auf dem Waldboden zerschellen. Bhrogol hielt durch. Wenn er nur ein wenig zu früh ausbrach, dann hatte Dyulind seine Gelegenheit. Und die durfte Bhrogol ihm nicht bieten.

Plötzlich spreizte er seine Flügelchen, sein Fall wurde unmerklich abgebremst, doch genug, um den Falken plötzlich so nahe kommen zu lassen, dass dieser ihn beim Ausbrechen nicht mehr greifen konnte – und dann wandelte er blitzschnell den Fall in einen rasenden Gleitflug um. Keine Handbreit unter ihm zog der Boden vorbei.

Dyulind begriff zu spät die Gefahr, hatte sich zu sehr auf sein Opfer versteift und flatterte entsetzt mit den Flügeln. Tatsächlich gelang es ihm, den Sturzflug zu bremsen und ebenfalls aus dem Fall ein Gleiten zu machen, aber er kam nicht mehr rechtzeitig hoch – mit einem entsetzten Kreischen traf er auf dem Laub des Waldbodens auf, überschlug sich mehrfach in einer Wolke aus Blättern und Federn und erhob sich nur mit Mühe wieder in die Luft. Noch immer hatte er so viel Schwung, dass er geradewegs in die Höhe schoss. Doch sein rechter Flügel schmerzte. Viele Federn waren zerknickt. Immerhin flog er.

Er mochte gerade zwei Schritt über dem Boden sein, als er knapp über sich wieder die Schwalbe gewahrte. *Er wartet, bis die Magie abklingt,* dachte er. *Er weiß, dass ich nicht so lange in dieser Gestalt bleiben kann wie er. Aber warum verfolgt er mich dann nicht in größerem Abstand?*

Dyulind sollte die Antwort schneller erhalten, als er ahnte. Bhrogol dachte gar nicht daran, bis zu Dyulinds Rückverwandlung zu warten. Nein, Bhrogol setzte auf die einfachste Methode. Und für die war keine Form besser geeignet als die einer wendigen Schwalbe.

Gerade schwebte er schräg über dem Falken, so dicht, dass dessen Nackenfedern seine Bauchfedern streiften, da war die Strophe in seinem Kopf zu Ende. Achthundert Unzen Großschamane stürzten wie aus dem Nichts auf den Falken nieder und begruben ihn zwei Schritt tiefer unter sich. Das Genick des Vogels brach.

Dyulinds Flucht war beendet.

*

»Nein!«

»Willst mich aufhalten, toller Ork?«

Aldhelm schrak aus dem Schlaf. Und erstarrte. Dicht vor seinem Hals schwebte ein Wolfsmesser. Eine schwere Hand landete auf seiner Schulter. Die Helligkeit des Morgens tauchte den Wald in ein sanftes Glimmen. Der Mann, der ihm die Hand auf die Schulter gelegt hatte und ihm wohl einen Augenblick später die Kehle durchgeschnitten hätte, starrte eine haarige, äußerst breitschultrige Gestalt an. Das Wolfsmesser wich ein Stück von Aldhelms Hals zurück und bewegte sich auf den *fialgra* zu, der den Mann anfunkelte. Aldhelm spürte den Druck eines Knies zwischen den Schulterblättern, wo gestern noch der Baumstamm gewesen war.

»Zu wichtig«, erklärte der *fialgra* in brüchigem Garethi. »Du krümmst ihm ein Haar, ich versprech dir, die Riorn macht dich zu Stein.«

Nun wich auch der Druck von Aldhelms Schulter. Der Mann richtete sich auf.

»Willst du mich herausfordern?«, zischte er. Der *fialgra* verzog abfällig die Miene und hob betont langsam eine sehr breite, sehr große, von einer Rostschicht überzogene Axt. Wie durch Zufall brachte die Geste seine Oberarmmuskulatur besonders gut zur Geltung.

»Axt glänzt nicht«, erklärte er, »ist aber stärker als dein Schwert, Waldläufer.« Er deutete auf das Wolfsmesser.

Aldhelm riskierte einen Blick zu dem *telor*. Der Mann zitterte vor Zorn. Doch da gab es noch etwas anders, das ihn daran hinderte, die Sache an Ort und Stelle auszutragen: Die beiden schienen Teil eines gut zehnköpfigen Trupps zu sein, und der scharte sich nun um sie. Selbst die Menschen in der Gruppe ließen erkennen, auf wessen Seite sie standen: nicht auf der des Waldläufers.

Der Mann seufzte, riss Aldhelm grob am Arm in die Höhe und schob ihn den anderen zu. Aldhelm taumelte, drohte zu stürzen, wurde von den Händen einer Söldnerin aufgefangen und sogleich herumgewirbelt, die ihm die Arme auf den Rücken drehte und ein Tau darum wand.

»Dann haben wir ihn«, stellte ein großer Mann fest, der sich deutlich von den anderen abhob: Im Gegensatz zu ihnen, die sie ein Sammelsurium aus Kleidungsstücken trugen, war seine schwere Lederrüstung tadellos. Ein Helm saß auf seinem Kopf. Dieser war kein gewöhnlicher *telor*, er war ein Krieger.

»Wir gehen«, befahl er. »Die Riorn wird rasch ungeduldig. Wenn es der gesuchte Junge ist, können wir auf guten Lohn hoffen!«

Aldhelm wurde von der Söldnerin angestoßen, doch als nach den ersten Schritten die Beine unter ihm nachgaben, griff sie ihn um den Bauch und schleppte ihn ohne viel Federlesens weiter.

Geschrei. Aldhelm stürzte ins Laub. Unwillkürlich rollte er sich ab. Etwas zischte über ihn hinweg. Sie wurden angegriffen.

Er sprang auf die Beine und rannte los. Doch seine Bewacher waren aufmerksam geblieben: Nach den ersten Schritten traf ihn der Spann eines Fußes vor die Brust, sodass er stürzte. Ein Stiefel setzte sich auf seinen Nacken. Neben seinem Gesicht wurde der eiserne Bügel einer Armbrust auf den Boden gestoßen, als ihr Besitzer sie hastig spannte.

Aldhelm bekam von dem Gefecht nicht allzuviel mit. Es trug sich in schauerlicher Ruhe zu. Nur gelegentlich hörte er das befehlende Bellen des Kriegers oder einen Schrei, wenn einer von ihnen getroffen worden war. Aldhelm wurde an den gefesselten Armen emporgerissen und wie ein Schild vor seiner Wächterin hergetragen, die zusammen mit den anderen losrannte. Ihr Trupp hatte sich deutlich verkleinert: Anstelle von zehn waren nur noch sechs von ihnen übrig, soweit Aldhelm sehen konnte. Nach wenigen Schritten trafen Pfeile, die aus dem Nichts zu kommen schienen, erneut ihr Ziel. Die Söldner antworteten mit einem Hagel von Armbrustbolzen, doch die Angreifer waren bereits wieder verschwunden. Der Trupp hetzte weiter. Angst begann sich unter den Verbliebenen breit zu machen. Bald schon wurde Aldhelm erneut zu Boden geschleudert, konnte den Sturz wegen der Fesseln nicht abfangen und schlug sich den Kopf. Er hörte das Zischen von Pfeilen, dann den verzweifelten Ruf des Kriegers; neben seiner Nase stak plötzlich eine Axt im Boden, und gleich darauf stürzte der Körper seiner Wächterin über ihn. Der Schaft eines Pfeiles, der aus dem Körper der Söldnerin ragte, riss einen blutigen Striemen in seine Haut.

Dann war der Kampf vorbei. Er hörte die hastigen Schritte mehrerer Söldner, die in blinder Flucht auseinander stoben, hörte wieder das Zischen von Pfeilen, gelegentlich einen Aufschrei. Dann verhallten die letzten Schritte. Aldhelm war allein, begraben unter dem gerüsteten Körper seiner gefallenen Wächterin, und konnte sich nicht rühren. Die Fesseln schnürten ihm das Blut in den Händen ab. Dann schwand die Last von seinem Rücken. Er hörte die melodischen Stimmen von *lairfeyra*.

»Da ist noch einer! Nachwuchs der Rosenohren. Den übernehme ich!«

»Augenblick! Er ist gefesselt!«

»Und?«, erwiderte die erste Stimme widerwillig.

»Nicht gerade reich gekleidet für menschlichen Geschmack«, stellte eine dritte Stimme fest.

»Er ist kein Mensch«, rief der zweite, und Aldhelm spürte, wie jemand seine Haare zur Seite schob. »Das ist ein *lairfey*!«

Damit änderte sich das Verhalten der *lairfeyra* augenblicklich. Zwei knieten bei ihm nieder, und während der eine ihn sachte aufrichtete, befreite der andere ihn von den Fesseln. Aldhelm musterte die Elfen und hatte noch gar nicht begriffen, dass er gerettet war.

Die Elfen sahen gar nicht elfenhaft aus. Solche waren Aldhelm noch nie zu Gesicht gekommen: Sie trugen kein Leder wie daheim, sondern eng anliegende Kittel und Hosen aus einem fremden, in verschiedenen Grüntönen gefärbten Material. An ihren Seiten hingen Schwerter in ledernen, mit glänzender Bronze eingefassten Scheiden, und auf starken Lederpanzern prangte ein verschlungenes Wappen in düsterem Ziegelrot. Auch ihre Haare und Augen waren von ungewöhnlicher Farbe: Bei einigen glitzerten die Augen schwarzbraun und dunkelviolett, und die langen, zu Pferdeschwänzen zusammengefassten Haare wallten in dunklem Blond und Blauschwarz, Farben, wie sie Aldhelm von seiner eigenen Sippe nicht kannte.

Einer der Elfen reichte ihm hilfsbereit die Hand; die Handwurzel des Mannes wurde durch eine breite Lederschiene geschützt, die bis hinauf zum Ellenbogen reichte und mit Eisen verstärkt worden war.

Die Elfen versammelten sich um den schwankenden Aldhelm und sahen ihn mit mitleidigen Blicken an. Einer legte ihm sanft die Hand auf die Brust, wo er Aldhelms Herz pochen spürte, und murmelte Worte vor sich hin; immer wieder wiederholte er das Gemurmel. Aldhelm spürte frische Kraft durch die Handfläche des Elfen in seinen Körper fließen. Wunden begannen sich mit geisterhafter Geschwindigkeit zu schließen, und die Erschöpfung wurde erträglich, obgleich sie nicht wich.

»Deine Sippe? Deine Eltern?«, fragte der Elf. Aldhelm schüttelte den Kopf und gab sich alle Mühe, die Tränen zurückzuhalten, die plötzlich gegen seine Augen drückten. Der Elf nickte bekümmert.

»Zieh das an«, meinte ein anderer schließlich und

reichte ihm ein Tuch und eine Lederschnur. Gehorsam zog Aldhelm den Schurz an. Am liebsten hätte er ihn gleich wieder ausgezogen: Das fremde Material fühlte sich rau und seltsam auf der Haut an, viel ungemütlicher als das Leder, das er sonst trug. Der Elf grinste.

»Leider können wir mit Leder nicht dienen«, erklärte er, als hätte er Aldhelms Gedanken gelesen. »Das Leinen muss erst einmal genügen.« Dann wandte er sich an eine Elfe unter ihnen und sah sie fragend an.

»Wäre ein zu großer Zufall«, murmelte sie auf seinen Blick hin. »Kaum möglich.«

Was immer sie gemeint hatte, sie zuckte mit den Achseln und trat vor Aldhelm hin. Nach einer raschen Untersuchung machte sie ein erstauntes Gesicht.

»Gut!«, murmelte sie. »Sehr gut!« Und zu den anderen gewandt: »Er hat keine Familie mehr. Und er scheint mir durchaus geeignet! Ein wahrer Zufall!«

Aldhelm wusste nicht, wovon sie sprach. Er fühlte sich von starken Armen emporgehoben und dann ging es quer durch den Wald. Aber diesmal wurde er nicht wie ein nasser Sack getragen, sondern erstaunlich sanft; der Wald zog an ihm vorbei, und er spürte zu seinem eigenen Erstaunen, dass Schläfrigkeit ihn übermannte.

Als er erwachte, immer noch in den Armen des Elfen, befanden sie sich in einem Waldgebiet, das Aldhelm vollkommen unbekannt war. Er wusste nicht, wie lange sie gelaufen waren; offensichtlich hatte er sehr lange geschlafen.

Der Trupp war stehen geblieben. Der Elf sah, dass Aldhelm erwacht war, und setzte ihn vorsichtig auf dem Boden ab. Sie schienen auf irgendetwas zu warten und nutzten die Zeit, in Ruhe zu meditieren. Aldhelm schwieg.

Dann teilten sich die Büsche vor ihnen, und ein Wesen, das zweifellos kein Elf war, trat auf ihn zu: ein

Mann, schlaksig, mit einem Vollbart und runden Ohren. Bärte und Rosenohren hatte er bei den Söldnern zum ersten Mal gesehen. Sofort wirkte der Mann auf ihn bedrohlich. Er steckte in einem bis zu den Fußknöcheln reichenden Gewand, das mit rätselhaften Symbolen bestickt war. In der Hand hielt er einen Stab.

»Andara hat dich mir empfohlen«, erklärte der Mann in fließendem Isdira, als er vor Aldhelm stand. »Ich werde dich prüfen. Es dauert nicht lange.«

Von der Prüfung, von deren Sinn Aldhelm keine Ahnung hatte, merkte er nicht viel; der Mann murmelte Formeln, legte ihm die Fingerspitzen auf die Stirn, blickte ihm in die Augen, klopfte die verschiedensten Regionen seines Körpers ab, blickte ihm in die Ohren und in die Nase. Aldhelm stand stocksteif da und ließ das alles über sich ergehen. Derweil fragte er sich, was der Mann von ihm wollte. Jedenfalls kam es ihm ganz so vor, als sei er etwas Besonderes, und das machte die Sache spannend.

Schließlich trat der Mann zurück. Er lächelte.

»Entschuldige meine Unhöflichkeit«, erklärte er. »Ich bin Magister Ludger vom Orden Feydalir. Musterer und Ausbilder.« Auf Aldhelms verständnislosen Blick hin fuhr er fort: »Ich bilde die Fähigen in der Kunst der Magie aus. Ich lehre sie, die Magie zu erkennen und zu gestalten, und zwar auch jene Magie, die einem Elf unbekannt ist. In Feydalir machen wir erfahrene Elfen aus euch, auf dass ihr, wenn ihr reif seid, eurem Volk von Nutzen sein könnt, wie es kein Elf sein könnte, der nur seine Sippe kennt. Wir sind ein großes Dorf – mit vielen, die lernen, und vielen, die lehren. Und du bist begabt genug, um in unsere Sippe aufgenommen zu werden. Ach, ein spannendes Leben harrt deiner! Doch sage, mein junger Freund, bist du bereit, fortan beim Orden zu Feydalir zu leben und zu lernen? Man sagte mir, deine Sippe sei nicht mehr.« Der Mann hob die Hand.

»Überlege es dir gut, denn deine Entscheidung wird endgültig sein.«

Aldhelm zögerte nicht. Zwar verstand er kaum die Hälfte von dem, was der Mann mit dem Haarwald im Gesicht ihm in seiner geschwollenen Sprache zu erklären versucht hatte, doch spürte er Gutwilligkeit in dem Magier, Hilfsbereitschaft und Ehrlichkeit. Auch Macht, große astrale Macht und großes Wissen. Zudem etwas Verwirrendes: Obgleich an Jahren nicht besonders alt, war er grauhaarig, so, als altere er schneller als die Elfen. Und zu guter Letzt: Nachdem Aldhelms Sippe ausgelöscht worden war, kam es ihm wie ein Traum vor, dass er nun eine neue Familie finden sollte – heiß sehnte er das *salasandra* herbei, bei dem er im Austausch mit anderen Elfen all seine Furcht endlich würde lindern können.

Er nickte.

Feydalir

Die Festung war ein Fels, in der Ferne umstanden von den fast senkrecht in den Himmel ragenden Bergen, überwachsen von fremdartigem Efeu, von Efferdmoos gegen Feuermoos, blaugrün gegen orangerot; gewaltig und von jenem unverwüstlichen, unverrückbaren Charakter wie das Gebein der Erde selbst.

Aldhelm schlug das Herz bis zum Hals, als er weiterging. Das Tor kam immer näher, ein gähnendes Loch gleich einem weit geöffneten Rachen, in dem ein warmes, orangegelbes Licht schimmerte. Aldhelms Retter verabschiedeten sich vom Magier Ludger und ihm und verschwanden wieder im Wald.

Die beiden hochgewachsenen Elfen, die mit geschulterten Bögen zu beiden Seiten des Portals standen, warfen dem Jungen, der sie mit vor Staunen geöffnetem Mund und weit aufgerissenen Augen ansah, amüsierte Blicke zu: Sie sahen so ganz anders aus als die Elfen zu Hause. Unter dunkelbraunen Waffenröcken und Mänteln aus heller Wolle lugten genietete Kettenpanzer hervor, deren Ringe blinkten und so geschmeidig wirkten wie die Haut einer Schlange. An ihren Hüften lagen lange, elegante Schwerter in bronzebeschlagenen Scheiden und ihre Hände ruhten gelassen und zugleich wachsam an breiten Gürteln von dunklem Leder. Solche Elfen hatte Aldhelm noch nie gesehen. Er kam sich in seinem Schurz immer kleiner und unbedeutender vor.

Erst als Magister Ludger ihn mit sanftem Druck an

der Schulter zum Weitergehen aufforderte, konnte Aldhelm den Blick von den beiden hochgewachsenen Gestalten reißen.

Ein freundlich dreinblickender Elf löste sich aus dem Schatten des Torbogens und trat zu ihnen, als sie an den beiden Wächtern vorbeigeschritten waren. Er unterschied sich kaum von den beiden anderen, außer, dass er keinen Mantel trug. Unter dem Halssaum seines Kittels schimmerte der polierte Stahl eines Brustharnischs, und auf seiner Schulter prangte ein gesticktes Wappen. Der Elf verneigte sich vor Ludger und Aldhelm und stellte sich als Hyn vor. Ein Schauer von Ehrfurcht durchrieselte Aldhelm, als sie dem Elf ins Innere der Festung folgten.

Seinem Blick boten sich auf Schritt und Tritt neue Wunder dar: Sie waren nach einer viele Herzschläge dauernden Wanderung durch den Zugangstunnel hinter dem Hauptportal in das Innere der Burg getreten. Obwohl eine hohe Mauer den Hof wie das Innere eines Kelches umschloss, war die Luft von einem hellen, goldgelben Sonnenlicht erfüllt. Majestätisch standen große, steinerne Gebäude auf dem großen Hof: Zur Linken eine quaderförmige Halle, deren Wände von einer Säulengalerie gesäumt wurden; weite Bogenfenster erlaubten den Blick ins Innere, das, soweit Aldhelm aus der Ferne erkennen konnte, aus einem einzigen großen Platz unter freiem Himmel bestand. Zur Rechten befand sich ein lang gestrecktes Gebäude mit erstaunlich vielen Türen, die aber nur bis zur Brusthöhe eines Erwachsenen reichten. Darüber gab es Öffnungen, die in den meisten Fällen von einem Pferdekopf ausgefüllt wurden, der neugierig herausschaute. Zum ersten Mal in seinem Leben sah Aldhelm Ställe.

Sie schritten quer über den Platz, den das Säulengebäude zur Linken und die Ställe zur Rechten bildeten, auf eine große Statue zu, die einen Elfen und eine Elfe mit gezogenen Waffen darstellten. Hinter der Statue ragte ein gewaltiges Gebäude auf, dessen flaches Dach von schlanken, baumförmigen Säulen getragen wurde. Kunstvoll geschnitzte Ornamente zierten die Mauern. Und obwohl Aldhelm das Grunzen von Schweinen und das Wiehern von Pferden hörte, war der Boden hier so sauber und so weich wie der unberührte Grund des Waldes. Er sah nur wenige Elfen und einige Leute, die Elfen zwar entfernt ähnelten, aber doch anders waren – klein, stämmig und ein wenig plump, wie er fand. Niemand schien ihnen Beachtung zu schenken. Der Frieden dieses Ortes erfüllte Aldhelm trotz der vielen fremden Dinge mit Ruhe. Unwillkürlich fühlte er sich hier wohl.

Sie hatten die Statue hinter sich gelassen und schritten auf das Hauptgebäude zu. Gegen seine Größe wirkten alle anderen Bauten klein und belanglos. Drei Wächter standen oben am Ende einer breiten Steintreppe; und wieder hatte Aldhelm Grund zum Staunen: Diese hier waren keine Elfen, wie er an ihren bärtigen Gesichtern sofort erkannte; vor allem aber waren sie von Kopf bis Fuß in schimmerndes Eisen gehüllt, das die Sonne spiegelte und Aldhelm blendete. Sie wirkten darin selber wie Statuen oder wie bullige Käfer mit menschlichen Köpfen. Zu ihren Seiten lehnten große Armbrüste an der Wand. Die Wächter stützten sich lässig auf ihre Schwerter, in den Linken aber hielten sie Holzstäbe mit schnabelartigen Stahldornen am Ende. Als Aldhelm an ihnen vorüberging, schienen sie keine Notiz von ihm zu nehmen.

Dann wurden Ludger und Aldhelm von der Kühle des Hauses umfangen. Aldhelm vermochte nicht zu zählen, wie viele Wunder er gesehen hatte, bis sie endlich an ihrem Ziel waren: Hinter einem schweren Eichenholztisch blickte sie ein freundlich dreinschauender Elf an.

»Tritt vor!«

Gehorsam und scheu zugleich machte Aldhelm einen Schritt nach vorn.

»Du bist also Aldhelm. Ein Halbelf, wie ich sehe. Interessant ... Ich bin der Großmeister und Tempelherr dieses Ordens. Berichte von den Schrecken, die dir widerfahren sind.«

Gehorsam erzählte Aldhelm von dem, was er erlebt hatte. Es tat gut, sich alles von der Seele reden zu können – so schwer es ihm zunächst auch fiel. Als er geendet hatte, lehnte der Großmeister sich vor und reichte Aldhelm über den Tisch hinweg die Hand. Vor Aufregung zitterte Aldhelm.

»Als Junge bist du gekommen, als Mann wirst du gehen«, sagte der Tempelherr und hielt Aldhelm in seinem ruhigen Blick gefangen. »Du wirst dich hier wohlfühlen. Wir sind eine Gemeinschaft von Elfen, *telor* und angroschim, die sich dem Schutz dieses Waldes verschrieben haben. Dazu müssen wir gemeinsam stark und die besten Kämpfer der Salamandersteine werden. Wir leben hier in vollkommener Harmonie. So erlernen wir in kurzer Zeit, wofür andere viele Götterläufe brauchen.«

Er deutete zu einem hoch aufgeschossenen Elfen, der neben dem Tisch stand.

»Dein Lehrmeister im Kampf wird Airon sein. Er ist ein geübter Elf, ein *fey* der Auen aus dem fernen Oblarasim. Und dort hinten steht einer der wenigen *telor* dieser Burg: Morad, Meister für Kampfmagie. Was wir *fey* nicht voneinander lernen können, das lehrt er uns, gemeinsam mit Magister Ludger, den du schon kennen gelernt hast.«

Ein hagerer Mann nickte Aldhelm aus dem Schatten hinter dem Großmeister zu. Sein Blick war stechend, sein Gesicht bärbeißig, und der lange, gebogene Säbel an seiner Seite sah nicht danach aus, als hinge er dort zur Zierde. Eine ungewisse Ahnung von Unwohlsein machte sich in Aldhelm breit. Aber er hatte zu viel Furchtbares erleben müssen, um diesem Gefühl Beachtung zu schenken. Er war glücklich, ein neues Heim gefunden zu haben. Unter Elfen.

*

Halone saß zusammengesunken am Fuße einer Eiche und starrte zu Boden. Alle waren tot.

Ein tiefer Seufzer drang aus ihrer Brust. Ihre Tränen waren versiegt. Fast verlor sie allen Mut. Alle waren tot. Alle. Die gesamte Sippe, innerhalb eines Tages niedergemetzelt. Und sie, entkommen. Sie befand sich fernab des Kampfplatzes, fernab ihrer Feinde, ein weites Stück hatte sie fliehen müssen. Hatte andere *lairfeyra* alarmiert, als sie sie endlich getroffen hatte. War aber weitergelaufen, denn sie brauchte jetzt Einsamkeit. A'lamjandir, tot. Hätte sie doch ein Kind von ihm gewollt ... aber das wäre auch falsch gewesen. Dann hätte dieses Kind keinen Vater gehabt. Das war nicht gut.

Halone warf den Kopf in den Nacken. Sie würde kämpfen. Gegen den, der das getan hatte. Wer es auch immer gewesen sein mochte.

Aber nicht jetzt. Nicht hier. Zu frisch waren die Erinnerungen. Sie würde sich vorbereiten. Erfahrung sammeln. In die Welt hinausziehen, wie sie es schon so oft getan hatte. Und dann mit Erfahrung und Kraft zurückkehren. Um die Wälder vor einer neuerlichen Katastrophe wie dieser zu bewahren. Sie konnte ihre Sippe nicht wieder lebendig machen. Aber die anderen schützen, das würde sie können. Wenn sie erst einmal stark genug war.

Sie seufzte erneut. Und verharrte. Nach Tagen erst spürte sie wieder Kraft. Nach Tagen erst brach sie auf. In Richtung Neunaugensee. Um zu lernen. Um stark zu werden.

*

»Hrgh!«

Aldhelm japste und krümmte sich vornüber. Doch sein Gegner griff ihm ins Haar und trieb ihm erneut das Knie in den Magen. Röchelnd sank er in sich zusammen.

»Na steh auf! Ich zeige dir deinen Fehler«, rief Airon. »Du darfst nicht ...«

Aldhelm hörte die Worte des Lehrers wie aus weiter Ferne. Das war also die Harmonie, dachte er bitter. In einem großen Schlafsaal hatte er mit hundert anderen Elfenjungen die Nacht verbracht, er, der noch nie ein Federbett und schon gar keine Strohliege gesehen hatte, und am Morgen waren sie in aller Frühe aufgestanden, hatten sich mit kaltem Wasser gewaschen – wenigstens das war er gewöhnt – und waren alle gemeinsam drei Mal an der Burgmauer entlang um den Hof gerannt. Danach hatte es ein karges, aber sättigendes Frühstück gegeben – aus Dingen, die Aldhelm nicht schmeckten. Und dann hatten sie meditiert. Danach waren sie in dieses schachtelförmige Gebäude gerannt, hatten ihre Schurze auf den Steinbänken zurückgelassen und sich in einer Reihe aufgestellt. Gerüstete Elfen waren an ihnen vorbeigeschritten und hatten sie gemustert. Und jetzt hatten sie begonnen, das zu üben, was Lehrmeister Airon die ›Kunst des waffenlosen Kampfes‹ nannte. Aldhelm hatte vor den erwartungsvollen Blicken all der anderen dem jüngeren Elfen namens Tynor beweisen sollen, was er konnte. Nun, er hatte oft gerauft, aber diesmal war es ganz anders gelaufen. Er hatte sich vor dem Kleineren aufgebaut, siegessicher die Muskeln spielen lassen, und ihn mit beiden Händen an den Schultern gepackt. Aber da hatte Tynor ihm frech ins Gesicht gelacht – und ihm mit aller Gewalt das Knie in den Magen gerammt. Als Aldhelm sich daraufhin vornüber krümmte und vor Schmerz spuckte, hatte der Kleine ihm mit einem neuerlichen Kniestoß die Luft aus den Lungen getrieben. Aldhelm röchelte zu Füßen seines Gegners, der mit verächtlich gerecktem Hals über ihm stand.

Am Ende der Kampfübungen schleppte er sich zu den Steinbänken zurück und schöpfte Atem. Sein ganzer Körper wummerte unter den Hieben, Tritten und Schlägen, die er erhalten hatte. Tynor kam angewankt und legte ihm die Hand auf die Schulter.

»Kein Wunder, dass du schlecht bist. Bist ja nur ein Rosenohr.«

»Bin ich nicht!«, protestierte Aldhelm. Er spürte, wie ihm der Zorn die Röte ins Gesicht trieb. »Da! Meine Ohren sind spitz!«

»Ach. Bist halt ein Verschnitt. *badoc* ganz bestimmt.«

Aldhelm hörte, wie die anderen die Luft anhielten. Jemanden *badoc* zu nennen, das zählte zu den schlimmsten Beleidigungen, die einem Elfen ins Gesicht geschleudert werden konnten. Blitzartig schoss seine Linke vor, um den kleineren Jungen am Hals zu packen und ihm mit der Rechten eine Backpfeife zu verpassen. Doch es kam nicht dazu. Sein Gegner fing den Angriff mit einer beiläufigen Bewegung ab und plötzlich sah Aldhelm sich durch den eigenen Schwung von den Füßen gerissen und bäuchlings auf den Steinfliesen landen. Mit mehr Wucht als nötig sprang der kleinere Junge auf seinen Rücken und verdrehte ihm den Arm, bis Aldhelm glaubte, schon seine Knochen knacken zu hören. Um sie herum erschallte lautes Gelächter.

»So. Und nun, Halber, Spitzrose?«, fragte Tynor mit gespielter Gleichgültigkeit. Aldhelm zappelte in seinem Griff, aber jede Bewegung vergrößerte nur den Schmerz in seinem Arm. Unter dem hohntriefenden Lachen seines Gegners ließ er keuchend die Stirne auf die kalten Fliesen sinken und gab auf.

Das war es, was Aldhelm nun tagein, tagaus von der versprochenen Harmonie erhielt. Immer wieder Übungen, Wettrennen, Dauerläufe, Kämpfe; dazwischen Andachten, etwas, was an das *salasandra* erinnerte, aber eben nur daran *erinnerte*. Sogar im strömenden Regen und bei Kälte wurden sie aus den warmen Betten gescheucht, um aus der Burg hinauszulaufen in den nächtlichen Wald und nach einem langen Stück Weg wieder zurückzukehren. Alle diese Elfen, stellte er bald fest, verhielten sich so unelfisch, wie es nur möglich war – auf unerklärliche Weise waren sie vollkommen *badoc*, mehr Mensch denn Elf. Was als Rettung begonnen hatte, entwickelte sich langsam zu einem bizarren Albtraum.

Immerhin hatte er schon bald ein Schwert in die Hand bekommen. Ein scharfes, stählernes Schwert. Schlank war es, die Klinge schimmerte im Licht, elegant und tödlich. Die Kehrseite hatte er allerdings auch schon beim ersten Training hautnah zu spüren bekommen. Obwohl ein schlankes Langschwert, war es vor allem eines: schwer. Täglich musste Aldhelm Schlagserien auf Ziele aus Luft oder Stroh niedergehen lassen, täglich erlahmte ihm der Arm schon nach wenigen Hieben, täglich wurde er gezwungen weiterzumachen, auch wenn er schon glaubte, die Muskeln seines Armes müssten sich jeden Augenblick vom Knochen lösen. Das Schwerttraining schloss sich nach kurzer Pause an den waffenlosen Kampf an, von dem ihm der Körper stets noch dröhnte. Und war das Training vorbei, wartete der Lederlappen auf ihn, mit dem er die Klinge polieren musste, damit sie ihren Glanz nicht verlor. Tynor war häufig sein Übungspartner und sparte nicht mit Spott, insbesondere, wenn es um Aldhelms halbelfische Herkunft ging. Dass er Aldhelm zumindest als Leidensgenossen anerkannte, war schon ein großer Fortschritt.

Alles in allem: Aldhelm hasste es.

So war einige Zeit vergangen, als Aldhelm mitten in der Nacht jenes Drücken unter dem Magen verspürte, das einen selbst aus dem tiefsten Schlaf reißt und keinen Aufschub duldet, soll kein Unglück geschehen. Gerade erst war ein anderer Junge aus diesem Grunde aufgestanden und hinausgegangen.

Aldhelm schlug die Decke zurück und wankte, ebenso schlaftrunken wie zitternd vor Kälte, zwischen seinen schnarchenden Kameraden hindurch zum Ausgang. Die Abtritte befanden sich auf dem Hof gegenüber dem Schlafsaal. Noch eine Sache, die ihm fremd und abstoßend war. Zu Hause hatte man auf sorgsam gewählten Plätzen im Wald geschlafen, nicht in Bretterkisten. Zu Hause hatte es so etwas wie diese Abtritte nicht gegeben, da hatten entsprechende Stellen im Wald genügt.

Er scheute sich davor, ins Freie zu treten, doch war das Drängen unerbittlich. Die Kälte der Nacht reichte im Nu bis in die Knochen. Vorsichtig tastete er sich an der Wand des Gebäudes entlang. In der Ferne flackerte der einsame Feuerschein einer Wachfackel. Kalter Sand klebte an seinen Fußsohlen. Da gewahrte er einen Schatten vor sich.

Ehe er reagieren konnte, wuchs ein Schatten vor ihm empor. Aldhelm hatte nicht einmal Zeit, sich zu erschrecken, denn schon traf ihn ein Stoß so wuchtig vor die Brust, dass es ihm die Luft aus den Lungen trieb und er hart gegen die Mauer geworfen wurde; ein Japsen, und er wurde von einer Hand aus dem Dunkeln so an die Wand gepresst, dass er nur noch mit den Zehenspitzen den Boden berührte.

Sein Herz machte einen Sprung und raste. Unwillkürlich gab er dem Druck im Unterleib nach. Offensichtlich nicht ohne Folgen: Die Gestalt ließ ein zorniges Grollen erklingen. Doch das war auch schon alles. Aldhelm wollte schreien, aber die Stimme versagte ihm den

Dienst. Wie von einem Schraubstock wurde seine Brust gegen die Wand gedrückt. Verzweifelt versuchte er, um sich zu schlagen und zu treten und traf auch einen Körper, der in Leder und Stoff gekleidet war, doch seine Hiebe blieben ohne Wirkung. Der Angreifer dachte wohl, dass es nun an der Zeit sei, dem Ganzen ein Ende zu machen. Stahl blitzte im Licht der fernen Wachfackel auf, würde ihn von unten herauf im raschen Streich töten. Aldhelms Augen traten aus ihren Höhlen. Er würde jetzt gleich sterben ...

Sein Herz tat erneut einen Sprung, der seinen ganzen Körper bis in die Haarspitzen erschütterte. Er spürte, wie etwas gleich einer heißen Welle seine Beine heraufkroch, in seinem Bauch explodierte, seine Arme emporraste, die er unwillkürlich hob – und dann schoss ein greller Blitz in die Augen des Angreifers, noch ehe das Messer seine Bahn bis zu Aldhelms Magen hin vollendet hatte. Er schlug geblendet die Hände vor die Augen, der Druck verschwand von Aldhelms Brust, seine Füße setzten auf dem Boden auf, und nun gab es kein Halten mehr: Er rannte los, gewahrte eine zweite, dunkel gewandete Gestalt neben der Ersten und tauchte gerade noch unter einem Messer durch. Die Finsternis behütete seine Flucht.

Noch ehe er das Gebäude des Schlafsaals erreicht hatte, ging der Alarm durch die Burg. Die Entladung von arkaner Energie war den Wachen nicht verborgen geblieben. Magisches Licht flammte auf, durchflutete den Hof, Elfen mit schussbereiten Bögen und gezückten Schwertern kamen herbeigeeilt. Doch von den Angreifern fehlte jede Spur.

»Ihr habt einen Zauber gewirkt?«, hörte er eine raue Stimme hinter sich. Es war Morad, der Kampfmagier der Burg. »Das ist eine erstaunliche Leistung ... wirklich erstaunlich für einen Jungen! Schildert mir, wie Ihr es bewerkstelligt habt! Die anderen werden die Eindringlinge schon finden.« Morad führte ihn in ein Beratungszimmer, wo sie sich setzten. Aldhelm kam der Augenblick für lange Erklärungen etwas unpassend vor – aber einem Kampfmagier widersprach man nicht. Stockend erzählte er von den Geschehnissen, wurde von Morad immer wieder und wieder nach dem Vorgang gefragt, den er beim Wirken des Blitzes gespürt hatte; Morad wurde zusehends nachdenklicher. Er hieß Aldhelm aufstehen und untersuchte ihn gründlich, nachdem er eine Formel gemurmelt hatte. Schließlich trat er zurück.

»Ihr seid ein sonderbarer Schüler. Ungewöhnlich. Wirklich ungewöhnlich – aber nun geht und zieht Euch etwas an! Ihr müsst Euch ja zu Tode frieren.«

Dass er sich mehr zu Tode erschreckt als zu Tode gefroren haben mochte, auf den Gedanken schien Morad nicht zu kommen; jedenfalls war Aldhelm froh, als er den warmen Stoffkittel überstreifen konnte. Allerdings sah er sich nun von sämtlichen anderen Schülern umringt, die genau wissen wollten, was dort draußen geschehen war. Doch bald schon wurde er erlöst. Wenn auch auf eine ganz andere Art, als er es sich gewünscht hätte.

»Alle raus!«, brüllte Lehrmeister Airon, kaum dass er hereingestürmt war, »Rundschilde! Unsichtbarkeit vorbereiten! Wir werden angegriffen! Ihr könnt zum ersten Mal euer Können beweisen! Es wird ernst!«

Für die Dauer eines Herzschlages herrschte vollkommene Stille. Dann begann hektisches Treiben. Oft genug hatten sie für diesen Fall geübt. Seufzend rief sich Aldhelm das Muster des Unsichtbarkeitszaubers ins Gedächtnis, um ihn einsetzen zu können, wenn es Not tat, und rannte mit den anderen ins Freie.

Der Alarm war verfrüht. Hastig griff Aldhelm sich eine der Decken, die andere Schüler zur Mauer geschafft hatten, und wickelte sich darin ein. So kauerte er auf seinem Posten oben zwischen den Zinnen bei den Elfen, die ihre Bögen vorbereiteten. Binnen kurzem hatte sich Feydalir von einer Schule in eine wehrhafte Festung verwandelt.

Doch es sollte noch bis zum Morgengrauen dauern, ehe der Angriff begann. Tatsächlich zeigten sich erste Belagerungsmaschinen an den Waldrändern, als die Dämmerung heraufzog. Tynor, der neben Aldhelm kauerte, wurde beauftragt, eine Nachricht zu den Speerschleudern im Hof zu bringen. Mit unglücklichem Gesicht sprang er aus seinen Decken und rannte los. Müde und vor Aufregung schlotternd sah Aldhelm ihm nach.

Wenig später begann der Angriff. Ein Hagel von Pfeilen flog hinüber und herüber, und Aldhelm verkroch sich hinter seinem Rundschild, so gut er konnte. Nicht für lange: Zuerst musste er mit einigen anderen einen Bottich auf die Mauer schaffen, dann Bündel von Pfeilen holen, sich um Verbandszeug kümmern und zwischendurch Nachrichten überbringen. Er wusste gar nicht mehr, wie oft er die Treppe zur Mauer hinauf- und hinuntergerannt war, den Schild über den Kopf haltend, hinüber zu anderen Türmen, dem Zeughaus oder der Heilerkammer. Erschöpfung griff nach seinen Gliedern. Auf dem Hauptplatz der Burg herrschte ein Treiben wie in einem Bienenstock.

Am Nachmittag des zweiten Tages gelang dem Feind das Unfassbare: Er überwand an einer Stelle die hohe Mauer. Aldhelm kehrte gerade mit einem Arm voll Pfeilen zurück, als er die feindlichen Krieger in den Hof stürmen sah – nicht viele, aber doch eine ernsthafte Gefahr für ihn und seine Kameraden. Plötzlich blieb er stehen, ließ Schild und Pfeile fallen und konzentrierte sich auf die astralen Muster der Unsichtbarkeitsmagie. Er spürte die Kräfte fließen und verschwand ebenso wie die anderen Boten von einem Augenblick zum anderen.

Die Angreifer stürmten über den Platz, an den Unsichtbaren vorbei, erschlugen aber einen Jungen, der seinen Zauber verpatzt hatte. Doch dann waren endlich die Elfen heran und lieferten den Eindringlingen einen erbitterten Kampf, den sie rasch für sich entschieden. Die Burg war wieder sicher. Vorerst wenigstens.

Als Tynor und Aldhelm wieder oben hinter den Zinnen kauerten, winkte ein Elf sie zu sich.

»Ihr müsst dem Großmeister eine Botschaft überbringen: Dort draußen versuchen zwei *telor* eine Beschwörung – es sieht ganz so aus, als wollten sie einen Gehörnten herbeirufen und als könnten sie auch Erfolg damit haben! Sagt ihm das. Wenn einer von euch fällt, erledigt es der andere! Beeilt euch!« Tynor und Aldhelm nickten, griffen ihre Schilde und rannten die Treppe hinunter, so schnell sie konnten.

Der Großmeister beriet sich mit dem Kampfmagier Morad vor dem Eingang des Hauptgebäudes, als die beiden, trotz des Pfeilregens unversehrt, herangestürmt kamen.

»Wir müssen einen Boten hinausschicken!«, meinte der Großmeister gerade und wischte sich das Blut aus dem Gesicht.

»Aber wir können von unseren Leuten keinen Einzigen entbehren! Außerdem ... ah, nun?«, unterbrach sich Morad. Aldhelm und Tynor berichteten ihm und dem Großmeister hastig, was der Elf ihnen aufgetragen hatte. Gerade wollten sie wieder davonhetzen, als der Kampfmagier sie zurückrief.

»Halt! Ihr beiden!«

Aldhelm und Tynor drehten sich um.

»Ich glaube, wir brauchen keinen Elfen zu schicken. Keinen *erwachsenen* Elfen.« Morad fing den zweifelnden Blick des Großmeisters auf, der ihn sofort verstanden hatte, ging aber nicht darauf ein. Stattdessen wandte er sich an Aldhelm. »Du. Du bist Aldhelm, ein Halbblüter, wenn ich mich recht erinnere? Du hast heute Nacht einen Blitz gewirkt.«

Nach Atem ringend und verwirrt nickte Aldhelm.

»Und du bist Tynor, einer der viel versprechenden Schüler von Airon?«

Auch Tynor nickte und trat ungeduldig von einem Bein aufs andere. Morad sah den Großmeister auffordernd an. Der zuckte mit den Schultern.

»Ihr bekommt heute euren ersten Auftrag. Etwas früher als gewöhnlich«, meinte Morad daraufhin ernst, »aber es ist wichtig. In euren Händen liegt das Schicksal dieser Burg. Ihr erhaltet von mir jeder eine Botschaft. Kommt mit mir, beeilt euch! Die Zeit drängt. Bewährt euch und rettet die Burg – und euer Ruhm wird ewig sein! Kommt schnell.«

»Ein Adlergewand?«, wandte sich Morad an den Großmeister.

»Nein! Genau das Falsche. Die holen alles runter, was fliegt ... Unsichtbarkeit, etwas dergleichen!«

Morad nickte und eilte mit seinen zwei frisch gekürten Boten davon. Vollkommen überrumpelt von dieser Nachricht stolperten die beiden hinter dem Kampfmagier her.

»Die Botschaft?«, fragte Aldhelm.

»Ich lege sie in eure Ohren. Ihr werdet sie euch merken, bei eurem Leben. Alles andere ist zu gefährlich. Und es gibt noch andere Gründe!«

Diese anderen Gründe erfuhren sie, als sie eine Kammer tief unter der Akademie betraten. Im Schimmer eines Glutbeckens sahen sie einen Tisch, auf dem mehrere Gegenstände lagen. Morad hob zwei Anhänger auf und reichte sie den beiden.

»Diese Amulette werden euch hoffentlich die notwendige Sicherheit vor unseren Feinden bieten. Allein sind sie nutzlos. Aber sie verstärken den Zauber, mit dem wir euch belegen werden. Unsere Macht reicht nur noch aus, um euch unsichtbar und ausdauernd und eure Schritte spurlos zu machen – mit Hilfe der Amulette lange genug, damit ihr bis hinter die feindlichen Linien kommt. Hoffentlich. Und ihr beide habt bereits das Wirken von Unsichtbarkeitszaubern gelernt, wie ich weiß.«

Aldhelm und Tynor nickten. Der Zauber hatte nämlich einen Haken: Einzig und allein der eigene Körper wurde unsichtbar – nicht jedoch Kleidung oder gar ein Gegenstand, den man in der Hand trug. Und eine gut einen Meter über dem Boden davonschwebende Pergamentrolle wäre sogar dem dümmsten Rosenohr aufgefallen. Morad seufzte.

»Die Amulette stützen den Zauber und werden als einziger Gegenstand mit euch unsichtbar sein. Aber jetzt die Botschaft. Findet die *lairfeyra* in Richtung Praios von hier. Sagt ihnen, Feydalir wird fallen, wenn sie nicht eingreifen. Sagt ihnen, Elerel Bergbach bittet um ihre Hilfe. Sagt ihnen, Magus extraordinarius Morad von Gashok erinnert an seine Hilfe den *lairfeyra* gegenüber und bittet um ihren Beistand. Sagt ihnen, der Feind bringt Daimologen. Wenn die Burg fällt, dann werden die Salamandersteine unter dem Ansturm des Feindes wanken. Wiederholt!«

Gehorsam wiederholten die beiden die Worte. Das schien ja nicht schwer zu merken. Aldhelm deutete auf den Talisman aus Blutulmenholz, der seinem Bruder gehört hatte und den er seit Beginn seiner Flucht um den Hals trug. Morad untersuchte ihn und zu Aldhelms Erleichterung nickte er.

»Das wird gehen. Behalte es unter unserem Amulett.« Er seufzte. »Gut. Jetzt kommt zum Fluchtgang. – Ich wünschte, ich könnte euch besser helfen. Aber wir brauchen alle Macht, die übrig ist, um die Festung zu schützen. Also seid erfolgreich und schnell!«

Er führte sie aus dem Raum, eine verborgene Steintreppe hinunter, an deren Fuße er einen Teil der Wand berührte. Die Umrisse eines gewaltigen Verschlusssteins zeichneten sich in der Wand ab. Ein Grollen erklang und der Stein glitt beiseite und gab das finstere Loch eines Fluchtganges frei.

»Wir werden euch gleich hier mit dem Schutz belegen. Also bereitet euch vor.«

Aldhelm und Tynor sahen es sich gegenseitig nur zu deutlich an, dass ihnen beiden das Herz bis zum Hals klopfte.

»Ich werd's schon schaffen, keine Angst, Spitzrose«, flüsterte Tynor mit zusammengebissenen Zähnen. Doch es klang verzweifelter, als er gewollt hatte.

Aldhelm griff Schutz suchend nach den Amuletten um seinen Hals. Nun standen sie beide nackt und vor Angst und Kälte zitternd da, während zwei Elfen wie aus dem Nichts neben Morad aufgetaucht waren und ihn bei den Händen griffen, um ihn mit ihrer Kraft zu stützen. Morad warf noch einen letzten, unglücklichen Blick auf die viel zu zierlichen, viel zu zerbrechlich wirkenden Körper seiner viel zu kleinen Boten – kräftige, ausdauernde Männer oder Frauen hätte er für diese Aufgabe benötigt –, dann begann er, die Magie zu formen.

Aldhelm beobachtete, wie sein Freund – und sein Freund war im Augenblick wohl Tynor, ob es ihm passte oder nicht – zu verblassen begann. Seine helle Haut wurde fahl, durchsichtig, dann war er gänzlich mit dem Hintergrund verschmolzen. Mit klopfendem Herzen sah Aldhelm an sich herab. An sich selbst bemerkte er noch keine Veränderung. Doch dann ...

Er hatte Unsichtbarkeitszauber nie gemocht. Zwar war die erste Verwirrung rasch vorbei, wo sich der Blick ein wenig trübte, aber es war schon lästig genug, seine eigenen Füße nicht mehr zu sehen – sehr wohl aber zu *spüren*, zum Beispiel wenn man sich den Zeh stieß.

Zunächst unsicher begann er, sich im Gang vorzuarbeiten. Tynors Rippen ertastete er nach einigen leisen Rufen; denn natürlich konnte er seinen Freund nicht sehen.

»Viel Glück!«, rief Morad ihnen nach. Er hatte die Verbindung zu den beiden anderen Elfen inzwischen gelöst und sah besorgt drein, als er den Verschlussstein wieder vor den Eingang gleiten ließ. Während er hinaufeilte, um weiterzukämpfen, ließ ihn das dumpfe Gefühl nicht los, einen Fehler gemacht zu haben.

Die Hilfe der Lairfeyra

Es war nicht leicht, schnell durch den Gang zu kriechen und gleichzeitig den Kontakt zu Tynor zu halten. Als sie endlich durch den verborgenen Ausgang ins Freie gelangten, sich an den Händen fassten, um einander nicht zu verlieren, nach allen Seiten sicherten, da ahnte Aldhelm, dass das schlimmste Stück ihnen noch bevorstand. Seine Knie schmerzten vom Kriechen.

Sie befanden sich im Forst vor der Burg, so weit entfernt, dass sie die gewaltigen Befestigungen nicht mehr sahen; und ebenso wenig sahen sie einen Feind. Gedämpft drangen die Kampfgeräusche zu ihnen herüber. Aber Aldhelm wusste, dass man es ihnen nicht so einfach machen würde.

Tynor zog an seinem Arm. Sie mussten los.

Und so begannen sie zu laufen. Ihre Schritte waren von frischer Kraft und berührten den Boden kaum, ihr Atem blieb trotz des Rennens ruhig, und wo sie einen Fuß hingesetzt hatten, da glitten Gras und Laub sogleich wieder an ihren Platz zurück, als wäre hier nie jemand entlanggegangen.

Zunächst stießen sie auf keinerlei Widerstand. Nirgends zeigte sich ein Feind. Aldhelm gab sich schon der Hoffnung hin, alles wäre doch viel einfacher, die Feinde stünden alle unmittelbar vor der Burg, vollauf mit der Belagerung beschäftigt, während seine Füße ihn federleicht über den Waldboden trugen.

Aldhelm sah sie als Erster. Mitten durch den Wald zog sich eine schmale Schneise, hinter der auf einem Erdwall rasch hochgezogene und kaum hüfthohe Palisaden aufragten, überwiegend mit Stachelgestrüpp besetzt. Sie waren gezielt auf das Lager der Angreifer zugerannt, das ein gutes Stück vom eigentlichen Geschehen entfernt und somit als sicherer Platz für Proviant oder leichtes und empfindliches Kriegsgerät errichtet worden war. Stetes Hämmern und Sägen drang hinter den hölzernen Wällen hervor und ließ erahnen, dass dort gerade neue Sturmgeschütze gebaut wurden. Der Angriff war tatsächlich in großem Stil geplant worden. Erstaunlich nur, dass die Angreifer so lange unbemerkt vorgestoßen waren.

Aldhelm und Tynor waren unschlüssig stehengeblieben. Aber sie hatten keine Zeit, um zu überlegen. Sie mussten weiter, denn die Magie würde ihre Wirkung bald verlieren.

Tynor schwenkte Aldhelms Arm in Richtung des Tores, das in weniger als fünfzig Schritt Entfernung weit offen stand. Aldhelm stockte der Atem. Er wollte protestieren, sagen: Doch nicht da durch! Doch nicht mitten ins Lager der Feinde! Aber natürlich durfte er nicht sprechen, und Tynor zerrte ihn schon hinter sich her.

Aldhelms Herz hämmerte wie wild, als er mit seinem Freund auf die Öffnung in den Palisaden zu rannte. Gerade verließ ein Fuhrwerk mit einer großen Wurfmaschine das Lager. Sechs Mann Besatzung liefen neben dem Karren her. Zu allem Überfluss wurde der Eingang durch zwei hünenhafte Männer flankiert, die schwere Armbrüste wie Spielzeuge in ihren kräftigen Armbeugen hielten und auf deren Rücken Unheil verkündend Bidenhänder lagen. Viel zu aufmerksame Augen glaubte Aldhelm in ihren kantigen Gesichtern zu sehen. Doch Tynor zerrte ihn weiter hinter sich her, genau auf die Hünen zu, die abwechselnd dem Wagen nachsahen und die Umgebung beobachteten. Gerade machten sie sich daran, die Holztore zu schließen, da schlüpften Aldhelm und Tynor mitten zwischen ihnen hindurch. Und wären fast in eine dritte Wache gerannt, die sich in der Mitte hinter dem Eingang aufgebaut hatte und mit verschränkten Armen auf das Zufallen des Tores wartete. Aldhelm japste, als Tynor zur Seite sprang, ihn dabei anrempelte und fast umwarf, was wohl trotz aller Magie ihrer Flucht ein rasches Ende bereitet hätte.

Ihnen blieb keine Zeit, sich umzusehen – Aldhelm erkannte ein Gewirr aus Zelten, Holzbauten, an denen eifrig gearbeitet wurde, Tragen, auf denen Verwundete lagen, Karren, die emsig be- und entladen wurden. All das sah er vorbeirasen, denn Tynor gönnte ihnen keine Pause. Er wollte wohl den Hinterausgang finden, einfach auf der anderen Seite des Lagers wieder hinausrennen. Aldhelm fürchtete schon, es gäbe hier kein solches Tor oder es sei fest verschlossen, fürchtete, sie würden über die Wälle steigen müssen, als er zwischen Zelten und Karren die rechteckige Öffnung in der Holzwand sah.

Plötzlich spürte er einen Ruck an der Hand, dann warf Tynor sich mitten im Lauf auf ihn, brachte ihn aus dem Gleichgewicht und schlang die Arme um ihn. Ineinander verknäuelt gingen sie zu Boden. Tynors Knie bohrte sich unabsichtlich, aber schmerzhaft in Aldhelms Magengrube, als sie einige Schritt weit über die Erde kullerten und schließlich dicht vor einem Zelt zum Liegen kamen.

Aldhelm versuchte panisch das Keuchen zu unterdrücken, das über seine Lippen drängte, und blickte in die Richtung, in die Tynor seinen Arm bewegte; gleichzeitig presste sich sein Freund so tief ins niedergetrampelte Gras, wie es nur möglich war.

Und nun erkannte Aldhelm den Grund für Tynors Verhalten: Über den Platz schritt ein älterer, hochgewachsener Mann, in leichte Seidengewänder gehüllt, zu denen der lederne Waffenrock nicht so recht passen wollte, den er über den Gewändern angelegt hatte; in der Rechten hielt er einen mannshohen Stab, in der Linken eine Kristallkugel. In seinem Gefolge befand sich ein kleiner, dicker Mann, der in seiner Kleidung dem Ersten ähnlich sah, sowie drei weitere Menschen. Um ein Haar wären sie in einen ganzen Trupp Magier hineingerannt!

Aldhelm verschluckte sich fast vor Aufregung und musste seine ganze Selbstbeherrschung aufbieten, um nicht zu japsen.

Die Jungen warteten, bis die Magier vorbeigezogen waren, dann eilten sie weiter. Wenn hier irgendwo ein Magier Wache stand, mit geschärften Sinnen auch für Unsichtbares, dann war ihre Flucht beendet. Zumindest in diesem Punkt sollten sie Glück haben: Unbehelligt gelangten sie aus dem von einem halben Dutzend Krieger bewachten rückwärtigen Tor.

Das Laufen ging weiter. Aldhelm hatte keine Ahnung, wie lange ihr magischer Schutz noch anhalten würde. Das Lager hatten sie bald hinter sich gelassen. Diesmal glaubte er tatsächlich aufatmen zu können: Die letzte Barriere war überwunden.

Kaum war das Lager hinter Bäumen und Sträuchern verschwunden, da schimmerte vor Aldhelm Tynors zierliche Gestalt auf und wurde stofflicher, bis der Junge wieder ganz sichtbar geworden war. Ebenso erging es Aldhelm selbst. Einerseits erleichtert, wieder seine Füße sehen zu können, stieg andererseits die Furcht vor dem Entdecktwerden in ihm auf. Hinter ihnen wurden ihre Schritte noch immer vom Waldboden getilgt, und ihre Schenkel vibrierten weiter von der magischen Kraft, mit der man sie gestärkt hatte. Aber ihr wichtigster Schutz war fort. Sie nickten sich zu und hetzten weiter. Aldhelm überholte Tynor: Die Angst vor Entdeckung trieb ihn nun zusätzlich an. Er wollte einfach nur fort von hier.

Plötzlich blieb er wie angewurzelt stehen.

Vor ihnen stand wie aus dem Boden geschossen ein Mann in langen Gewändern, der einen Stab in der Rechten trug: ein Magier. Der Mann schien selbst denkbar überrascht, als zwei splitternackte Jungen mit schulterlangem Haar und spitzen Ohren wie aus dem Nichts vor ihm auftauchten. Doch die Überraschung währte nur kurz – der Blick des Magiers huschte über die beiden, verband die Tatsache der Belagerung mit dem elfischen Aussehen der beiden, damit, dass sie nackt waren, schwitzten und keuchten. Und so brauchte er nicht lange, um zu begreifen. Er handelte. Doch anstatt zu versuchen, ihnen den Weg zu versperren oder gar nach ihnen zu greifen – sie standen sich kaum zwei Schritt gegenüber –, blieb er stehen und wechselte flink den Stab in die Linke. Seine weit geöffnete Rechte streckte sich in ihre Richtung aus. Aldhelm wusste nicht, was er da tat, begriff aber, dass es Unheil bedeutete. Hastig zerrte er Tynor herum und sie stolperten in eine andere Richtung davon. Hinter sich hörten sie den Mann unverständliche Worte sprechen.

Gerade stürmten sie durch Gebüsch, da ging ein kaum spürbares Zittern durch die Luft. Tynor machte mitten im Lauf einen Satz, als hätte ein Rammbock ihn in den Rücken getroffen, warf den Kopf in den Nacken und bog sich ins Hohlkreuz durch. Er strauchelte, fing sich, und sie liefen weiter, doch mit jedem Schritt wurde er unsicherer und langsamer. Bald musste Aldhelm ihn hinter sich her zerren. Ein gellender Pfiff hallte durch den Wald: Der Magier alarmierte seine Leute.

Und dann brach Tynor zusammen. Keuchend fiel er auf die Knie, starrte, nach Atem ringend, zum Himmel hinauf, krümmte sich dann zusammen und presste sich die Hände vor den Magen. Aldhelm sprang zu ihm hin. Doch als er Tynor an der Schulter packen wollte, schüttelte der seine Hand mit einem Ruck ab und sah zu ihm hinauf. In seinen Augen glitzerten Tränen.

Sein Blick ersetzte jedes Wort. Und er sagte, klar und deutlich: Geh! Geh ohne mich, vielleicht schaffst du es alleine. Wenn du auch nur einen Augenblick zögerst, sind wir beide dran.

Aldhelm starrte auf Tynor hinab. Er konnte ihn nicht zurücklassen! Aber Tynor hatte Recht. Aus der Ferne erklang das Bersten des Unterholzes. Ihre Verfolger waren nicht mehr weit entfernt. Vermutlich hatte der Magier auch schon alle Kämpfer aus der Umgebung herbeigerufen.

Hastig rang Aldhelm sich zu einem Entschluss durch. Er stellte sich breitbeinig und hoch aufgerichtet vor seinen Freund, die Hand über seinen Kopf erhoben, und sammelte seine astralen Kräfte.

Die Anstrengung ließ ihn zittern, die Luft wurde ihm abgeschnürt, das Amulett auf seiner Brust wurde zu einer unerträglichen Last. Aber ihm war auch, als ströme Kraft aus dem Kleinod in ihn, um ihn zu stärken. Dann wurde ihm schwarz vor Augen. Einen Herzschlag lang glaubte er, in Ohnmacht zu fallen – und sein Geist glitt in die Stille der Magie hinein. Er spürte den Wind über seine nackten Schenkel streichen, über die schweißnasse Haut, spürte Fichtennadeln unter den Fußsohlen, dann wurde alles zum Farbenspiel der astralen Kraft, die er zu beschwören versuchte. Es gelang ihm kaum, die empfindlichen magischen Stränge zu locken, ohne sie zu zerreißen; sie zu weben und dann hinabfließen zu lassen in seine Hand. Schlotternd und mit abgehackten Bewegungen senkte er die Hand auf den Kopf seines Freundes nieder – die Magie verließ seine Hand mit einem Kribbeln –, und dann sprang er hoch, sein Werk war vollendet. Fliehen musste er, schnell, vielleicht hatte der Zauber ihm den letzten Vorsprung geraubt. Er rannte in einer Wolke aus Laub und Nadeln los. Hinter ihm verschmolz der gekrümmte Körper seines Freundes mit dem Unterholz.

Ob die Verfolger Tynor entdeckt hatten oder ob er trotz seiner Verletzung und des wohl viel zu schwachen Tarnzaubers hatte entkommen können, erfuhr Aldhelm nicht mehr. Wie schon einmal, rannte er, was seine Beine hergaben. Er schlug Haken und nutzte jede Deckung, die er mit seinen vor Anstrengung benebelten Sinnen finden konnte. Mochte die Unsichtbarkeit auch abgeklungen sein, mochten seine Schritte inzwischen auch Spuren im Boden hinterlassen wie die eines jeden Elfen, noch machte die Magie seine Schritte leichter und schneller, und auch das Seitenstechen wurde gemildert, auf ein erträgliches Maß verringert. Vor einem aber schützte sie Aldhelm nicht: Zweige und Gestrüpp schlugen nach ihm und rissen seine samtene Haut auf, peitschten seine Arme. Ranken drohten ihn zu Fall zu bringen. Aufgewachsen im Wald, immerhin zur Hälfte ein *lairfeyra*, konnte Aldhelm auch hier das Schlimmste vermeiden und ertrug die Pein. Er tat gut daran: Kaum war er wieder losgerannt, zersplitterte schräg vor ihm ein Pfeil an einer Kiefer, und der Luftzug eines Zweiten streifte sein Ohr. Er wusste nicht, ob er die Verfolger abgehängt hatte oder ob sie ihm immer noch auf den Fersen waren, aber solange nicht beißender Stahl sein Ziel zwischen seinen Schulterblättern fand, war es ihm gleich. Einholen würden sie ihn nicht, nicht, solange der Zauber anhielt und seine Schritte beflügelte.

Die Flucht sollte Aldhelm gelingen. Als die Magie in sich zusammengefallen war, viele Stunden nach seinem und Tynors Aufbruch, war er flach hingeschlagen und hatte sich kaum mehr rühren können. Erst nach einer ganzen Weile hatte sich sein Atem so weit beruhigt, dass er sich aufsetzen konnte, und dann hatte sich sein Herz beruhigen müssen, das mit wütenden Schlägen gegen seinen Brustkorb hämmerte. Eine kühle Brise hatte ihm Erholung gespendet, und der Frieden des Waldes, wo leises Vogelgezwitscher und das Knarren der Bäume das Gebrüll und die Schreie der Belagerung ersetzten, hatte das Seinige dazu beigetragen. Irgendwann hatte sich Morads Amulett in Zweigen verfangen und er hatte es zurückgelassen – es war ohnehin nutzlos geworden. Doch den Blutulmentalisman seines Bruder trug er noch immer.

So hatte er im weichen Waldgras gesessen, ein Bein angewinkelt, und hätte er nicht gekeucht und wäre er nicht schweißnass gewesen, man hätte meinen können, dass er hier zum Spaß rastete. Doch sobald sein Atem sich wieder beruhigt hatte, rappelte er sich auf und lief weiter, eine Hand in die Seite gegraben, wo das Seitenstechen immer heftiger wühlte, und ahmte jene Vogelrufe nach, die ein allen Waldelfen geläufiger Hilferuf in den Salamandersteinen waren.

Doch bekam er keine Antwort. Fast wollte er endgültig verzweifeln, obgleich er wusste, dass ihm, solange er nur allein war, am wenigsten geschehen konnte. Er sank an einem Baum nieder und starrte in den lichten Wald. Die Sonne folgte ihrem Lauf über den Himmel, ließ die Schatten wandern und sponn neue Muster auf den Waldboden. Allerlei Waldgetier huschte vor Aldhelm vorbei, ohne dass er Notiz davon genommen hätte, doch dann – da war etwas.

Seine Wachsamkeit erwachte mit einem Schlag. Bis in die Haarspitzen angespannt, drehte er sich in seinem Sitz, kauerte auf allen Vieren. Er hatte Schritte gehört.

Doch kein *fialgra*, kein Söldner und auch kein Magier war der Urheber des Geräusches. Es war ein Mann in einfacher, zweckmäßiger Kleidung, von schlankem

Wuchs, mittleren Alters und erschreckend wachen Augen. In seinem Gürtel steckte, zur Hälfte in einer Fuchspelzscheide versenkt, ein Dolch aus schwarzglänzendem Material.

Aldhelm hatte noch nie in seinem Leben einen Druiden gesehen. Doch er wusste sofort, dass dieser hier niemand anders sein konnte. Denn ihn umgab eine Aura, die keinen Zweifel zuließ.

In Gedanken versunken schritt der Mann zwischen den Bäumen einher und auf seinem Gesicht spielte sich ein heftiger Streit ab; gelegentlich kroch zorniges Gemurmel über seine Lippen.

Aldhelm wagte nicht, sich zu rühren, und beobachtete den Mann halb verdeckt hinter einem Busch, den der Zufall zwischen ihn und den Fremden gestellt hatte. Der Druide war nah, und Aldhelm fürchtete, dass die Sinne des Mannes in diesem Wald nicht weniger scharf waren als seine eigenen. Er hatte Schauergeschichten über Druiden gehört, die ihm eine Gänsehaut über den Rücken jagten. Allerdings auch viel Gutes.

Der Mann reckte den Hals gen Himmel und breitete die Arme aus, eine Geste der Ratlosigkeit und der inneren Zerrissenheit, keine Geste der Macht, so viel las Aldhelm aus seinen verzerrten Zügen. Dann drehte sich der Fremde, ließ die Arme sinken – und sein Blick kreuzte den Aldhelms. Erstaunt hielt er inne.

Aldhelm kauerte sich zitternd am Baum zusammen und erwartete sein Schicksal. Doch nach der ersten Überraschung machte der Druide eine beschwichtigende Geste. Aldhelm rückte furchtsam zur Seite, als der Mann mit wenigen Schritten zu ihm trat.

»Ich werde dir nichts tun«, erklärte der Druide und streckte ihm einladend die Hand entgegen. Aldhelm beäugte ihn skeptisch, suchte vergeblich nach einem Hinweis auf Hinterlist oder Lüge im Gesicht des Mannes und befand, dass er ohnehin keine Wahl hatte. Er nahm die Hand und kam auf die Beine. Die Knie schlotterten ihm.

Der Druide schien unschlüssig, was er nun mit ihm anfangen sollte; eine rätselhafte Anspannung lag über seinen Zügen. Dann streckte er die Arme aus.

»Du bist völlig erschöpft«, stellte er knapp fest. »Ich trage dich.«

Schon fühlte Aldhelm sich emporgehoben und davongetragen.

Als sie beim Heim des Druiden angekommen waren, das gedämpfte Licht der Hütte ihn umfing und der Mann ihn auf eine kalte, harte Holzbank gelegt hatte, ging Aldhelm eine Frage durch den Sinn: Gerettet oder gefangen?

Aber als der Mann ihn in eine Decke wickelte, da war er sich sicher, dass er Rettung gefunden hatte. So trank er auch, zögernd zunächst, dann gierig, die bittere, warme Flüssigkeit, die der Druide ihm aus einem Kelch einflößte. Das Getränk machte seine Glieder schwer, auf eine angenehme Art und Weise, und schon bald schlief Aldhelm tief und fest.

Als er erwachte, pochte es in seinem ganzen Leib. Ächzend richtete er den Oberkörper auf und drehte den Kopf. Er lag nicht mehr auf der Bank, sondern auf einem Lager aus Stroh, nahe an der erkalteten Feuerstelle. Die Decke glitt ihm von der Brust. Er spürte kalte Morgenluft. Seit gestern Morgen hatte er geschlafen, und das, obwohl er sich als Elf doch üblicherweise nur in sich selbst versenken musste, um Erholung zu finden.

Mit einiger Überwindung gelang es ihm, die Beine vom Lager zu schwingen und die Decke von sich zu werfen; jede Bewegung verursachte ein Zerren und Reißen in seinem Körper. Die Kälte, die in seine nackten Oberschenkel biss, belebte ihn und betäubte den

Schmerz. Überrascht stellte er fest, dass er sauber war; der Dreck seiner Flucht war fortgewaschen worden. Einzig die unzähligen Schrammen zeugten noch von dem Geschehenen. Er hatte so fest geschlafen, dass er sich nicht einmal daran erinnern konnte, wie sein Retter ihn gewaschen hatte, dachte er erstaunt. Zumindest war er hier in Sicherheit: Druiden mochten Elfen so wenig mögen wie Menschen, doch wenn sie Hilfe gewährten, dann ohne Wenn und Aber. So hatte er es von vielen Elfen seines Dorfes gehört. Seines Dorfes ...

Das es nicht mehr gab.

Als der Druide mit einer Schüssel in der Hand hereinkam, lag Aldhelm auf dem Lager und schluchzte.

»Junge, ich heiße Kaileg«, sagte der Druide und setzte sich zu ihm. »Elfen waren selten meine Gäste, noch nie aber ein Kind wie du. Und erst recht noch keines, das derart verloren dreinschaute. Berichte mir von deinem Kummer.« Seine Hand griff sanft, aber mit Nachdruck Aldhelms Kinn und drehte seinen Kopf zu sich. Mit tränenverschleierten Augen sah Aldhelm den Mann an – und ohne es zu wollen, begann er zu erzählen. Nicht viel, nur dies, dass er ausgesandt worden war, um die *lairfeyra* um Hilfe zu bitten, da Feydalir sonst fiele. Als er den Namen der Festung erwähnte, bemerkte er ein Zucken in Kailegs Zügen, war aber zu erschöpft, um dem Bedeutung beizumessen. Nach einer Weile erhob sich der Druide.

»Ich bin gleich wieder da«, versprach er. »Du schläfst inzwischen. Die Ruhe hast du nötig!«

Als der Druide aus seiner Hütte hinaus ins Freie trat, sah er sich drei *lairfeyra* mit gespannten Bögen gegenüberstehen.

Aldhelm gewahrte wohl, dass draußen geredet wurde. Neben Kailegs rauer Stimme glaubte er eine andere, sanfte, melodische zu erkennen. Auch hörte er, wie sich schließlich die Schritte vieler Personen von der Hütte entfernten, bis sie außer Hörweite waren. Kurz dachte er, es wären seine Verfolger, die Kaileg ausfindig gemacht hatten. Aber nach einer Weile kehrten nur die Schritte eines Einzelnen zurück. Kurz darauf betrat Kaileg die Hütte. Auf seinem Gesicht spiegelten sich Unwillen, Erleichterung und Verblüffung.

»Deine Tränen sind versiegt?«, fragte der Mann und setzte sich wieder zu ihm.

»Ich muss weiter«, schniefte Aldhelm und gab sich alle Mühe, die Tränen zu unterdrücken. »Ich muss die *lairfeyra* holen!«

Kaileg tätschelte seine Hand und blickte traurig drein.

»Was ich jetzt sage, wird dir nicht gefallen. Die Leute eben – du hast bestimmt unsere Stimmen gehört – das waren *lairfeyra*. Sie haben dich schon eine ganze Weile beobachtet.« Er machte eine Pause. »Sie werden dir nicht helfen. Sie werden dich nicht einmal anhören. Sie haben eigene Sorgen. Glaube mir, die Festung ist ihnen gleichgültig. Ich habe sie bereits früher darüber sprechen hören. Sie halten ihre Schwestern und Brüder hinter den Mauern für *badoc*, für derart *badoc*, dass sie sich nicht in ihre Angelegenheiten mischen werden.«

»Ihr lügt!«, entfuhr es Aldhelm entsetzt. Sogleich bereute er seine Worte. Der Druide sah einen Augenblick lang ungehalten drein, dann seufzte er. Log der Mann ihn an?, grübelte Aldhelm. Aber das glaubte er nicht. Warum sollte der Druide lügen? Außerdem hatte er, Aldhelm, draußen ja tatsächlich *lairfeyra* gehört.

»Sie werden nicht helfen?«, fragte er fassungslos.

»Du bist einer von ihnen. Du weißt, wie unberechenbar ihr seid.«

»Aber ... warum haben sie mich nicht geholt, wenn sie schon da waren? Warum haben sie mir nicht geholfen, wenn sie mich doch beobachteten? Sie würden mich doch nicht mitten im Wald sterben lassen!«

»Wahrscheinlich hätten sie dir geholfen, aber erst im letzten Augenblick, wenn es unvermeidlich gewesen wäre. Nun bist du ja bei mir in guten Händen. Und sie werden dich wohl nicht aufnehmen – schließlich kommst du aus der Festung der abgefallenen Elfen. So sehen es zumindest die *lairfeyra*. Eine Schande! Nichtsnutziges Pack!«, schimpfte Kaileg plötzlich. »Aber so schlimm wie die Menschen seid ihr wenigstens nicht ... Und nun schlaf!«

Voll enttäuschter Hoffnungen ließ Aldhelm sich auf die weichen Decken fallen. Kaileg fuhr sanft mit der Hand über seine Augenlider, und sogleich breitete sich Ruhe und Zufriedenheit in Aldhelm aus. Erleichtert ließ er sich in die geöffneten Arme des Schlafes sinken.

Und schrak hoch. Sein Herz raste. Er wusste nicht, was ihn aus dem Schlaf gerissen hatte, aber in seinem Kopf dröhnte ein nicht enden wollender Alarmschrei. Aldhelm sah sich um. Die Glut im Kamin schickte zuckende Schatten durch den Raum. Eine Maske an der Wand schien ihm spöttische Grimassen zu schneiden. Er war allein.

Der Druide war fort. Aldhelm wusste selbst nicht, weshalb ihn dieser Umstand mit einer derart quälenden Unruhe erfüllte, dass er sogar aus dem Schlaf geschrocken war – aber er spürte mit jeder Faser seines Körpers, dass etwas nicht stimmte. Seine Erschöpfung und Müdigkeit beiseite schiebend, konzentrierte er sich auf das innere Bild des Waldes, auf den Wald selbst, dem er seit frühester Kindheit zu lauschen gelernt hatte.

Das Gewirr aus Gefühlen war zu undeutlich, zu sehr überlagert von den Entbehrungen und Enttäuschungen der letzten Zeit. Aber Aldhelm spürte deutlich, dass etwas ganz und gar nicht in Ordnung war. Er griff nach dem Amulett seines Bruders und schwang die Beine vom Lager, als sein Blick auf die Kleider fiel, die sorgsam gefaltet auf einem Schemel lagen. Der Druide musste sie für ihn bereit gelegt haben – und sie schienen tatsächlich seine Größe zu haben.

Zaghaft griff er nach dem Kittel, zog ihn über den Kopf und schlang das geflochtene Lederband um die Hüften, das als Gürtel diente. Der leichte, saubere Stoff wirkte wohltuend auf seiner geschundenen Haut. Dann streckte er die Hand nach den anderen Sachen aus.

Im selben Augenblick öffnete sich die Tür. Kaileg trat herein. Hinter ihm drängte sich eine Horde dunkler Gestalten. Mit starrem Gesicht deutete er auf Aldhelm.

»Da ist er.«

Aldhelm zögerte keinen Augenblick. Seine Flucht war also doch noch nicht beendet. Mit einem Satz war er bei der Leiter, übersprang eine Hand voll Sprossen und krallte sich an den Holmen fest. Keinen Herzschlag zu früh: Unter ihm waren die Verfolger ins Zimmer gestürmt, darunter viele *fialgra*. Klauenbewehrte Hände griffen nach ihm. Er hatte es nur seinem Glück zu verdanken, dass er nicht am Knöchel gepackt wurde; eine Klauenhand riss ihm blutige Striemen in den Unterschenkel. Die harten Rufe von *fialgra* mischten sich mit denen von Menschen.

Hastig griff er nach den nächsten Sprossen und arbeitete sich empor. Zu seinem Glück kamen seine Verfolger nicht auf die Idee, einfach die Leiter fortzuziehen, drängten sich vielmehr eng um sie, machten Anstalten, ihm hinterher zu klettern, oder starren mit hasserfüllten Augen zu ihm hinauf. Aldhelm erreichte den Dachboden, stemmte sich aus dem Einstieg und rollte über die Dielenbretter. Warum nur, schoss es ihm durch den Kopf, hatten die *feygra* ihn nicht einfach mit einem Pfeil von der Leiter geholt?

Er gewahrte eine schräg angelehnte Klappe, mit der der Aufstieg zur Winterszeit verschlossen werden konnte, und warf sich mit seinem ganzen Gewicht dagegen. Gerade tauchte der Kopf eines *telor* in der Öffnung auf, als die Klappe mit einem trockenen Knall zufiel. Von unten erklang ein Schrei und ein Aufschlag. Aldhelm fuhr wieder in die Höhe – und mit einem Wimmern in sich zusammen. Seine noch keineswegs auskurierte Erschöpfung zahlte ihm die plötzliche Anstrengung mit feurigen Pfeilen heim. Er presste die Hand gegen die Seite und sah sich gehetzt um. Es war stockfinster hier oben; nur ein glimmendes Quadrat verriet ein Fenster. Der einzige Fluchtweg. Aldhelm schleppte sich auf den Lichtfleck zu, schob Bündel getrockneter Pflanzen beiseite, schrie auf, als er mit dem Fuß gegen eine Kiste stieß und eine Tischkante sich in seine Magengrube bohrte. Verbissen machte er weiter, hatte nur noch Augen für den Lichtfleck.

Er tat gut daran: Die Verfolger warteten nicht, bis er sich erholt hatte. Sie begannen mit einem geordneteren Angriff. Gerade wurde die Klappe aufgeschlagen, da zwängte sich Aldhelm durchs Dachfenster. Mit den Fingern klammerte er sich am Fensterbrett fest, doch hielt das alte Holz seinem Gewicht nicht stand.

Er konnte von Glück sagen, dass seine Knochen noch jung und seine Glieder biegsam waren. So kugelte er mehrere Schritt tiefer ein ganzes Stück über den Boden. Und vor die Füße eines großen Schattens. Ein gewaltiger Pferdekopf senkte sich zu ihm hinab und schnaubte ihn an. Aldhelm rappelte sich auf, starrte für die Dauer eines Herzschlags auf das Tier und konnte sein Glück kaum fassen. Da vernahm er Schritte hinter dem Pferd. Eilig riss er die Zügel von der Astgabel, über die man sie gelegt hatte, stemmte sich auf den Pferderücken und schlug dem Tier die bloßen Füße in die Weichen.

Ein Augenpaar tauchte unmittelbar vor ihm aus der Dunkelheit auf und verschwand im nächsten Moment mit einem zornigen Schrei, als das Pferd einen Satz machte und dann in Galopp fiel. Hinter sich hörte Aldhelm die zornigen Schreie des Wächters. Er schenkte ihnen keine Beachtung, klammerte sich stattdessen eng an den Hals des Pferdes und hoffte, dass sich das Tier besser im nächtlichen Wald zurecht fände als er.

Etwas zersplitterte mit einem Knall an einer Kiefer dicht neben ihm, dann erklang ein wütender Befehl und ein Schrei und das Wiehern von Pferden.

Pfiffe hallten durch den Wald. Zwei Gestalten schossen vor Aldhelm aus dem Boden. Aldhelm versuchte, sein Pferd zur Seite zu reißen, aber damit machte er alles nur noch schlimmer: Das Tier stieg auf die Hinterbeine. Aldhelm wurde aus dem Sattel geschleudert. Er rollte über den Waldboden, sprang auf und rannte. Einem seiner Häscher geradewegs in die Arme. Verzweifelt trat er, biss und schlug um sich; und tatsächlich schaffte er es, der Umklammerung zu entschlüpfen. Der Mann gab einen erstaunten Laut von sich, als Aldhelm davonschoss.

Wieder galt es zu rennen. Diesmal verfolgten sie ihn nicht, wenigstens hörte er keine Schritte, aber er war keine dreißig Schritt weit gekommen, da wusste er, warum: Seine Häscher hatten in aller Ruhe ihre Waffen hervorgeholt und benutzten sie nun. Etwas wand sich um Aldhelms Knöchel und Beine. Er stürzte und schürfte sich die Arme auf.

Tharnundrê

Aldhelm spuckte Erde und Laub aus. Gerade hatte er sich auf den Rücken gedreht, um sich von den Schnüren zu befreien, die sich um seine Beine gewunden hatten, da hatte der erste Verfolger ihn erreicht.

Aldhelm wurde vom Gewicht des Söldners fast erstickt, als dieser sich auf ihn warf und zu Boden drückte. Er sah in das bärtige Gesicht des Mannes, und dann sah er die Klinge, ein schartiges, rostiges Ding, sah, wie der Söldner den Arm zur Seite riss, um ihm das Messer in die Seite zu stoßen. Ein Schrei, der Mann hob unwillig den Kopf und grunzte. Der Stoß blieb aus. Unwillkürlich fragte Aldhelm sich, warum jeder es darauf abgesehen hatte, ihn umzubringen – und wenn es dann soweit war, daran gehindert wurde. Zum zweiten Mal jetzt schon, mindestens.

Gelähmt vor Angst beobachtete Aldhelm, wie der *telor* sich erhob und dabei drohend mit dem Messer vor seiner Nase herumfuchtelte. Dann spürte er sich an der Schulter gepackt und mit einem Ruck auf den Bauch gedreht. Grobe Hände griffen nach seinen Armen und drehten sie ihm auf den Rücken, bis er vor Schmerz aufschrie. Ein Seil wurde um seine Handwurzeln gewunden und festgezurrt. Und dann wurde er grob auf die Beine gezerrt. Man legte ihm eine Schlinge um den Hals. Seine Flucht war beendet. Seine Flucht vom Bruchsee, seine Flucht fort vom Dorf, seine Flucht aus Feydalir, seine Flucht fort vom Druiden – das ständige

Rennen, alles war umsonst gewesen. Er hätte sich genauso gut gleich stellen können. So war das Leben. Das nun – vielleicht – in Kürze vorbei sein würde.

Man schleppte ihn eilends durch den Wald; und diesmal warteten keine Retter, um ihn zu befreien. Schließlich kam das befestigte Lager wieder in Sicht. Hastig durchquerten sie es und gingen weiter, bis sie auf der anderen Seite, noch ehe die belagerte Festung in Sicht kam, einen besonders undurchdringlichen Abschnitt des Waldes erreichten. Der Trupp wurde langsamer.

Aldhelm zuckte zusammen. Da hatte jemand gelacht. Da hatte jemand so gelacht, wie es nur ...

Er schauderte. Da hatte eine Elfe gelacht. Und jetzt erklang es wieder: Jener glockenhelle Ausdruck ungehemmter Fröhlichkeit, wie er nur Elfen zu eigen war. Eine Elfe, die bei den *feygra*, den Elfenfeinden, lachte! Aldhelm verstand das nicht. Elfen und Elfenmörder sollten doch niemals zusammen sein, es sei denn im Kampf – und zwar *gegeneinander*! Aber in einem solchen Fall lachte selbst ein Elf nicht.

»Auf mit dir! Die Riorn möchte dich sehen, Eichhörnchenfresser!«

Aldhelm beeilte sich, auf die Beine zu kommen, als einer seiner Wächter das Seil um seinen Hals ergriff. Hastig stolperte er hinter dem Söldner her. Eine Frau aus ihrem Trupp begleitete sie. Sie gingen zwischen Grüppchen rastender und würfelnder *telor* und *fialgra* hindurch auf einen von dichtem Gestrüpp umstandenen Platz zu. Schwer gerüstete Krieger mit Schwertern und Spießen stellten sich ihnen in den Weg, als der Wächter Aldhelm zu einem Durchgang im Gebüsch zerrte. Der befehlshabende Krieger überragte Aldhelms Wächter um gut einen Kopf. Das Leder seines Brustpanzers schimmerte schwarz und düster.

»Ich bringe den Jungen für die Riorn. Lasst uns durch.«

»Man bittet uns, durchgelassen zu werden«, zischte der Befehlshaber. Aldhelms Wächter blitzte ihn gereizt an.

»Dann bitte ich eben darum! Und jetzt lasst uns durch!«

Der große Mann ließ ein abfälliges Grunzen hören und versetzte Aldhelm einen Tritt.

Sie betraten eine kleine Lichtung. Aldhelms Bewacher war stehengeblieben, hatte die Leine dicht in seinem Nacken gegriffen, sodass Aldhelm seine kalten Fäuste spürte, und zwang ihn, mit durchgestrecktem Kreuz dazustehen. In der anderen Hand hielt er Aldhelms gebundene Arme, bereit, sie beim kleinsten Fehler schmerzhaft zu verdrehen.

»Ihr sollt ihm nicht wehtun!«, tadelte eine melodische Stimme. Es war jene Stimme, die vorhin gelacht hatte. Die Stimme gehörte zu einer Gestalt, die in einen langen, dunkelbraunen Mantel gehüllt war und ihn aus einer weiten Kapuze hervor traurig ansah. Mit Mühe hob Aldhelm den Kopf. Und erschrak bis ins Mark.

Die Frau war eine Elfe.

»Ihr habt den anderen umgebracht«, meinte die Elfe. »Das ist wirklich bedauerlich. Dabei kann ich Euch nicht entbehren, Meldon. Ihr seid ein so guter Anführer.«

Der mit Meldon Angesprochene knurrte. Die Angst, die plötzlich in seinen Augen stand, war spürbar.

»Aber Eure Zweite hätte Euch an Eure Pflicht erinnern müssen. Die können wir leichter entbehren.«

Die Frau hinter Meldon fuhr in die Höhe. Panik stand in ihren Augen, doch war es schon zu spät. Die Elfe streckte die geballte Linke nach ihr aus und rief unverständliche Worte. Wie vom Schlag getroffen stürzte die Söldnerin tot zu Boden.

»Damit hätten wir das geklärt«, meinte die Elfe kalt. »Das nächste Mal zahlt Ihr selbst, Meldon, merkt Euch das. So, und nun übernehme ich unseren kleinen Freund!«

Aldhelm fühlte sich an den Haaren gepackt.

»Ich bin Tharnundrê, die Riorn, wie die *telor* sagen würden, Anführerin dieses Heeres. Der Meister erwartet dich schon. Wenn du der bist, für den wir dich halten.« Sie zerrte Aldhelms Kopf herum und starrte ihm in die Augen. »Und das will ich hoffen. Ansonsten ...«

Doch Aldhelm war zu erschöpft, zu groß war der Schrecken, den er durchlebt hatte, als dass er begreifen konnte, was die Elfe ihm sagte. Amüsiert beobachtete sie, wie Aldhelm sie groß anstarrte und schluckte. Und dann begann sie mit der üblichen Untersuchung. Sie trat einen Schritt zurück. Sah Aldhelm in die Augen. Zuerst wollte Aldhelm ihrem Blick ausweichen. Aber sie zwang ihn unerbittlich, ihm ins Gesicht zu sehen.

Ihre Augen waren groß, die Iris von dunkler Goldfarbe. Ihr Blick wirkte beruhigend, ja, freundlich, stellte Aldhelm überrascht fest. Das waren keine grausamen Augen. Doch konnte er sich nicht mehr von dem Blick lösen. Er konnte sich gar nicht mehr rühren. Die Augen übten eine unwiderstehliche Anziehungskraft auf ihn aus. Und dann war es, als öffnete sich die Schwärze der Pupillen, als würde er in die Schwärze gezogen, er spürte einen Sog, der durch jede Faser seines Körpers ging und eine heiße Spur hinterließ. Plötzlich fühlte er die Aufregung der Elfe in den eigenen Gliedern. Und diese Aufregung wuchs von einem Herzschlag zum nächsten. Unwillkürlich öffnete Aldhelm den Mund. Schweißperlen standen auf seiner Stirn. Das Blut begann heftig in den Adern zu pochen. Seine Augen wollten aus ihren Höhlen treten, als würden sie tatsächlich vom Strudel der fremden Pupillen angezogen. Die Elfe durchwühlte sein Inneres, als suche sie nach etwas Bestimmtem, und es hatte mehr und mehr den Anschein, als finde sie Hinweis um Hinweis zu diesem Geheimnis. Das Suchen der Elfe wurde stärker, drängender, schmerzvoller. Aldhelms Nervenenden schienen zu glühen. Sein Herz schlug ihm bis zum Hals. Sein Atem ging stoßweise. Möglicherweise, schoss es ihm durch den Kopf, würde die Elfe ihn allein mit ihrer Suche umbringen.

Und dann gab es einen Schlag, der Aldhelms Körper in seinen Grundfesten erschütterte. Der junge Elf taumelte zurück und stürzte; blieb im Gras liegen, wie er gefallen war, und regte sich nicht mehr.

Tharnundrê blickte auf ihn hinunter. Sie tat einen tiefen Atemzug und war von einem Augenblick zum nächsten wieder von einer erschöpft keuchenden Frau zur gefassten Elfe geworden.

Die Riorn deutete auf die kleine Gestalt, die schweißüberströmt, ein Bein angewinkelt und die Arme von sich gestreckt, mit weit aufgerissenen Augen auf dem Rücken dalag und keuchte.

»Das ist er«, sagte sie. »Wir haben ihn.«

Dem Krieger war die Erleichterung über diese Nachricht anzumerken. Er lächelte.

»Und nun?«

»Bindet ihn und stellt einen Trupp zusammen. Zehn Leute. Nur die Besten. Wir bringen den *lairfey* auf schnellstem Wege zum Eishüter. Wie besprochen.«

Der Angesprochene nickte. Aldhelm fühlte sich erneut an den Haaren gepackt und emporgerissen. Vor seinen Augen verschwamm alles, dann verlor er das Bewusstsein.

*

Feydalir war nicht mehr. Nachdem die *lairfeyra* sich von dem Orden abgewandt hatten, hatte seine Stunde unausweichlich geschlagen. Die gewaltige Festung war erobert und geplündert; man machte sich nicht die Mühe, die klippenähnlichen Mauern zu schleifen, denn es gab Wichtigeres. Erde und Fels wurden aus den Tiefen der Festung gefördert. Verliese, seit Urzeiten durch Gestein und Erde verschüttet, vor Urzeiten von krallenbewehrten, kalten Füßen beschritten, wurden wieder durcheilt, längst vergessene Hallen durch Fackeln erhellt. Versiegte Brunnen dienten als Lagerstellen für Proviant. Schließlich wurde inmitten des Gewirrs aus Gängen ein neuer Schacht senkrecht in die Tiefe getrieben und schaffte Zugang zu einer Halle des Schreckens.

Nach Tagen der Arbeit bettete der Hüter, ein Druide in einer Zeremonienrobe, ein kleines Licht in jener Halle. Der Zugang wurde mit Stein und Magie versiegelt und verborgen. Nicht lange, nachdem Feydalir von seinen Eroberern verlassen worden war und ganz in der Nähe eine Windhose Bäume entwurzelt und eine saubere Schneise in den Wald geschlagen hatte, zeugte nichts mehr von der geschehenen Grabung. In der Luft jedoch lag das Leid des Waldes.

Eishüter

Als Aldhelm erwachte, spürte er als Erstes einen stechenden Schmerz in der Magengegend. Druck lag auf seinem Kopf. Seine Knöchel waren kalt, wie abgestorben.

Dann erkannte er den Grund für seinen Zustand: Ein kleiner, stämmiger Mann hatte ihn sich wie ein Spielzeug über die Schulter geworfen und hastete durch den Wald. Eine Niete seines Lederpanzers drückte gegen Aldhelms Bauch, und seine Waden hatte der Mann wie das Ende eines Sacks mit einer Hand gepackt. Aldhelm bemühte sich, den Kopf zu heben. Die Anstrengungen wurden augenblicklich mit heftigen Schmerzen quittiert; aber wenigstens wich dadurch der Druck aus seinem Schädel.

In einiger Entfernung liefen die anderen Männer und Frauen, die für die Entführung erwählt worden waren. Alle waren sie vorsichtig, wirkten wendig und umsichtig, gar nicht so, wie Aldhelm sich die plumpen *telor* vorgestellt hatte. Selbst die drei *fialgra*, die die Seiten der Gruppe schützten, brachen nicht blindlings durchs Geäst, sondern glitten fast elegant zwischen den Bäumen hindurch.

Aldhelm konnte nicht viel tun. Also ließ er den Kopf wieder hängen und das Grün unter sich vorbeiziehen; er war sogar zu erschöpft, um Angst zu verspüren. Er flehte innerlich, dass sie irgendwann eine Pause einlegen würden. Doch so wendig die Truppe war, so ausdauernd war sie auch. Vielleicht trug Magie ihre Schritte. Jedenfalls kam es Aldhelm wie eine Ewigkeit vor, bis man zur Rast anhielt. Unsanft wurde er auf dem Boden abgesetzt. Er sank ins Laub und atmete schwer.

Ein Gesicht tauchte über ihm auf. Aldhelm durchfuhr ein Schreck. Es war niemand anders als Tharnundrê persönlich. Die Elfe fühlte seine Stirn, nickte und flößte ihm eine kühle Flüssigkeit ein, die Aldhelm mit gierigen Zügen trank. Sein Mund war ganz ausgetrocknet.

»Er ist in Ordnung«, erklärte Tharnundrê, als sie sich wieder erhob. »Gebt Acht auf ihn. Bald werden wir die Wälder verlassen!«

Aldhelm fühlte sich ganz und gar nicht gut.

Sie durchquerten ein Land, das mit dichtem Wald wie mit einem Pelz überzogen war. Kälter wurde es, die Tage jedoch wurden länger, und der kleine Trupp legte große Strecken in gleichmäßigem Schritt zurück. Man sprach nur wenig. Tharnundrê war oft in Aldhelms Nähe, als würde sie – obgleich er ihr Gefangener war und sie Macht über sein Leben hatte – aus seiner Gegenwart Kraft gewinnen, als fühle sie, die sie sich Anführerin über das ganze Heer genannt hatte, sich unter Menschen und *fialgra* allein unwohl. Ein paar Mal sogar setzte sie sich bei den nächtlichen Pausen Aldhelm gegenüber, legte ihm die Hände auf die nackten Oberarme oder Schenkel und stimmte einen traumhaft schönen Gesang an – aber der Zustand des *salasandra*, den sie erstrebte, konnte nicht eintreten. Sie wusste das selbst am besten, und doch versuchte sie es wieder und wieder, aus Sehnsucht vielleicht.

Immerhin war man um Aldhelms Überleben fortan sehr besorgt. Sie gaben ihm warme Pelzkleider, und auch an Nahrung ließ man es nicht mangeln. Wenn das Essen knapp wurde, dann bekam Aldhelm immer zuerst etwas, und seine Rationen waren größer als die der andern, für die gelegentlich auch gar nichts mehr übrig blieb. Manch einer murrte, doch Tharnundrê blieb eisern. Die Männer und Frauen des Trupps wären nicht erwählt worden, wenn sie sich nicht mit derartigen Unannehmlichkeiten abgefunden hätten; und anstatt Tharnundrê zu widersprechen, sorgten sie dafür, dass bald wieder frisches Wild auf dem Speisezettel stand.

War das Land bisher noch einigermaßen flach gewesen, so tauchte am Horizont nun das Massiv einer gewaltigen Gebirgskette auf. Der Trupp bewegte sich scharf nach Rahja; geflissentlich achtete Tharnundrê darauf, jedes Dorf, jede Stadt und sogar jeden Weiler weiträumig zu umgehen, selbst, wenn sie sich dazu durch dichten Wald schlagen mussten. Einmal waren sie trotz aller Vorsicht auf eine kleine, bunt zusammengewürfelte Gruppe von Abenteurern gestoßen, und Tharnundrê hatte kurzen Prozess mit ihnen gemacht. Trotz des anstrengenden Marsches bewiesen ihre Männer eine erstaunliche Kampfkraft, der die Fremden nicht gewachsen waren. Wer zu flüchten versuchte, wurde gnadenlos zu Tode gehetzt. Dass einer der Fremden ein Elf der Auen gewesen war, hatte Tharnundrê schwere innere Kämpfe bereitet. Doch so, wie sie ganze Elfendörfer im Auftrag ihres Meisters hatte auslöschen lassen, schritt sie auch jetzt nicht ein, als zwei Krieger den Elf niederschlugen.

Schließlich betraten sie das Gebirge über ein weites Tal. Aldhelm wurde nun die meiste Zeit getragen. Die Fesseln, die er während der gesamten Reise tragen musste, hätten ein Laufen auf dem steinigen Untergrund zu einer tödlichen Gefahr werden lassen. Tharnundrê wurde von Tag zu Tag unruhiger. Ebenso erging es Aldhelm, sofern das in seinem Zustand überhaupt noch möglich war. Er, von Geburt her zumindest zur Hälfte und von der Erziehung voll und ganz ein *lairfey*, konnte Tharnundrês Unruhe nur zu gut nachempfinden. Diese schroffen Klippen, das kahle Gestein, gelegentliche Grasflecken, und über ihnen die weißen Zinnen der Berge – das war nicht ihr Land. Doch während Tharnundrê sich den Luxus leisten konnte, sich zurück in die schattigen Wälder zu wünschen, war Aldhelms Verstand ganz von der Angst um sein Leben umfangen. Hatte er während ihres bisherigen Weges noch eine – wenn auch kaum nennenswerte – Hoffnung auf eine Gelegenheit zur Flucht gehabt, so ließ er diese nun vollends fahren. Zwar wurden ihm nun immer öfter die Fesseln abgenommen, wenn es darum ging, einen schmalen Bergpass zu überqueren oder kurze Stücke zu klettern, aber selbst wenn er die anderen hätte abhängen können, was an und für sich schon undenkbar war – im Gewirr der Berge wäre er nicht weit gekommen. Kalt und feindlich erschien ihm die Umgebung, ganz anders als der Wald.

Tagelang wanderten sie durch das Gebirge. Gelegentlich mussten sie halten oder sich verstecken, weil sich ein Schemen am Himmel zeigte, der rasch zu einem hungrigen Wesen heranwachsen würde, falls er sie entdeckte. Je weiter sie kamen, desto wunderlicher wurde die Umgebung. Himmelblaue Seen lagen in flachen Senken aus nichts als grauem Gestein. Kein Grün umstand sie, keine Bäume wuchsen auf jenen Ebenen, die fast wie das blanke Gebein der Erde wirkten. Dann wieder mussten sie sich durch dichte Wälder von Zirbelkiefern, und wenn sie höher kamen, Firunsföhren arbeiten. Dann wieder waren die Bäume kaum noch höher als anderthalb Schritt, ihre Äste griffen weit nach den Seiten aus und verfilzten sich zu schier undurchdringlichem Dickicht. Dazu wurde es beißend kalt, obgleich die Sonne tagsüber von einem kristallklaren Himmel herabschien. Aldhelms Angst wurde durch die Anstrengungen und die Kälte weitgehend niedergehalten. Und für seine Umgebung hatte er keine Augen.

Sie stiegen allen Entbehrungen zum Trotz höher und höher. Von Tharnundrê bekam Aldhelm hin und wieder ein furchtbar schmeckendes Elixier von exquisiter Qualität eingeflößt, das seine Kräfte für den Rest des Tages schier zu verdoppeln schien, und dazu ein bitteres Gebäck, das seinem Körper zusätzliche Ausdauer gab. So überstand er die nächsten Tage leidlich, während ein Mann ihres Trupps zurückgelassen wurde; der Hunger hatte ihn zu sehr geschwächt. Aldhelm sah Vögel am Himmel kreisen und ahnte, welches Schicksal dem Mann bevorstand. Ein anderer brach sich beim Abstieg einen Knöchel, und auch er wurde von der Gruppe verlassen. Tharnundrê erlaubte nun kaum noch Pausen, und es war eine Erleichterung, wenn die Nacht kam und sie zur Rast gezwungen waren. Die Kälte nahm noch zu. Sie waren inzwischen so hoch gekommen, dass die schneebedeckten Kuppen der Berge in greifbare Nähe rückten; selbst die Dohlen, die ihnen bisher verlässliche Begleiter gewesen waren, ließen sich nicht mehr blicken.

Dann ging es plötzlich ein ganzes Stück bergab, in eine Schlucht. Wäre Aldhelm ein wenig mehr bei Sinnen gewesen, sein Schrecken wäre ins Riesenhafte gewachsen. Doch so nahm er nur wahr, wie einer der Männer nach einem Vogel schoss, der über ihnen kreiste; dass die Riorn Aldhelm aufhalf, als er niederstürzte, und ihn weitertrieb; dass sie durch einen kreisrunden Kessel schritten, in dem Tod und Verderben die Zeiten überdauert hatte. Dann betraten sie ein Gangsystem, von dem Aldhelm nur wahrnahm, dass es ebenso wunderlich wie grausig war. Sie marschierten durch Stollen und Höhlen, von denen manche ganz und gar aus klarem Eis bestanden. Dort begegneten ihnen gelegentlich Menschen, die sich ihnen in ehrerbietigem Abstand anschlossen.

Und dann, nachdem sie zwischen zwei Männern in langen Zeremoniengewändern hindurchgetreten waren, standen sie auf einem Überhang, der, einem natürlichen Balkon gleich, den Blick auf eine gewaltige, blendend weiße Fläche freigab. Vor ihnen lag ein Gletscher. Das Eis reichte bis zu dem Felsüberhang. Mitten auf der schillernden Fläche standen zwei Gestalten und drehten sich zu den Ankömmlingen um.

»Ja. Das ist er.«

Die Stimme des *telor* hallte von den Wänden der Höhle wider und gab ihr einen unheimlichen Beiklang. Er war ein uralter Mann mit kahlem Schädel und einem buschigen Bart. Anstelle der Pelzkleider, die er draußen auf dem Gletscher getragen hatte, hatte er nun ein Gewand angelegt, das mit Hermelin verbrämt war. Stets an seiner Seite blieb ein Junge von vielleicht vierzehn Jahren und verfolgte jede Bewegung des Alten mit höchster Aufmerksamkeit. Die anderen Leute hielten sich im Hintergrund und wohnten dem Geschehen mit schweigender Aufmerksamkeit bei.

Sie befanden sich in einer Höhle nahe beim Gletscher, die mit Fellen recht wohnlich eingerichtet worden war. Sogar warm war es hier drinnen, obwohl es Aldhelm rätselhaft blieb, woher diese Wärme kommen mochte. Es war ganz so, als dringe sie durch den Fels selbst. Mehrere Truhen standen entlang der unregelmäßigen Wände. Eine von ihnen war offen, doch die Aufgabe der Gerätschaften, die Aldhelm dort drinnen sah, blieb ihm ein Rätsel. Er selbst stand vor einer Art Tisch, der ganz nach einem gekappten und behauenen Tropfstein aussah. Der Tisch war mit einem Tuch bedeckt, in das fremde Symbole gestickt worden waren; darauf ruhten weitere Geräte und Gegenstände, die Aldhelm fremd waren. Tharnundrê stand hinter ihm und hatte soeben einen erleichterten Seufzer über die Worte des Mannes von sich gegeben.

Dürre Finger tasteten nach Aldhelms Stirn.

»Ich schaffe ihn nachher hoch auf den Gletscher. Er ist es. Jetzt werden wir sie holen. Endlich. Ihr, Tharnundrê, kehrt mit Euren Leuten sofort zu den Salamandersteinen zurück und kümmert Euch darum, dass dem Werk unseres Wirbelsturms nichts passiert. Wenn Ihr dort eintrefft, wird es bereits seine Arbeit aufgenommen haben. Und dann, dann werdet Ihr Eurem Volk den Euch so wertvollen Dienst erweisen können, es in seinem Naturzustand zu erhalten. Wir werden uns dann wieder treffen. Nun geht.« Er schenkte ihr einen Blick voll tiefer Verachtung. Das nächste Wort spuckte er geradezu aus: »Elfe.«

Tharnundrê neigte den Kopf. Sie legte Aldhelm eine Hand auf die Schulter und sah ihn traurig an. Dann gab sie sich einen Ruck, machte eine herrische Geste zu ihren Männern und Frauen – und sie verschwanden durch den hinteren Ausgang des Raumes. Unverzüglich würden sie nun zu den Salamandersteinen zurückkehren – ohne Aldhelm.

Der Mann gab Aldhelm eine Flüssigkeit aus einer Glasphiole zu trinken; wie Feuer rann sie Aldhelms Kehle hinab, explodierte geradezu in seinem Magen und füllte seinen Körper bis in die Haarspitzen hinein mit einem tosenden Feuer. Als es schwand, spürte Aldhelm, dass seine Kräfte vollständig wiederhergestellt waren. Ja, er ahnte sogar, dass seine magischen Kraftvorräte bis zum Überlaufen gespeist worden waren. Für einen Augenblick spielte er mit dem Gedanken, sie fließen zu lassen, um sich die Flucht zu erkämpfen – aber nur für einen Augenblick. Der Eishüter und seine Leute waren ihm in jedem Fall überlegen, und das Gebirge blieb auch jetzt noch das Gebirge, ein tödliches Labyrinth für einen kleinen Waldelfen.

Der Eishüter fesselte Aldhelm wieder die Hände auf dem Rücken und schritt hinüber zu dem Tisch. Dort blieb er eine ganze Weile stehen, die Handflächen auf ein kleines Hexagramm gepresst, und murmelte Unverständliches vor sich hin. Sein Enkel – denn niemand anders war sein junger Begleiter – stand daneben und musterte Aldhelm mit ausdruckslosem Blick. Es lag kein Mitgefühl in seinen Augen, aber auch kein Triumph oder Grausamkeit. Vielmehr betrachtete er Aldhelm wie einen Gegenstand. Oder besser: wie ein Werkzeug.

Eine Erschütterung ging durch die Luft. Es war ein Beben jenseits der gewöhnlichen Sinne; ein Beben auf astraler Ebene. Es war, als habe jemand das Tor einer Schleuse geöffnet, als ströme nun Kraft in großer Menge und von stetem Fluss durch den Fels. Der Mann hob den Kopf gen Himmel, die Augen immer noch geschlossen, und breitete die Arme aus, als wolle er den unsichtbaren Kraftfluss umlenken. Die anderen Männer wiederholten seine Bewegungen. Dann, irgendwann, öffnete der Eishüter die Augen. Jetzt würden sie zum Gletscher gehen.

Aldhelm taumelte. Sie hatten ein gewaltiges, leicht gewölbtes Eisfeld betreten. Um sie herum zog sich Gebirgszug um Gebirgszug bis zum Horizont. Und nah, sehr nah ragte die Letzte Wehr vor ihnen auf, jene Bergkette, deren Gipfel zu hoch in den Himmel reichten, als dass ein Sterblicher sie hätte betreten können. Eine weiße Sonne gleißte vom wolkenlosen Himmel.

Ihr Weg lehrte Aldhelm das Grausen. Denn das Eis hier war ganz klar, man konnte tief hineinblicken. Und dort unten, genau unter seinen Füßen, sah er Männer und Frauen in seltsam anmutenden Rüstungen, mit Waffen in den Händen, sah solche, die erschlagen worden waren und deren Blut, eingefroren für die Ewigkeit, noch heute ihren Schädel umkränzte. Er sah Kämpfer mit aufgerissenen Mündern und hervorquellenden Augen, und fast meinte er, ihre Schreie zu hören, die sie vor

Jahrhunderten ausgestoßen hatten. Andere lagen zusammengerollt da, als wären sie erfroren, wieder andere hatten die Arme und Beine grässlich verkrampft, als hätten sie sich gegen eine Decke gestemmt, die sie zermalmen wollte. Er sah Pfeile, die gleichsam im Eis schwebten, Speere und Lanzen, auch einen Magierstab, und immer wieder Leichen, im Kampf verknäuelt. Er sah viele Schritt tiefer seltsame, schuppige Wesen, Kämpfer aus längst vergangenen Zeiten, kaum mehr erkennbar auf diese Entfernung; Zinnen einer Festung waren zu erahnen, ja ganze Türme von schwarzem, bösartig schroffem Gestein, die Mauern eines gewaltigen Bollwerks, das schon vor Urzeiten vom Eis überzogen worden war. Selbst düstere, zersplitterte Steindächer und Teile der Wehrgänge mit steinernen Maschinen, deren Aufgabe rätselhaft blieb, waren zu sehen. Darunter aber hatte sich das milchige Weiß der Tiefe über alles gelegt, was dort noch schlummern mochte. Doch Aldhelms Aufmerksamkeit sollte rasch von der bizarren Szenerie des Grauens abgelenkt werden.

Der Platz, auf den der Eishüter ihn geführt hatte, schien vollkommen leer zu sein. Nur zwei Gegenstände ragten aus der Fläche. Der eine fesselte Aldhelms Aufmerksamkeit sofort: Auf einer armdicken Eissäule lag ein kleines, eiförmiges Ding, das aussah wie ein großer Diamant. Er gleißte in allen Farben des Regenbogens und blendete Aldhelm. Daneben stand eine Art Podest oder Tisch aus Eis, das klar wie reines Wasser war. Es wurde durch das Licht der Gebirgssonne von einem geradezu magisch anmutenden Schimmer erfüllt. Podest und Säule standen mitten in einem wirren Geflecht aus Linien, die in das Eis gemeißelt worden waren. Erst auf den zweiten Blick hin erkannte Aldhelm, dass es einen Stern darstellte.

»Das Herz eines Drachen. Ein Karfunkelstein«, flüsterte der Eishüter und wies auf den Diamant. Sein Lehrling senkte ehrfürchtig die Augen. »Wir werden seine Macht nutzen, um das Werk zu vollenden. Doch sie genügt nicht. Dazu brauchen wir unseren jungen Elfen hier ....«

Er zwang Aldhelm, ihm in die Augen zu sehen.

»Du ahnst ja nicht, welche Kräfte in dir stecken, mein Kind. Du hast dich immer für gewöhnlich gehalten, ja sogar für einen schwachen Halbelfen ... wenn du wüsstest. Nun werde ich dich deiner Bestimmung zuführen. Nun wirst du, zum ersten Male, deine Macht einsetzen können. Und es wird ein Triumph sein. Einer der größten Triumphe, die ein sterbliches Wesen erringen kann. Denn du wirst mir jene herbeirufen und in meine Macht zwingen, die nicht gesehen werden und jeder gewöhnlichen Magie trotzen. Doch mit deiner Hilfe ... Mache dich bereit! Großes steht bevor!«

Aldhelm sah ihn voll Furcht und Unverständnis an. Der Eishüter trat hinter ihn, und er spürte, wie seine Fesseln gelöst wurden und das Blut in die Hände zurückkehrte. Dann stand der Mann wieder vor ihm.

»Zieh dich aus und leg dich dort hin!«, befahl der Eishüter scharf. »Nichts darf zwischen dir und dem reinen Eis sein!«

Aldhelm wollte sich sträuben, aber der Eishüter sah ihm in die Augen, sodass er nicht anders konnte, als zu gehorchen. Selbst seinen Blutulmentalisman musste er ablegen, was ihm besonders schwer fiel.

Seltsamerweise fror er nicht. Einzig das Eis des Podests, auf das er sich legen musste, zwickte ein wenig. Über seinem Kopf gleißte nun der Karfunkel gleich einer zweiten Sonne. Der Eishüter sprach mit lauter Stimme fremde Worte, die von den Hängen der Berge wiederhallten. Die übrigen Männer waren am Eingang in den Fels stehen geblieben, hielten sich an den Händen und hatten die Augen geschlossen.

Nun trat der Eishüter zu Aldhelm. Für einen Augenblick musterte er die ausgestreckte Gestalt seines Opfers und sammelte sich, dann legte er die Hand auf Aldhelms Brust und murmelte Unverständliches.

Plötzlich geschah etwas Furchtbares. Eine rasende Furcht kroch über Aldhelm, durchdrang jede Faser seines Körpers, und dann spürte er – wie sein Herz zu schlagen aufhörte. Es war vielleicht nur Einbildung, jedenfalls pochte es nur noch gelegentlich, immer langsamer, und mit jedem Herzschlag stieg die Furcht in ihm, wurde zur Panik, wuchs zu einer Todesangst, wie er sie niemals im Leben verspürt hatte: nicht bei einer seiner vielen Fluchten, noch nicht einmal im Angesicht der Riorn. Sein Körper wurde steif, er spürte es, jeden Augenblick würde sein Leben entweichen. Die Panik übermannte ihn. Er wollte schreien, doch sein Mund war trocken. Seine Augen starr. Da war nur noch Angst, die wuchs und wuchs – ins Unermessliche – unbeschreiblich.

Nun spürte er Widerstand in sich, da war etwas in ihm, etwas, das ihm fremd war und doch Teil von ihm, und dieses Fremde setzte sich zur Wehr; kämpfte gegen die Furcht an, wollte sein Herz wieder zum Schlagen anregen. Aldhelm sah verschwommen das Gesicht des Eishüters über sich. Der Mann schwitzte, keuchte vor Anstrengung und griff mit der freien Hand nach dem Karfunkel. Das Gleißen des Kristalls gewann an Tiefe, und Aldhelms Widerstand wurde erdrückt. Er glaubte, zerbersten zu müssen, zuckte hoch in einem letzten stummen Aufschrei ...

und dann ward es dunkel um ihn. Doch da war etwas, etwas geschah um ihn herum, durchdrang die Finsternis gleich einer Ahnung. Er war wohl noch nicht tot, denn er wusste, dass er sich auf jenem Gletscher befand, glaubte den Schemen des Eishüters zu sehen, und Lichter, unzählige Lichter, die herangeschwebt kamen, sich um sie versammelten, Lichter, die Gestalten zu formen schienen. Er spürte, wie der Eishüter seine Kraft aus Aldhelm zurückzog, wie er sich nun ganz den Lichtern zuwandte, wie das Leuchten des Kristalls gleißend wurde, wie eine urwüchsige Macht sich gegen den Eishüter richtete, wie sie mit des Eishüters Macht, verstärkt durch die des Kristalls, zusammentraf, verbissen um Vorherrschaft stritt – dann eine Erschütterung, der Eishüter machte eine Hilfe suchende Geste zu seinem Enkel hin, die fremde Macht der Lichter gewann die Oberhand. Es gab eine Explosion astraler Energie, die Aldhelm blendete. Er spürte, wie sein Geist davonschwebte, wie seine Furcht und seine Angst umsponnen wurden von goldenem Licht, wie sie verblassten und eine angenehme Wärme in seinen Leib zurückflutete ...

und dann verlor er endgültig das Bewusstsein.

Theras Pflanzenkunde

Thera war auf der Suche. Es war die richtige Mondzeit für die wundersame Blutulmenwurz, seltener Ableger einer besonders hesindegefälligen Pflanze. Und sie wusste, dies war auch der richtige Ort. Im vergangenen Jahr hatte sie keine dieser Pflanzen finden können, obgleich sie sorgfältig und mit Ausdauer gesucht hatte. Vielleicht, ja, hoffentlich hatte sie dieses Jahr mehr Glück. Sie hatte schon alles vorbereitet. In ihrer Hütte stand der Kessel bereit, der große für ganz besondere Anlässe. Und berühmt für ihre Braukunst wie sie war, trug Thera auch keinen Besen mit sich – was ohnehin ein ziemlich unsinniger Gegenstand in einem Wald war, wie sie fand –, sondern einen Kochlöffel, der es in seiner Größe mit jedem Besen aufnehmen konnte. Im Augenblick wurde das eine Ende des Stiels von dem spitz zulaufenden Blatt eines Spatens geziert, eine Ausbaumöglichkeit, die Thera über alle Maßen schätzte.

Der Mond hatte seinen höchsten Punkt überwunden; Finsternis flutete in den Wald zurück, der, während des höchsten Standes der kalkweißen Scheibe, von ihr dürftig erhellt worden war. Äste raschelten in der Nacht. Sterne zeigten sich hoch oben zwischen dem Geäst. Der Schemen einer Waldohreule saß wenige Schritte entfernt in einer Astgabel, regungslos bis auf den Kopf, der sich geschäftig hin- und herdrehte. Thera schlug ihre Röcke enger zusammen: Die Kälte der Nacht verwandelte den Atem in weiße Wölkchen. Gleich war es soweit.

Sie schloss die Augen und sog tief den feuchtfrischen Duft des Forstes durch die Nase ein. Mühelos versenkte sie sich ins Reich der Erdkraft. Unter ihren nackten Füßen begann sie überdeutlich das Laub, die verrottenden Nadeln zu spüren, dann das emsige Treiben von Käfern und Würmern, die tief unter ihr ihren Geschäften nachgingen. Ein Kribbeln jagte über ihre Fußsohlen, als die Kraft zu fließen begann, sie erfüllte und schließlich die gewünschte Wirkung entfaltete.

Thera öffnete die Augen. Um sie herum gleißte der Wald in rötlichem Schimmer. Sträucher, Bäume, Boden, ja sogar die Luft selbst war von der rötlichen Aura umgeben, die Thera sonst stets zuverlässig die Anwesenheit gewirkter oder gebundener Magie angezeigt hatte. Und der Schimmer wurde stärker.

Thera blinzelte. Für einen Augenblick zweifelte sie am Gelingen der Magie; dachte an einen Fehlschlag. Aber das Glühen wuchs zu immer höherer Dichte an. Thera verharrte, erstaunt, verängstigt, und rätselte, was hier geschah.

Das Glimmen schwoll blitzartig zu blendender Helligkeit, Thera hob schützend die Hände vor die Augen – und dann war es dunkel um sie. Einzig schräg hinter dem Baum, in dem die Waldohreule saß, als wäre nichts geschehen, glommen die rötlichen Fäden einer Pflanze. Thera blickte sich um, doch nichts hatte sich verändert. Der Wald lag so da wie vorher, dunkel, verlassen, einsam; und auch das Knacken, Wispern und Schaben erklang wie eh und je.

Da hatte sie wohl einen besonders auffälligen Fehlgriff getan beim Weben der Magie, dachte sie und wischte sich über das Gesicht. Vielleicht sollte sie etwas weniger von dem angenehm wirkenden Kraut nehmen, das ihre Schwestern ihr aus dem tiefen Süden mitgebracht hatten ...

Sie eilte zur Pflanze, ehe ihre Augen das Gespür für

magische Gewebe verloren und die Pflanze mit der Dunkelheit verschmolz. Mit zitternden Fingern packte sie ihren Spaten und stach die Pflanze aus. Gerade setzte sie zum letzten Stich an, da gewahrte sie aus den Augenwinkeln einen Schimmer.

Was ist denn nun los?, dachte sie und richtete sich auf. Ihre Augen verloren wieder ihre Schärfe, doch sie konnte noch eine rötliche Aura erkennen, die unweit ihres Standpunkts bei einem dunklen Moosbett schimmerte. Eine ungewöhnlich große Aura.

Thera ließ ihren Kochlöffelspaten stecken, um später die Pflanze wiederfinden zu können, zog ihren Dolch und wandte sich der Waldohreule zu. Als hätte der große Vogel ihre Gedanken gelesen, drehte sich sein Kopf zu ihr, öffneten sich seine Augen in gespannter Aufmerksamkeit, stellten sich seine Federöhrchen auf. Dann stieß er sich vom Ast ab und segelte hinüber, dorthin, wo Thera das Glimmen gesehen hatte.

Thera sammelte sich. Ein kurzer Augenblick der Verwirrung, dann sah sie die Welt durch die Augen ihres Vertrauten, der Waldohreule. Der Wald wirkte sogleich viel heller, schwarzgrau zwar, aber nun vermochte sie jedes Blatt zu unterscheiden; wo sie nur Schwärze wahrgenommen hatte, da sah die Waldohreule so gut, als herrsche erst Abenddämmerung.

Zunächst konnte sie nichts Ungewöhnliches erkennen. Da waren nur Bäume und Gestrüpp. Sie wies den Vogel mit ihren Gedanken an, dem Moosbett nicht zu nahe zu kommen. Nun erkannte sie, was das Leuchten von Magie verursacht hatte.

Auf dem Moospolster lag wie auf einem weichen Bett eine zierliche, kleine Gestalt. Fast blendend weiß trat sie aus dem dunklen Grauschwarz des Mooses hervor.

Thera verlor vor Erstaunen fast die Verbindung zu ihrem Vertrauen. Die Gestalt dort war ein Junge, ein schlafender, vielleicht zwölfjähriger Junge; selbst jetzt erkannte Thera die außerordentliche Beschaffenheit seines kleinen Leibes, die Reinheit seiner Haut und die harmonischen Linien seines Körpers. Und als sie seine spitzen Ohren erkannte, da sah sie sich in ihrer Ahnung bestätigt.

Sie ließ die Waldohreule sicherheitshalber eine Runde fliegen und suchte den Wald nach weiteren Wesen ab. Dann löste sie die Verbindung und eilte zu dem Jungen hin. Ausgezehrt war er und schlief tief und fest. So merkte er auch nicht, wie Thera ihn aufhob, zu ihrer Hütte trug und ihn auf ihr Nachtlager bettete.

Aldhelm hatte nicht die geringste Ahnung, was mit ihm geschehen war. Da war ein Licht gewesen, und als Nächstes wusste er, dass er hier aufgewacht war. Die Erinnerungen an das, was davor geschehen war, waren nebelhaft und verblassten mit jedem Herzschlag mehr. Sonderbarerweise fühlte er sich frisch und gestärkt, als habe er eine Woche geschlafen. All die blauen Flecken, die wunden Füße, die Schrammen – sie waren fort. Stattdessen fühlte er sich, als habe er gerade ein langes, gemütliches Sommerbad in einem warmen See genommen. Thera würde ihm später erklären, dass die Kraft der Erde ihm diesen heilenden Schlaf geschenkt hatte. Doch von Thera wusste Aldhelm noch nichts; er hörte nur die Geräusche eines brodelnden Kessels und des Schneidens von Gemüse aus dem anderen Raum.

Thera warf einen prüfenden Blick in das kleine Tongefäß und war zufrieden. Das gräuliche Pulver reichte ohne Schwierigkeiten für zwei Anwendungen. Sie hoffte allerdings, dass sie es bei einer würde belassen können. Gerade hatte sie Basilikum zerstoßen und vermengte es im Mörser mit dem Pulver, als sie aus dem durch einen Vorhang abgetrennten Nebenzimmer ein Geräusch hörte. Ihr junger Gast war wohl erwacht.

Oft hatte Thera dies erlebt: Augen, groß vor Angst, Scheu und Schreck bei jedem lauten Geräusch. Häufig hatte sie so etwas gesehen, aber bislang nur bei Tieren. Ein Elfenjunge war etwas Neues.

Nun, sie würde ihrem Gefühl vertrauen müssen. Als der Junge sich zwar auf die Bank am Feuer setzen ließ, als wäre er eine willenlose Puppe, auch den Tee trank, den sie ihm vorsetzte, sonst aber trotz aller sanften Zusprache kein Wort über die Lippen brachte, seufzte Thera. Dann musste sie ihr Mittel einsetzen, dachte sie, als etwas Seltsames geschah: Ohne selbst genau zu wissen, warum sie es tat, rief Thera ihre Waldohreule herbei und stellte die Sitzstange mit dem Vogel vor den Jungen an den Tisch; sie selbst setzte sich daneben, stellte sich auf die Kraft der Erde ein und wob ein verwirrendes astrales Muster. Sie konnte keinerlei Wirkung feststellen, merkte aber im gleichen Augenblick, dass sie eine ihr völlig fremde Magie angewandt hatte. Weder hatte sie eine Ahnung, woher sie dieses Muster kannte, noch wusste sie, wozu es gut war – und wenn sie schon dabei war, sie wusste nicht einmal mehr, wie es wirken würde. Aber gerade hatte sie es getan ...

Thera schüttelte den Kopf und begann mit der Behandlung. Und nun lief wieder alles bekannte Wege. Sorgfältig achtete sie darauf, nicht zu viel von dem Pulver auf den Löffel zu geben. Der Junge schluckte es ohne Widerstand und trank vom Tee, bevor der Hustenreiz ihn übermannen konnte.

Eine ganze Weile saß er einfach nur da, sodass Thera schon an der Wirkung ihres Pulvers zu zweifeln begann. Doch dann löste sich seine Starre, er begann zu erzählen, stockend, von Unbedeutendem zunächst. Er erzählte, dass er Aldhelm sei, erzählte von einem Spiel und ein paar kleinen Abenteuern, die er mit Freunden bestanden hatte, und seine Miene hellte sich bei den Erinnerungen zusehends auf. Thera hörte ihm zu und lenkte ihn sachte in Richtung der Erinnerungen an das, was ihm widerfahren war. Je länger der Junge erzählte, desto gesprächiger wurde er, wollte gar nicht mehr zu reden aufhören. Endlich erzählte Aldhelm ihr von seinem Unglück. Langsam und zaghaft zunächst, und seine Miene wurde trübe dabei, bis es schließlich wie ein Wasserfall aus ihm herausbrach: Von seinen Erlebnissen, von der unglaublichen Reise, von der Ordensburg, von diesem und jenem, wild durcheinander. Nur die Begegnung mit dem Mann am Gletscher und die Wanderung ins Eherne Schwert, die verschwieg er: Eine Schranke in seinen Gedanken hinderte ihn am Sprechen, wollte diese Erinnerungen begraben, ließ sie verblassen, und selbst Theras Mittel war nicht stark genug, um dieses Bollwerk zu brechen.

Irgendwann ließ die Wirkung des Pulvers nach. Der Redefluss begann allmählich zu versiegen, doch spürte Thera, dass das Reden ihren kleinen Patienten befreit hatte, ein wenig zumindest. Es war schlimmer, als sie gedacht hatte. Sie ahnte, was ihr nun bevorstand: Sie würde ihre vielversprechendsten Fundplätze zu Füßen großer Eichen absuchen müssen, um mehr Pulver zu gewinnen. Denn es würde noch lange dauern, bis sie Aldhelm dazu gebracht hätte, sich seine Erlebnisse ganz vom Herzen zu reden, die sonst ätzenden Klumpen gleich in seiner Seele verschlossen blieben.

Aldhelm war wieder erschöpft eingeschlafen. Thera wiegte den Kopf. Ein Junge im Haus war zwar ziemlich genau das, was sie im Augenblick am allerwenigsten gebrauchen konnte – aber andererseits war es ein süßer und hübscher Elfenbengel, und sie fühlte sich durch seine Anwesenheit auch herausgefordert. Eine ebenso ungewöhnliche wie reizvolle Sache. Sie erinnerte sich noch gut, wie sie einen Säugling ein paar Götterläufe lang großgezogen hatte, bis sie ihn seinem Vater zu seiner Sippe mitgab. Damals hatte sie gesagt, Hexen sollten keine Mütter von Halbelfen, schon gar nicht von Halbelfen*jungen* sein. Unter Elfen sei er besser aufgehoben. Nun, dieser Knabe sah dem Kleinen sogar ähnlich. Und war wohl im richtigen Alter ... als ob er ... aber das war natürlich Unsinn, wies sie sich zurecht. Obwohl, nach dem, was er erzählt hatte ...

Als sie Aldhelm ins Bett gebracht hatte, und zwar gegen dessen Protest, er brauche gar nicht zu schlafen, er sei ja ein Elf, setzte sie sich an ihren Tisch und hielt gedankenversunken im Kerzenschein ihren Teekrug umfasst. Viele Jahrzehnte waren seit ihrer eigenen Geburt vergangen, und ebenso lange war sie Hexe, eine durchaus mächtige, wie sie glaubte. Doch ihr war noch nie etwas so Seltsames passiert – und einer Hexe widerfuhren im Allgemeinen regelmäßig seltsame Dinge.

Zwei bernsteinfarbene Augen glommen im Dunkel über dem Kräuterschrank auf. Die schlanke Eule breitete ihre Flügel aus und ließ sich mit einem ziemlich unbeholfen wirkenden Sprung auf der Lehne des zweiten Stuhles nieder.

»Na, was meinst du dazu?«, raunte Thera. Die Waldohreule blickte sie auf eine stets mürrisch-hochmütige Art an und schwieg. Dann putzte sie sich den Schnabel mit den Klauen, breitete die Flügel aus und flog durch ein Fenster in die Nacht hinaus.

Während die Flügelschläge des großen Tieres erstarben und sie gedankenverloren in ihren Tee starrte, überkam Thera ein seltsames Gefühl. Ganz plötzlich kam ihr eine alte Formel in den Sinn, dazu ein ganz bestimmter Geruch, und schließlich teilte die Zunge ihr den Geschmack vergangener Zeiten mit ...

Schon fand sie sich am frisch auflodernden Kochfeuer wieder, stellte eine Pfanne und den Schöpflöffel bereit. Irgendwo hatte sie doch den Zuckerahornsirup gelassen ... wo stand er? ... und die getrockneten Holunderbeeren, in welches Regal hatte sie die noch einmal verstellt? ... irgendwo hinter den gestoßenen Belmartblättern und dem Döschen mit Zinnober ... wie unsinnig, stellte sie wieder einmal fest, Küchengewürze und Hexenmittel nicht getrennt aufzubewahren ... nein, keine dreijährigen Echsenschwänze, das war keine geeignete Zutat für Süßigkeiten ... sie wären um ein Haar heruntergefallen, als ihre Finger die Tiefen des Regals nach der gesuchten Dose durchforschten ... und ihre Waldohreule könnte sie auch ermahnen, sie solle erst einmal die Mäuse im Haus jagen, dann jene im Wald ... die Biester wurden langsam frech ... aber da war ja die Dose ... und jetzt ...

Aldhelm erwachte in seinem Bett, erinnerte sich, dass er in Sicherheit war, sah durch die halb geschlossenen Augenlider das Flackern des Feuers über die zerfurchten Wände huschen, hörte das Klappern des Küchengeräts und schlummerte darüber wieder ein. Thera jedoch kostete nach einer Weile zufrieden von der süßen Masse der Holunderbonbons, die sie zum Erkalten auf das polierte Holz des Tisches gegossen hatte, und war glücklich darüber, zum zweiten Mal in ihrem Leben Mutter sein zu dürfen – und sei es auch nur für eine kurze Zeit.

Für Aldhelm jedoch begann ein neues Leben. Thera heilte die Wunden, die die Erlebnisse in seinen Geist gerissen hatten, mit Geschick; lauschte Nächte lang seinen Erzählungen und Geschichten, als er endlich auch ohne ihr Hilfsmittel darüber reden konnte; teilte sein helles Lachen, als es nach langer Zeit endlich wieder über seine Lippen kam. Und manche Erinnerungen verblassten rasch und verschwanden schließlich ganz, darunter alles, was mit dem Ehernen Schwert und der Erscheinung zu tun hatte. In der Hexe aber wuchs die Gewissheit, dass dieses Kind hier tatsächlich jenes war, das sie mit zwei Jahren der Elfensippe überlassen hatte. Oder es war alles ein außerordentlicher Zufall, was sie auch nicht besonders erstaunt hätte. Sie kümmerte sich um ihn, als wäre er tatsächlich ihr Sohn, brachte ihm einiges bei und nahm ihn gern mit auf ihre Streifzüge, denn sein Durst nach Wissen und sein Geschick in der Geheimen Kunst waren groß. Vor allem aber brachte sie es fertig, ihn mit anderen Waldelfenkindern zusammenzubringen, und wenn deren Sippe ihm auch niemals so vertraut werden sollte wie seine eigene, begann er sich doch wohl zu fühlen. Schließlich zog es ihn fort, und er erkundete die Welt jenseits der Salamandersteine. Seine Wissbegier war unerschöpflich.

II. TEIL

Der Jäger

Der Agent

Da war Finsternis. Da war Angst. Da war ein Licht.

*

Erschöpft und zerschlagen kam Einar, mit neun Sommern jüngster Sohn der Großrindsbauern, vom Nachbarhof. Den ganzen Vormittag lang hatte er helfen müssen, Steine aus dem Acker zu klauben, als Strafe für den Streich, den er dem Bornerbauern gespielt hatte.

Gerade wollte er durch das Gatter ihren Hof betreten, da hielt er verwirrt inne. Als Erstes fiel ihm das Pferd auf, das dort stand. Es war ein prächtiges Tier, kein einfacher Ackergaul, vielmehr das Pferd eines Fürsten – wenigstens in den Augen des Jungen. In der Ahnung, dass dort etwas Wichtiges vor sich ging, wich Einar an die Häuserwand zurück und schlich sich im Schutze von Gestrüpp und Ackergerät zum Haupthaus. Und verharrte hinter dem Ochsenkarren: Vor dem Eingang ihres Hauses, ihm den Rücken zugewendet, stand ein Mann vor seinem älteren Bruder. Seine Eltern starrten den Mann mit einer Mischung aus Ehrfurcht und Angst an. Unter einem staubbedeckten und recht abgerissen aussehenden Reisemantel schimmerte ein grasgrünes Gewand und Langschwert in schwarzer Scheide hervor. Auf dem Kopf saß eine leichte, in Pelz gefasste Mütze, unter der glattes, seidenglänzendes Haar hervorquoll.

Einar stockte der Atem. In Geschichten hatte er von Prinzen erzählt bekommen, von edlen und hohen Herren voller Güte und Barmherzigkeit.

Aufgeregt krampfte er die Hände ums Wagenrad und beobachtete das Geschehen. Der Fremde sah auf seinen Bruder hinab und schien ihn zu prüfen. Einars Bruder ließ die Musterung im Wechselbad von Furcht und Hoffnung über sich ergehen. Schließlich richtete der Fremde sich zu voller Größe auf – er überragte Vater um fast einen Kopf. Ein Ruck ging durch den Körper seines Bruders, als der Fremde eine Bewegung mit dem Arm machte, die Einar nicht erkennen konnte. Dann trat der Fremde einen Schritt zurück und maß ihn ein letztes Mal. Schließlich schüttelte er den Kopf und sagte etwas. Einar konnte deutlich die Enttäuschung auf den Gesichtern seiner Eltern und seines Bruders sehen.

Doch da fuhr der Fremde herum. Seine Hand lag am Schwert. Sein Blick bohrte sich in Einars Augen.

Einar sprang zurück, als hätte man ihn geschlagen. Aber er wusste auch, dass er, nun da er entdeckt war, alles nur noch schlimmer machen würde, wenn er fortrannte. Zugleich wurde sein Blick von den Augen des Fremden geradezu magisch angezogen: Sie wirkten ungewöhnlich groß und tiefgründig. Seine Züge aber waren sanft und doch kraftvoll, die Haut gänzlich ohne Makel. Dieser Mensch strahlte etwas Überirdisches aus – wenn es überhaupt ein Mensch war, dachte Einar.

Also kam er zitternd hinter dem Karren hervor. Der Fremde hatte seine Aufmerksamkeit nun ganz und gar ihm zugewandt und beachtete weder Einars Eltern, noch den Bruder, der sich hastig anzog.

Als hätte ein fremder Wille sich seiner bemächtigt, trat Einar auf den Mann zu. Der Fremde strahlte eine Macht aus, die dem Jungen gänzlich fremd war; bedrohlich war sie nicht, aber bestimmend, beherrschend. Und etwas im Verhalten des Mannes teilte ihm mit:

Du kannst etwas von der Macht bekommen. Vielleicht. Wenn du die Prüfung bestehst.

Einar wurde der gleichen Musterung wie sein Bruder unterzogen. Stumm ließ er sie über sich ergehen, drehte sich, wenn der Mann es verlangte, atmete ein, hielt die Luft an, spürte die schlanken Finger des Mannes gegen seine Brust klopfen, mit einem Klaps die Kraft seiner Hinterbacken, dann die Kraft seiner Oberarme prüfen, öffnete zur Kontrolle der Zähne den Mund. Beantwortete auch die seltsamen Fragen des Mannes. Als der Fremde seinen Schurz hinten und dann vorn lüftete und mit sicherem Griff das kleine Gemächte prüfte, japste Einar zwar, doch beherrschte er sich und ließ auch diesen Teil der Untersuchung mit zusammengebissenen Zähnen über sich ergehen.

Der Fremde trat zurück. Einar starrte in seine Augen, zog nervös den Schurz zurecht und wartete. Überdeutlich spürte er den Wind über seine Haut streichen.

Der Fremde murmelte etwas und machte knappe Gesten, ohne den Blick von dem Jungen zu nehmen. Schließlich wandte er sich, ohne ein Wort, von Einar ab, den Eltern zu und zog einen Lederbeutel aus seinem Gewand hervor.

»Ich nehme ihn mit. Er ist der Schule der Magie würdig.«

So nahm der Fremde Einar mit sich, und nie wieder wurde er in seinem Dorf gesehen.

*

Es war kalt und heiß zugleich. Seine Hände waren taub und sein Rücken ein Eisblock. Um ihn herrschte Finsternis. Er wollte sich aufrichten, wollte Licht machen, doch er konnte sich nicht rühren. Die Schwärze umfing ihn wie der Schlund eines Fisches, eines gewaltigen, hungrigen und ungeduldigen Fisches. Er war nicht zu Hause. Er war in der Finsternis.

Ein Flimmern glomm im Nichts auf, wuchs zu einem Glitzern und verdichtete sich zu einem hellen Punkt. Er spürte die Angst in sich wachsen, wie ein Lauffeuer griff sie um sich, packte seinen Geist im Würgegriff – eine Angst, wie er sie noch nie gespürt hatte, wie sie kein lebendiges Wesen zu spüren im Stande sein sollte. Und doch war es eine Angst, die er kannte. Die er am eigenen Leibe ...

*

Es war schönster Ingerimm, jener Monat des Frühlings, da die erste Wärme sich mit der Frische des neuen Lebens vereint, als Einar von dem Fremden in alter Magiersitte seinen Eltern abgekauft worden war. Jene mochten traurig über den Fortgang ihres Sohnes sein, mehr noch aber waren sie stolz – und froh über die Dukaten. Wenige waren es zwar nur, doch für sie von unschätzbarem Wert.

Aber Einar sollte nicht Lehrling eines Magiers werden. Der Fremde war ein Musterer, der Agent eines Ordens, dessen Ort auf keiner Karte verzeichnet und dessen Name bislang auf kein Schriftstück gebannt worden war, mit Ausnahme von wenigen Werken des eigenen Hauses. Bekannt war er daher nur einem kleinen Kreis. Dessen Mitglieder waren alte, mehr oder minder mächtige Magier, die sich an jenen Ort zurückgezogen hatten, um ihren Lebensabend in ungestörter Forschungsarbeit beschließen zu können, und viele Elfen, die anderen gegenüber grundsätzlich schwiegen. Und natürlich kannten ihn die Schüler, die im Orden ihre Ausbildung erhielten, um dann in die Welt hinaus zu ziehen, wo sie ihrem Tagwerk nachgingen, bis sich etwas ereignete, das wert war, um dem Orden berichtet zu werden. Dass der Orden unbekannt war, war vor allem der Tatsche zu verdanken, dass sich seine Tempelfestung tief in den Salamandersteinen verbarg.

Dorthin führte also Einars Weg. Der Agent erstand ein junges Reitpferd in einem nahegelegenen Ort, ganz allein für Einar. Der Junge durfte nun seine geringen Reitkünste und sein schlechtes Sitzfleisch an dem neuen Tier erproben – der Schmerz sollte einzig durch Einars Stolz auf das eigene Pferd erträglich werden.

Sie waren in angemessenem Abstand um Greifenfurt herum geritten und ohne Mühe jeder unliebsamen Begegnung ausgewichen. Schließlich hatten sie in einem Ort namens Donnerbach gerastet.

Dann endlich, nachdem sie sich nach Nordwesten gewandt hatten, waren sie in die ewigen Wälder eingetaucht. Der Agent wählte so geschickt seinen Weg durch das undurchdringliche Dickicht, als folge er einer Straße. Nichts als Grün umgab sie. Zunächst empfand Einar den Forst als abweisend und beunruhigend, aber je länger sie ihn durchquerten, desto mehr öffneten sich Einars Sinne. Gelegentlich glaubte er eine Bewegung und die Schemen der seltsamsten Wesen im Dickicht wahrzunehmen. Dann passierten sie Lichtungen, auf denen Gras in strahlendem Grün neben ganzen Teppichen üppig blühender Blumen wucherte, und Schmetterlinge, bunt wie aus einem Traum, schaukelten durchs Sonnenlicht. Einar spürte ein seltsames Gefühl von Erhabenheit in sich.

Er sollte viel Zeit haben, die Schönheit und Lebenskraft des Waldes zu bewundern. Ihm, dem nur harte Feldarbeit gewohnten Bauernjungen, war es, als befinde er sich in einer anderen Welt. Sein Begleiter pflegte beim Rasten zu singen oder eine seltsame, kurze Flöte zu spielen, und Einar stellte erstaunt fest, wie wohl ihm der Gesang tat: Der ohnehin schon fesselnde Wald entfaltete dann immer eine Herrlichkeit, die den Jungen überwältigte. An jedem Abend ließ er sich von diesen Klängen in den Schlaf geleiten.

Nach Tagen des Reitens durch den Wald, vorbei an

munter gurgelnden Waldbächen, nach dem Hinauf und Hinab über teils sanfte, teils steile, doch stets vor Grün strotzende Hänge, standen sie in einem Tal. Fern sah man durch die Wipfel der Bäume zu beiden Seiten steile Berghänge aufragen, die selbst für Bergziegen ein gefährliches Abenteuer bedeuten mochten; auch ein Flüsschen schlängelte sich hier entlang, gespeist von einem weit oben aus dem Fels brechenden Wasserfall. Inmitten des Tals, gelegen auf einem steilen Hügel, aus der Ferne verschmolzen mit dem Wald, der es in gebührendem Abstand umgab, stand eine Festung. Einar keuchte. Dichter Bodennebel umwallte gewaltige Mauern, ockerfarben glänzten sie im Licht der neuen Sonne. An jeder Ecke des riesigen Oktagons wachte ein kantiger Turm. Und aus der Mitte des Mauerrings wuchs ein schroffer, schwarzer und kegelförmiger Fels empor, die Krone dicht bewachsen von frischem Grün. Doch das Grün beschränkte sich auf den oberen Saum der Klippe: Der Fels starrte hart und düster. Der Agent aber breitete die Arme aus.

»Mandalir!«

So verweilte er einen Augenblick, dann stieß er seinem Ross die Hacken in die Weichen. Einar folgte ihm mit vor Staunen weit geöffnetem Mund.

*

Lange hatte Halone gebraucht, um das Grauen zu vergessen, das ihrer Sippe widerfahren war. Verbissen hatte sie sich in der Kampfkunst geübt, doch dann entsetzt feststellen müssen, dass sie Hass verspürte, Rachedurst, kurzum, dass sie *badoc* zu werden drohte. Inzwischen aber gab es niemanden mehr, an dem sie sich hätte rächen können: Viele Götterläufe waren seit dem Überfall vergangen, die Spuren der Täter verwischt. Also hatte sich ihr Hass in Rastlosigkeit gewandelt.

Wie eine Besessene war sie gereist, hatte nie länger als wenige Monde an einem Ort verweilt, aufgepeitscht von einer inneren Unruhe, die sie mit Albträumen gequält hatte. Einem Stück Treibgut gleich hatte sie sich ziellos umhertreiben lassen, auf der Suche nach etwas, das sie selbst nicht kannte. Ihre lang währende Partnerschaft mit einem menschlichen Streuner war so krisengeschüttelt wie verworren, trug sie jedoch um den halben Kontinent. Danach, sie war wieder so allein wie zuvor, ging sie zur Wüste Khom und in die im Praios liegenden Gefilde Aventuriens. Dort, wo es nur wenige Elfen und fast gar keine *lairfeyra* gab, hatte sie endlich Ruhe gefunden. Es war wie ein Luftholen nach einem langen Tauchgang in einem finsteren Tümpel. Sie hatte geglaubt, hier endlich ein einfaches und glückliches Leben führen zu können, wobei ihre Begabung in der Kunst des Instrumentenbaus und anderer waldelfischer Fertigkeiten ihr zu Gute kamen. Sogar fand sie einen Gemahl, einen Krieger von einem seßhaften Stamm der Wüstenelfen, ihr fremd genug, um sie nicht beständig an das Unglück ihrer Heimat zu erinnern. So sah alles danach aus, als ob sie hier ihren Lebensabend verbringen könnte. Doch dann war das Heimweh gekommen, plötzlich, unerwartet und gnadenlos. Sie trennte sich von ihrem Mann und kehrte überstürzt zurück in die Salamandersteine. Die Zeit hatte ihrer Erinnerung den Schrecken genommen, und langsam hatte sie sich wieder an der Schönheit der Wälder erfreuen können. Doch in geradezu panischer Angst hatte sie die neuerliche Einbindung in eine Sippe ihres Volkes vermieden, war eine ruhelose Wanderin geblieben.

Ihr Hass war durch die ungezählten Meilen der Wanderschaft, durch ungezählte vergangene Götterläufe, durch die Schrecken und Wunder vieler Abenteuer abgestumpft und besiegt worden, als Halone auf etwas stieß, das die alten Erinnerungen von neuem wach rief.

Doch der unelfische Hass blieb machtlos; da war nur das Gefühl der Notwendigkeit, der Gefahr begegnen zu müssen, die sich wieder zu manifestieren begann.

*

Immer näher rückte die Festung. Wie auf dem gesamten Herweg konnte Einar keinen Pfad, ja nicht einmal Spuren ausmachen; und die Mauer sah dort, wo sie auf sie zustrebten, aus wie überall. Bis er seinen Irrtum erkannte: Eine Vorburg löste sich hier aus dem übrigen Wall.

»Bleib dicht hinter mir!«, mahnte sein Begleiter. »Diese Burg ist besser geschützt, als es den Anschein hat!«

Einar nickte. Der Weg wurde leicht abschüssig, als sie sich der Vorburg näherten. Nun war da auch ein Weg, gepflastert mit großen Steinplatten. Er führte in Schlangenlinien auf das Tor zu.

»Bleib auf dem Weg!«, wiederholte sein Begleiter die Warnung. Noch bevor sie den Ersten der Gräben erreichten, die um die Burg gezogen worden waren, mussten sie passieren, was dem Ankömmling an Mandalir stets sogleich auffiel: Zwei Statuen wachten zu beiden Seiten des Weges über die Straße. Die eine war von menschlicher, die andere von elfischer, und beide waren sie von anmutiger Gestalt. Mit großer Sorgfalt waren ihre bloßen Körper bis in die kleinsten Einzelheiten ausgearbeitet worden, sodass man dachte, sie könnten jeden Augenblick zum Leben erwachen. Beide strebten, im Lauf erstarrt, voneinander fort. Der Menschenknabe hielt in der einen Hand ein Schwert und ein Buch in der anderen, der Elfenjunge aber einen Bogen in der Rechten und einen massigen Uhu auf der Linken.

»Keine Angst«, beruhigte der Agent seinen jungen Begleiter amüsiert. »Wir kommen als Freunde.«

Doch Einar war froh, als sie die Statuen passiert hatten, über die Zugbrücke geritten und durch das erste Tor des Brückenkopfes getreten waren, das sich wie von Geisterhand öffnete. Einar glaubte, regungslose Gestalten in den Nischen hinter dem Tor zu sehen, Gestalten mit Bögen in den Händen, aber es gab so viel, über das er sich wundern konnte, dass er sie schnell wieder vergessen hatte.

So kam er gar nicht aus dem Staunen heraus. Sie gingen an einer sich im Wettlauf übenden Meute von teilweise seltsam wirkenden Jungen vorbei, während sie den äußeren Ring der Burg umrundeten: Es war ein breiter, keine Deckung bietender Pfad, der zwischen der Außenmauer und einer gezackt abgeschrägten inneren Mauer entlanglief. Schließlich traten sie durch ein Tor in einen kleineren Innenhof. Vor ihnen ragte der blanke Fels der inneren Festungsklippe auf, der aussah wie polierter Granit. Nach einigen Schritten erreichten sie ein Tor, das durch die Klippe hindurchführte, in den Innenhof der Festung hinein. Melodische Musik und Gesang lagen in der Luft. Einar wurde an Gesindehäusern und Stallungen vorbei in ein großes Haus geführt. Warmes Sonnenlicht, das durch große Kristalle in der Decke hereinflutete, erhellte die Räume. Es war ganz anders als zu Hause: Überall wuchsen grüne Pflanzen, und er traute seinen Augen nicht, als er Vögel und kleine Tiere des Waldes umherhuschen sah. Sogar ein Bächlein floss durch einen der Gänge. Bäume schienen die Decken zu tragen. Frische Frühlingsluft erfüllte die Flure.

»Warte hier!«, befahl sein Begleiter. »Ich werde nun den Manundar holen, den die Menschen Spektabilität nennen, damit er dich aufnimmt.«

So ließ der Agent Einar allein. Doch noch ehe der Agent zu den Räumen des Manundar, des Wissenden, gelangte, wurde er aufgehalten: Eine Botin sei soeben für Manundar Varmendrion eingetroffen. Er müsse sich gedulden. Die Botschaft nämlich sei von größter Wichtigkeit. Und während Einar also auf seine Aufnahme noch ein wenig warten musste, aber später zu einem guten Magier heranwachsen sollte, eilte man, um den Manundar für die Botin zu holen.

Die Rückkehr des Grauens

»Wissender ...«

Varmendrion sah auf. Gleichfalls blickte sich der Schüler um, der in der Mitte des Raumes auf einem komplizierten Symbol stand und die Rechte mit gespreizten Fingern zum Zauber erhoben hatte. Der Lehrmagier, der aus dem Hintergrund die magische Demonstration verfolgte, öffnete unwillig die Augen.

»Ein Bote ist da. Es sei mehr als dringend. Es sei eine Sache von allerhöchster Wichtigkeit. Und es sei mehr als eilig«, sagte der Elf, der in der Tür stand. Auf Varmendrions Gesicht regte sich kein Muskel. Bevor er wieder ging, senkte der Elf ehrerbietig den Kopf, was Varmendrion mit ebenso ausdruckslosem Gesicht beantwortete.

Der Junge blickte fragend, doch da Varmendrion keine Anstalten machte, ihm Anweisungen zu geben, fuhr er fort, das magische Muster zu weben, das der Großmeister von ihm verlangt hatte. Der Lehrmagier schloss wieder die Augen.

Wenige Augenblicke später erwachte Varmendrion aus seiner Erstarrung, drückte den Jungen sanft an der Schulter, nickte dem Lehrmagier zu und öffnete die Tür. Der Lehrmagier griff nach Feder und Papier und machte rasche Notizen, dann fuhr er mit der Prüfung fort, als sei nichts geschehen.

Varmendrion indes schritt zwischen den beiden Hünen in Eisen hindurch, die die Tür in das Untersuchungslabor flankierten – die Magier hatten auf einer solchen Garde bestanden.

Er durcheilte mit traumwandlerischer Sicherheit ein Gewirr von Gängen, eine Treppe hinauf, durch einen weiten Flur, wo ihm Helmdriel, ein kleiner *lairfey* von – nach menschlichen Maßstäben – zwölf Jahren, mit Feder und Pergament in der Hand entgegen gerannt kam.

Varmendrion hatte eine besondere Kraft in dem Jungen erkannt. Als er seine Treue und Verehrung für den Manundar – die allerdings in allen Schülern der Festung mit Glut wohnte – gesehen und gleich gespürt hatte, dass sie gut zueinander passten, wie ein guter Vater zu einem guten Sohn, da hatte er ihn als seinen persönlichen Lehrling aufgenommen. Er begrüßte ihn mit einem Nicken und betrat den Audienzsaal.

Die Halle war sehr groß, die Decke hoch; ein Beratungstisch stand bei dem großen Thronsessel, dazu die kleineren Sitze der Lehrmeister. Genügsame Pflanzen wucherten entlang der Wände und schafften einen Teppich aus Grün und Gelb, knorrige Bäumchen flankierten die Türen. Durch große Kristalle in der Decke flutete warmes Sonnenlicht herein. Sie waren ein Geschenk des Geoden Gol. Und Gol war es auch gewesen, der gute Baumeister herbei geschafft und die alten Mauern Feydalirs in die neue Ringmauer hatte fassen lassen wie einen kostbaren Edelstein. Varmendrion hatte mit Gol viele Expeditionen unternommen, und sein Wissensdurst war nie erloschen, im Gegenteil, mit jeder Entdeckung, sei sie magietheoretischer oder weltlicher Natur, sei es während oder nach Entwicklung einer Thesis, war seine Neugier größer geworden.

Varmendrion nickte Helmdriel zu, der sich auf einem mit dicken Moospolstern bewachsenen Fels niedergelassen hatte, einem natürlichen Sitz neben dem Thron. Als der Manundar sich auf dem Thronsessel der Spektabilität niederließ, befiel ihn, wie stets, ein Unwohlsein. Er hasste diesen albernen Pomp, den die menschlichen Könige so liebten. Man konnte mit den Leuten doch auch im Garten oder anderswo in der Festung reden, das war seine Ansicht. Aber etwas Prunk konnte das Leben ganz wesentlich erleichtern. Denn gerade die altehrwürdigen, menschlichen Magier hatten eine Schwäche für ein wenig Pracht und Herrschaftlichkeit, und es ließ sich wesentlich einfacher mit ihnen reden, wenn die Umgebung stimmte – wenn man sie, ganz stilgerecht, empfangen oder sie ihrerseits ihre Boten empfangen konnten.

In seinem Verhältnis zu den *telor* war Varmendrion so gespalten wie zu ihrem Hang zum Prunk. Seit seiner so unglücklichen ersten Begegnung mit den *telor* war er ihnen zunächst mit Abscheu, dann mit Abstand begegnet, hatte sich selbst ob seines menschlichen Erbes gehasst, sich gleichzeitig aber voller Liebe an die fürsorgliche Thera erinnert, und erst nach geraumer Weile zu sich gefunden. Zu den verschrobenen Magiern hatte er schließlich den besten Zugang gefunden, doch waren seine Gefühle hinsichtlich der *telor* auch nach all dieser Zeit noch nicht geläutert. An die Stelle von Hass und Abscheu waren gelegentliche Ausbrüche von Hochmut getreten.

Nun gut. Varmendrion gab ein Zeichen. Gleich darauf öffneten sich die mächtigen Torflügel des Audienzsaales, deren Eichenholz über und über mit stilisiertem Efeu verziert war. Herein trat eine schlanke Gestalt, hoch aufgerichtet, scheinbar unbeeindruckt von Glanz und Größe um sie herum. Menschen stürmten, je nach ihrer Stellung in der Welt, zielsicher herein, oder betont gelassen. Oder sie schrumpften in sich zusammen. Diese hier tat nichts von alledem. Varmendrion musste lächeln. Es war eine Elfe. Nur eine Elfe konnte derart unberührt schreiten.

Die Botin hatte die Kapuze zurückgeworfen, die zu ihrem staubigen und verschmutzten Mantel gehörte.

Varmendrion erhob sich von seinem Sitz und eilte der Elfe entgegen, noch ehe sie die Hälfte des Raumes durchschritten hatte.

»Was führt Euch her?«, fragte er sanft. Die Elfe blickte ihn an und schwieg. Varmendrion ließ seinen Geist schweben, suchte Kontakt zu dem ihren, wie es Sitte bei einer elfischen Begrüßung war. Und als er seinen Geist öffnete, tat sie es ihm nach; er spürte Erschöpfung – und Furcht, große Furcht, Furcht und Schrecken.

Varmendrion sah ihr tief in die Augen. Was ist geschehen?, fragte sein Blick. Sie jedoch erwiderte nichts. Da war plötzlich ein anderes Gefühl: Vertrautheit. Die Elfe kannte ihn, nicht als Wissenden Mandalirs, sondern aus vergessenen Zeiten.

Varmendrion trat erstaunt einen Schritt zurück.

»Woher?«, fragte er leise.

»Ich bin Halone Bienenschwarm. Einzige Überlebende der Sippe des Taublatts. Bis ich erfuhr, dass noch ein anderer überlebte.«

In Varmendrions Hirn überstürzten sich die Gedanken. Erinnerungen, längst verdrängt, sprangen hervor. Bilder vergangener Zeiten liefen vor seinem inneren Auge ab. Halone. Er kannte den Namen, jetzt erinnerte er sich, verschwommen und unklar, an das Gesicht der jungen Elfe, die abenteuerlustig, wie sie war, stets Gesprächsthema und Anlass für Heiterkeit in seiner Sippe gewesen war; die Reisende, die Bienen im Hintern hatte, wie manche mit gutmütigem Spott festgestellt hatten, und die daher auch Halone Bienenschwarm genannt wurde. Nun legte sich das Bild aus seinen Erinnerungen auf das Gesicht, das ihn ansah; er erkannte die junge Frau in den gealterten, doch immer noch jugendlich anmutenden Zügen der Botin.

»Kommt mit«, sagte er mit belegter Stimme. Einzig Helmdriel folgte ihnen, als sie durch Flure eilten und hinaustraten in einen Garten, der von dem großen Gebäude umschlossen wurde; ein Mensch hätte für einen Urwald gehalten, was hier wuchs, einen Urwald inmitten der Festung. Für Varmendrion war es ein Kleinod des Lebens, hier ruhte und meditierte er, wann immer er Zeit fand und nicht hinaus in den Wald ging. Der Garten war das Ergebnis seiner Reisen zum Himmelsturm, den er mit dem Geoden Gol erforscht hatte. Dort, wie an vielen anderen Orten, hatte er Jahre mit dem Studium der alten Elfenmagie verbracht und sich mehr und mehr dazu begeistert, je tiefer er sich in die Geschichte seines Volkes einarbeitete. Allerdings war dieser Garten hier kaum mehr als ein Abglanz dessen, was er im Himmelsturm hatte bewundern können.

Irgendwo zwischen den Bäumen hindurch erklang die Melodie der Flöte der Lehrmeisterin des waffenlosen Kampfes, einer Auelfe, die sich in fortgeschrittenem Alter in Mandalir niedergelassen hatte.

Varmendrion seufzte. Hier ließ es sich besser reden als in den Gemäuern des Tempels. Beide drängte es zu erzählen, denn es gab so viel zu berichten, so viel, was sich in den hunderten von Sommern zugetragen hatte, dazu das Wunder ihres Überlebens. Doch Varmendrion spürte, dass dazu nun keine Zeit war: Später würden sie sich in einer Art des *salasandra* verbinden können, später.

»Ich sehe dich als kleinen Jungen«, sagte Halone, »mit deinem Bruder. Vor dem Überfall bist du mit deinem Bruder baden gegangen. Und ihr seid nicht wiedergekehrt. Bis unser Dorf brannte.«

»Damals hieß ich Aldhelm«, erwiderte Varmendrion. »Aber ich kann mich an nicht mehr viel erinnern. Ich bekam sogar einen neuen Namen, Varmendrion. Denn ich dachte, alle Elfen unserer Sippe wären tot. Seitdem war auch Aldhelm nicht mehr.«

Halone seufzte.

»Bei mir verhält es sich genau umgekehrt. Ich gelobte, meinen Namen zu tragen, bis das Grauen gerächt sein würde – ja, der Hass drohte mich damals zu überwältigen – doch bis vor kurzem dachte ich, dass es nach all der Zeit niemals mehr dazu kommen würde. Doch dazu gleich mehr. Nach der Katastrophe dachte ich ebenfalls, die einzige Überlebende unserer Sippe zu sein. Ich hatte nicht gespürt, dass noch einer außer mir das Grauen überstanden hatte, bis ich es vor kurzem durch einen Zufall herausfand. Doch sage mir: Erinnerst du dich an etwas Ungewöhnliches, das sich während oder nach dem Überfall zugetragen hat? Eine Erscheinung? Etwas dergleichen?«

Varmendrion rief sich die Erinnerungen ins Gedächtnis. Es fiel schwer und tat weh, doch er zwang sich zu Disziplin. Mehrere Dinge nannte er, doch stets schüttelte Halone den Kopf.

»Da war ein Saugen«, erklärte er schließlich. »Als ich fortgerannt bin, bei Nacht, hörte ich es. Ein Bersten und Krachen ... unheimlich, und der Wald hat geschrien, ich spürte es deutlich. Etwas war dort, was nicht in unsere Welt gehört.«

»Ich habe es gesehen«, nickte Halone. »Das ist es, was ich meine. Eine Art Windhose, die eine Wunde in den Wald schnitt. Sie mochte Anlass für das sein, was mit unserer Sippe geschah.«

»Nun?«, fragte Varmendrion. »Dein Kommen hängt damit zusammen? Es ist ungezählte Sommer her ...«

»Die Erscheinung ist zurückgekehrt«, unterbrach Halone ihn. »Dort, wo sie damals erschienen ist. Wieder so wie früher. Bislang konnte kein Elf sie aufhalten. Deshalb bin ich hier: Du bist der Einzige außer mir selbst, der von unserer alten Sippe noch lebt. Wir müssen diesem Ding auf den Grund gehen. Es eilt.«

Varmendrion blickte sie an. Er könne nicht einfach fortgehen, wollte er erklären. Aber da meldete sich eine Stimme in seinem Hinterkopf: Bist du schon so *badoc*,

dass du dich von den Pflichten der Menschen verskla-
ven lässt? Gerade du, der du die meisten *telor* doch ob
ihrer menschlichen Art verachtest? Bist du nicht ein Elf?
Es geht um dein Volk! Lass niemals den *telor* in dir
Überhand nehmen. Niemals.

Er nickte.

»Lasst uns ein *salasandra* anstimmen, wenn die Sonne
an den Kronen der Laubbäume steht. Dann werden die
Jungen ihre Übungen bei den Elfen beendet haben, und
die Magier übernehmen sie für die trockene Theorie.«
Er lächelte. »Obwohl sie es immer wieder versuchen, so
richtig hat es noch keiner unserer Magister geschafft,
sich ins *salasandra* einzufügen. *Telor* eben. Sie werden
sich wohl freuen, nicht dabei sein zu müssen.«

Er wusste, dass die Magier dies missbilligen und ihm
vorwerfen würden, er tue so, als habe er alle Zeit der
Welt. Es warte doch so viel Arbeit auf ihn. Varmendrion
lächelte. Menschen verwechselten ihr Leben mit einem
Gebirgsbach, der stets in Hast war. Abgesehen davon –
er *hatte* alle Zeit der Welt. Für die Erscheinung würde
ein Tag mehr oder weniger auch keinen Unterschied
machen.

Albtraum im *salasandra*

Da waren seine Erinnerungen. Varmendrion versank neben Halone, ihren Arm fest umschlungen, im Kreis der anderen Elfen in tiefem *salasandra*. Und spürte eine alte, vergessene Vertrautheit: Denn einzig Halone kannte jene Form des *salasandra*, wie sie damals in Varmendrions Dorf ausgeübt worden war. Was er nach seiner Flucht all die Götterläufe hindurch erlebt hatte, erschien ihm nun wie ein Schatten dessen, was ihm zu Hause vergönnt gewesen war.

Ungewöhnlich lange verharrten sie: Einige sangen, andere summten vor sich hin, wiegten sich; es fiel schwerer als sonst. Mit Mühe zunächst, dann endlich wie von selbst, gelang es Varmendrion, sich fallen, jenes an sich vorüberziehen zu lassen, was seit so langer Zeit nicht mehr durch seinen Kopf gegangen war.

Denn viel war geschehen seit damals. Ungezählte Abenteuer hatte er durchstanden. Doch nun waren die Erinnerungen mit Halone zurückgekehrt, hervorgetreten hinter den Vorhängen seiner Erlebnisse, mit Macht waren sie zurückgekommen, Erinnerungen an sein Leben als Kind bei seiner Sippe.

Aus dem Nichts fiel es über ihn her. Als hätte jemand eine Flamme ausgeblasen, waren alle Gefühle, alles Drumherum fort. Stattdessen Finsternis. Auf unerklärliche Weise gewaltiger als sonst, bedrohlicher, dunkler. Er war gelähmt und gleichzeitig körperlos. Die Angst kam. Sie brachte sein Herz zum

Rasen, seinen Atem ins Stocken und sein Blut zum Kochen. Unvergleichlich stärker als in seinen bisherigen Träumen war sie, fuhr gleich in seine Knochen ein und machte ihn zittern.

Im Nichts ein gleißender Punkt. Ein gleißender Punkt, der wuchs, als rolle eine Kugel aus Licht auf ihn zu, langsam und unaufhaltsam. Und Geräusche. Ein Dröhnen, das tief aus der Erde kam. Darunter, kaum hörbar und doch scharf wie ein Messer, ein Murmeln, ein eintöniger Singsang von peinigender Melodie, wie sie keinem Elfen über die Lippen gekommen wäre. Der gleißende Punkt war zur Größe eines Tores angewachsen. Die Finsternis um ihn herum hellte sich auf, wurde ersetzt durch ein Orangerot, zu dunkel noch, um Konturen erkennen zu können, nur etwas Langes war da, neben dem weißen Fleck, und die Finsternis schwand weiter; gleich würde er ...

Als Varmendrion erwachte, hörte er ein erleichtertes Aufatmen rundum. Er sah, dass Halone, und mit ihr die anderen Elfen ihn anstarrten. Er saß noch immer so da, wie er das *salasandra* begonnen hatte, doch war er schweißdurchnässt. Und er spürte, dass die anderen ebenfalls erschöpft und ausgelaugt waren, so als hätten sie schwerste Anstrengungen hinter sich.

»Was ist geschehen?«, fragte er; seine Stimme war nur mehr ein Krächzen.

»Du warst plötzlich ... weg«, meinte Halone zögernd. »Es war ganz so, als ob du nicht mehr unter uns weiltest. Als klaffte zwischen mir und deinem Nachbarn ein Loch.« Sie erschauderte. »Furchtbar.«

»Wir haben versucht, dir zu helfen«, erklärte ein anderer Elf. »Aber obwohl wir alle unsere Kräfte vereinigt hatten, blieben wir machtlos. Wir fanden einfach keinen Ansatzpunkt. Es war so, wie Halone es gesagt hat! Du warst fort.«

»Dein Körper aber verweilte in unserem Kreis, ganz so wie jetzt; doch du zittertest und warst ansonsten starr wie Stein.«

»Wir wollten sehen, ob *taubra*, unelfische Magie, am Werke sei. Wer von uns es auch versucht hat, er war geblendet und musste das Gesicht abwenden. *Taubra* solcher Dichte haben wir noch nie beobachtet.«

»Alles, was wir sehen konnten, bevor das *taubra* uns blendete, war: Es ist fremd. Und vertraut zugleich. Wie das Erz der Erde mit dem Stahl des Schwertes vertraut ist.«

Varmendrion nickte. Kurz berichtete er, was er erlebt hatte; und bei jedem Wort schauderte es ihn, als bedeutete allein das Sprechen darüber schon den Bruch eines Tabus.

»Wir sollten das *salasandra* wieder aufnehmen. Eure Ruhe wird mir neue Kraft geben«, erklärte er. Und ich will wissen, ob dies noch einmal geschieht, dachte er bei sich. Ich habe Angst.

Es dauerte sehr lange, bis er sich wieder auf die anderen eingestimmt hatte. Ihre Beunruhigung war nur zu deutlich zu spüren und verzögerte die Vereinigung. Als sie endlich wieder den erstrebten Zustand erreicht hatten, da spürte Varmendrion tatsächlich ihre Kraft, und sie schenkten ihm Zuversicht und Mut, die er mit der Dankbarkeit des Dürstenden nahm. Gab ihnen das, was er erlebt hatte, und der Schrecken verstreute sich über sie, verlor an Kraft und konnte von jedem unschädlich gemacht und zur eigenen Untersuchung bewahrt werden. Was Varmendrion befürchtet hatte, eine erneute Welle der Finsternis, blieb aus.

In aller Ruhe konnten sie in der Vereinigung verweilen, bis sie sich wieder über Gewöhnliches austauschen konnten und ihre Gedanken und Gefühle geordnet waren.

Varmendrions Erlebnis forderte seinen Tribut an Zeit: Das *salasandra* dauerte ohne Unterbrechung bis zum Anbruch des übernächsten Morgens an. Doch das lag nicht nur an Varmendrions Traum. Etwas anderes versuchte sich beharrlich zwischen sie alle zu schieben, die Verbindung zu trennen, die sie zueinander hielten, und die Harmonie zu zerstören. Mit vereinten Kräften konnten sie die Störung zurückdrängen und schließlich aus ihrem Kreis ausschließen. Die Warnung hatte ein jeder von ihnen verstanden: Etwas zehrte an den Kräften des Waldes und fügte dem natürlichen Gefüge Leid zu.

Die Vögel hatten längst mit ihrer Begrüßung des Tages begonnen, als die Elfen langsam, einer nach dem anderen, aus ihrer Versenkung erwachten. Varmendrion sog tief den Duft der Pflanzen ein, die sich dem Licht entgegenstreckten. Neben ihm ordnete Halone ihr Haar. Die Sonne strich über ihre vom Alter unberührte, jugendliche Elfenhaut.

Die Lehrmeisterin des waffenlosen Kampfes hielt die Augen geschlossen und lauschte. Ein anderer hatte sein Lieblingsinstrument, das *yiama* hervorgeholt und spielte eine ruhige, nachdenkliche Melodie. Am Tor zum Garten jedoch standen zwei Lehrmagier und rangen die Hände wegen dieser Zeitverschwendung, insbesondere, da die Bedrohung sicherlich keinen langen Aufschub duldete.

»Die Störung«, meinte die Lehrmeisterin des waffenlosen Kampfes. Die anderen nickten.

»Die Horcher haben uns Dinge berichtet, die sich im Praios und im Nordwesten zutragen. Schreckliche Dinge. Jemand versucht, die Macht über viele *telor* an sich zu reißen, und er setzt dabei auch Dämonen ein. Könnte die Störung nicht mit ihm zusammenhängen?«, fragte ein Elf.

Varmendrion schüttelte den Kopf.

»Seine Macht hat ihren Höhepunkt längst überschritten, wie unsere Horcher aus Gareth und Donnerbach berichteten«, erklärte er. »Dies hier hat andere Gründe.«

»Ich glaube, ich kenne die Ursache«, ließ sich Halone vernehmen. »Darum bin ich gekommen. Die Erscheinung ist der Grund für das Leid des Waldes.«

Die anderen Elfen sahen sie an. Sie brauchten keine Fragen zu stellen, denn Halone hatte ihnen im *salasandra* darüber berichtet, ausführlicher, als man es mit Worten tun konnte. Es schien offensichtlich.

Also erhoben sie sich und ließen Halone und Varmendrion allein. Erst nach einer Weile bemerkte Varmendrion Halones eigentümlichen Blick.

»Das *mandra* ist stark in dir«, meinte sie. »Ganz anders als bei allen, die ich bisher kennen gelernt habe ... ganz anders. Und ich meine damit nicht das Seltsame, das dir bei der ersten Vereinigung widerfahren ist.«

Varmendrion erwiderte ihren Blick.

»Das ist doch gleichgültig. Es ist so einfach, so klar ... als hätte ich mir all die Zeit den Kopf zerbrochen – und neben mir lag die Antwort.« Er lachte bitter. »Aber bis ich dahin gekommen bin, hat es mich viel gekostet«, bemerkte er in schmerzlichem Gedenken an die Vergangenheit. »Dafür habe ich viel gesammelt. Doch lass uns von anderen Dingen reden.«

»Dann erzähl mir, was das hier für eine Burg ist«, schlug Halone vor. Varmendrion nickte bereitwillig.

»Ich habe Mandalir auf den Grundfesten einer alten Ruine gegründet, in der Tradition jener Schule, die früher hier gestanden hat. Es gibt nur noch wenige von uns, zu wenige *lairfeyra*. Deshalb habe ich diese ... Schule geschaffen. Die Schüler sind die Besten und Fähigsten, vor allem aber die Treusten und Vertrauenswürdigsten. Wenn sie hier die Fähigkeit des Kampfes mit dem Verständnis der Magie aufgenommen haben, wandern die meisten hinaus in die Welt. Sobald einem von ihnen etwas auffällt, eine Strömung, eine Macht, etwas, das sich gegen die *lairfeyra* richtet, so kehren sie hierher zurück oder senden Boten. So hoffen wir, rechtzeitig eingreifen zu können, wenn den Elfenvölkern Unheil großen Ausmaßes droht – noch ehe es heraufgezogen ist.«

»Große Ideen«, sagte Halone.

»Zudem hüten wir uns davor, Mandalir zu einer Akademie menschlichen Stils verkommen zu lassen. Denn unser größtes Unglück wäre es, *badoc* zu werden. Aber die *lairfeyra* sind da fleißige Warner, glaub mir. Ich hatte es am eigenen Leibe erfahren, als ich noch ein Kind war.« Er erschauderte. »Wenn eine Einung von Schule und *lairfeyra* möglich ist, dann hier.«

»Ein Halbelf ist wohl auch der beste Mittler zwischen *fey* und *telor*«, erwiderte Halone. »Und diese Aufgabe hast du ja mit dieser Schule übernommen.«

Zwischen Varmendrions Augenbrauen entstand eine steile Falte.

»Wahrscheinlich bin ich aber kein Halbelf!«, sagte er. Das Thema war ihm unangenehm, jetzt, da ihn eine Elfe seiner eigenen Sippe darauf ansprach. »Zu alt. Und ich beherrsche unsere Lieder. Kann kein Halbelf, soweit ich weiß.«

»Deine Mutter kennst du doch«, erwiderte Halone. Varmendrion schüttelte den Kopf.

»Ich bin wohl kein Halbelf«, beharrte er starrköpfig. »Du weißt bestimmt noch, wie mein Vater mich als kleines Kind, im Alter von zwei Sommern, zu unserer Sippe gebracht hat. Eine Hexe mag bis dahin für mich gesorgt haben, aber hat sie mich auch geboren? Üblicherweise sind *telor* die Väter, *lairfeyra* die Mütter. Dass es sich in meinem Fall genau umgekehrt verhält, ist sehr ungewöhnlich! Aber wir müssen uns um den Grund deines Hierseins kümmern«, wechselte Varmendrion das Thema. Halone spürte seine innere Spannung und verzichtete auf ein Nachhaken. »Sonst machen mir unsere *telor* die Niederhöllen heiß. Und deine Eile soll nicht umsonst gewesen sein!«

»Wenn diese Erscheinung selbst im *salasandra* spürbar wird ...«, meinte Halone.

»Dann ist sie gefährlicher und stärker, als man vermuten könnte. Ich denke, hier brauchen wir die Hilfe von Emilius«, erwiderte Varmendrion. Gerade wollten sie losgehen, da kam Helmdriel in den Garten und gesellte sich wortlos zu ihnen. Auf seiner Schulter lag ... etwas, stellte Halone erstaunt fest. Seine Form war unbestimmbar, doch funkelte es in sattem Rot, als wäre es ein kleines Kissen von Rubinen. Erst beim Näherkommen erkannte sie, dass es sich um einen kleinen Drachen handelte, der sich zusammengerollt hatte und mit dem schlanken Echsenkopf auf seinen Leib gebettet döste.

»Das ist Kirschfeuer«, flüsterte Helmdriel und schielte aus den Augenwinkeln auf den kleinen Drachen. »Varmendrion hat ihn mitgebracht, und als ich mich mit Kirschfeuer gut verstand, durfte er bei mir bleiben.«

Halone beugte sich näher an den Funkeldrachen heran und bewunderte seinen Leib, der so aussah, als sei er mit hunderten geschliffener Rubine besetzt. Kirschfeuer öffnete ein blutrotes Auge und fixierte sie. Auf seiner Stirne konnte man zwei Halbkreise erkennen, voneinander getrennt durch ein schlangenartig gewundenes Symbol. Darunter stand in winzigen Lettern ›8I ES 2‹«.

»Kommst du von dort?«, fragte Halone und lachte, als der Drache nach ihr schnappte. Er sollte ihr die Antwort schuldig bleiben.

»Wir gehen zu Emilius. Du bleibst hier«, wandte Varmendrion sich an Helmdriel. Der Junge machte ein enttäuschtes Gesicht, aber Varmendrion grinste. »Du wurdest von dem Herrn Magister bereits einmal herausgeworfen. Wie ich mich erinnere, war die Beule recht groß.«

»Beule?«, fragte Halone irritiert, während sie den

unterirdischen Teil Mandalirs über eine Wendeltreppe betraten.

»Magister Emilius ist über Störungen nicht gerade erfreut«, bemerkte Varmendrion und verzog das Gesicht. »Helmdriel hat sich einmal in der Tür geirrt. Ich habe noch nie einen alten Magier so laut brüllen hören. Und der Tritt war dem eines Ritters würdig! Die Beule hat er von der gegenüberliegenden Wand davongetragen, gegen die ist er gestolpert.«

Sie gingen durch ein Gewirr unterirdischer Gänge. Schließlich blieb Varmendrion vor einer Tür stehen.

»Ich komme nur selten hier herunter. Diese kahlen Gänge sind nur etwas für angroschim! Und für verrückte *telor* ...«

Er griff nach der Türklinke und drückte sie betont leise auf.

Das Zimmer, das sie betraten, sah ganz so aus, als würde sein Bewohner sich eine kleine Windhose als Haustier halten. Betrat man es ohne die nötige Vorsicht, konnte es gut passieren, dass man die Tür später nicht mehr wiederfand. Jede freie Fläche war mit allerlei Gerätschaften und vor allem mit Büchern und Notizzetteln überhäuft – selbst von der Decke hingen Zettel und Schreibbrettchen an langen Schnüren herab – und dort, wo der Tisch stehen musste, ragte eine rätselhafte Galerie eckiger Säulen auf, jede von anderer Höhe. Aber das Auffälligste war, dass alles so vollständig in Tabakqualm getaucht war, dass es nur noch einer oder zweier dicker Rauchkrautröllchen mehr bedurfte, bis man die Luft hätte kauen können.

Irgendwo im hinteren Teil der Kammer bewegte sich ein Schemen. Varmendrion rang sich dazu durch, Luft zu holen.

»Emilius!«

Der Schemen schenkte ihnen keine Beachtung. Vielmehr schien sein Tätigkeitsdrang noch zuzunehmen.

Varmendrion seufzte und tat mutig einen Schritt weiter in den Raum hinein. Was für ein Wagnis dies war, erfuhr Halone sogleich, als sie ihm folgte: Der ungewohnte Rauch stach ihr in die Luftröhre und ließ sie heftig husten.

Nun reagierte der Schemen. Und dem lauten Klang seiner Stimme nach zu urteilen, schien ihm der Rauch nicht das Mindeste anzuhaben.

»Na? Na wer kommt hier herein? Ohne, wie ich höre, ohne anzuklopfen? Welcher Rotzlöffel will denn heute einen Tritt in den Allerwertesten und einen Freiflug obendrein?« Der Schemen gewann an Größe und wurde zu einem grauhaarigen Mann, der in eine weiche Robe gehüllt war. »Und nun hinaus! Ich schätze keine Störungen!«

Varmendrion hob geduldig die Hand. Halone glaubte durch den Dunst erkennen zu können, dass er grinste. Wenn ihre Augen nur nicht so tränen würden ...

Der Alte hob einen Kneifer vom Tisch auf und klemmte ihn sich auf die Nase. Zornig fuchtelnd kam er um den Tisch herum, dann wanderte das Licht des Erkennens über seine Miene – und er entspannte sich.

»Oh. Ich dachte doch gleich, dass Ihr etwas groß seid für einen Knaben. Nun. Seid gegrüßt. Und wer ist das?«

Er wandte sich Halone zu und fixierte sie durch seinen Kneifer. Unwillkürlich rutschte sein Blick hinab in Richtung ihrer Brust, dann riss er sich zusammen.

»Dies ist meine alte Freundin Halone«, stellte Varmendrion sie vor. »Sie ist älter als ich. Eine Leistung, nicht wahr?«

»Nun, nun. Eine Elbe. Oder Elfe? Gar Elfin? Nicht Elfin. Elfe, zierliches Feenwesen, würde ich sagen – das seid ihr denn doch nicht, mit Verlaub. Elbe, nach Magnus Trey. Aber – ein Nachschlagewerk von vielen, seine Schwäche. Statistisch irrelevant. Fluch der Minderheit. Irrelevant. Elbe. Aber nun, was führt Euch zu mir?«

Er wies mit der verknitterten Hand auf ein Sofa und zwei Sessel, die um ein Tischchen gruppiert waren, das sich unter seiner Last von Notizen und Büchern bog. Obenauf thronte eine Flasche mit einer gefährlich gelben Flüssigkeit. Kaum hatten sie sich gesetzt, hielt der Alte ihnen Gläser hin.

»Wer mich besucht, darf ein Schlückchen genießen. Hier, bester Trollzacker!«

Halone blickte zweifelnd auf die Flasche, die der Alte nun ihrem Glas zuneigte, und fing Varmendrions Blick auf; er grinste kaum sichtbar.

»Emilius, sie ist von derselben Art wie ich. Alkohol ist uns unverträglich«, sagte Varmendrion milde.

»Und die Würze der Glut?«, fragte Emilius hoffnungsvoll und nahm eine Kiste von einer der Säulen, deren Natur damit entlarvt wurde: Sie bestanden allesamt aus gestapelten Rauchkrautkisten, sorgsam nach ihrem gefüllten oder geleerten Zustand sortiert. Auch diesmal lehnten Halone und Varmendrion ab.

»Emilius, ich weiß, wie ungern Ihr Euch stören lasst. Ich hätte Euch auch lieber im Labor aufgesucht, aber ich fürchte, wir haben keine Zeit.«

»So? Ihr? Ihr Elben habt doch immer Zeit!« Ein Funke glomm in seinen Augen auf. »Aber wenn selbst Ihr in Eile seid, dann muss es wahrlich wichtig sein. Worum geht es?«

Varmendrion blickte Halone auffordernd an. Sie erzählte von der Erscheinung im Wald und bemühte sich, beim Sprechen so wenig wie möglich zu atmen, was zugegebenermaßen ein schwieriges Unterfangen war.

Emilius wirkte, als sei er während ihrer Schilderung eingenickt, doch sobald sie geendet hatte, sprangen seine Augen auf, und er fragte nach etlichen Einzelheiten, auf die Halone häufig keine Antwort wusste. Zu häufig offenbar, denn Emilius schüttelte schließlich bedauernd den Kopf.

»Ein Geschöpf dieser Art ist mir noch nie untergekommen. Wir wissen nicht genug, um seine Herkunft untersuchen zu können.« Er paffte an seiner Zigarre, aschte gedankenverloren in einen auf dem Boden stehenden Marmormörser mit einer öligen Flüssigkeit darin, die augenblicklich in einer grünen Wolke verpuffte und dabei sein Gewand ansengte, und erhob sich schließlich aus seinem Stuhl.

»Ich muss mir die Sache selbst ansehen. Wann können wir aufbrechen?«

Varmendrion war über diesen Entschluss so wenig überrascht, als habe er von dem alten Herrn nichts anderes erwartet.

»Am frühen Abend«, schlug er vor.

»Ich erwarte euch beide am inneren Tor«, erklärte Emilius.

*

Der Kampf war furchtbar gewesen. Enerika litt unter Kopfschmerzen wie seit Jahren nicht mehr: Sie hatte all ihre Macht im Kampf aufgeboten, und nun fühlte sie sich leer und ausgelaugt. Die Bestattung ihrer beiden Gefährten war vollzogen. Nun war es an der Zeit, sich um sich selbst zu kümmern. Aber zuerst gab es noch etwas zu tun. Sie humpelte auf ihren Stab gestützt zu dem gefallenen Ungetüm hin und bearbeitete es mit ihrem Dolch.

»Willst du das Vieh abziehen?«, brummte der *angroschim* Dandos und beugte sich wieder über seinen Arm. Ein Stück Fleisch hing an einem dünnen Hautfaden von seiner Schulter. Mit zusammengebissenen Zähnen trennte er es ganz ab und ließ es liegen: Dort hatten die Klauen des Drachen ihn gestreift, und wenn er dieses Stück von sich nicht opferte, so wäre ihm der Wundbrand mehr als sicher. Nicht, dass die nun offene Wunde angenehm wäre ... Auch die anderen waren viel zu sehr damit beschäftigt, ihre Wunden zu versorgen, als dass jemand Enerika beachtet hätte. Der Borongeweihte, Bruder Kesseler, wäre fast verblutet und lag nun bandagiert und bewusstlos in seinen Fellen da.

»Wir hätten nicht hierher kommen sollen«, brummte der Schwertmeister missmutig, während er einen engen Verband um seinen Arm legte.

»Wir kehren um, sobald es möglich ist«, beruhigte ihn Enerika. »Wir sind am Ziel. Wir besitzen ein Drachenherz. Sobald ich es herausgeholt habe, gehen wir. Versprochen.«

»Das versprecht Ihr nun schon seit drei Tagen. Noch ein Berg, dann kehren wir um. Noch ein Steinschlag, und wir kehren um. Noch ein Ungeheuer mit dreizehn Beinen und fünf Klauen, und wir kehren um. Ihr habt mit Absicht so lange gewartet, bis keiner mehr laufen kann, oder? Verdammt!«

Dandos hieb mit der Faust gegen den Fels, als der Schwertmeister etwas klare Flüssigkeit auf die tiefe Wunde an seiner Schulter träufelte.

»Das war's«, bemerkte Schwertmeister Hermann. »Der Balsam ist verbraucht. Und Verbände sind auch keine mehr da. Wenn ich unser Trinkwasser nehme, um die Wunden zu spülen, verdursten wir. Ich habe das Gefühl, dieser Kampf war des Guten zu viel.«

»Was redet Ihr! Haben wir nicht gewonnen? Was ist los mit Euch! Jeder von Euch hat schon schlimmere Schlachten geschlagen, unzählige davon! Und jetzt sind wir am Ziel! Der Karfunkel gehört uns!«

Enerika sah zornig über den mächtigen Hals der Echse zu den anderen hinüber, während sie, den Arm bis zur Achsel in das Innere des Drachen gesteckt, eifrig umhertastete. Schwertmeister Hermann richtete sich auf.

»Mit etwas Pech bekommt Bruder Kesseler Wundbrand. Keiner von uns hat mehr die Kraft, einen Heilzauber zu wirken. Keiner von uns verfügt mehr über Heilkräuter. Unsere Magie ist erschöpft, unsere Waffen schartig oder ganz zerbrochen. Weshalb sollten uns auf dem Rückweg weniger Gefahren begegnen als vorher?«

»Ihr seid Jammerlappen, allesamt ... Ich hab's! Ich hab's! Seht euch ... seht es euch an! Ein ... echter ...«

Enerika stockte der Atem, während sie den Arm aus dem heißen Drachenfleisch hervorzog, einen kaum hühnereigroßen Gegenstand in der Hand. Als sie ihn in die Sonne hielt, gleißte er auf, als sei er von einem sengenden Feuer erfüllt. Diesmal schwiegen alle. Die Schmerzen waren für einen Augenblick vergessen.

»Das ist also ein Drachenherz«, murmelte Hermann. Seine Stimme bebte.

»Ein Prachtstück«, flüsterte Enerika mit leuchtenden Augen. Sie gönnte sich noch einen Blick auf das wundersame Ding in ihrer Hand, dann schlug sie es in ein Stück Leder und schob es in eine Tasche unter ihrem Gewand.

»Schade nur, dass der Rest der Drachen wertlos ist, auch wenn man allgemein das Gegenteil behauptet ... schon seltsam, dass ein kleiner Lurch mehr in sich trägt, womit man was anfangen kann, als so ein Riesenvieh ...«, bedauerte sie und wusste nicht, dass sie damit vollkommen Unrecht hatte. Dann packte sie ihren Stab. »Wir müssen verschwinden! Wer weiß, wen solch ein Karfunkel alles anlockt. Der Kampf mit dieser Bestie war auch meilenweit zu hören und zu sehen. Kommt schon!«

Ächzend erhob sich der kleine Trupp und marschierte los, den selben, beschwerlichen Weg zurück, den er gekommen war.

Ein Mann betrachtete neugierig die Überreste des Drachen und schritt anschließend tief hinabgebeugt umher, als suche er etwas sehr Kleines. Gelegentlich bückte er sich. Schließlich hob er einen blutigen Fetzen auf, zog etwas aus seinem Gürtel hervor, das wie ein Stück Leder mit einer langen Schlaufe daran aussah. Er verharrte lange, machte fremdartige Gesten, sang dumpfe Gesänge, schlug dann seinen Fund im Leder ein, hängte sich die Schlaufe um den Hals und schob den Beutel unter sein Gewand.

Waren sie beim Hinweg an die Grenzen ihrer Kräfte gekommen, so erschöpfte der Rückweg sie ganz. Dass sie den schwer verletzten Borongeweihten tragen mussten, zehrte zusätzlich an den wenigen Kräften, die ihnen geblieben waren. Am Abend lagen sie halbtot in einer Mulde und kauten stumm ihre Vorräte. Sie hatten eine Spur aus Rüstungsteilen und Waffen hinterlassen, denn nun ließ jeder zurück, was er nicht unbedingt benötigte.
»Wenn es nur nicht so kalt wäre«, brummte Hermann. Tatsächlich war es ganz so, als habe sich das Wetter selbst gegen sie verschworen: Was als leichter Nieselregen begonnen hatte, war rasch zu einem heftigen Regenguss geworden, der das Fortkommen unmöglich machte. Dann kam die Kälte, die stärker war als je zuvor, wenigstens hatte die Gruppe den Eindruck.
Als sie zu früher Morgenstunde von der Eiseskälte geweckt wurden, da ahnten sie, dass ihnen ein noch anstrengenderer Tag bevorstand. Die Hänge kamen ihnen heute besonders steil vor.
»Dort hinten ist jemand!«, rief Hermann plötzlich. Tatsächlich sahen sie zu ihrer Linken eine menschliche Gestalt, die sich langsam von ihnen entfernte.
»Ein Mensch? Hier? Allein?«, fragte Enerika misstrauisch.
»Vielleicht ... ein Überlebender einer anderen Expedition?«, murmelte Hermann.
»Vielleicht eine Falle!«, rief Dandos und löste seine Armbrust. Das Spannen der Sehne kostete ihn Kraft:

Die Wunde an seinem Oberarm pochte heftig unter dem Verband.

»Ach!«, schnaubte Hermann. »Wir können jede Hilfe brauchen. Vielleicht kann er uns helfen!«

»Ein Zufall, könnte man meinen«, erwiderte Enerika.

Hermann packte demonstrativ den Griff seines Schwertes.

»Wir haben einen Drachen besiegt. Wer sollte uns schon überlegen sein?«

»Ein Ork mit einem Küchenmesser, beispielsweise«, fauchte Enerika. »Der Kampf hat doch unsere letzten Kräfte gekostet! Und, konnte sich irgendjemand seitdem erholen? Nein.«

»Wenn er Böses wollte, hätte er uns aufgelauert. Wir gehen hin!«, beschloss Hermann. »Er trägt nicht einmal Waffen. Was soll bei einem einzelnen Mann schon passieren?«

»Wir haben hier Vögel getroffen, die mit Steinen werfen«, schnaubte Enerika. »Und du redest von Äußerlichkeiten?«

Schließlich trat Hermann allein zu der Gestalt. Es stellte sich heraus, dass es sich um einen sehr alten Mann mit einem grauweißen Schnauzer handelte, der in dicke Felle gehüllt war. Für sein Alter schien er jedoch sehr rüstig; ohne Weiteres konnte er mit dem erschöpften Hermann Schritt halten, und es sah ganz danach aus, als bewege er sich nicht zum ersten Mal durch die Berge.

»Ein Eremit«, stellte Hermann ihn den anderen vor, als er zur Gruppe zurückgekehrt war. »Er heißt Onton und sagt, er lebte hier schon seit vielen Götterläufen.«

»Ich sehe, Ihr benötigt Hilfe«, sagte der Mann. Seine Stimme klang rau, doch durchaus nicht unangenehm.

»Wir hatten unschöne Begegnungen«, erwiderte Enerika knapp und beobachtete argwöhnisch jede Bewegung des Fremden.

»Ja, das geschieht hier leider alle Tage«, meinte der Mann. »Keine Menschenseele weit und breit, aber wenn sich endlich einmal Menschen hierher wagen, dann folgt ihnen das Unglück auf Schritt und Tritt.«

»Bei Euch scheint das Unheil anderer Meinung zu sein«, bemerkte Enerika spitz.

»Nun, sicher«, sagte Onton bedächtig. »Zu Beginn hatte ich ähnliche Schwierigkeiten ... doch man lernt, damit umzugehen. Nun lasst mich Euch helfen.«

»Erst sagt uns, wie es Euch hierher verschlagen hat«, widersprach Enerika.

Onton lachte. »Ich sehe Euer Misstrauen und verstehe es gut. Einst war ich ein Magier von der Akademie zu Elenvina – bis ich einen fatalen Fehler gegen die Gildengesetze beging und verstoßen wurde – von den Göttern und der Welt, buchstäblich. Ein Firungeweihter holte mich aus den finsteren Schluchten meiner Verzweiflung. Ich gelobte zum Dank einjährige Einsamkeit. Die friedliche Einkehr gab mir die Ruhe, die mir bis dahin unbekannt gewesen ist. Und so habe ich sie fortgesetzt ... unzählige Götterläufe nun. Ihr seid meine ersten Gäste seit ... na, ich will raten, seit zehn Götterläufen. Und vor zehn Götterläufen war ich selbst ins Menschenland gewandert, da hatte mich die Einsamkeit vertrieben. Doch seit ich zurückkam, bin ich standhaft geblieben. Aber ich bin zu gesprächig. Verzeiht.«

»Zehn Götterläufe!«, entfuhr es Enerika, während sie dem Mann in die Augen sah und sich zu sammeln begann. Ein wenig magische Kraft besaß sie noch.

Der Eremit blickte unverdrossen zurück; ein klarer, ehrlicher Blick war es. Und als es Enerika gleich darauf gelang, in die Tiefen seines Denkens einzutauchen, konnte sie dort nichts als Wohlwollen und Hilfsbereitschaft entdecken, wenn die Gedanken des Mannes auch ein wenig wirr schienen, kein Wunder nach einer derartig langen Einsamkeit. Sie entspannte sich. Gleichzeitig fühlte sie, dass sie nun ihre letzten astralen Reserven verbraucht hatte. Vorerst musste sie sich also wieder ganz auf ihr Gespür und ihre Redefertigkeit verlassen, wenn sie das Wesen ihres Gegenübers näher erforschen wollte.

Onton nickte ihr freundlich zu, brummelte etwas in seinen Bart und beugte sich über Bruder Kesseler. Aus einer Gürteltasche zog er platt geklopfte Rindenstreifen und bereitete einen Umschlag vor. Enerika trat zu ihm, nahm ein wenig von der Rinde und schnüffelte daran. Dann nickte sie Hermann zu.

»Atanax«, bestätigte sie. »Ein seltenes Gewächs. Vielleicht kommt er dadurch tatsächlich wieder auf die Beine!«

Der Eremit nickte. »Ich hoffe es!«, meinte er. »Wenigstens sollte es verhindern, dass er fiebert. Die Wunde werde ich mit einem anderen Kraut verschließen.«

Schließlich erhob er sich. Während er die Wunde versorgte, hatte er ununterbrochen Unverständliches vor sich hin gemurmelt.

»Was redet Ihr da?«, fragte Enerika, deren Misstrauen nicht ausgeräumt war.

»Wie? Oh, nichts, nichts ... habt keine Furcht ... man lernt sich selbst als guten Zuhörer kennen, wenn man alleine ist. Aber diese Verletzungen ... wenn wir ihn vielleicht ... noch einen Umschlag ... zwei Tage ... Wetter ...« Und so fuhr er mit dem Gebrabbel fort. Enerika und Herrmann zuckten mit den Schultern und beugten sich über den Verletzten.

Niemand sah, wie der Eremit seine Fingerknöchel über Hermann gegeneinander schlug. Sie hörten zwar sein Gemurmel, aber im Augenblick hielten sie es für das übliche Gebrabbel des Eremiten. Und als Hermann sich zu ihm umdrehte, stand der Mann immer noch da wie vorher und strich sich nachdenklich über den Bart.

»Vielleicht ... kaum möglich ... Opfer ... « Plötzlich leuchtete sein Gesicht auf.

»Wie hatte ich so vergesslich sein können«, rief er. »Natürlich. Als Erstes sollten wir Firun ein Opfer darbringen! Wenn er sich gnädig stimmen lässt, dann haben wir gleich bessere Karten!«

»Ja?«, fragte Schwertmeister Hermann und reckte sich. »Hatte nie viel mit den Zwölven zu tun. Aber wenn Ihr meint!«

Das Opfer, das sie Firun darbrachten, war mehr als bescheiden, aber immerhin war es ein Opfer.

»Ihr seht erschöpft aus«, bemerkte Onton Hermann gegenüber, als die letzten Gebete verklungen waren. »Ihr habt Euch wohl gerade recht angestrengt.«

»Nun ja«, meinte Hermann, »immerhin war Bruder Kesseler ein guter Freund und Begleiter. Aber ich denke wirklich, ich kann etwas Ruhe brauchen. Meine Glieder sind reichlich schwer von der ganzen Wanderei!«

Enerika stand es deutlich ins Gesicht geschrieben, dass sie Hermanns Entschluss missbilligte, andererseits zwang sie Bruder Kesselers Verwundung so oder so zur Rast. Ihr Argwohn gegenüber dem Eremiten hatte sich immer noch nicht ganz gelegt. Sie wünschte, noch ein wenig astrale Kraft übrig zu haben, um ihren Argwohn ein für allemal aus dem Weg zu räumen. Der Eremit konnte wenigstens nichts von dem Karfunkel wissen, den sie sicher verwahrt unter ihren Pelzen trug. Dennoch, ausgerechnet jetzt die Hilfe eines Fremden entgegenzunehmen ... Obwohl sie sich bereits vergewissert hatte, quälte sie ein ungutes Gefühl. Der Eremit hingegen kniete vor dem Schwerverletzten und betete. Dandos schritt etwas abseits auf und ab und ließ seinen Blick voll Unruhe über die Berge streichen.

Auf einmal erregte Hermann Enerikas Aufmerksamkeit. Der Krieger hatte sich hingelegt und versuchte nun, sich aufzurichten. Dabei rutschte er mit dem Arm immer wieder ab und hatte sichtlich Mühe, den Oberkörper aufrecht zu halten.

»Ich weiß nicht, was los ist«, beklagte er sich zornig. »Ich fühle mich ungemein schwach ... vielleicht habe ich zu lange nichts mehr gegessen ...«

Enerika kniete bei ihm nieder.

»Ich habe noch ein wenig Trockenfleisch. Hier ... Der Kampf mit dem Drachen war für uns alle ein wenig viel.«

»Es ist so, als wären meine Muskeln aus Stein!«, sagte Hermann und verzerrte das Gesicht in der Anstrengung, den Arm zu heben.

»Iss erstmal«, meinte sie. »Dann sehen wir weiter.«

Doch als Hermann den letzten Bissen des Fleisches verzehrt hatte, blieb ihm nicht einmal mehr die Kraft, sich aufrecht zu halten.

»Seit wann geht es dir so?«, fragte Enerika alarmiert. Sie blickte zu dem Eremiten hinüber, der immer noch für Bruder Kesseler betete.

»Machst du Witze? Seit wir mit dieser Echse fertig geworden sind! Das war kein Spaziergang!«, brachte Hermann hervor. Selbst das Sprechen kostete ihn Kraft.

»Nein, diese Schwere. Seit wann ...«

»Seit die Rache für den Mord an Sslafacher über euch gekommen ist!«

Enerika fuhr herum. Der Eremit hatte sich erhoben. Hatte er zuvor den Eindruck eines in sich gekehrten alten Mannes gemacht, so wirkte er nun wie ein flammender Rächer. Seine Augen blitzen.

»Seht zu, wie Euer Kamerad eins wird mit dem Gebein der Erde! Verflucht sollt Ihr sein!«

Mit einem Sprung kam Enerika auf die Beine und riss ihren Dolch aus der Scheide. Ihr Blick flog zwischen Hermann und Onton hin und her und ein Schrei des Schreckens kam über ihre Lippen. Hermann hatte vor Entsetzen die Augen aufgerissen; nun hatte er nicht einmal mehr die Kraft, sie zu schließen. Der einst mächtige Krieger war gänzlich erstarrt. Seine Haut begann sich zu verändern. Wahrhaftig: Sie wurde zu Stein.

Augenblicklich ging Dandos zum Angriff über. Er sprang auf Onton zu, sein beidhändig geführter Brabakbengel vollführte einen tödlichen Halbkreis – Onton blickte ihm ruhig entgegen, zeigte dann mit dem ausgestreckten Arm auf Enerika und brüllte:

»Töte sie!«

Dandos verlangsamte nicht einmal seine Schritte, als er dicht am Eremiten vorbeistürmte, sein neues Ziel vor Augen. Der Brabakbengel aus Endurium fand sein Opfer, das erst im letzten Augenblick begriff und den Stab hob; doch hatte Enerika gegen den erfahrenen Zwerg nicht die geringste Chance.

Kaum lag sie tot am Boden, begriff Dandos, was er getan hatte. Doch als er sich umdrehte, um Onton zu töten, da fixierte ihn der Eremit und winkte ihm zu. Ehe aber Dandos begriff, wie ihm geschah, wurde sein Geist von einem seltsamen Schleier bedeckt, der ihn tanzen ließ – die schönsten Zwergentänze, seit Jahrzehnten nicht mehr auch nur mit einem Gedanken bedacht, ließen nun in nie dagewesener Heftigkeit seine Glieder erzittern. Es war ihm gleich, dass da ein Todfeind stand, es war ihm gleich, dass seine Kameraden tot waren, nur der Tanz war wichtig und füllte seine Adern mit Feuer. Er sprang, drehte sich, jubelte, und es war ihm ebenfalls gleich, als er in elegantem Schwung über einen Felsvorsprung trippelte. Für wunderbare Augenblicke tanzte er frei von den Fesseln der Schwerkraft, drehte sich um sich selbst, machte Schrauben und Saltos, verloren in der Herrlichkeit und Urgewalt seines Tanzes, und dann schlug er fünfzig Schritt tiefer auf.

Untersuchung eines Sturms

Am Abend kamen Varmendrion, sein Lehrjunge Helmdriel, der Kirschfeuer auf der Schulter trug, Halone und zwei elfische Krieger wie besprochen zum Tor. Emilius stand bereits bei den gewaltigen Torflügeln und beobachtete einige Jungen, die Kugeln um die Wette nach einem kleinen Stock warfen.

Der alte Herr hatte sich für den Ausflug eingerichtet: Um seine Hüfte zog sich eine Reihe von hartledernen Taschen, er stützte sich auf einen einfachen, unverzierten Stab, und über seine dunkle Robe hatte er einen Umhang geworfen. Aus seinem Bart ragte ein Stumpen von Rauchkraut.

»Bevor wir aufbrechen ... der Kleine kann doch Feuer spucken?«, fragte er und deutete auf Kirschfeuer. Helmdriel nickte zaghaft. Emilius nahm das Röllchen aus dem Mund und hielt es dem Drachen unter die Nase. Der runzelte misstrauisch die Stirne, beschnupperte das Rauchkraut, und dann entschied er sich endlich, eine kleine Flamme zu speien.

»Guter Junge!«, lobte Emilius, zog eine Prise Rauchkraut aus einer Tasche und warf es Kirschfeuer hin, der es geschickt mit dem Maul auffing und mit sichtlichem Genuss verzehrte – woraufhin er am ganzen Körper zu qualmen begann. Helmdriel verzog das Gesicht.

»Gut, ich bin bereit«, erklärte Emilius gut gelaunt und blies einen Rauchring. »Gehen wir.«

Varmendrion bemerkte erst jetzt, wie lange er schon nicht mehr im Wald gewesen war. Sein letzter Ausflug musste fast eine Woche zurückliegen. Eine Ewigkeit für einen *lairfey*. Sein Herz tat einen freudigen Sprung, als er den Duft der Kiefernnadeln einsog. Dass neben ihm Emilius in Ruhe vor sich hin qualmte, störte seine Empfindungen zwar erheblich, aber der alte Magier und sein Rauchwerk waren unzertrennliche Gefährten.

Doch da war noch etwas. Varmendrion blieb stehen. Halone sah ihn gespannt an. Helmdriel und die beiden Bewaffneten verharrten erwartungsvoll.

»Du spürst es auch«, stellte sie leise fest. Varmendrion nickte. Emilius, der ihr Innehalten zunächst nicht bemerkt hatte, drehte sich um.

»Was ist?«, fragte er und warf das aufgebrauchte Tabakröllchen fort, um sogleich in einer seiner Gürteltaschen nach einem neuen zu suchen. Kirschfeuer blickte dem abgebrannten Stummel hoffnungsvoll nach, aber Helmdriel kraulte ihn so nachdrücklich, dass er sich nicht dazu aufraffen konnte, ihn zu holen.

»Etwas ... stimmt nicht.« Varmendrion machte eine unbestimmte Handbewegung. »Hier ist etwas nicht richtig.«

Emilius ließ die Hand mit dem neuen Rauchstäbchen sinken. Plötzlich war alle Unbekümmertheit von ihm abgefallen. Aufmerksam blickte er sich um.

»Wundert mich nicht«, meinte er schließlich und deutete in eine Richtung, aus der ihnen ein kleiner Lichtball entgegenschoss, sie zwei-, dreimal umkreiste, um dann mit einem zischenden Laut in den Baumkronen zu verschwinden. Emilius nahm unbeeindruckt einen Zug von seinem Rauchkraut und sah Halone an.

»Ein Tertiusflim. Wie es scheint, im achten Reifestadium. Ziemlich fix. Gibt es dergleichen häufig in diesem Wald?«

Als sie den Kopf schüttelte, nickte er.

»Fand diesen Wald immer herzlich langweilig. Chaotisch, dreckig und überhaupt ... aber ein Tertiusflim dieser Reife, das ist ja richtig spannend!« Ohne seinen Begleitern zu erklären, weshalb er diesen Umstand spannend fand, machte er einige rasche Gesten. Die gesamte Umgebung schimmerte in einem sanften Rot auf. Emilius nickte.

»Hier ist etwas am Werke. Etwas Großes. Und es wird stärker, in der Richtung.« Er deutete dorthin, wo der rötliche Schimmer zunahm.

»Dort hinten ist auch das Ding, das ich Euch zeigen will«, meinte Halone. »Beeilen wir uns. Ich habe kein gutes Gefühl!«

Also gingen sie weiter. Doch sie waren keine zehn Schritte gegangen, als ein gackerndes Lachen aus den Baumkronen erscholl. Halone fuhr herum und hob ihren Bogen; Varmendrion verschränkte die Hände. Helmdriel blickte erschrocken auf und tastete nach seinem Dolch. Emilius dagegen grinste nur und zog an seinem Rauchstäbchen.

»Nur eine locofixierte Audioillusion«, erklärte er. »Ich fürchte, wenn das so weitergeht, werden wir hier bald ein Feuerwerk an Erscheinungen haben.«

Das Lachen verklang über ihnen und die Stille des Waldes kehrte zurück. Doch dann nahmen Varmendrion und Halone einen Ton wahr, als habe jemand sämtliche tiefen Saiten einer Harfe gezupft. Der Ton war selbst für ihre Ohren kaum hörbar, doch war er so dumpf, dass der Boden zu vibrieren schien.

»Das ist es«, sagte Halone. »So geht es unablässig, Tag und Nacht.«

Ihnen begegneten noch einige Erscheinungen: Ein Baum, der den Anschein machte, als glühe er innerlich und versinke gleichzeitig ähnlich einem schmelzenden Eisberg im Boden; verschiedene Formen von Irrlichtern, allerlei Geräusche, ein Meer aus wogenden Gluthalmen, von denen kleine Funken stoben. Emilius war ganz begeistert und betrachtete jedes Ereignis mit höchstem Interesse.

»Bei Nacht wird dieser Wald wohl zu einem Farbenmeer«, brummte er.

Dann entdeckten sie, was den Elfen ein gequältes Stöhnen entlockte: Sie traten zwischen den Bäumen hervor auf eine gut sechs Schritt breite Schneise. Es war, als habe sie jemand mit einem Rasiermesser gezogen. Ebenso plötzlich, wie Bäume und Sträucher auf der einen Seite einfach aufhörten, begannen sie auf der anderen Seite wieder. Dazwischen war nichts als nackte, festverbackene und glatt polierte Erde, deren vollkommene Reinheit nicht einmal durch eine Wurzel gestört wurde.

Während sie der Spur der Vernichtung folgten, wurde der Basston ohrenbetäubend. Das tiefe Dröhnen brachte die Eingeweide zum Vibrieren. Dazu gesellte sich nun ein Bersten und Krachen, als würde ein Riese Baumstämme umknicken.

Und dann sahen sie es. Es nahm die gesamte Breite der Schneise ein. Seine Form war unbestimmt, ganz so, als hätte man einen Wirbelsturm zu einer Kuppel umgeformt, an deren Scheitel sich eine kleine Windhose im Zickzack in den Himmel schraubte. Das Ding schien sich nicht zu bewegen, lag vielmehr da wie eine müde Schildkröte, und doch barsten an seinen Rändern selbst die stärksten Bäume und wurden emporgeschleudert.

Es wirbelte mit einer solchen Geschwindigkeit, dass seine Oberfläche mit einem milchig-silbrigen Schleier überzogen war.

»Das hat die Schneise in den Wald gefressen«, erklärte Halone überflüssigerweise.

»Ich kenne es«, stellte Varmendrion leise fest. »Ich

habe es nie gesehen, aber gespürt. Und gehört. Vor langer Zeit.«

Er schenkte Emilius einen prüfenden Blick: Der Magier starrte die Erscheinung mit sichtlicher Begeisterung an, ganz im Gegensatz zu Kirschfeuer, in dessen Augen tiefer Abscheu glühte. Der Rubindrache krallte rhythmisch in Helmdriels Schulter, wie stets, wenn ihm etwas nicht behagte.

»Nun, was ist es?«, fragte Varmendrion.

Emilius trat an die Erscheinung heran, als bewundere er einen seltenen Edelstein. Dann murmelte er:

»Ein Zmyrnon. Nicht möglich ... ein Zmyrnon.« Er wandte sich mit einem Ruck zu Halone und Varmendrion um. »Es gibt nur einen einzigen Bericht über eine solche Erscheinung«, dozierte er. »Und dieser Bericht ist mehr eine Beschreibung als eine Untersuchung. Dort wird das Zmyrnon für eine dämonische Gestalt gehalten, deren Sinn und Zweck unbekannt sind. Aber ich denke, wenn ich mir dies hier so betrachte ...« Er vergaß sogar zu rauchen, als er sich erneut der Kuppel zuwandte. »Eine abgewandelte Form von Luftelementaren, schätze ich. Das werden wir untersuchen müssen. Hat es Geist? Denkt es? Ist es nur eine Art ... Maschine? Oder eine Spielerei der Natur?«

»Wir müssen seinen Zweck herausfinden«, erklärte Varmendrion. »Dieses Ding hat Übles im Sinn, wir spüren es.«

»Gut«, bemerkte Emilius einfach und nahm nur wenige Schritt hinter dem Zmyrnon Aufstellung. Eine ganze Zeit lang geschah nichts: Er verharrte unbeweglich, auf seinen Stab gestützt, und hielt die Lider geschlossen. Doch dann fixierte er die Erscheinung mit seinen grauen Augen und murmelte leise Worte in seinen Bart.

Es war, als blickten seine Augen in weite Ferne. Zunächst blieb er äußerlich vollkommen ruhig. Doch dann ging ein Beben durch seine füllige Gestalt. Die Spitzen seines Bartes zuckten. Sein Blick nahm einen seltsamen Glanz an. Gelegentlich hob er die Hände, als wolle er eine unsichtbare Form ertasten; dann wieder verengten sich seine Augen, als untersuche er ein winziges Rädchen in einem gewaltigen Getriebe.

Erschöpft, besorgt, verwirrt und vor allem ratlos sank Emilius ins Gras. Das Dröhnen der Windhose ließ nicht nach. Gelegentlich rieselten Blätter und Aststücke auf die fünf herab, wenn die Erscheinung wieder einen Baum emporgeschleudert oder einen Busch zerfetzt hatte, dem sie mit ihren silbrigen Rändern zu nah gekommen war. Halone und Varmendrion erwarteten geduldig Emilius' Urteil.

»Ich weiß es nicht«, platzte es aus diesem heraus. Er stand mit einem Ruck auf und schritt zurück in Richtung Mandalir, ohne seine Begleiter zu beachten. Es war, als habe er einen schweren, ausdauernden Kampf geführt, einen Kampf, in dem es um seine ganze Würde und um sein ganzes Können ging, und diesen Kampf verloren.

»Wir könnten es prüfen«, meinte Halone zu Varmendrion. »Ich habe ein paar nette Spielereien gelernt, wie die astralen Kräfte sich zu einem Schlag vereinigen ließen ... vielleicht können wir es beeinflussen?«

Doch Varmendrion winkte ab.

»Emilius tut das einzig Richtige. Wir begleiten ihn zurück nach Mandalir. Dann werden wir sehen. Übereilt zu handeln, könnte von größtem Schaden sein.«

Halone nickte. Und als sie neben dem niedergeschlagenen Emilius einhergingen, war Varmendrion ganz in Gedanken versunken. Zu denken gab es für ihn tatsächlich viel. Als hätte er es geahnt, ging es ihm durch den Kopf. Als hätte er es immer gewusst. Als wäre er nur deshalb durch die fernen Lande gereist, als hätte er nur deshalb die Magie studiert, bis sie ihm in Fleisch und

Blut übergegangen war. Als hätte er schließlich diese Akademie nur zu einem Zweck aufgebaut: Um zu verhindern, dass jenes wieder geschah, was damals passiert war, vor so vielen Sommern.

Die Zeit war gekommen.

Das Rätsel

Er wollte schreien, doch seine Stimme fand keinen Mund. Seine Augen starrten in finsteres Nichts. Dann flimmerte Helligkeit auf, schloss sich zu einem kreisförmigen Punkt zusammen, wurde heller, gleißender, blendete ihn.

Er sah sich auf ein Gebirge hinabblicken. Es war fremd und doch vertraut. Sein Blick verdunkelte sich wieder. Er spürte etwas Kaltes an seinem Körper. Dann gewahrte er, dass es seine eigenen Arme und Beine waren, die bis zu den Achseln und bis zur Hüfte hinauf gefühllos geworden waren. Eisige Kälte biss in seinen Rücken. Das Leuchten wurde heller, schmerzte in den Augen. Er wollte die Lider schließen – abwenden konnte er sich nicht –, doch auch sie versagten ihm den Dienst. Die Helligkeit nahm die Gestalt einer Kugel an, die weit vor ihm im Nichts schwebte. Zwei unscharfe, rotbraune Striche erschienen neben der Kugelform, die nun die Helle einer Sonne gewonnen hatte. Sie dehnten sich aus, der eine Strich war bedeutend kürzer als der andere, wurden zu etwas Bekanntem. Der Längere bewegte sich auf ihn zu. Dem Strich wuchs plötzlich ein Fortsatz, ähnlich einem Arm, der sich in seine Richtung ausstreckte ...

... und Varmendrion fuhr aus dem Schlaf. Helmdriel blickte gleichermaßen erschrocken wie verschlafen zu ihm herüber. Varmendrion starrte an die Decke und ließ die Gefühle und Ereignisse des seltsamen Traumes noch einmal vor seinem geistigen Auge ablaufen, dann erhob er sich. Bald begann die Ratssitzung über das Zmyrnon.

Die übrigen Magister und elfischen Lehrmeister waren bereits versammelt, als Halone mit Varmendrion den großen Ratssaal betrat. Zwischen den altehrwürdigen Magiern in ihren weiten Gewändern hockten die elfischen Lehrmeister auf gepolsterten Stühlen, und es war ihnen nur zu gut anzusehen, wie wenig ihnen diese Sitze behagten. Sie, die sie viel lieber draußen im Wald oder im Garten zwischen den Bäumen getagt hätten, hatten sich schließlich mit den Magiern darauf geeinigt, dass man abwechselnd hier im Ratssaal und im Garten beriet. Einer der Sitze war in dicke, graue Schwaden gehüllt, und zwischen ihm und den Nachbarn standen leere Stühle: Emilius' Tabakqualm war selbst für seine hartgesottenen und Pfeifen rauchenden Kollegen ein Graus.

Varmendrion ließ sich auf seinen Sitz nieder und schilderte in knappen Worten ihre Entdeckung. Dann nickte er der Rauchwolke zu. Emilius Gesicht manifestierte sich im Qualm, als er das Tabakröllchen aus dem Mund nahm. Er räusperte sich.

»Womit wir es hier zu tun haben«, begann er, »ist eine Erscheinung, die unter dem Namen Zmyrnon dokumentiert ist, und zwar in Talayds *Buch der seltsamen Manifestationen und Gegebenheiten*, einem Werk, das erst kürzlich wiederentdeckt wurde. Das Alter des Originals ist kaum mehr festzustellen. Trotz der Größe und Macht des Zmyrnons, auf die wir noch einzugehen haben werden, findet sich darüber keine andere Schilderung, zumindest, soweit mir bekannt ist. Da mir aber sehr viel Schrifttum geläufig ist, scheint die Wahrscheinlichkeit für weitere Berichte wenigstens in Werken über Hellsicht und Arkanalyse sowie den üblichen Magieabhandlungen sehr gering, will sagen, minimal. Das Zmyrnon, mit dem wir es hier zu tun haben ...« – er paffte am Tabakröllchen, damit sich, wie es schien, die Atmosphäre um ihn herum nicht zu sehr verflüchtigte – »also, das Zmyrnon, es ist *kein* Dämon, im Gegensatz zu der Meinung Magister extraordinarius Talayds, vielmehr erkannte ich es als eine besondere Abart des gewöhnlichen Luftelementarii.«

»Aber ein Luftelementarius ...«, wollte ein ergrauter Magus einwerfen. Doch Emilius unterbrach ihn schroff.

»Herr Kollege, ich bitte Euch, das ist mir ebenfalls sogleich bewusst gewesen. Kein Luftelementar dieser Größe, vor allem aber mit solcherlei vielgestalter Wirkung. Nein, das Elementar hier, es ist eine Abwandlung, wie ich schon sagte. Weniger ein eigenständiges Wesen, vielmehr eine Art Werkzeug. So weit ich herausfinden konnte. Was, wie jeder einsehen wird, meine Profession ist und also recht zuverlässig. Diese Erscheinung bewegt sich nun durch den Wald, mit einer Geschwindigkeit von, na, wir hatten wieviel gesagt ...«

»Eine Drittelmeile am Tag«, kam ihm Varmendrion zur Hilfe.

»... und zwar in gerader Linie, ohne Abweichung, mit Ausnahme mehrerer ... Knickstellen, an denen es in spitzem Winkel seinen Kurs geändert hat. Das tat es immer, nachdem es ein stets gleich langes Stück zurückgelegt hatte. Es hinterlässt dabei besagte Schneise, die sich also in gerader Linie durch den Wald zieht. Diese Schneise nun besitzt eine Länge von inzwischen rund einer Meile. So haben wir geschätzt. Nun stellt sich die Frage, welchen Sinn eine solche Tätigkeit in sich birgt und weshalb diese Manifestation erschaffen wurde.«

»Erschaffen wurde?«, meldete sich der Dämonologe Dalus zu Wort.

»Ganz recht. Wenn die Erscheinung auch ein seelenloses oder zumindest weitgehend seelenloses Geschöpf darstellt, so wurde es doch von jemandem erschaffen oder gerufen.«

»Ein Unfall bei einer anderen Beschwörung? Oder ein Zufall?«

»Mag sein, wenn dies auch äußerst unwahrscheinlich ist«, begann Emilius, hielt jedoch inne, als Varmendrion die Hand hob.

»Vor zweihundertfünfzig Sommern ist die gleiche Erscheinung schon einmal aufgetreten«, erklärte er. »Ich habe sie gehört, Halone hat sie gesehen. Soweit wir wissen, verschwand sie schließlich, ohne eine Wirkung gezeitigt zu haben.«

»Vor zweihundertfünfzig Götterläufen?«, fragte Dalus. »*Genau* vor zweihundertfünfzig Götterläufen?«

»Es müssen etwas mehr als zweihundertfünfzig Sommer gewesen sein«, schränkte Halone auf Varmendrions auffordernden Blick hin ein. »Aber nur unwesentlich mehr.«

»Ist damals etwas geschehen, was heute wieder passiert?«, fragte Varmendrion, an Emilius gewandt. Der Magier lachte.

»Passiert ist jede Menge! Ach, ihr Elfen. Aber Parallelen zu heute ... wir werden das untersuchen. Vorläufig haben wir, fürchte ich, nur diese Zahl: Zweihundertfünfzig Götterläufe. Soso ... In jedem Fall müssen wir dieses Ding untersuchen, und nachdem ich meine Schuldigkeit darin getan habe, möchte ich den Rest der Versammlung bitten, sich darum zu kümmern.«

Unter den menschlichen Anwesenden erhob sich daraufhin ein heftiges Gemurmel; die elfischen Mitglieder des Rates machten nachdenkliche Gesichter und überdachten das Thema auf ihre Art.

Schließlich kam man überein, eine Gruppe aus Magiern aller arkanen Gebiete auszusenden, um die Manifestation aufs Gründlichste zu prüfen. Auch ein Elf sollte dabei sein, obgleich die Elfen ihrerseits eine andere Art des Vorgehens planten. Als Hindernis erwies sich allerdings, dass zwar ein Fachmann für Dämonologie – beziehungsweise Dämonenbekämpfung – existierte, nämlich der mit achtundvierzig Götterläufen recht junge Lehrmeister Dalus, jedoch natürlich keiner, der in der Vergangenheit selbst intensiv als Beschwörer höherer Dämonen gewirkt und somit Praxiserfahrung nachzuweisen hatte. Solche Leute waren weder in den Salamandersteinen noch in Mandalir willkommen, noch waren sie besonders umgänglich.

So zogen also die kompetentesten Magister aus – und da kaum mehr als eine Handvoll Magier hier lebte, entsprach dies der gesamten Belegschaft –, beschützt von einer Gruppe guter Elfenschützen. Und ihren Eigenarten entsprechend, wurden die Magier von allerlei Getier und fremdartigen Wesen begleitet, die ihnen als Haustiere oder Freunde dienten. Der Dämonenmeister Dalus besaß zwar kein Tier, doch ertönte bei jedem seiner Schritte der kaum hörbare Klang einer Lautensaite, und er und seine ausgewählte Kleidung wirkten derart sauber, dass er geradezu glänzte. Zudem duftete er stark nach Lavendel und Rosen. Ganz anders dagegen Emilius. Wie immer mieden die anderen seine rauchhaltige Nähe, sodass er allein inmitten der Gruppe dahinschritt und scheinbar recht zufrieden mit sich war. In einer moderneren Zeit hätte man die Atmosphäre, die über dieser exquisiten Exkursionsgruppe lag, als die eines akademischen Betriebsausflug beschreiben können.

Je näher sie dem Zmyrnon kamen, desto häufiger wurden die Geistererscheinungen, die Halone und Varmendrion schon beim ersten Mal begegnet waren. Die Magier wurden aufmerksamer. Einige blickten voll Interesse einem Irrlicht hinterher, das mitten zwischen sie gefahren war und nun durch die Bäume davontanzte. Der Abstand der anderen zu Emilius verringerte sich zusehends, und als sich ein ganzer Schwarm schattenhafter Krähengeister in einer Baumkrone über ihnen niederließ und in einem allen unverständlichen Kauderwelsch drauflos plapperte, begannen die ersten Auseinandersetzungen über Sinn und Entstehung der

Erscheinungen. Und so drängte der eine Teil der Magier darauf, den Weg fortzusetzen, während der andere sich in immer tiefgründigeren Gesprächen verstrickte. Als sich dann in der Ferne plötzlich grüner Nebel zusammenballte und darin eine scheußliche Fratze sichtbar wurde, stießen Dalus und andere Kollegen den begeisterten Schrei »Ein echter Braggu!« aus und eilten so schnell zu der Stelle, dass die übrigen Mühe hatten, ihnen zu folgen. Braggu, ein schauerlicher Schädel, von dem verrottende Hautfetzen hingen, öffnete seine fauligen Lippen. Jeder erwartete sein grauenhaftes Gebrüll – aber kein Ton war zu hören. Der Dämon schien selbst darüber verwundert. Inzwischen hatte Dalus ihn erreicht und begann eifrig damit, ihn zu untersuchen. Gerade, als die übrigen aufgeholt hatten, verschwand der Braggu zur allgemeinen Enttäuschung – oder Erleichterung – mit einem beleidigten ›Plop‹ und hinterließ nichts als einen sich rasch verflüchtigenden Hauch von Schwefelgas.

»Sehr ungewöhnlich!«, wunderte sich Dalus, und Emilius nickte zustimmend. »Keine dieser Erscheinungen taucht von alleine auf. Auch Irrlichter gibt es hier nicht.«

»Gab«, korrigierte Emilius.

»Und ein Braggu macht im Allgemeinen auch nicht freiwillig Waldspaziergänge. Alles zusammen genommen … ungewöhnlich!«

»In diesem Wald fast undenkbar«, meinte Emilius. »In den Totensümpfen, gut, hier aber … das ist Elfenland. Dämonen sind die letzten Gäste, die ihm Besuche abstatten.«

»Der Wald selbst ist nicht für sie gemacht. – Aber das Beste erwartet uns noch«, versprach Halone. So geködert, setzten sich die Magier wie ein Mann in Bewegung, allerdings ohne in ihren Disputen innezuhalten. Varmendrion konnte sich ein Grinsen nicht verkneifen.

Gerne hätte er gewusst, wie lange Halone schon im Stillen über seine außergewöhnliche Gruppe lachte. Vermutlich seit dem Betreten Mandalirs. Und er stellte mit Genugtuung fest, dass er es *mochte*, wenn sie sich amüsierte.

Wie bei Varmendrions letztem Besuch kündigte sich das Zmyrnon schon früh durch Bersten, Krachen und vor allem durch einen dumpfen Basston an.

»Es hat sich wieder ein ganzes Stück bewegt«, sagte Halone, als sie die Schneise betraten. Emilius machte sich gar nicht die Mühe zu fragen, woher sie das denn wisse. Sie war eine Elfe, das schien als Erklärung genug.

Das Zmyrnon selbst arbeitete sich ganz wie bei ihrem letzten Besuch weiter durch den Forst. Zu seinen Seiten lagen geborstene Baumstämme und zerfetzte Büsche.

Die Magier nahmen das Zmyrnon in Augenschein. Das Dröhnen war hier derartig laut, dass man sich nur noch schreiend verständigen konnte. Emilius nickte nur, als die anderen Magier seine Untersuchung bestätigten: Keiner von ihnen vermochte die Natur der Erscheinung zu ergründen.

Dalus zeichnete ein riesiges Pentagramm um die Erscheinung, stellte besondere Kerzen an seine Spitzen, entzündete sie mit einiger Mühe und konzentrierte sich lange und sorgfältig. Doch anstatt im Pentagramm zu verschwinden, wie es sich für Erscheinungen und Dämonen gehörte, blieb das Zmyrnon unverändert. Er versuchte es mit einem zweiten Pentagramm, diesmal neben der Erscheinung, aber das Ergebnis war das gleiche.

»So kommen wir nicht weiter. Ich übernehme das!«, rief der Magus extraordinarius der Kampfmagie schließlich. Er und vier weitere Magier bildeten eine Kette, und während diese sich konzentrierten, begann der Kampfmagier damit, sich die Thesis eines Angriffsspruchs ins Gedächtnis zu rufen. Zwei alte Zauberer, die sich der Antimagie verschrieben hatten, bereiteten sich derweil darauf vor einzuschreiten, falls etwas schief gehen sollte. Emilius wob gleichzeitig Analysemagie, um beobachten zu können, welche Auswirkungen der Angriff haben würde. Außer Varmendrion befanden sich nur noch zwei Elfen in der Nähe, die übrigen hatten sich abgewandt, um dem Phänomen auf andere, ihnen gelegenere Weise zu begegnen.

Varmendrion war besorgt. Alles war möglich. Die Erscheinung mochte zerstört werden – aber es war auch denkbar, dass die Magie auf ihre Beschwörer zurückschlug. Er spürte, wie gewaltige Mengen arkaner Energie kanalisiert und auf den Kampfmagier fokussiert wurden.

Und dann setzte der hagere Mann sie mit einem Schlag frei.

Es geschah nichts.

Der Kampfmagier war über die völlige Missachtung seiner Macht sichtlich erschüttert. Varmendrion sah, wie auch Emilius die Augenbrauen hob. Doch nach einem Augenblick hatte der Lehrmeister für Kampfmagie sich gefasst und begann auf der Stelle mit dem Weben einer neuen Thesis. Ruckartig riss er die rechte Hand vor, spreizte zwei Finger und entließ einen grellen Glutstrahl. Unter der Wucht der Freisetzung solcher Kraft bebte die Reihe der vereinigten Magier, während die Antimagier sich zum Eingreifen spannten.

Die Feuerlanze schlug in den Wirbel. Doch anstelle Schaden anzurichten, wurde die weißrote Energie wie Wasser entlang des Sogs emporgewirbelt und entschwand mit einem Blitz im Himmel. Für eine Weile herrschte Sprachlosigkeit. Schließlich räusperte sich der Kampfmagier.

»Bitte sehr«, bemerkte er kurz angebunden zu seinen

Kollegen und machte eine einladende Handbewegung zum Zmyrnon. »Versucht Euer Glück.«

Das taten sie. Es wurde das gesamte Repertoire von auch nur im entferntesten Erfolg versprechenden Formeln zum Einsatz gebracht, die die Magier Mandalirs kannten. Und derer waren es eine Menge. Eine derartige Massierung von Magie auf einem Fleck hatte der Wald schon lange nicht mehr gesehen.

Endlich war auch der letzte Magus am Ende. Ermattet ließen die alten Männer sich niedersinken und sahen voll Unverständnis zum Zmyrnon hinüber, das ungerührt weiter seiner rätselhaften Aufgabe nachging.

Varmendrion blickte in die Runde. Emilius war der Einzige, der einen Anflug von guter Laune zur Schau trug.

»Hochinteressant, dass dieses Ding unserer Magie auf brillante Art widersteht, nicht wahr, meine Herren Kollegen?«, sagte er in umgänglichem Ton. »Sein Luftsog setzt sich gewissermaßen in der astralen Ebene fort und schleudert so jede Art von direkter Attacke gleich gen Himmel, ohne selbst Schaden zu nehmen.«

Dalus zwirbelte seinen Bart.

»Wir könnten ... ein Heptagramm um die Windhose ... vielleicht ... wenn wir einen ...«

»Nein!«, fiel Varmendrion ihm scharf ins Wort.

»Dachte ich mir«, seufzte Dalus ernüchtert.

»Zurück zur Burg«, meinte Emilius. Varmendrion nickte.

»Kehrt zurück und beratet. Ich komme mit Halone nach. Die Elfen geleiten Euch zurück. Habt Dank für Eure Mühe.«

Er wartete, bis der angeschlagene Trupp zwischen den Bäumen verschwunden war, und wandte sich Halone zu, die ihn prüfend ansah.

»Du *hättest* mehr tun können«, stellte sie fest.

»Nein. So widersprüchlich es klingen mag: Je tiefer ich

in die Geheimnisse der Magie vordringe, desto weniger wende ich sie an. Ihr tieferes Verständnis verlangt hartes Studium und hohe ... wie Emilius es nennen würde ... Sensibilität auch für feine arkane Strukturen, und das erfordert eine strenge Disziplin. Ihre Anwendung soll dem Notfall vorbehalten bleiben, mit wenigen, kleinen Ausnahmen. Und auch wenn diese Magier hier nur *telor* sind, sie sind auf ihren Gebieten erstaunlich begabt und auf ihre Art auch sehr erfahren. Unterschätze sie nicht!«

»Du hast Recht. Sie denken anders als wir und wissen Probleme anders zu lösen, oftmals besser. Vielleicht wegen ihrer kurzen Lebensspanne. Zeit vergeht für die Menschen langsamer als für uns«, erwiderte Halone. »Über zweihundertfünfzig Sommer leben wir beide nun, und sind im besten Alter. Emilius dürfte siebzig Sommer gesehen haben, und er ist ein alter Mann. Sie ist ein Wesen, das sich nach seinem Betrachter formt. Und uns läuft sie im Augenblick davon.«

Varmendrion nickte. Traurig musterte er ihr ebenmäßiges Gesicht.

»Welch ein Jammer«, murmelte er. »Es bleibt nicht einmal Zeit für ein richtiges Wiedersehen.«

Halone blickte ihn unverwandt an und lachte.

»Ich weiß«, meinte sie. »Aber sobald dieses Ding fort ist ... werden wir Zeit haben, ich bin sicher. Und darauf freue ich mich.«

Varmendrion nickte abermals. Sein Gesicht leuchtete.

»Dann wollen wir die Zeit nicht warten lassen«, erklärte er. »Ich bin gespannt, was unsere *fey* herausgefunden haben!«

Halone musterte ihn.

»Du magst *telor* nicht besonders, nicht wahr? Und dennoch lebst du mit ihnen zusammen.«

Varmendrion seufzte.

»Lass uns gehen.«

Ohne die Magier im Schlepptau konnten sie sich endlich wieder so durch den Wald bewegen, wie sie es gewohnt waren: unauffällig und schnell. Bald hatten sie die Elfen gefunden. Hoch oben im Geäst einer alten Blutulme, inmitten einer mit hüfthohem Gras bewachsenen Lichtung, hatten sie sich versammelt und tauschten die Ergebnisse ihrer Beobachtungen aus.

Halone und Varmendrion bemerkten sofort, dass hier die gleiche Stimmung herrschte wie unter den Magiern, nur eben auf elfische Art leichter und heiterer, aber dennoch ernst.

»Das Ding ist eine Qual«, erklärte die Lehrmeisterin des waffenlosen Kampfes.

»Eine Krankheit, schlimm wie ein Dämon«, fügte die Lehrmeisterin der Jagd hinzu.

»Und doch anders. Harmlos jetzt, gefährlich später. Inwiefern, bleibt mir verborgen.«

Varmendrion berichtete von dem Misserfolg der Magier. Gerade hatte er geendet, da landete ein Eichelhäher neben ihnen auf einem dicken Ast, auf dem weiche Elfenkleidung hing. Eine ganze Weile blieb er dort sitzen, als warte er auf etwas, und wer ihn genauer ansah, konnte erkennen, dass er mit wachsender Verärgerung dreinschaute. Schließlich verwandelte das Tier sich in einen jungen Elfen mit spitzem Gesicht, der in die Runde sah.

»Hätte noch Zeit gehabt. Kleiner Irrtum«, entschuldigte er sich mit melodischer Stimme und angelte ohne Hast die Kleidungsstücke vom Ast. Er schwitzte. »Ich habe den Wald überflogen, wie geraten.«

Die Versammelten sahen ihn neugierig an; keinem wäre es in den Sinn gekommen, sich an seiner Nacktheit zu stören. Selbst für die weiblichen Elfen war der Anblick gewöhnlich, wenn auch stets ein gewisser Genuss. Halone, die ihn zum ersten Mal so sah, gab ihr Wohlgefallen mit einem Nicken kund, das der junge Elf mit einem flüchtigen Lächeln beantwortete.

»Ein Erfahrener sollte fliegen«, fuhr der Elf fort, während er sich seinen grünen Kittel überzog und den Waffengurt anlegte. »Das ... Ding verschwindet weit oben im Himmel, ich konnte nicht hoch genug steigen, um sein Ende zu sehen. Wäre ich nur etwas näher herangekommen, hätte es mich versengt. Da ist ein Feuersturm die Windhose entlang gen Himmel gerast. Außerdem wirbeln ständig Äste und Bäume um das Ding.« Er rieb einen blauen Fleck auf seinem Oberarm, der langsam verblasste. »Am Boden hat es eine breite Schneise in den Wald gegraben, wie eine offene Wunde.« Er erschauderte. »Eine schnurgerade Linie, die an mehreren Stellen scharf abknickt. Sie erinnert an eine Speerspitze mit Widerhaken, und nun wird gerade ein weiterer Weg von der einen Seite der Schneide abgezweigt.«

Der Elf bemühte sich, passende Worte zu finden, doch wollte es ihm nicht so recht gelingen. Er malte mit dem Finger in die Luft, was er gesehen hatte. »Ich konnte nicht viel mehr sehen, da die Rückverwandlung bevorstand ... nun, jedenfalls bald bevorstand.«

»Das Ding schneidet ein Zeichen in unseren Wald?«, fragte die Lehrmeisterin mit unverhohlenem Abscheu.

»Da sollten wir am besten unsere Magier fragen«, meinte Varmendrion nachdenklich. »Die *telor* wissen mehr von derlei widernatürlichen Zeichen.«

Während einige Elfen gedankenverloren zurückblieben, machten sich die drei elfischen Lehrmeister mit Varmendrion und Halone auf den Weg. Ihr schlechtes Gefühl hatte sich noch verstärkt.

Als sie den Ratssaal Mandalirs betraten, waren die Magier in hitzige Gespräche vertieft. Kaum hatte man die Neuankömmlinge bemerkt, trat eine gespannte Stille ein.

»Es wäre nicht schlecht, einen Dämon zu beschwören«, hob der junge Dämonologe Dalus schließlich an. »Der könnte uns zumindest sagen, ob wir es mit einem Dämon zu tun haben oder nicht.«

»Habt Ihr es bannen können?«, fuhr Emilius ihn an. »Nein. Haben wir Spuren dämonischer Energie gemessen? Keine Einzige. Wenn Ihr einen Dämon beschwören wollt, dann geht dazu nach Donnerbach oder sonstwohin. Hier wird nichts dergleichen getan!«

»Wir haben Neuigkeiten«, ließ sich Varmendrion vernehmen. Die Magier drehten sich zu ihm um.

Mit einem amüsiert-gleichmütigen Gesichtsausdruck ließen die Elfen sich auf ihre Plätze nieder. Sie wussten ganz genau, dass ihre Gelassenheit die Magier reizte. Dann berichtete der junge Kundschafter von seiner Beobachtung. Kaum hatte er von dem Zeichen erzählt, das das Zmyrnon in den Wald zu schneiden schien, war jeder Streit und jede Diskussion vergessen.

»Ein Zeichen?«, fragte Dalus mit leuchtenden Augen.

»Malt es auf! Hier ....« Emilius kramte ein Tintenfässchen mit Feder und ein verschlissenes Stück Papier hervor. Seine Hände zitterten derart, dass das Fässchen mit einem hörbaren Klappern auf dem polierten Steineichenholz des Ratstisches zu stehen kam. Der Elf, ungeübt im Umgang mit der Feder, machte eine unbeholfene Skizze und hinterließ dabei etliche Tintenflecke. Aber darauf achtete im Augenblick niemand. Die Magier rückten zusammen und beugten sich gemeinsam so dicht über das Papier, wie ihre Köpfe es zuließen.

»Es wäre eine Hilfe, wenn Ihr Euren Bart beiseite nehmen könntet, Magister Emilius«, schnaubte der Magister extraordinarius der Kampfmagie.

»Und wenn Ihr dabei nicht das Blatt verschmiertet«, fügte Dalus hinzu.

Emilius gab ein unwilliges Zischen von sich.

»Das ist ...«

»Ein Pentagramm!«, rief Dalus.

»Falsch«, widersprach der Lehrmeister für Antimagie. »Dies ist ein Triagramm. Mit einem Ausleger.«

»Den man nur auf der anderen Seite zu verlängern braucht«, fauchte Dalus, »und wir haben ein Pentagramm! Außerdem gibt es keine Triagramme, Herr Kollege. Nur Dreiecke!«

»Sozusagen ein Pentagramm in Arbeit? In der Größe?«, zweifelte Emilius. »Und ich dachte, so etwas sollte mit Kreide gezeichnet sein ...«

»Oder mit Ochsenblut. Oder, seltener, mit ...«

»Ja, vielen Dank für die Aufklärung, Herr Kollege«, fiel Emilius ihm ins Wort. »Aber es ist doch wirklich etwas *zu* groß, nicht wahr? Wer sollte so etwas zeichnen? Einen ganzen Wald mit einem Pentagramm ... beschmieren?«

»Nun, Borbarad soll ...«

»Nennt nicht seinen Namen hier!«, herrschte der Lehrmeister für Kampfmagie Dalus an.

»Könnte man mit einem derart gigantischen Pentagramm vielleicht einen Erzdämon beschwören?«, fragte Varmendrion.

»Dazu würde eine kleinere Version aus gewöhnlicheren Materialien vollauf genügen«, erwiderte Dalus, verärgert über die Erwiderung des Kampfmagiers. »Üblicherweise kann es auch nicht schaden, wenn der Beschwörer anwesend ist, meiner unmaßgeblichen Meinung nach. Es ist, soweit mir bekannt, sogar die wichtigste Voraussetzung. Was hier, soweit mir bekannt, nicht der Fall zu sein scheint.«

»Wozu also ein ... Ding erschaffen, das seinerseits ein Pentagramm erschafft? Was sonst könnte man mit einem derartig großen Pentagramm herbeirufen, wenn ein Kleineres sogar für einen Erzdämon genügt?«

»Nichts.« Dalus wischte sich den Schweiß von der Stirn. »Kein Magier kann ein so großes Pentagramm kontrollieren. Selbst fünf oder zehn Magier nicht ... *Wenn* man es aber aktiviert ...«

»Ein ganzes Heer von Dämonen«, stöhnte der Lehrmeister für Kampfmagie. Dalus aber winkte mit zusammengezogenen Augenbrauen ab.

»Damit verhält es sich ein wenig anders als mit einer Feuerlanze, Herr Kollege. Das müsste durch ein Heer von Beschwörern erst einmal unter Kontrolle gehalten werden. Zumal dazu auch ein Schutzkreis notwendig wäre. Nein, nein …«

»Was dann?«, fragte der Lehrmeister für Kampfmagie.

»Ich weiß es nicht«, seufzte Dalus. »Habt Ihr eine Idee, Magister Emilius?«

Doch Emilius schüttelte nur den Kopf.

»Also, was wissen wir. Das Zmyrnon erschafft ein Pentagramm, ein Pentagramm aber ist nutzlos, wenn es nicht zur Beschwörung von Dämonen eingesetzt wird. Doch dazu ist es zu groß.«

»Vielleicht will gar kein *Magier* eine Beschwörung vornehmen«, ließ sich einer der Elfen vernehmen. Dalus' Kopf ruckte herum.

»Nicht? Ein Druide wäre nicht viel besser darin. Aber wer … wenn … « Er schlug sich vor die Stirne. »Ein mächtigeres Wesen! Vielleicht ein mächtigeres Wesen. Ein Wesen, das nicht nur ein derart großes Pentagramm aktivieren kann, sondern auch in der Lage ist, das Ergebnis der Beschwörung zu kontrollieren? Nicht wahr?«

Bevor eine heftige Diskussion entflammen konnte, hob Emilius die Hand.

»Das heißt, wir müssen es aufhalten. Das Pentagramm darf nicht vollendet werden!«

»Wenn es ein Pentagramm wird«, warf der Lehrmeister für Kampfmagie ein.

»Davon gehen wir jetzt besser aus«, erklärte Emilius. »In jedem Fall wird es kein Fehler sein, das Zmyrnon aufzuhalten.«

Die Anwesenden nickten zustimmend. Varmendrion bemerkte, dass Emilius im Eifer des Gesprächs sogar vergessen hatte, sich mit brennendem Rauchkraut zu versorgen. Das war ein gutes Zeichen: Wenn die Gemüter erst einmal derart erhitzt waren, würden die Magier nicht eher von dem Problem ablassen, als bis sie es gelöst hatten. Im Grunde brauchte er sich keine Sorgen mehr zu machen. Die Sache war in guten Händen. Und doch ...

Da war wieder ein grelles Licht. Da waren wieder zwei helle Schemen. Nun sah er eine Hand auf sich zukommen. Er spürte dürre Finger auf der Brust. Eine Kraft drang durch die Fingerspitzen, krallte sich um sein Herz, und mit einem Schlag war da nur noch Panik und Todesangst – und dann sah er sich wieder über einem Gebirge. Das Panorama war ihm vertraut, aber er vermochte es nicht einzuordnen. Dann war er wieder im Nichts. Vor ihm schwebte etwas, das aussah wie eine blaubraune Kugel mit grauen und weißen Formen darauf, die von etwas Durchsichtigem umhüllt wurde, mit etwas darin, das einer kleinen Flamme glich. Der Gegenstand begann, sich zu bewegen: Die durchsichtige Masse wanderte von der Kugel fort und bildete einen kleinen Wirbel; die Flamme stieg empor und ballte sich zu einer kleinen Sonne zusammen; die graue Form bildete einen Block und löste sich von der Kugel, und desgleichen tat das Blaue. Dann war da wieder die Hand auf seiner Brust, und Angst floss durch seine Adern ...

»Was ist?«

Varmendrion starrte in Helmdriels fahles Gesicht. Der Junge hatte eine Lampe entzündet und sah tief besorgt auf ihn herab. Varmendrion wischte sich über die Stirne und bemerkte, dass er schwitzte.

»Etwas Seltsames«, flüsterte er. »Etwas Seltsames, mein Sohn. Ein Traum ... und doch mehr. Aber sorge dich nicht. Ich werde in dieser Nacht ruhig weiterschlafen.«

Ich werde ruhig weiterschlafen, dachte er, während er den Jungen beobachtete, wie er zu seiner Schlafstatt ging und, kaum beruhigt, das Licht löschte. Ich weiß, dass ich ruhig weiterschlafen werde ... Ich kenne diesen Traum ... Er kommt nur einmal in derselben Nacht.

Varmendrion setzte sich in seinem Bett auf, brachte mit einer Handbewegung den großen Bernstein zum Glimmen, den Gol ihm in einer Wand des Zimmers hatte einbauen lassen, und verbrachte die restliche Nacht in stummer Einkehr.

Der nächste Tag ließ ihm keine Zeit, über seinen Traum nachzudenken. Er scheuchte Helmdriel herum, wie es der Junge nur selten erlebt hatte. Die gestrige Sitzung hatte keinen der Magier und Elfen ruhig schlafen lassen. Und so kamen die Magier am nächsten Morgen zusammen mit allerlei Vorschlägen zur Bekämpfung des Zmyrnon, die sie in der Nacht ausgetüftelt hatten. Besonders einfallsreich erwies sich Emilius, der dumpf meinte, man müsse den Wald nur ordentlich roden, dann sei das Problem ein für alle Mal aus der Welt. Die Magier lachten herzhaft über diesen Vorschlag, die Elfen schwiegen verstimmt, und Emilius versank wieder in Lethargie. Die hartnäckige Weigerung des Zmyrnon, ihm seine Natur zu enthüllen, schien ihn stark getroffen zu haben.

Es wurde nun gezeichnet und berechnet; gewaltige Mengen an Papier und Tinte wurden verbraucht. Der junge Elf, der das Symbol aus der Luft beobachtet hatte, korrigierte die Magier immer wieder, doch da er sich sehr ungenau ausdrückte und menschliche Maße ihm fremd waren, mussten sie oft nachfragen.

»Na großartig«, knurrte Emilius. »Es wäre einfacher, wenn wir jemanden hätten, der die genaue Länge von einem Schritt kennt. Und zwar unabhängig von seiner eigenen Beinlänge!«

Der Elf gab seinen Unmut über diese Bemerkung mit einem beiläufigen Verziehen der Miene kund und verließ die Versammlung, da seine Dienste nicht mehr benötigt wurden.

Schließlich waren die letzten Berechnungen gemacht worden und erschöpft lehnten sich die Magier zurück.

»Wir haben sogar herausgefunden, dass das Pentagramm in einem bestimmten Verhältnis zu dieser Burg steht«, murmelte Emilius in das Schweigen hinein. »Verlängert man die Strecke von der inwendigen zur äußeren Spitze über das Symbol hinaus, dann liegt unsere Festung genau auf jener Linie, und zwar doppelt so weit entfernt von der Spitze in Rahja, wie die Strecke innerhalb des Symbols misst. Großartig, nicht wahr?«

Varmendrion, der dem Disput der Magier mit einer gewissen Trägheit gefolgt war, schien auf einmal hellwach.

»Tatsächlich?«

»Ja. Aber Dämonen beschwört man stets *in* einem Pentagramm, üblicherweise sogar in einem Heptagramm. Wäre sonst auch etwas unpraktisch für ihren Beschwörer«, meinte Dalus.

»Außerdem wäre das ein etwas großer Aufwand, um einen Haufen alter Männer und kleiner Jungen zu bekämpfen«, brummte Emilius missmutig.

»Eine andere Möglichkeit?«, fragte Varmendrion.

Dalus schüttelte den Kopf. Emilius schwieg. Die übrigen zuckten ratlos mit den Schultern.

»Zufall«, meinte Emilius schließlich.

Dalus schnaubte. »Großartig.«

»Gibt es denn eine bessere Erklärung?«, fragte Emilius gereizt.

Varmendrion breitete die Arme aus.

»Lasst uns eine Pause machen. Ich weiß, ihr Menschen hasst dieses Wort. Aber ich spüre, wie die Spannung in diesem Saal steigt, und ich sehe, dass wir kaum weiterkommen werden, wenn wir allzu krampfhaft nach einer Lösung suchen. Lasst dem Zmyrnon für jetzt noch sein Geheimnis, vielleicht offenbart es sich uns in Zeiten der Ruhe.«

»Eine ausgezeichnete Idee!«, stimmte Emilius zu. »Wir würden uns doch nur in unfruchtbaren Disputen verbeißen. Lasst uns gehen.«

Unzufrieden verließen die Magier den Ratssaal. Obwohl der Raum, der reichhaltig mit Pflanzen bewachsen war, kaum jemals stickig wurde, hing die geballte Geistesanstrengung der Magier wie eine dunkle Wolke darin.

»Wenn ich mich nicht irre, unterweist Ihr für gewöhnlich die besten der älteren Schüler zu dieser Stunde«, sagte Varmendrion sanft zu Dalus, der mit zusammengezogenen Augenbrauen den Saal verließ. »Unterrichtet sie. Das wird Euch gut tun!«

Dalus blickte Varmendrion einen Augenblick lang an, dann nickte er.

»Vielleicht habt Ihr Recht.«

Lenka

»Im Gymnasium«, hatte Emilius ihr gesagt, als Halone nach Varmendrion gefragt hatte.

Der Boden im Inneren des langgezogenen Gebäudes war teils mit Sand, teils mit filzigem Wollmoos bedeckt. Eine Säulengalerie umfasste den Platz, über und über von Efeu und wildem Wein bewachsen, und auf moosgepolsterten Bänken stapelten sich die Kittel und Schurze der Schüler neben kleinen Tümpeln, die wohl der Erfrischung dienten. Es herrschte reges Treiben: Überall übten sich Schüler Mandalirs im Ringen, angeleitet von der Lehrmeisterin des waffenlosen Kampfes. Varmendrion ging zwischen den Schülern einher. Hier verteilte er Lob, dort wies er die Jungen amüsiert, aber nicht überheblich auf den einen oder anderen Fehler hin. Für einen Augenblick schien er die Sorgen vergessen zu haben. Halone trat zu ihm, als er gerade damit beschäftigt war, die Haltung von zwei Elfenjungen zu korrigieren. Sie versuchten, einander zu Boden zu ringen, doch auf ihren schweißnassen Leibern fanden ihre Griffe nur schwer Halt. Varmendrion redete anspornend auf sie ein: »Den Arm höher! Jetzt seine Haare! Damit hast du ihn!« – Halone hüstelte, doch Varmendrion ließ sich nicht stören – »Achte auf deine Beine! Er kann dir ins Gemächt – ja, das macht die größten Helden klein – gut! Schön abgefangen. Wieder zugreifen! Und du …«

»… zieh an seinem Arm, geh in die Knie, ein Ruck!«, fuhr Halone dazwischen. Der eine Junge schrie überrascht auf, als er zu Boden stürzte. Der Andere deutete sogleich mit dem Knie einen Stoß gegen den Hals des Gestürzten an und ließ die Linke zwischen die angezogenen Schenkel des Gefallenen zucken, bis knapp vor ihr Ziel. Varmendrion lobte beide und strahlte Halone an.

»Das war gut! Hervorragend!«, rief er begeistert. Da überkam es ihn: Er umarmte Halone und küsste sie; sie erwiderte seinen Kuss. »Wir haben hier einen Mittelweg zwischen bornischem Raufen und der Kunst des Hruruzat entwickelt. Du könntest unser Repertoire bereichern!«

»Ich fürchte, dazu haben wir jetzt keine Zeit«, meinte Halone und lächelte. »Die *telor* erwarten uns bereits. Emilius hat mir das zu verstehen gegeben.«

Varmendrion atmete noch einmal tief ein, nickte der Lehrmeisterin des waffenlosen Kampfes und den ins Kräftemessen vertieften Schülern zu und machte sich mit Halone auf den Weg.

Keiner der Magier war auch nur einen Schritt weiter gekommen. Natürlich hatte auch niemand geruht, wie Varmendrion es empfohlen hatte; sie wären keine Magier gewesen, wenn sie die Zeit nicht mit emsigem Studieren verbracht hätten, jeder für sich in seiner Kammer. Varmendrion ahnte, dass sie auch bis zum Ende der Beratung nicht weiter kommen würden. Sie waren mit ihren Überlegungen in eine Sackgasse geraten, bei der ihnen auch ihre Magie nicht mehr weiterhalf; sie hatten nichts unversucht gelassen, um mehr über das Zmyrnon herauszufinden, und ein kleiner Trupp experimentierfreudiger Magier war ebenfalls erfolglos vom Zmyrnon zurückgekehrt.

Spät in der Nacht löste sich die Versammlung schließlich auf. Varmendrion war froh, als er endlich aufstehen und zu seinen Gemächern hinübergehen konnte. Während er durch den Burggarten schritt, beneidete er die anderen elfischen Lehrmeister. Sie waren gar nicht erst zu der Beratung gekommen. Sie konnten das Problem auf ihre Art in Angriff nehmen; und wenn sie auch nicht erfolgreicher waren als die *telor*, so saßen sie doch nicht Ewigkeiten auf gepolsterten Stühlen in ein und demselben Raum.

»Entschuldige«, sagte Varmendrion zu Halone, die es sich unter einem Baum bequem gemacht hatte und gedankenverloren zu den Sternen starrte. »Unsere Magistri fanden wieder einmal kein Ende.«

»Aber du hast durchgehalten«, stellte sie fest und berührte sanft seine Hand. Sie war ein wenig unruhig, stellte Varmendrion fest, aber er führte dies auf die allgemeine Verwirrung zurück.

»Die *telor* erwarten das von einem Manundar. Es ist schwer zu verstehen ... Obwohl ich die ganze Zeit über nur zugehört habe, wäre es doch falsch gewesen, nicht zu kommen. Sie hätten das bestimmt als einen Fehler ihrer ... wie sie mich nennen ... Spektabilität angesehen. Der Meister des Ordens muss bei den wichtigen Sitzungen anwesend sein, sonst kann er nicht Meister sein. Wie einfältig. *Telor* sind eigen ... wir werden sie nie verstehen, fürchte ich.«

Als Varmendrion bekümmert den Kopf schüttelte, küsste sie ihn sanft auf die Lippen.

»Diese *telor* sind allerdings besonders seltsam«, flüsterte sie. Varmendrion grinste.

»Ja, wir haben hier die exquisitesten Charaktere versammelt. Alle ein wenig ... nun ja.«

»Besonders dieser Dalus. Bei jedem Schritt ein Lautenklang, duftet nach Rosen, die Schönheit in Person. Und wenn seine Kleider rascheln, dann ist es, als rausche eine Windharfe. Und er ist Dämonenbeschwörer.«

»Fachmann«, verbesserte Varmendrion. »Fachmann für Dämonologie. Kein Beschwörer. Ja, es ging sogar das Gerücht um, er sei *elfisch*.«

»*Elfisch*?«, fragte Halone verwirrt.

»Nun ja, kein Auge für Frauen, sondern nur ... wie hatte Emilius das genannt? ... für stramme Vollbärte.«

»*telor* sind seltsam.«

»Stimmt aber gar nicht. Er liebt Frauen, sofern er überhaupt etwas anderes liebt als seine Wissenschaft, was ich bezweifle. *Elfisch*, wie die *telor* es nennen, ist unser werter Kampfmagier. Stellt den Jünglingen unserer Sippen nach und ist überglücklich, wenn sie sich einen Spaß daraus machen. Dann benimmt er sich manchmal wie ein kleines Kind.«

»Oh.«

»Damit ist er immerhin nicht nur glücklich, sondern Mandalir aufs Treueste verbunden: Denn wo sonst auf der Welt findet er so viele hübsche junge Männer wie hier? Aber wozu sollen wir uns über die Vorlieben der *telor* den Kopf zermartern, jetzt, da wir einmal nicht ihren Disputen lauschen müssen!«

Halone nickte und drückte Varmendrion fest an sich. So fielen sie beide in andächtige Versenkung, jene Form der Einkehr, die für Elfen Ersatz für Schlaf ist. Varmendrion spürte Halones Nähe, die Wärme ihrer Brüste; ihr Haar an seinen Wangen. Und er war glücklich, so glücklich, wie es die Sorgen nur zuließen.

Auch in den folgenden Tagen fanden die Magier keine Lösung. Das Zmyrnon setzte unablässig seine Arbeit fort. Aus den Tagen wurden Wochen. Die Nachforschungen kamen zum Stillstand. Was Varmendrion am meisten beunruhigte, war nicht das Zmyrnon, sondern vielmehr Halone: Nach wenigen Tagen hatte sich ihre Unruhe ohne ersichtlichen Grund in eine leicht gereizte Stimmung gewandelt, und dieses Gefühl wuchs nun von Tag zu Tag. Gelegentlich sah er, wie sie mit griesgrämigem Gesicht zwischen den Bäumen hockte. Als sie ein *salasandra* anstimmen wollten, löste sich Halone aus ihrem Kreis, noch ehe das Ritual begonnen hatte, und zog sich bis zum Abschluss der Vereinigung in den Wald zurück.

»Diese Enge«, stöhnte sie, als Varmendrion mit ihr im Garten Mandalirs alleine war. »Entschuldige, Varmendrion, entschuldige. Aber ich spüre wieder diese Unruhe in mir, mit jedem Tag wird sie stärker. Dieser Wald lässt mir keine Ruhe. Oh, könnte ich doch in Frieden an einem Ort verweilen!«

Varmendrion umarmte sie.

»Nach all der Zeit hängt dir immer noch das furchtbare Grauen der Vergangenheit nach?«, flüsterte er und schmiegte seine Wange an ihr Haar. »Du bist doch wahrlich viel gereist, und trotzdem findest du keine Ruhe?«

Halone erwiderte nichts. So verweilten sie eng umschlungen an einem alten Zuckerahorn, während die Nacht hereinbrach. Ohne es zu wollen, versank Varmendrion schließlich in tiefen Schlaf.

Zunächst war es ein gewöhnlicher Traum. Er sah sich auf einem weiten Platz stehen, sah, wie andere Elfen neben ihm standen und nacheinander vortraten, als wären sie für etwas erwählt worden. Nur er, er blieb wo er war, wurde nicht gerufen. Er wurde nicht erwählt. Die anderen lachten und verspotteten ihn, den Halbelf. Plötzlich sah er Emilius. Der Magier hatte sich verändert: Auf seinem Gewand prangten Raben, in der Faust hielt er einen Speer, und nun streckte er den Speer nach Varmendrion aus, erwählte ihn, und plötzlich verschwamm alles vor Varmendrions Augen, ballte sich zu einer Kugel zusammen, die sich in ihre Bestandteile aufzulösen begann, wie schon bei seinem letzten Traum. Aber diesmal ging es weiter: Dem Fels folgte das Weiße und wandelte sich zu einer hauchdünnen, frostglänzenden Scheibe aus Eis. Zurück blieb ein Klumpen Erde.

Die Finger senkten sich auf seine Brust. Die Kraft umschloss sein Herz. Er wollte schreien, doch Panik schnürte ihm die Kehle zu und lähmte seine Glieder, brachte ihn fast um den Verstand. Der Tod eilte ihm entgegen.

Erdklümpchen bewegten sich plötzlich vom Erdbrocken weg auf die Eisscheibe zu, als würden sie von ihr angezogen. Immer mehr und mehr Erde floss auf das Eis zu, und als Erde und Eis sich berührten, war es, als verschmolzen sie miteinander, nein, als nähre sich das Eis von der Erde, denn die Scheibe wuchs, wurde dicker, während der Erdbrocken mehr und mehr an Masse verlor. Und wieder das Panorama des Gebirges, diesmal klarer als je zuvor; wie ein Vogel zog er darüber hinweg, stets eine ganz bestimmte Felsformation im Blick: Er sah Wiesen und Wälder und eine Stadt. Die Landschaft entglitt, und da war nur noch Angst. Die Panik wurde unerträglich, das Blut stockte ihm in den Adern, er starb, im nächsten Augenblick würde er tot sein. Und dann war da nur noch Licht.

Varmendrion merkte erst nach einer Weile, dass er die Arme immer fester um Halone geschlungen hatte und die Kiefer derart heftig zusammenpresste, dass ihm die Zähne schmerzten. Und dann war er mit einem Schlag hellwach: Neben ihm und Halone lag eine Katze und schnurrte. Sie war groß und hatte ein graugrün getigertes Fell. Es war früher Morgen, und der Garten wurde vom ersten Tageslicht erhellt. Varmendrion blickte die Katze kurz an – unwillkürlich begannen seine Kräfte zu fließen – und er erkannte sie. Gerade setzte sich die Katze auf, um ihn mit ihren grünen Augen vorwurfsvoll anzusehen, da erwachte auch Halone.

»Eine Katze!«, rief sie erstaunt. »Ihr habt ...« Sie gewahrte den Ausdruck auf Varmendrions Gesicht und löste sich von ihm, ohne die Katze aus den Augen zu lassen.

»Sie ist ein Bote«, erklärte Varmendrion leise. »Ich weiß, wer sie schickt.« Er zögerte. »Das heißt ... ich weiß es nicht. Aber ich ahne, wer es ist. Eine Kundige Frau.«

Halones Blick wechselte zwischen ihm und der Katze.

»Eine Hexe, wie die *telor* sie nennen würden«, erklärte sie. »Aber warum ist das Tier hier?«

»Ich werde die Kundige Frau fragen«, erwiderte Varmendrion.

Er stieß einen lauten Eulenschrei aus. Wenig später kam ein verschlafener Helmdriel mit Varmendrions Schwert und geeigneter Kleidung herbeigeeilt. Er war wohl gerade aus dem Bett gesprungen und hatte sich ohne Umschweife auf den Weg gemacht.

Varmendrion griff ihm wohlmeinend ins Haar, bedankte sich und beeilte sich, die Kleider anzuziehen. Es war die lederne Tracht der *lairfeyra*, für einen Lauf durch den Wald weitaus geeigneter als die Gewänder, die er in der Festung trug.

»Ich werde hier bleiben und mir deine Magistri ansehen. Und vergiss nicht, auch Elfen können eifersüchtig werden!«, meinte Halone, die für den Augenblick ihre Spannung abgeworfen hatte. Sie drohte ihm scherzhaft mit dem Finger.

Wenig später hatte Varmendrion die Festung verlassen. Das Licht des ersten Morgens sickerte zwischen den Stämmen der Bäume hindurch. Er nickte der Katze zu, begann auf der Stelle zu laufen und ließ dabei die Kraft des Waldes in seinen Schenkeln anwachsen.

Die Katze hatte Mühe, mit ihm Schritt zu halten. Der Wald zog wie ein Wirbelwind aus Grün und Braun an Varmendrion vorüber. Als der Pfad allzu unwegsam wurde, blieb er am Fuße einer großen Steineiche stehen, breitete die Arme aus und murmelte Worte; und schon bewegte er sich hinauf und in Windeseile von Wipfel zu Wipfel der dicht an dicht stehenden Bäume. Gelegentlich wechselte er zurück auf den Boden, dann schwang er sich wieder in die Höhen des Waldes empor, erschreckte nistende Vögel und Eichhörnchen. Ohne im

Lauf inne zu halten, hob er grüßend die Hand, denn unter sich hatte er einen *lairfey* gewahrt. Die Katze konnte ihm nicht mehr folgen. Aber er wusste auch ohne sie, welchen Weg er zu nehmen hatte.

Seine Erinnerungen waren zunächst bruchstückhaft und verschwommen. Doch je länger er lief, desto klarer wurden die Bilder: Eine Frau, ein rundes und doch fein geschnittenes Gesicht, eine *telor*, die ihm etwas Leckeres, Klebrigsüßes gegeben hatte, die ihn aufgenommen und umsorgt hatte, damals, vor über zwei Jahrhunderten. Aber sie lebte nicht mehr, dachte Varmendrion. Er hatte sie gesucht, dreißig Winter nach seiner Errettung, und hatte ihre Hütte leer vorgefunden. Ihren Tod hatte er mit seinen damals noch bescheidenen Kräften schon feststellen können. Sie war gestorben, das war sicher. Wer aber war die Senderin der Katze, jemand, die in jener Hütte lebte und auf irgendeine Weise mit der Frau in Zusammenhang stand? Varmendrion holte das Äußerste aus seinem Lauf, rannte, so schnell er konnte.

Eine Lichtung öffnete sich im dichten Wald. Varmendrion hielt inne. Das Blut pulsierte in seinen Beinen. Langsam ließ er die Kraft aus ihnen strömen, wartete, bis die aufgepeitschte Muskulatur sich beruhigt hatte.

Dort stand tatsächlich eine Hütte. Mit Gras überdeckt war sie, sodass sie auf den ersten Blick gar nicht auffiel. Um sie herum erstreckten sich kleine Pflanzungen mit allerlei Gewürzen und Kräutern. Aber es war nicht *die* Hütte. Diese hier sah ganz anders aus, vor allem aber hatte Theras Hütte siebzig Schritt weiter in Richtung Praios gestanden, dort, wo jetzt zwischen Holunder- und Haselgestrüpp eine gewaltige Blutulme ihre Wurzeln ins Erdreich getrieben hatte.

Varmendrion wartete. Er spürte die Nähe eines Menschen, der mit der Magie des Lebendigen umzugehen verstand. Für *telor* wussten die Kundigen Frauen erstaunlich viel über den Wald und seine verborgenen

Kräfte, und sie verstanden ihn auf eine ganz andere Art zu nutzen, als Magier oder Elfen es taten.

»Nun komm schon herein!«

Varmendrion zuckte beim Klang der Stimme zusammen. Es war nicht Theras Ton, aber da war etwas, ein Beiklang, der ihm vertraut war, vertraut, seit er damals von ihr gesund gepflegt worden war.

Während er auf den Eingang der Hütte zuschritt, merkte er, wie die Bilder der Erinnerung immer klarer vor sein geistiges Auge traten. Doch reichten sie nur bis zu jenem Augenblick zurück, da er in Theras Hütte erwacht war, nackt und zitternd am ganzen Leib. Davor war nichts.

Varmendrion verspürte Scheu, die Hütte zu betreten. Fast so, als fürchtete er, tatsächlich Thera gegenüberzutreten, so, als habe sich seit Jahrhunderten nichts geändert ...

Doch es war nicht Thera. Nachdem Varmendrion etliche Bündel von Kräutern beiseite geschoben hatte, die die Bewohnerin der Hütte zum Trocknen möglichst dicht an Eingang und Fenster gehängt hatte, stand er einer kleinen, rundlichen Frau – wohl um die dreißig – gegenüber. Sie hielt eine Tonkanne in der einen und einen Becher in der anderen Hand, den sie nun füllte; Wasserdampf stieg empor und besetzte ihr Gesicht. Schließlich streckte sie Varmendrion den Becher entgegen, griff einen Zweiten, füllte auch diesen und blickte Varmendrion lange und schweigend an. Varmendrion wartete.

»Du bist also ein Halbelf«, stellte die Frau schließlich fest. »Ich hatte dich mir ... menschlicher vorgestellt.«

Varmendrion nickte und führte den Becher zum Mund. Dass sie ihn Halbelf nannte, versetzte ihm einen Stich. Gewöhnlich tat es nur bei Halone und manchen anderen *fey* weh, aber diese Frau erinnerte ihn zu sehr an Thera, die ihn gepflegt hatte. Doch er ließ sich nichts anmerken. Gerade wollte sie fortfahren, als etwas Graugetigertes durch die Tür stolperte und sich vor ihr niederfallen ließ.

»Na, da hast du Mondfurunkel ja schön gehetzt«, stellte die Frau mit einem Blick auf die erschöpfte Katze fest. »Aber ich bin unhöflich ... So ein Wald ist eben keine besonders redselige Gesellschaft ... Ich bin eine Tochter Satuarias. Wie du ja weißt. Lenka heiße ich. Mondfurunkel hat dich ja gut gefunden. Nicht wahr, Mondfurunkel?« Sie stellte den Becher auf den Tisch und hob die Katze mit beiden Händen vom Boden auf. Das Tier tat sein Wohlgefallen mit einem lautstarken Schnurren kund. Varmendrion probierte den Tee, der bitter und würzig schmeckte.

»Warum ich dich geholt habe«, fuhr Lenka nach einer Weile fort. »Da ist etwas Seltsames. Schon seit einer ganzen Weile habe ich den Eindruck, dass irgendetwas mit diesem Wald nicht mehr stimmt ... als wäre er krank.«

Varmendrion nickte. »Wir fühlen es ebenso«, bestätigte er.

»Da ist aber noch etwas anderes. Ich habe von einer Tochter Satuarias geträumt, die jemanden in ihrer Hütte aufgenommen und gesund gepflegt hat. Vor vielen hundert Sommern. Ich bin mir nicht ganz sicher, aber ich glaube, und bitte lach nicht, ich glaube, dass *du* der Patient gewesen bist. Ich spüre es! Meine Mutter hat mir erzählt, dass eine Botschaft vor hunderten von Sommern von einer unserer Ahnen an ihre Tochter weitergegeben wurde, und von dieser wiederum an ihre Tochter, und so weiter. Jetzt ist sie also bis zu mir gedrungen. Diese Botschaft ... nun ja, diese Botschaft soll für dich sein.«

»Wurde der Name der Kundigen Frau mit überliefert?«, erkundigte sich Varmendrion.

»Ja. Teela hieß sie. Meine Ururur-wasweißich-Großmutter. Teela. Oder so.«

Daher war ihm die Stimme also bekannt vorgekommen: So unglaublich es schien, er hatte in ihr eine Spur jener Frau herausgehört, die ihn damals, vor unendlich langer Zeit, gesund gepflegt hatte. Erstaunt schwieg er.

Nach einer Weile meinte Lenka:

»Elfen sind nicht sehr gesprächig, nicht wahr?«

Varmendrion hob die Schultern.

»Doch nun zu der Botschaft. Sie ist so kurz wie seltsam. Aber, na gut«, sie seufzte, »damit dieses von-der-Mutter-zur-Tochter endlich ein Ende hat. Also: Nimm einen Löffel pulverisierte Quasselwurzwurzel, setze dich einer Waldohreule gegenüber – ja, so ist es überliefert: nicht einem Uhu, nicht einem Kauz, sondern einer Waldohreule! – und sieh zu, dass du alleine bist. Dann vermenge das Quasselwurzpulver mit Basilikum und iss sie. Das ist alles«, meinte Lenka achselzuckend. »Sagt dir das was?«

Varmendrion sah ratlos drein. »Quasselwurz?«, fragte er. »Ich habe von diesem Kraut gehört ...«

Lenka grinste, verschwand zwischen den Kräutern und kam mit einem Döschen in der Hand wieder.

»Ich habe *zufällig* gerade etwas davon da. Aus irgendeinem Grund habe ich geahnt, dass du danach fragen wirst. Hier.«

Varmendrion nahm die Dose und warf einen Blick auf den Inhalt: gräuliches Pulver.

»Echtes Hausrezept«, erklärte Lenka nicht ohne Stolz. »Aber wie ich euch *fey* kenne ... könnt ihr mal wieder nicht zahlen.«

Varmendrion sah sie hilflos an und nickte.

»Geld verwenden wir nicht«, bestätigte er.

»Na, ich brauche sicher mal eine Gefälligkeit«, sagte Lenka. »Ist mir sowieso lieber. Wenn's soweit ist, schicke ich Mondfurunkel vorbei. Er findet dich ja.«

Varmendrion wusste gut, dass solche Worte aus dem Munde einer Kundigen Frau sehr wohl eine handfeste

Drohung darstellen konnten, waren ihre Tiere doch diejenigen, die Flüche und Verwünschungen zu ihrem Opfer trugen. Doch hatte Lenka es nicht so gemeint, dachte Varmendrion. Er verstaute die Dose in seiner Gürteltasche und senkte den Kopf.

»Ich danke. Auch wenn ich die Botschaft nicht verstehe«, erklärte er. Lenka lachte auf.

»Dann weißt du jetzt, wie es Generationen von Töchtern Satuarias ergangen ist!«

Als Varmendrion auf seine lautlose Elfenart zwischen den Bäumen verschwunden war, kraulte Lenka gedankenverloren ihre Katze und schüttelte den Kopf.

»Kann ich das also endlich vergessen«, brummte sie und leerte ihre Tasse in einem Zug.

Halone lachte ihr helles Lachen.
»Einer Waldohreule sollst du dich gegenübersetzen? Und allein?«

Varmendrion nickte.

»Das musst du versuchen … einer Waldohreule! …«, erklärte Halone sichtlich erheitert.

Als er die Kammer und das Pulver vorbereitet hatte, rief Varmendrion die Waldohreule, mit der er sich geistig verbunden fühlte. Er begriff, dass es wohl kein Zufall sein konnte, dass sein Seelentier ausgerechnet ein solcher Vogel war. Er kraulte die Eule und hockte sich vor ihre Sitzstange. Wie Lenka es geraten hatte, schluckte Varmendrion nun das Pulver.

Zunächst geschah nichts. Varmendrion sah in die bernsteinfarbenen Augen der Eule, die verschlafen blinzelte, und spürte einen immer stärker werdenden Drang zu erzählen. Tatsächlich begann er zu reden, ohne es wirklich zu wollen, erzählte irgendetwas, ohne selbst zu wissen, wovon er sprach. Das Gefühl, all das schon einmal erlebt zu haben, beschlich ihn. Wurde stärker. Seine Umgebung verschwamm. Nur die Waldohreule blieb. Der Raum wandelte sich zu einer Hütte. Vor ihm stand ein Tisch. Eine Frau saß ihm gegenüber. Thera.

Die Erinnerung traf ihn wie ein Hammerschlag. Varmendrion wankte, als Bilder und Gedanken in seinem Hirn wachgerufen wurden, die seit zweieinhalb Jahrhunderten geschlummert hatten. Plötzlich erinnerte er sich klar und deutlich an den Beginn seines Aufenthaltes bei Thera, so, als wäre es gestern gewesen; wie er in der fremden Hütte erwacht war, wie Thera ihn behandelte, denn Schrecken hatte seine Seele verfinstert. Dann gingen seine Erinnerungen weiter zurück, es war, als wäre er in einen Sog geraten: Da war Schrecken, Todesangst, da war ein Mann, der ihm die Finger auf die Brust setzte, Panik, ein grelles Aufleuchten, ganz ähnlich wie in dem Traum, der ihn in letzter Zeit immer öfter geplagt hatte. Da gab es eine Höhle, harte Hände, die ihn getragen und mitgeschleift hatten, über Berge, durch Gebirgstäler und Gänge. Da war eine Burg, die angegriffen wurde, er wurde als Bote ausgesandt, gemeinsam mit einem anderen Jungen. Da war ein Druide, der ihn verraten hatte, das Gesicht einer Elfe, die ihn untersucht und gequält hatte. Da gab es Angst und Furcht, Flucht und Erschöpfung, ein brennendes Dorf aus Baumhäusern, *sein* Dorf, das in Flammen stand, und ein Wirbelsturm mitten im Wald, das Zmyrnon.

Er glitt über das Gebirge, sah wieder diese eine ganz bestimmte Formation, dann schwebte er höher, bis selbst die höchsten Berge wie kleine Spielzeugmodelle aussahen. Er stieg weiter empor; Schwärze umfing ihn. Die Eisscheibe wuchs, nährte sich von der Erde. Er musste etwas unternehmen, sonst würde sie ihn erdrücken. Doch schon verblich das Traumgesicht. Die Panik verebbte, er war wieder frei, frei, den Kampf aufzunehmen.

Mit einem gellenden Schrei kam Varmendrion zu sich. Eine ganze Weile starrte er benommen vor sich hin. Die Waldohreule breitete die Flügel aus und flog durch die Tür davon.

Noch als er in den Garten kam, schwitzte Varmendrion. Sein Herz raste. Halone kam ihm entgegen. Sie kauerten sich an den kleinen Teich und hielten sich fest an den Händen. Einem Verdurstenden gleich nahm Varmendrion ihre Hilfe an: Halone schenkte ihm Ruhe und Kraft. Es dauerte eine geraume Weile, bis er sich wieder beruhigt hatte. Die Erinnerungen, frisch in sein Gedächtnis getreten, machten ihn so niedergeschlagen, dass er ohne Halones Hilfe vermutlich in Tränen ausgebrochen wäre. Es dauerte lange, bis er wieder Worte über die Lippen brachte.

»Es ist alles wieder da«, hauchte er. »Alles. So viel Schmerz ... so viele Rätsel. So viel Tod und Verderben.«

»Ich weiß«, sagte Halone.

»Vieles, das ich vergessen hatte ... Das Schicksal unseres Dorfes war mir stets bewusst. Der Fall Feydalirs ebenso. Aber nie war es so deutlich gewesen, und was danach geschah ... Ich hatte es vergessen. Die Erinnerung wurde ... fortgesperrt. Nun ist sie wieder da ... Und ich ahne, dass wir dem Zmyrnon auf die Spur gekommen sind. Ich wurde damals zu seinem Ursprung geschafft. Als Gefangener. Ich hatte das Bild schon oft in meinen Träumen vor mir: immer dieses Gebirge. Aber ich hatte es nicht erkannt.«

»Unser Weg führt *dort* hin?«, fragte Halone.

Varmendrion zögerte.

»Wahrscheinlich. Aber eine Vermutung wird nicht genügen. Noch weiß ich nicht, wo genau dieser Ursprung liegt ... Es sind einfach zu viele Erinnerungen auf einmal! Wenn ich es herausgefunden habe, werden wir das mit unseren Magiern besprechen müssen!«

Er erhob sich, immer noch am ganzen Leib zitternd.

»Ich brauche Einkehr«, sagte er unvermittelt. »Ich muss meine Erinnerungen ordnen. Mich ihnen stellen. Sie erkennen. Nur dann können wir dem Geheimnis des Zmyrnon näher kommen.«

Halone umarmte ihn.

»Dann geh«, sagte sie. »Wann immer du mich brauchst, ich werde da sein. Und mach dir wegen mir keine Sorgen: So lange halte ich es hier schon noch aus! Zur Not werde ich eben die weitere Umgebung deiner Burg erkunden.«

Varmendrion erwiderte heftig ihre Umarmung.

»Für deine Hilfe werde ich dir ewig dankbar sein«, erklärte er. »Ich komme wieder, sobald ich meine Einkehr beendet habe.«

Damit wanderte er aus der Festung hinaus in den Wald, wo er einen abgeschiedenen Ort fand. Dort blieb er, stimmte einen ausdauernden, melancholischen Gesang an, der seine Gedanken in die Vergangenheit trug, und stellte sich seiner Angst und seiner Furcht. Einzig die Waldohreule begleitete stumm seinen Kampf.

Der Fehlschlag

Nach Tagen der Einkehr kam Varmendrion in den Garten der Burg gewankt. Halone eilte ihm entgegen: Die Elfen hatten sein Kommen angekündigt, und nur mit Mühe konnten sowohl Schüler als auch Lehrmeister den Wunsch unterdrücken, ihm Fragen zu stellen.

»Das Eherne Schwert!« Ihm stockte der Atem. »Wir müssen ins Eherne Schwert! Ich weiß nun wieder genau, was geschah, bevor ich zur Kundigen Frau Thera gekommen bin. Ich wurde ins Eherne Schwert verschleppt … Ins Eherne Schwert … Zu einem Mann, der sich Eisherr oder Eiswahrer nannte, auf einem Gletscher. Wir müssen den Ort wiederfinden, wo das Ganze seinen Anfang nahm. Von ihm hatte ich stets geträumt. Wir müssen ins Eherne Schwert reisen!«

Halone sah ihn zweifelnd an.

»Du kennst das Eherne Schwert?«

»Ich bin dagewesen. Vor hunderten von Sommern«, erklärte Varmendrion. »Und glaube mir, die Unbilden jenes Gebirges sind mir wohl im Gedächtnis haften geblieben! Ich denke, es ist an der Zeit für ein *salasandra*. Ich möchte meine Erfahrungen mit meinen Freunden teilen.«

»Gut!«, meinte Halone. Varmendrion gewahrte die Spannung, die in ihrer Stimme lag.

»Entschuldige«, sagte sie schuldbewusst, als sie sah, dass Varmendrion das Gefühl bemerkt hatte. »Aber …«, sie rang nach Worten, »da ist wieder diese Unruhe.

Dabei brauchst du doch gerade jetzt meine ganze Zuwendung. Entschuldige.«

Varmendrion lächelte.

»Du fühlst dich eingesperrt hier?«, deutete er.

Statt einer Antwort stellte Halone ihm eine Gegenfrage.

»Warum lebst du hier drin, hinter zwei starken Mauern? Ich meine, weshalb wirklich?«

Varmendrion zögerte.

»Aus Angst«, erklärte er. Es fiel ihm schwer, sich zu offenbaren, selbst Halone gegenüber. »Als Kind war ich auf der Flucht. Wo immer ich blieb und mich sicher oder gar geborgen zu fühlen begann, das Unheil holte mich wieder ein. Auch war es so, als hätte sich der Wald selbst, der uns doch immer Schutz gespendet hatte, plötzlich gegen meine Sippe gekehrt. Diese Festung gibt mir Sicherheit.«

»Mir aber macht sie Angst. Sie nimmt mir die Übersicht und die Bewegungsfreiheit ... ja, sie nimmt mir den Raum, vor meinen Erinnerungen zu fliehen«, erwiderte Halone. »Es ist genau anders herum als bei dir.«

»Ich fürchte, wir werden diese Festung ohnehin bald verlassen müssen«, sagte Varmendrion. »Quäle dich nicht. Aber jetzt lass uns das *salasandra* beginnen. Kannst du auch daran teilnehmen?«

Halone nickte.

Das *salasandra* schlug fehl. Der Versuch, sich in gemeinsame Harmonie zu versenken, wollte nicht gelingen: Da war etwas über dem Wald, das wie ein störendes Geräusch die Vereinigung verhinderte. Es war das Gleiche, das schon beim ersten *salasandra* gestört hatte, aber inzwischen war es überdeutlich geworden.

Die Elfen öffneten die Augen. Ihre Lieder verstummten.

»Die Macht des Pentagramms«, erklärte eine. »Sie ist gewachsen. Es ist Zeit zu handeln.«

»Ich habe das Zmyrnon heute überflogen«, erklärte ein anderer, »Das Pentagramm steht vor seinem Abschluss.«

»Dann kommen meine Erinnerungen vielleicht zu spät. Also lasst uns nicht zögern«, erklärte Varmendrion. »Wir werden uns mit den Magiern beraten.«

Wenig später saßen sie mit den Magiern im Versammlungssaal.

»Das Pentagramm ist bald fertig?«, erkundigte sich Emilius entsetzt.

»Warum wurden wir nicht früher informiert?«, fragte Dalus.

»Es hätte nichts geändert. Ihr wart hilflos, wie ihr es jetzt seid«, erwiderte die Lehrmeisterin des waffenlosen Kampfes.

»Schon, schon«, gab Dalus zu. »Aber trotzdem ...«

»Wann?«, fragte Emilius.

»Morgen, denken wir«, erwiderte der Elf.

»Katastrophe!«, brüllte Dalus.

»Dann wissen wir wenigstens, woran wir sind«, schnaubte Emilius.

»Hervorragend«, erwiderte der Lehrmeister für Kampfmagie sarkastisch.

»Na, was würdet Ihr denn tun? Es mit bloßen Händen aufhalten? Oder den Wald«, Dalus blickte zu Emilius hinüber, »doch noch roden?«

»Magister Dalus, ehrenwerte Herren, ich unterbreche Eure Diskussion nur ungern. Die Zeit drängt«, erklärte Varmendrion. »Sagt mir, ist einer unter Euch, der etwas von einem Eisherren oder Eiswahrer weiß, einem Mann mit großem Gefolge und von nicht zu unterschätzender Macht, der vor fünfhundert Sonnenwenden lebte?«

Als die Magier schweigen, ergriff Emilius das Wort: »Meine Herren, wir haben Spektabilität Varmendrion gehört. Nun. Wir werden alles tun, was in unserer Macht steht, um über diesen Eisherren etwas herauszufinden. Und zwar sofort nach Ende dieser Sitzung. Ich bitte jeden, mich unverzüglich vom Ergebnis seiner Studien zu unterrichten. Wenn ich mich recht erinnere, habe ich irgendwo etwas über solche Menschen gelesen. Die Rohalzeit ist ja eigentlich ganz gut dokumentiert.«

Die Magier nickten, sahen jedoch nicht danach aus, als hätten sie große Hoffnungen auf Erfolg.

»Im Ehernen Schwert«, ergriff Varmendrion wieder das Wort. »Dort hatte der Eisherr sein Heim. Ich hätte es früher sehen müssen. Im Ehernen Schwert liegt der Schlüssel. Aber es hilft nichts: Zu spät habe ich es erkannt. Wir können nur hoffen.«

»Meine Herren, wir sollten uns um Gegenmaßnahmen kümmern«, sagte der Lehrmeister für Kampfmagie. »Wenn dort tatsächlich Dämonen beschworen werden, dann müssen wir zusehen, wenigstens ein paar von ihnen wieder dorthin zurück zu schicken. Ich schlage vor, wir beginnen ohne Aufschub mit den Vorbereitungen. Ja, Magister Emilius, *nachdem* wir uns über Eisherren kundig gemacht haben, natürlich. Also schlage ich vor, dass wir uns morgen in aller Frühe treffen und diese Sache besprechen. Anschließend bereiten wir uns auf das Zmyrnon vor. Wenn wir es selbst schon nicht aufhalten können, dann vielleicht seine Wirkung.«

Niemand war über diesen Vorschlag besonders begeistert. Aber der Kampfmagier hatte Recht. Die Elfen, die bisher stumm zugehört hatten, nickten. Das klang vernünftig.

Als die Magier am nächsten Morgen wieder zusammenkamen, blickten sie überwiegend verdrießlich drein.

»Nun ... nun, ich habe ein wenig über Eure Eisherren herausgefunden«, begann Emilius. Er schien auch der Einzige zu sein, der überhaupt ein nennenswertes Ergebnis vorweisen konnte. »Es scheint, dass sie eine Bruderschaft waren, die ihren Sitz tatsächlich im mittleren Teil des Ehernen Schwertes hatte und über große Macht verfügte. Ihre Wurzeln sollen angeblich in der Borbaradzeit liegen. Zu ihren Gönnern zählte auch der eine oder andere Fürst – nur deshalb konnte ich überhaupt etwas über sie finden. Nun, an der Spitze der Vereinigung stand der Eishüter, ein Mann von außerordentlichen Fähigkeiten. Und jetzt kommt das Interessante: Vor rund zweihundertfünfzig Götterläufen brechen die Berichte plötzlich ab und danach hört man nichts mehr von dieser Vereinigung. Die Bruderschaft scheint sich über Nacht in Luft aufgelöst zu haben. Gleichzeitig gewinnt ein Fürst, der unmittelbar mit ihr in Zusammenhang zu stehen scheint, an Macht: Er hat wenig später große Ländereien gekauft – wenn ich nicht irre, mit den Mitteln der zerschlagenen Bruderschaft. Seine Blutlinie ist heute aber ausgestorben. Das ist alles, was wir wissen.«

»Erstaunlich. Aber wenn diese Bruderschaft verschwunden ist, kann sie nicht für das heutige Zmyrnon verantwortlich sein«, meinte Dalus.

»Es sei denn, sie existierte im Geheimen weiter«, warf der Lehrmeister für Kampfmagie ein. »Und aus irgendeinem Grund hat sie nach zweihundertfünfzig Götterläufen ihre Macht wiedererlangt.«

»Aber anders als damals ziehen keine Heere durch die Salamandersteine«, bemerkte Varmendrion. »Stattdessen ist das Zmyrnon nun unverwundbar. So weit wir wissen.«

»Alles Spekulation!«, rief Emilius. »Meine Herren, wer immer hinter dieser Erscheinung steht, wir müssen unsere Aufmerksamkeit nun dem Zmyrnon allein schenken. Lasst uns aufbrechen!«

Wohl nur selten hatten die Salamandersteine eine derart große Versammlung von Elfen gesehen. Sämtliche Sippen der Umgebung waren gekommen, um den Kampf gegen das Zmyrnon zu unterstützen. Viele von ihnen hatten noch nie einen Menschen gesehen und beobachteten das Treiben der Magier mit großer Scheu. Aber es fanden sich immer noch genügend Elfen, die ihnen tatkräftig zur Hand gingen. Die übrigen bereiteten sich auf ihre Art auf das unbekannte Ereignis vor. Überall entlang der Zacken des Sternes sangen große und kleine Gruppen von ihnen, suchten sich trotz der Störung durch das Zmyrnon in tiefes *salasandra* zu versenken oder verbargen sich mit schussbereiten Bögen in den Wipfeln der Bäume. An jeder Spitze des Pentagramms glommen Kerzen. Hier hatten die Magier eigene Zeichen in den Boden geritzt, die zur Dämonenbannung dienen würden, und sammelten ihre Kräfte. Sogar zwei Hexen waren gekommen, darunter auch Lenka, die Varmendrion mit einem Lächeln begrüßte.

Die Beschwörungen und Gesänge dauerten die ganze Nacht hindurch an. Das Heulen des Zmyrnons lag wie eine düstere Ankündigung in der Luft. Die Tiere des Waldes zogen fort, denn sie spürten die Zusammenballung von arkaner Macht.

Varmendrion schritt mit Halone an den Kanten des Pentagramms entlang und begrüßte mal hier, mal da einen Elfen oder eine Elfe. Er war beeindruckt, dass so viele gekommen waren. Da gab es Gruppen eng beieinander sitzender Elfen, die die Augen geschlossen hielten und ihre Instrumente spielten oder sangen; andere standen in völliger Ruhe da, in sich gekehrt. An mehreren Stellen flackerten kleine Feuer, und über allem dröhnte der Basston des Zmyrnon, das in Kürze seine Arbeit vollenden würde.

Varmendrion fand am Ausgangspunkt der Schneise einen roten Glutpunkt, der sich als Emilius' glimmendes Rauchkrautröllchen herausstellte. Das Röhren war hier ohrenbetäubend: Das Zmyrnon steuerte zielgenau auf diesen Punkt zu, auf Anfang und Ende der Schneise.

Der Analysemagier rauchte unruhig einen Stumpen Rauchkraut nach dem anderen. Zwei seiner Vorratstaschen am Gürtel waren bereits leer.

»Na, wir können gespannt sein«, brummte er. Varmendrion klopfte ihm stumm auf die Schulter. Emilius holte ein flaches Fläschchen aus den Tiefen seiner Robe und nahm einen kräftigen Schluck. »Eine Schande, dass Ihr dieses edle Gebräu nicht vertragt, Spektabilität. Premer Feuer.«

Er schnippte den aufgerauchten Stumpen fort und verfiel wieder in Schweigen. Varmendrion und Halone zogen sich zu den anderen Elfen Mandalirs zurück und warteten in ihrem Kreis auf den Morgen.

»Es geschieht!« Emilius Ruf übertönte sogar das Heulen des Zmyrnons. »Macht euch bereit! Ein Fuß noch!«

Die Reihen der Elfen erstarrten. Niemand sagte mehr ein Wort. Einzig die Gesänge erhoben sich zu neuer Kraft. Die Magier verharrten bei ihren Bannzeichen und bereiteten sich auf das Auslösen ihrer Magie vor.

»Ein halber Fuß!«

Varmendrion erkannte durch die Bäume hindurch, wie Dalus die Arme ausbreitete. Einige Elfen stützten ihn mit ihrer Kraft. Emilius, durch Gesträuch von Varmendrions Blicken verdeckt, hatte seinen Stab umschlossen und machte rasch einige Gesten. Der Stab schrumpfte, begann zu leuchten und verwandelte sich in ein glühendes Schwert, das neben Emilius in der Luft schwebte.

»Jetzt!«

Ein Zucken ging durch die Reihen der Wartenden. Äußerste Anspannung wollte sich Luft machen.

Sie hatten eine Explosion erwartet, einen Knall oder das Schweigen des Zmyrnons; Feuer und Glut im Pentagramm, eine tiefe Erschütterung im Gleichgewicht des Waldes. Stattdessen geschah – nichts.

Das Zmyrnon änderte seine Richtung, blieb aber sonst unverändert. Der Wald lag gequält da – wie zuvor. Kein Dämon erschien inmitten des gewaltigen Pentagramms, keine Macht wollte die Elfen herausfordern.

»Es macht einfach weiter!«, hörte Varmendrion Emilius' fassungslose Stimme. Während weder Magier noch Elfen sich in ihrem Tun beirren ließen – es mochte wohl sein, dass die Wirkung mit leichter Verzögerung eintrat –, rief Varmendrion die Kraft zurück, die er in sich angestaut hatte, entspannte sich und eilte zu Emilius. Der Magier machte eine ebenso verzweifelte wie ratlose Geste zur Schneise hinüber. Das Zmyrnon hatte das Pentagramm vollendet, ganz so, wie sie es vermutet hatten – doch fuhr es in seiner Tätigkeit fort, als wolle es gar nicht mehr mit seinem zerstörerischen Werk aufhören.

Sie warteten noch bis zum Mittag. Das Zmyrnon hatte inzwischen wieder ein kurzes Stück zurückgelegt, aber sonst war nichts geschehen. Nacheinander erwachten Magier und Elfen aus ihrer Versenkung und waren gleichermaßen verwirrt.

»Nun, nun, nun. War wohl nichts«, kommentierte Emilius, griff in eine seiner Taschen und zog ein besonders großes Tabakstäbchen hervor.

»Es ist wirklich eine Schande, dass Ihr nicht raucht«, meinte er zu Varmendrion und entzündete das Rauchkraut. »Dieses hier habe ich eigens für solche Gelegenheiten aufgehoben. Ein besonderes Kraut, genau das, was ich jetzt brauche. Macht einen sehr ... sehr harmonisch. Das mögt ihr Elfen doch.« Er paffte gierig. »Aber ich sehe, Ihr seid ein hoffnungsloser Fall ... Und jetzt verabschieden wir am besten unsere Gäste, nicht wahr?«

Varmendrion sah unglücklich zu einigen Elfen hinüber, die sich verwirrt aus dem *salasandra* erhoben. Von Emilius wehte süßlicher Rauch herüber.

Die Stimmung hatte ihren Tiefpunkt erreicht. Selbst nach den ersten fruchtlosen Versuchen, das Zmyrnon zu bekämpfen, war man besserer Dinge gewesen. Die Elfen hatten durchgesetzt, die folgende Sitzung im Garten abzuhalten – die ganze letzte Zeit über war immer der Ratssaal Ort der Beratungen gewesen. Die Magier, zu niedergeschlagen zum Widersprechen, hatten nachgegeben. Wenigstens einen Vorteil hatte das Ganze, das mussten auch sie eingestehen: Emilius' Vorliebe für Rauchkraut wirkte sich hier draußen weit weniger unangenehm aus.

Als alle saßen, begann die zaghafte Auseinandersetzung darüber, weshalb nichts geschehen war. Der Lehrmeister für waffenlosen Kampf meinte schließlich, es sei wohl gar kein Pentagramm gewesen, was das Zmyrnon erschaffen sollte. Emilius zuckte mit den Schultern.

»Ein Heptagramm? Das wäre für Dämonen ja geeigneter.«

»Aber dazu ist kaum noch Platz in dem Muster, und die Achsen wären in sich all zu sehr verschoben«, gab Dalus zu bedenken. »Wenn man die Spitze des mittleren Dreiecks mit zusätzlichen Linien nach unten verlängert, zwischen die beiden Schenkel dort, bekommt man ein Hexagramm. Ein ungewöhnlich eiförmiges zwar, aber dennoch. Man bräuchte dafür ja auch keinen Schutzkreis. Vielleicht also ein Hexagramm, aber ein Heptagramm – das dürfte nicht möglich sein.«

»Oder zwei Pentagramme?«, rätselte der Lehrmeister für Kampfmagie.

»Eher ein Hexagramm ... was könnte das wohl bewirken ...«

»Elementarherren statt Dämonen«, meinte Dalus.

»Das wäre doch unsinnig. Man beschwört sie nicht

mit Hexagrammen. Und was sollten sie nützen? Zudem: Herbeirufen kann man sie auch mit weniger Aufwand!«

»Was dann?«, murmelte Emilius und suchte geistesabwesend nach einem frischen Tabakröllchen.

»Wir müssen es wohl selbst herausfinden. Möglicherweise sind die Eishüter zurückgekehrt! Das Geheimnis liegt im Ehernen Schwert verborgen. Ich werde es lüften«, erklärte Varmendrion entschlossen. Die Magier drehten ihm wie ein Mann die Gesichter zu; ein Dutzend zusammengezogener Augenbrauen verkündeten ihren Unmut.

»Ihr Elfen glaubt wohl, euch nie mit uns absprechen zu müssen, wie?«, fragte der Lehrmeister für Kampfmagie missmutig.

»Habt Ihr einen besseren Vorschlag?«, erwiderte Varmendrion. »Ich würde allerdings die Begleitung eines erfahrenen Magiers begrüßen!«

»Ich gehe«, erklärte Emilius. Nun drehten sich alle Köpfe in seine Richtung.

»Heute sind wir aber alle von schnellen Entschlüssen, wie?«, fragte der Kampfmagier.

»Ach. Emilius ist nur beleidigt, weil das Zmyrnon ihm nichts über seine Natur preisgeben will«, grinste Varmendrion. »Und ich denke, etwas Frischluft wird unserem Stubenhocker nicht schaden.«

»Wohl wahr!«, rief Emilius. »Oder denkt einer der hier Anwesenden, dass Magus Emilius so schnell aufgibt? Niemals!«

»Und wo im Ehernen Schwert soll dieses Geheimnis liegen?«, fragte der Lehrmeister der Kampfmagie gereizt.

»Nun. Wir haben Hinweise, dass der Sitz des Ordens der Eishüter nordöstlich der Stadt Notmark im Gebirge lag. Nicht gerade viel«, gab Emilius zu.

»Ich kann mich wieder an viele Einzelheiten erinnern. Auch an die Gebirgszüge, die wir passiert haben. Ich habe sie im Traum gesehen, das wird uns helfen. Aber genügen wird dies nicht«, befürchtete Varmendrion. »Meine Träume aber kommen nicht durch Zufall. Ich glaube, dass eine verborgene Macht unseren Aufbruch verlangt. Vielleicht wird sie uns leiten!«

»Nun, das wollen wir hoffen«, murmelte Emilius. »Wir wissen ja nur herzlich wenig ...«

»Augenblick!«, rief Dalus plötzlich. Die anderen Magier runzelten missbilligend die Stirne. »Eine Karte, schnell! Wo sind unsere Berechnungen!«

Dalus wirbelte herum, bis er alles vor sich ausgebreitet hatte, rechnete verbissen und schlug schließlich mit der Faust auf den Tisch.

»Nordöstlich von Notmark?«, fragte er. Emilius nickte.

»Da!«, rief Dalus und deutete auf den Plan. »Verlängern wir die Achse des Symbols, wie wir es schon einmal getan haben – aber diesmal *über Mandalir hinaus*, dann verläuft diese Linie durch die Totensümpfe und nordöstlich von Notmark ins Eherne Schwert. Es mag vermessen klingen, aber ich bin überzeugt, auf dieser Linie liegt unser Ziel! Würde auch mit der Theorie der magischen Flüsse übereinstimmen.«

Emilius betrachtete ihn mit Zweifeln, aber Varmendrion nickte.

»Das könnte stimmen. Und was bleibt uns schon? Wir müssen es versuchen. Wir nehmen die Karte mit. Seid Ihr bereit, Emilius?«

»Wir werden die Eishüter finden«, erwiderte Emilius. »So oder so.«

Niemand sonst zeigte Interesse, sich der Gruppe anzuschließen. Sie besprachen noch, was zu tun wäre, wenn das Zeichen während der Reise zum Ehernen Schwert geweckt würde. Danach schlenderte Varmendrion mit Halone davon. Seit dem Entschluss zum Aufbruch wirkte sie wesentlich entspannter, wenngleich ihr eine gewisse Unruhe immer noch anzumerken war.

»Wir brauchen noch einen Mann des Schwertes. Ich habe bereits vor Tagen nach ihm schicken lassen«, sagte Varmendrion zu ihr.

»Weitsichtig«, seufzte sie. »Weitsichtiger als viele *lairfeyra* und selbstsicherer als viele *telor*. Sollen wir euch Halbelfen beneiden?«

Für einen Augenblick verfinsterte sich Varmendrions Gesicht. Halone merkte sofort, dass sie etwas Falsches gesagt hatte – aber sie musste unwillkürlich lachen, und als dies seinen Missmut brach, nahm sie seine Hand. Da kreuzten sich ihre Blicke; und beiden fuhr ein Zittern durch den Leib.

»Ich hoffe nur, dass er kommt«, meinte Varmendrion, und sein Gesicht legte sich in Sorgenfalten. »Auf ihn ist Verlass ... aber wenn er nicht nah genug ist, dann wird er nicht mehr rechtzeitig hier eintreffen. Denn wir müssen in wenigen Tagen aufbrechen!«

Halone kniff ihm sanft ins Ohr und schenkte ihm ein warmes Lächeln. Ihre nächsten Worte kosteten sie etwas Überwindung, denn nur zu gern wäre sie auf der Stelle losgegangen.

»Was sind schon Tage. Alles geht seiner Wege! Mach dir keine Sorgen. Die Zeit war nie ein Feind der *lairfeyra*.«

Varmendrion wusste, dass sie sich diese Worte hatte abringen müssen, und dass sie das getan hatte, um ihn zu beruhigen. Ihn überkam der plötzliche Wunsch, sie zu küssen. Und da sie dasselbe Verlangen spürte, ließen sie sich in inniger Umarmung ins Moos sinken. Emilius, der zufällig des Weges kam, schüttelte bei ihrem Anblick nur den Kopf.

Silberlöwen sind keine Packesel

Wenig später erschien ein junger *lairfey* am äußeren Tor der Festung und fragte nach Varmendrion. Er war wie ein Jäger gekleidet, in einfache, zweckmäßige Kleidung, und trug einen Eschenbogen über der Schulter. Als ihn die anderen Elfen aufforderten einzutreten, schüttelte er nur verneinend den Kopf.

Also kam wenig später Varmendrion mit Halone herbeigeeilt. Der *lairfey* senkte zum Zeichen seiner Ehrfurcht leicht das Haupt.

»Gut. Du warst schnell! Ein guter Bote«, lobte Varmendrion. »Höre also meine Worte. Es wird ein *telor* in Stahl kommen. Er wird ... wie ich ihn kenne, ziemlich böse sein. Fengorm hasst dichte Wälder.« Unwillkürlich musste er grinsen. »Aber er ist ein *feyiama*, Elfenfreund. Schadet ihm nicht, zeigt ihm euch nicht, führt ihn nur zur Lichtung an der Meiontreppe. Ach, achtet auf die Waldohreule, die dort auf ihn warten wird. Der *telor* sollte auf der Lichtung bleiben. Tut er es nicht, dann helft ihm, wieder zu ihr zurückzufinden ...«

Der junge Elf wartete noch einen Augenblick, dann schenkte er Varmendrion einen bewundernden Blick, berührte zum Abschied dessen Handfläche leicht mit der seinen, huschte davon und verschmolz mit dem Wald.

»Dieser ... Fengorm, er wird uns eine große Hilfe sein?«, fragte Halone nach einer Weile.

»Er ist nur ein *telor*, aber besonders gut in dem, worin

die *telor* wahrlich gut sind – er ist ein Krieger, er besitzt die Kraft, die uns allen fehlt. Er lacht ein wenig über unsere Zierlichkeit, und er ist einer der wenigen, dem ich das verzeihen kann. Die meisten Leute wirken zierlich – gegen seine Gestalt. Urteile nicht vorschnell über ihn. Er ist zwar ein Rosenohr, hat aber einen ganz besonderen Vorzug: die Treue. Und nun lass uns zurückkehren. Denn wenn unser Freund eintrifft, sollten wir sofort aufbrechen. Von Mandalir darf selbst er nichts erfahren.«

»Du sprichst schlecht von den *telor*, aber dann wieder achtest du sie, du versammelst sie sogar um dich«, murmelte Halone. Varmendrion runzelte die Stirn und schwieg.

Nach einem weiteren Tag war es dann so weit. Varmendrion, der sich von allen Elfen und Menschen Mandalirs – auch den Schülern – verabschiedet und am Vortag trotz der Störungen ein kurzes, aber wirkungsvolles *salasandra* gehalten hatte, erschien mit Helmdriel im Garten und nahm Halone bei der Hand, die nun voller Energie, aber nicht unbedingt fröhlich dem Aufbruch entgegensah.

»Fengorm ist eingetroffen. Ich habe Emilius gesagt, wo er uns mit dem Reisegepäck erwarten soll. Helmdriel wird ihn begleiten. Nun also beginnt unsere Reise ... Ich werde Mandalir erst wiedersehen, wenn das alles vorbei ist.« Er sog tief die Luft ein. »Die Festung wird in guten Händen sein! Und ich freue mich sehr, dass ich deinem tiefen Wunsch endlich nachkommen kann, die Festung zu verlassen. Aber wir sollten uns auf den Weg machen. Kannst du unsere Kleider tragen?«

Halone machte ein leidendes Gesicht.

»Fengorm ist ein Rosenohr. Er fände es gewiss unpassend, wenn wir ihm in aller Natürlichkeit gegenübertreten. Glaub mir«, erklärte Varmendrion.

Halone seufzte unglücklich. »Ich weiß. Es fällt mir

nur etwas schwer, mir während der *a'dao valva iama*-Verwandlung etwas ... umschnallen zu lassen. Mein Geistwesen ist eben kein Packesel!«

Dennoch begann sie mit den Vorbereitungen für den Zauber und legte, wie auch Varmendrion, ihre Kleider ab. Unwillkürlich ertappte Varmendrion sich dabei, dass er Halones reifen und überaus wohlgeformten Körper bewunderte. Wie bei Elfen üblich, war ihr Alter ihr in keiner Weise anzusehen. Eine Erinnerung nahm in seinem Kopf Gestalt an: Damals, als er so jung wie Helmdriel gewesen war, hatte er Halone mit jenem jungen Elfen ... A'lamjandir hieß er ... früh am Morgen auf der Lichtung entdeckt. Damals war der Anblick ihres Körpers gewöhnlich gewesen. Aber heute fand Varmendrion großen Gefallen daran. Als Halone ihn fragend ansah, hob er anerkennend die Augenbrauen. Sie legte den Kopf schief und lächelte, was nichts anderes bedeutete als: Für einen Halbelf hast du dich aber auch nicht schlecht gehalten.

»Versuchen wir's«, erklärte sie, als Varmendrion ihre Sachen zusammen mit ihren Bögen zu einem Bündel geschnürt hatte und den Gurt bereithielt.

Sie tauchte in die Welt der unsichtbaren Kräfte ein. Wenig später ertönte von dort, wo sie gestanden hatte, ein tiefes Knurren.

»Schön, schön«, meinte Varmendrion und wich unwillkürlich einen Schritt zurück. »Die Zähne hätten getrost etwas kürzer sein können!«

Eine ausgewachsene Silberlöwin sah ihn an. Die Raubkatze war nicht nur beeindruckend, was die Zähne betraf. Ihre Schultern reichten Varmendrion bis zum Bauch. Dunkle Streifen zogen sich wie Schatten über den mattsilbernen Leib. Muskelstränge spielten unter dem glatten Fell. Da es sich um eine Abart des Säbelzahntigers handelte, wurde der Kopf der Silberlöwin wie beim Männchen von einer eindrucksvollen Mähne umkränzt.

»Können wir aufsatteln?«, fragte Varmendrion vorsichtig. Er bemerkte wohl, wie sich zwischen den Augen der Löwin eine steile Falte bildete, doch drehte sie sich bereitwillig zur Seite.

Als die Löwin bepackt war, nickte Varmendrion ihr zu. Er warf einen letzten Blick ins Rund und verabschiedete sich im Stillen von der Festung, die sein Leben geworden war. Schließlich setzte er sich auf die Erde, sprach die Formel, und an seiner Stelle stieg eine schlanke Waldohreule in die Lüfte hinauf. Ihr rindenfarbiges Gefieder rauschte. Während die Löwin in hurtigem Trab aus der Festung lief, folgte ihr die Eule hoch oben in den Lüften. Sobald die Löwin den Waldboden unter den Tatzen spürte, wandelte sich ihr Gang zu einer weitgestreckten Hatz. Gelegentlich flog der Vogel tiefer, damit sie sich in den dichteren Stellen des Waldes nicht verloren.

In dieser Form bewältigten beide in Windeseile ein gewaltiges Stück Weg. Einem Menschen wäre eine Waldohreule am helllichten Tag wohl seltsam erschienen, doch was in den Salamandersteinen lebte, das konnte sich entweder nicht wundern, war an Wunder aller Art gewöhnt oder wusste diesen Anblick zu deuten.

Schließlich kamen sie an einem Bächlein zum Stehen. Fast lautlos ließ die Waldohreule sich auf einem umgestürzten Baum nieder. Die Silberlöwin lagerte sich auf ein weiches Grasfeld, überzeugt, dass niemand ihre Ruhe stören würde. Die Eule legte die Federöhrchen an, als wolle sie sagen: Jetzt ist's aber genug. Und kurz darauf saß Varmendrion da, blinzelte und ließ seine Sinne sich wieder an seine ursprüngliche Gestalt gewöhnen. Dann trat er zu der Silberlöwin und stellte fest, dass sie – ihrer Natur entsprechend – in tiefen Schlaf gesunken war. Auch unter Elfen gab es die Regel, nichts aus den Träumen zu reißen, was Zähne von über einem viertel Spann Länge besaß. Also kauerte er sich nieder und wartete geduldig, bis die Löwin plötzlich aus dem Schlaf schrak, verwirrt dreinschaute – und Halone wieder sie selbst geworden war. Sie gähnte und wirkte ein wenig schuldbewusst.

»Fengorm wird uns schon erwarten«, meinte Varmendrion gut gelaunt. Rasch hatten sie sich angezogen und legten die letzten Schritte zum Treffpunkt zurück.

Der verlassen war. Nur eine müde Waldohreule saß auf einem Felsblock über dem Waldbächlein, das eifrig über eine Reihe natürlicher Stufen dahinrauschte. Das Tier öffnete die Augen, bedachte Varmendrion und Halone mit seinen ernsten Blicken und schwang sich empor in die Krone eines Ahorns, um dort seinen Mittagsschlaf fortzusetzen.

»Fengorm kommt gleich wieder zurück«, prophezeite Varmendrion. Und tatsächlich: Unter lautstarkem Fluchen brach sich ein Berg von Mann einen Weg durch das Unterholz. Von Kopf bis Fuß war sein Körper in Eisen, das allerdings gänzlich mit einer bräunlichen Patina überzogen war – und doch erahnen ließ, dass die Rüstung keiner Pflege entbehrte. Auf dem Rücken trug der Mann eine Armbrust und unter den Panzerhandschuhen am Waffengurt ruhten die Griffe eines Rabenschnabels und eines Langschwertes. Hinterdrein trottete sein stämmiges, mit Satteltaschen beladenes Ross. Varmendrion trat auf den Krieger zu und breitete die Arme zum Willkommen aus.

»Habe ich Euch endlich gefunden!«, polterte Fengorm. »Wie kann man nur in einem Wald wie diesem leben! Die Eule habe ich wohl bemerkt, aber als nichts geschah, habe ich gedacht, ich muss Euch doch suchen.«

»Ihr habt mich gefunden«, stellte Varmendrion strahlend fest. »Und ich freue mich ungemein, Euch wiederzusehen, Herr Fengorm!«

Der Mann lachte, klopfte Varmendrion so heftig auf

die Schulter, dass der Elf wankte. Dann fiel sein Blick auf Halone.

»Eine ... ich sehe nicht recht. Eine ... und schöner, als ich es zu träumen gewagt hätte«, sagte er und maß Halone mit einem langen Blick. »Ich ahnte, dass es kein Fehler sein würde, Eurem Ruf zu folgen!«

Halone war der Blick des Mannes zunächst äußerst unangenehm; ihre elfische Natur wollte sie in den Schutz der Bäume ziehen. Doch sie widerstand.

»Ich darf Euch Halone vorstellen, eine *lairfey* meiner Sippe«, überbrückte Varmendrion das peinliche Schweigen. Fengorm streckte Halone seine Pranke entgegen und lachte sein schallendes Lachen.

»Fengorm ist ein Fürst, musst du wissen.«

»Wahrlich, ich bin Baron von Dunkelquell. Irgendeiner meiner Großväter ist Baron gewesen, daher der Titel«, rief Fengorm.

»Den ihr nicht sehr ernst nehmt«, bemerkte Varmendrion.

Baron Fengorm zu Dunkelquell lachte schallend. Dann wischte er sich mit der Pranke über den Mund und schöpfte Atem. Als er nun sprach, war die Fröhlichkeit aus seiner Stimme verschwunden.

»Ihr habt mich gerufen, altes Spitzohr, und hier bin ich. Welcher Schrecken droht diesem ... furchtbaren Wald, dass Ihr mich holt? Oder ist es nur die frische Lust auf ein Abenteuer?«

»Leider nein, Fengrom. Euer ... altes Spitzohr ... hat Euch nicht aus Abenteuerlust hergebeten. Unser Ziel ist eine feindselige Macht, deren Stärke wir kaum erahnen können. Ihr Sitz befindet sich irgendwo im Ehernen Schwert.«

»Im Ehernen Schwert!«, rief Fengorm aus. »Nun weiß ich, weshalb Eure Wahl auf mich gefallen ist! Und Ihr habt damit wohl getan. Das Eherne Schwert!«

»Ich hoffe, Euer Einverständnis zu bekommen, Fengorm, denn wir können einen guten Führer brauchen. *Fey* sind nicht für das Land aus Fels und Eis geschaffen!«

»Was man euch Spitzohren auch wohl ansieht!«, lachte Fengorm. »Meine Hilfe ist einem alten Freund sicher.«

Varmendrion nickte. »Mit nichts anderem habe ich gerechnet. Dann lasst uns alle notwendigen Vorbereitungen treffen! Zwei weitere Begleiter erwarten uns schon mit dem Gepäck. Sie haben eine Karte, da werden wir uns auch den Weg ansehen.«

»Findet man so etwas häufig in euren Wäldern?«

Fengorm betrachtete den Tisch, der mitten auf der Lichtung stand. Im Hintergrund lehnten mehrere Rucksäcke und Satteltaschen mit Pelzkleidern an einem Baum, und vier Pferde taten sich an dem frischen Waldgras gütlich. Aus dem Schatten einer Steineiche erhob sich eine Gestalt.

»Nein, der Kamin!«, rief Fengorm aus. »Ich hielt Euch für verschollen!«

»Ich bin wohlauf«, erklärte Emilius bedächtig. Hinter ihm trat Helmdriel aus dem Schutz eines Busches hervor und verneigte sich, doch Fengorm hatte nur Augen für Emilius.

»Ja. Wahrscheinlich habt Ihr Euch einfach in einer Rauchwolke versteckt«, bemerkte Fengorm. »Das wäre Euch ja nicht schwer gefallen!«

Emilius erwiderte darauf nichts, sondern zog eine Papierrolle hervor und breitete sie auf dem Tisch aus. Es war eine erstaunlich gute Karte des Bornlandes und der Salamandersteine. Fengorm deutete auf einen Punkt im oberen Kartenbereich.

»Da müssen wir hin. Das Eherne Schwert.«

Varmendrion beugte sich über die Karte.

»Mir wurde von Glorania berichtet. Ein grauenhafter Ort. Alle Horcher haben das Land verlassen, bis auf einen ... Wir werden das Gebiet in Richtung Praios umgehen. Das Totenmoor ebenso.«

»Dann liegt der Weg klar vor uns«, stellte Emilius fest. »Erst über den Roten Pass. Zu dieser Zeit kein Problem. Dann ... die Straße über Norburg und Ouvenmaß ist wohl in einem ordentlichen Zustand ... Ab Ouvenmaß wird es vermutlich mühseliger ... In Notmark frischen wir dann ein letztes Mal unsere Vorräte auf. Kein angenehmer Ort!« Es schüttelte ihn. »Zum letzten Mal bin ich vor zehn Götterläufen dort gewesen ... welch ein klägliches Nest.«

»Wie viele Tagesreisen, meint Ihr, werden wir brauchen?« Varmendrion starrte auf die Karte und war sichtlich bemüht, die Entfernung auf dem Pergament in ein für ihn fassbares Maß zu wandeln. »Zwanzig?«

Emilius hob die Augenbrauen.

»Sagt mir, wie oft schon musstet Ihr Karten lesen?«

Varmendrion lächelte. Emilius aber seufzte und blickte wieder auf die Karte zurück. »Fragen wir anders: Wie lange glaubt Ihr, bei Eurem Gespür, bräuchtet Ihr, um bis zum Ursprung des Flusses Nagrach zu gelangen?«

Varmendrion schloss kurz die Augen.

»Vierzig Tage. Bei mäßigem Wetter, im Sommer, ohne lange Pausen.«

Emilius nickte und grinste zugleich.

»Das Gezeichnete verwirrt doch immer wieder Eure Sinne. Wie konntet Ihr nur mit unseren Magiebüchern zurechtkommen ... Aber das ist schon besser. Ich denke ebenfalls, wenn ich mir die Karte ansehe – was Ihr vermeiden solltet, bevor Ihr nicht Euer Gefühl befragt habt –, dass wir bis Notmark wohl dreißig bis vierzig Tage brauchen werden.« Er neigte den Kopf. »Ab Notmark müssen wir uns dann ganz auf Euer Gespür verlassen, Spektabilität. Ich weiß, Ihr seid darin besser als im Kartenlesen ...«

»Spektabilität?«, fragte Fengorm. »Weshalb werdet Ihr so genannt, Varmendrion?«

»Ich hatte auch eine kurze Lehrzeit in Donnerbach ... und einige Magier sind in meine Schuld geraten. Deshalb. Ihr *telor* übertreibt ja recht gern.«

Fengorm gab sich mit dieser unzulänglichen Erklärung zufrieden: Es gab Wichtigeres.

Helmdriel erwartete sie mit den gesattelten Pferden – sein eigenes Tier war wie die Halones und Varmendrions ungesattelt worden – und reichte ihnen die Zügel. Wenig später ritten sie los.

Von den Salamandersteinen über den Roten Pass zur Stadt der Gongs

Varmendrion genoss den Weg durch die Wälder. Mit den Augen dessen, der für lange Zeit Abschied nehmen muss, wandelte er zwischen den Bäumen hindurch. Sein Pferd führte er sanft am Zügel. Das Farbenspiel aus Licht und Schatten, aus bunten Blüten, saftgrünen Betten aus Farn und dem Dunkelbraun welkenden Laubes begleitete ihren Weg.

Mandalir lag in einer weiten, nach Effert hin offenen Schlucht. Als sie die Schlucht verlassen hatten und sich gen Rahja wandten, wurde ihr Weg steiler. Zwischen den Bäumen ragten schroffe Klippen turmgleich in den Himmel; in ihre blanken Seiten krallten sich Moose und Flechten. Auf ihren Kuppen wuchs üppiges Gras und der eine oder andere glückliche Baum, dem die Nähe zum kostbaren Licht von seinem erhöhten Sitz aus zugute kam. Immer wieder stießen die Gefährten auf mehr oder minder steile Schluchten und Senken, die sich quer zu ihrem Weg dahinzogen. Als sie nach einem Tag in Richtung Praios schwenkten, konnten sie häufiger Täler als natürliche Hohlwege nutzen und auf anstrengende Steigungen weitgehend verzichten.

Bei einer Rast an einem klaren Gebirgssee brummte Fengorm Abfälliges über den Wald und ächzte vor Imbrunst, mit der er seine Rüstung polierte. Varmendrion ging mit Helmdriel an den See und spähte mit ihm nach Fischen aus. Tatsächlich gelang es ihnen, eine kapitale Forelle zu spießen. Trotz der Herrlichkeit ihres Rastplatzes drängten Emilius und Fengorm zum Aufbruch. Emilius rollte seine Karte aus.

»Der Rote Pass ist noch ein gutes Stück entfernt«, meinte der Magier. »Wir müssten etwa hier sein.« Er wies auf einen scheinbar beliebigen Punkt in einer grünbraunen Fläche. »Wir werden wohl vier Tage brauchen, bis wir offenes Gelände erreicht haben!«

»Zwei«, verbesserte Varmendrion und gönnte sich ein Grinsen. »Von morgen früh an gerechnet. Emilius, Euer Papier der *telor* mag ja für Straßen hilfreich sein. Aber ich fürchte, in diesen Wäldern ist das Gefühl eines *fey* der bessere Ratgeber!«

Emilius grunzte. Ein gebratenes Stück Forelle tröstete ihn jedoch über seinen Fehler hinweg.

»Glaubt Ihr, wir schaffen es noch rechtzeitig?«, fragte er kauend. »Dieses Zmyrnon wird beliebig viele Zacken in den Wald fressen können, bis wir im Ehernen Schwert ankommen!«

»Wenn es nicht zu schaffen wäre, so hätte ich wohl früher Hinweise auf das Eherne Schwert erhalten«, meinte Varmendrion. Sie rafften ihre Sachen zusammen und gingen zu den Pferden.

»Ihr glaubt, Euer Traum und diese Hexe waren kein Zufall.«

»Das nun ist offensichtlich. Aber genau dies ist es, was ich meine. Was immer uns warnt, es wird wissen, wieviel Zeit wir brauchen. Was aber nicht heißt, dass wir sie im Übermaß besitzen! Eile ist geboten.«

»Dass ich das mal aus dem Mund eines Elfen hören darf«, meinte Emilius und trieb sein Pferd an. Eine Weile ließ es sich angenehm neben dem Bächlein herreiten, das vom See gespeist wurde. Doch dann weitete sich das Tal, und Baumbestand und Unterholz wurden dichter. Wieder hieß es absteigen. Dennoch hatten sie ein gutes Stück zurückgelegt, als es Abend wurde.

In dieser Nacht schlief Varmendrion nicht. Er horchte auf Helmdriels gleichmäßige Atemzüge – der hatte sich an ihn geschmiegt –, er lauschte den Geräuschen des nächtlichen Waldes und hing seinen Gedanken nach.

Beim ersten Morgengrauen löste er sich aus seiner Versenkung, weckte Helmdriel und streckte sich. Ein Hauch von Nebel kroch über das Blaubeergesträuch. Als die anderen ebenfalls wieder auf den Beinen waren, aßen sie Brot und kalten Braten aus ihren Vorräten und brachen ohne Umschweife wieder auf.

Es war wohl nur Halone und Varmendrion zu verdanken, dass sie keine unangenehme Begegnung hatten. Das einzige gefährliche Tier, auf das sie trafen, war eine sich sonnende Kvillotter, und die ruhte am anderen Ufer eines Bächleins.

So erreichten sie wohlbehalten am Nachmittag des nächsten Tages den Saum der gewaltigen Wälder, ganz wie Varmendrion gesagt hatte. Zu ihrer Rechten floss ein Strom in breitem Bett gemächlich dahin.

»Dort hinten liegt Donnerbach«, erläuterte Varmendrion und deutete nach Südosten. Er geriet geradezu ins Schwärmen. »Ein gutes Zusammenspiel von *lairfeyra* und Magiern! Wobei das Seminar ein wenig sehr ... *badoc* war. Segensreicher empfand ich den Kreis der Einfühlung. Dorthin brachte mich Fendal Heilkraut, der schon zu Rohals Zeiten in bestem Alter war und mich heute noch gelegentlich in Mandalir besucht ... den hätten wir brauchen können. Aber damals ...«

Die anderen ließen ihn reden. Sie schlugen einen Weg hart nach Rahja ein, über eine hügelige, versteppte Landschaft. Nun konnten sie die ganze Zeit über reiten. Obwohl das Gelände nicht frei von Gesträuch war, kamen sie gut voran. Dann ritten sie in Richtung Praios.

Schließlich trafen sie auf eine schlammige Straße, die sich am Ufer des großen Neunaugensees dahinzog, dessen Wasserfläche ungebrochen bis zum Horizont reichte. Die Pferde konnten ordentlich ausgreifen, aber nur selten begegneten ihnen Ochsenkarren oder Reisende. Schließlich kam die Palisade des Ortes Niritul in Sicht. Fengorm strahlte in freudiger Erwartung.

Für Varmendrion, Halone und vor allem für Helmdriel, der noch nie in einer Siedlung der Menschen gewesen war, wurde der Aufenthalt ziemlich unangenehm. Nachdem sie sich um Vorräte gekümmert hatten, begaben sie sich in eine Herberge für die Nacht. Sie war derart rauchgeschwängert, dass Helmdriel ganz grün im Gesicht wurde. Zu trinken gab es für die drei auch nichts. Während Fengorm und Emilius die Bierkrüge klingen ließen und beide geradezu aus dem Häuschen darüber gerieten, endlich wieder ein derart hervorragendes Gebräu schlürfen zu können, war selbst das Wasser zu abgestanden, als dass ein Elf etwas davon getrunken hätte. Ihr einziger Trost war, dass Niritul der erste und letzte Ort für viele Tage sein würde.

Am nächsten Morgen ging es früh los. Fengorm und Emilius waren bester Dinge: Zu ihrer beider Entzücken hatte es im Rasthaus Flaschen Premer Feuer und zu Emilius' Freude sogar Rauchkraut zu kaufen gegeben.

Schließlich verließen sie die Straße und ritten querfeldein in nordöstlicher Richtung. Die Gipfel der Salamandersteine ragten dunkel zu ihrer Linken auf.

»Ich denke, ihr werdet alle kein Geld bei Euch haben«, bemerkte Fengorm, als er mit Emilius an Varmendrions Seite geritten war. Varmendrion lächelte.

»Wir können tauschen. Dann haben wir Geld«, erklärte er. Fengorm schüttelte den Kopf.

»Hebt Euch Eure Ware fürs Bornland auf. Ich habe genügend Ersparnisse bei mir, um uns alle für einige Zeit zu versorgen.«

»Dann werde ich mich für Eure Hilfe nach unserer Rückkehr bedanken«, erklärte Varmendrion und schenkte dem breitschultrigen Mann einen dankbaren Blick. »Wenn wir Euch nicht hätten ...«

»Hm«, brummte Fengorm zufrieden.

»Abgesehen von Euch und wenigen anderen sind die *telor* ja nicht eben freigebig«, seufzte Varmendrion. »Manchmal glaube ich, eure einzigen Ziele sind Reichtum und Macht.«

»Aber es ist schön, reich und mächtig zu sein!«, lachte Fengorm.

»Ach ja?«, ließ sich Emilius vernehmen. »Und warum sind dann gerade die, die reich und mächtig sind, die Fürsten, die Grafen und Barone und mit welchen großen Worten sie sich alle schmücken, warum sind dann so viele von ihnen so verbittert und so verbissen? Um reich und mächtig zu bleiben. Denn das dürfte wohl die Hauptsorge sein, die auf ihren Gemütern lastet. Ich kann Varmendrion schon verstehen!«

»Varmendrion weiß dann nicht, wie es ist, arm zu sein«, brummte Fengorm.

»Er kennt die Armen besser als deine Reichen sie kennen«, erwiderte Emilius. »Sonst wären die Reichen wahrlich glücklich.«

Einen Tag später stießen sie wieder auf eine Straße, die sich allerdings in einem jämmerlichen Zustand befand.

»Ja, das ist sie«, nickte Emilius und rollte seine Karte zusammen. »Sie führt zum Roten Pass. Hervorragend.«

Nach einer Weile wurde die Straße steiler. Auf der einen Seite rückten die Salamandersteine näher, auf der anderen drängte die Rote Sichel heran. Noch war die Fahrbahn breit. Doch schon bald würde sie zu einem schmalen Pfad werden, wo es zur Linken so steil in die Tiefe ging, wie die Felswand zur Rechten emporragte. Hier war nur noch Raum für ein Gefährt. Hatte man das

Pech, auf einen entgegenkommenden Ochsenkarren zu treffen, so musste man ihm ausweichen, indem man bis zum nächsten größeren Platz zurückwich. An manchen Stellen überragte die Schieferwand den Weg sogar, sodass man fürchtete, ein Stück könne abbrechen und auf die Reisenden herabstürzen. Anderswo griffen weiträumige Schutthalden nach dem Pfad, und man musste aufpassen, mit den Pferden nicht auf die losen Schieferplatten zu geraten. Dann wieder hatte sich entlang der Fahrbahn ein Bächlein sein Bett ins Gestein geschnitten, sodass man sich wie auf einem schmalen Steg bewegte. In der Tiefe glaubte Halone an solchen Stellen gelegentlich die Gerippe verunglückter Karren zu sehen. Ihr schauderte.

Varmendrion atmete tief ein, als sie sich auf der Höhe des Passes befanden. Vor ihnen erstreckte sich ein weites Plateau, das einen atemberaubenden Rundumblick ermöglichte. Nur nach Rahja hin ragte eine Felswand zu nah empor, um Sicht zu gewähren. Das Sonnenlicht tauchte die Berge in einen Glanz, der sie geradezu überirdisch schön erscheinen ließ.

»Sieh sie dir an, mein Junge!«, raunte er Helmdriel zu, der dicht neben ihn geritten kam. »Verabschieden wir uns von dieser herrlichen Gegend. Bis wir zurückkehren! Präge sie dir gut ein, die Salamandersteine!«

Neben ihm ließ Halone einen tiefen Seufzer hören.

»Wie oft schon habe ich sie verlassen. Und immer wieder ist es ein schreckliches Gefühl: Einerseits der Schmerz des Abschieds, andererseits treibt es mich fort, nur fort«, murmelte sie. Varmendrion legte ihr eine Hand auf die Schulter.

»Unsere Aufgabe und die Salamandersteine sind eins«, erklärte er. »Und wir sind zu dritt. Wir werden uns gegenseitig stützen. Fengorm und Emilius werden uns auf ihre Art helfen können.«

Halone sah ihn unglücklich an.

»Ich hätte gar nicht bleiben können, nicht einmal, wenn ich gewollt hätte. Jetzt, da wir den Urheber des Grauens finden werden ... glaub mir, für mich können wir gar nicht schnell genug zum Ehernen Schwert kommen.«

Sie wandte ihr Gesicht mit einem Ruck wieder den Salamandersteinen zu. Varmendrion streichelte ihr beruhigend über die Wange und erwiderte nichts. Als sie ihren Weg fortsetzten, machte Halone eine Kopfbewegung zu Helmdriel, der vorneweg ritt. Der Junge wirkte seit ihrem kurzen Halt fröhlich und geradezu abenteuerlustig.

»Und er? Wie wird er mit den fremden Landen fertig werden? Er ist noch ein Kind.«

»Er wird es schaffen. Ich habe ihn nicht zufällig als meinen Sohn angenommen. Er ist stark im Geiste, und das Band zwischen ihm und mir ist fest.«

»Das habe ich gespürt«, bemerkte Halone. »Es ist auch stark zwischen mir und dir.«

Nun lächelte Varmendrion.

»Wenn unsere Pferde nicht so holprig ausschritten, ich würde dich jetzt küssen«, erklärte er und stimmte in Halones Gelächter mit ein.

Durchs Bornland

Je weiter sie sich von den Salamandersteinen entfernten, desto stärker spürten sie die Einsamkeit ihres Weges, doch das störte sie nicht. Auch das Fehlen von Wäldern konnte den Elfen die Reise nicht vergällen: Die Steppe war voller Leben und ein Genuss.

»Bald werden wir in Norburg sein, und damit im Bornland«, verkündete Fengorm schließlich. Auf die Elfen verfehlte die Nachricht ihre aufmunternde Wirkung; nicht jedoch auf Emilius, der das förmliche ›Ihr‹ seit ihrem Aufenthalt in Niritul gegenüber Fengorm mit dem freundschaftlichen ›Du‹« vertauscht hatte.

»Was meinst du, Fengorm – meinst du, wir finden dort die legendäre Torkelbeerenessenz? Norburg ist doch eine große Händlerstadt!«

Fengorm lächelte.

»Das will ich hoffen«, erwiderte er. Doch ihre gehobene Stimmung wurde bald gedämpft: Je näher sie der Grenze des Bornlandes kamen, desto deutlicher war der Einfluss Gloranias zu spüren. Die Felder und Wiesen wirkten mit jeder Meile weniger lebensfroh, jedenfalls empfanden die Elfen es so. Selbst Kirschfeuer schien nicht besonders glücklich zu sein.

Schließlich lag Norburg vor ihnen. Als wolle eine höhere Macht sie begrüßen, brach die Sonne aus einem Loch in der Wolkendecke und ließ die Stadt in all ihrer Pracht erstrahlen. Hinter den Palisaden glänzten goldene Dächer über den in verschiedenen Farben gestrichenen Holzhäusern; der Born schimmerte gleich einem polierten Spiegel und zog gemächlich seiner Wege, und bis zur Brücke drangen die Geräusche der Stadt als vielfältiges Summen herüber, gelegentlich unterbrochen von dem hellen Klang von Schmiedehämmern und dem Schnarren von Sägen. Das Scheppern und Dröhnen verschiedenartiger Gongs ergänzte die Klangkulisse. Fengorm strahlte. Überschwänglich begrüßte er den Brückenzöllner, gab dem verblüfften Mann großzügig Trinkgeld und ließ sein Pferd hoch erhobenen Hauptes auf die Stadttore zuschreiten. Varmendrion hingegen träumte von einem tiefen Wald.

Norburg hielt, was es versprach: Hier ging es zu wie in einem Bienenstock. Die Straßen waren gesäumt von Ständen, die allerlei Waren darboten. Mannigfaltige Gerüche mischten sich mit dem Geschrei der Händler. Helmdriel, der sich seit dem Betreten der Stadt dicht an Varmendrion hielt und den Kopf eingezogen hatte, blickte erstaunt, als er aus einer Gasse den zweistimmigen Gesang von Elfen hörte. Auch Varmendrion war überrascht.

»Es sind also noch welche hier«, stellte er fest.

Schließlich erreichten sie den weitläufigen Marktplatz. Und natürlich war gerade heute dieser Platz zum Bersten voll mit Ständen, Karren und Buden. Wenigstens einen Vorteil hatte das bunte Treiben: Sie fielen hier überhaupt nicht auf. Helmdriel bestaunte ungläubig das viele Obst, Gemüse und die farbenreichen Gewürze auf den Auslagen. Ganz und gar verwirrt war er jedoch, als ein Mann mittleren Alters auf ihn zuhumpelte und bittend eine schmutzige Hand aus seinen Lumpen herausstreckte. Helmdriel, etwas bleich im Gesicht ob all der fremden Eindrücke, sah ihn voll Unverständnis und Verunsicherung an.

»Etwas zu essen?«, fragte er den Bettler verwirrt.

Varmendrion winkte den Jungen zu sich.

»Er hier hat nichts, was er tauschen kann, deshalb muss er betteln«, erklärte er.

Fengorm warf dem Mann eine Münze hin, die der Bettler auffing und sich unter vielen Verbeugungen davon machte. Varmendrions Gesicht hatte den Zug höchster Verachtung angenommen. »Ohne Geld bekommt er nichts, obwohl hier alles vor Nahrung überquillt. Man würde ihn verhungern lassen. Um das zu verstehen, musst du lang bei den *telor* gelebt haben, Helmdriel – glaub mir. Die *telor* sind eben seltsam«, schloss er mit einem Blick auf Emilius. Der fühlte sich sichtlich wohl und schwärmte mit Fengorm von Gewürzen, Frauen und was sich ihren Blicken sonst noch an Kostbarkeiten darbot. Sie schienen die Elfen ganz vergessen zu haben.

Nachdem sie eine Herberge mit einem freien Schlafgemach gefunden hatten, begab sich Emilius und Fengorm wieder in die Stadt, während die drei Elfen in der Kammer zurückblieben und ihre Gedanken austauschten.

Es war für die anderen deutlich zu spüren, dass es Halone weitertrieb – am liebsten wäre sie auf der Stelle wieder aufgebrochen. Diesmal teilte Varmendrion ihr Gefühl ganz und gar. Auf seinen vielen Reisen hatte er nie ganz die Angst und das Misstrauen bei der Rast an fremden Orten, die er seit seiner Kindheit in sich trug, ablegen können. Auch sein gebrochenes Verhältnis zu den *telor* war ein Grund gewesen, sich nach Mandalir zurückzuziehen, und nun war er wieder mitten in einer ihrer Städte …

»Wirst du deine Macht anwenden, wenn Gefahr droht?«, fragte Halone sanft. Varmendrion hielt die Augen weiter geschlossen und wiegte den Kopf.

»Wenn es sein muss«, erwiderte er. »Oder wenn ihr

Hilfe braucht. Natürlich, wenn wir den Eishüter gefunden haben! Nur dann.«

»Ich habe gleichfalls viel gelernt«, erklärte Halone. »Mein Können wird hoffentlich genügen.«

Sie spürte Varmendrions Dankbarkeit, als sie wieder in einträchtiges Schweigen verfielen.

Als es spät am Abend klopfte, öffnete Halone.

»Guten Abend!«, begrüßte Emilius sie gutgelaunt. Sein Blick war nicht mehr ganz klar, und es mochte wohl kein Zufall sein, dass der mächtige Fengorm gegen seine Schulter lehnte.

»So ein schönes Gesicht! Da macht das Begrüßen Spaß«, ließ sich Fengorm vernehmen. Ein seliges Grinsen lag auf seinen Zügen.

»Wahrlich edle Tro ... wahrlich edle Tropfen!«, schwärmte Emilius und klammerte sich an seinen Magierstab.

»Herrliche Stadt!«, fügte Fengorm hinzu und sank auf ein Lager. Bald schon waren beide in einen tiefen Schlaf versunken.

Am nächsten Tag waren Emilius und Fengorm, in Anbetracht ihres gestrigen Zustandes, erstaunlich guter Dinge. Bald brachen sie auf und ließen die quirlige Stadt hinter sich.

Der Weg, auf dem sie bisher geritten waren, war mit der Straße, die von Norburg gen Rahja führte, gar nicht zu vergleichen. Denn diese Straße war gepflastert; ein weiterer Umstand, der Helmdriel ungläubige Blicke abforderte. Die Hufe klapperten munter auf den Steinplatten und die Stimmung hob sich merklich. Fengorm und Emilius waren besonders guter Dinge, im Gegensatz zu ihren Pferden, die ein Sammelsurium von Schläuchen und glucksenden Flaschen zusätzlich zur bisherigen Last aufgebürdet bekommen hatten. Für Varmendrion und seine Begleiter wurde die Strecke nicht nur wegen der Qualität der Straße angenehmer, sondern auch durch die zunehmend waldreichere Landschaft.

Dennoch: Die Erleichterung war nicht von langer Dauer. Als sie zur Erholung ein Stück durch die lichteren Teile des Waldes ritten, und sogar wenn Varmendrion in den Forst spähte, überkam ihn die Ahnung drohenden Unheils. Gelegentlich streifte ihn das Gefühl panischer Angst, das er als Kind auf der Flucht durchlitten hatte. Ähnliche Ahnungen quälten auch Halone und ganz besonders den unerfahrenen Helmdriel, der gelegentlich mitten im Ritt wie aus einem schrecklichen Tagtraum hochschrak. So eilten sie weiter und konnten keine Freude an ihrem Weg finden.

Tag um Tag verging; sie passierten mehrere Ortschaften, die zumeist kaum mehr waren als kleine Ansammlungen von Gehöften. Wenn es Handwerker gab, so boten sie ihre Dienste zumeist nicht feil, da sie als Leibeigene ihrem Herrn allein verpflichtet waren. Halone schüttelte nur den Kopf. Helmdriel war wohl zu dem Entschluss gekommen, dass hier alle verrückt waren und er sich deshalb besser über gar nichts mehr wundern sollte.

Je weiter sie in Richtung Rahja kamen, desto weniger Menschen begegneten sie. Das Land begann ihnen wie eine Last aufs Herz zu drücken. Mit jedem Reisetag durch die Einsamkeit nahm diese Last zu. Neben großen Waldflecken bestand die Landschaft aus verkrautetem Ödland. Wo anderswo um diese Jahreszeit die Natur vor Lebenskraft strotzte, da gab es hier nur Kälte und trostloses Grau in Grau. Die Bäume und Sträucher am Wegesrand wirkten fahl und kraftlos. Unter einem wolkenverhangenen Himmel pfiff der kühle Wind über die Ebenen. Die fünf Reiter zogen ihre Kapuzen tief ins Gesicht. Einer der wenigen Lichtblicke waren die

Raben, von denen einige sich neugierig bis an die Wanderer heran wagten und den drei Elfen sogar zutraulich auf die Hände hüpften, in der Hoffnung, etwas Trockenfleisch zu ergattern. Ein Wunsch, dem besonders Helmdriel gerne nachkam.

Wiedersehen und Sühne

Nach vielen Nächten in heruntergekommenen Herbergen oder unter freiem Himmel, nach dem Passieren einer größeren Stadt und vieler Dörfer, standen sie vor den Toren Notmarks.

»Die letzte Station vor dem Ehernen Schwert!«, verkündete Fengorm. »Jetzt müssen wir uns noch einmal ordentlich mit Vorräten und Wintersachen eindecken!«

Die Stadt war groß. Und mit Abstand die hässlichste, die sie auf ihrem bisherigen Weg passiert hatten. Im Gegensatz zu Norburg wirkten die Straßen Notmarks verwaist; wenn sie auf Menschen trafen, so schenkten die *telor* ihnen nur abweisende Blicke. Viele Häuser wirkten, als würden sie durch Verzweiflung allein zusammengehalten. Waren Norburgs Straßen mit Schmutz und Abfall übersät gewesen, so verdienten die Gassen dieser Stadt kaum mehr ihren Namen. Wo in Norburg eine Festung über der Stadt gethront hatte, da drohte hier ein Bollwerk aus abweisendem Stein. Halone und Helmdriel hielten sich unwillkürlich ihre Mäntel vor die Nasen. Selbst Fengorm, der sonst über alles in Begeisterung ausbrach, was mehr als zwei Dächer und wenigstens eine Schänke besaß, blickte ernst drein.

Wortlos führte er sie in Richtung Walsach, des breiten Stromes, der Notmark passierte. Tatsächlich erschien ihnen das Hafenviertel am ansprechendsten, was allerdings nicht viel besagen wollte. Immerhin sah man hier Menschen auf den Straßen und an den Kais des kleinen Hafens. Es gab sogar einen Markt, wenn auch von geringem Umfang: Zwei Stände boten Beeren und Feldfrüchte feil, in so verschwindender Menge, dass sie in Norburg nicht einmal einen halben Stand gefüllt hätten. Diesmal merkten weder Halone noch Varmendrion, wie Helmdriel, der leicht hinter den anderen zurückgeblieben war, sich eine verführerisch leuchtende Mohrrübe griff – wohl aber sah es der Händler.

»Was fällt dir ein, Bürschlein!«, schrie er und kam hinter seinem Stand hervorgeschossen. Seine Pranke zuckte hoch und gab dem Jungen eine gewaltige Maulschelle. Als Varmendrion sich erstaunt herumdrehte, tat Helmdriel gerade etwas, womit der Händler ganz und gar nicht gerechnet hatte – er schlug zurück. Sein Schlag war nicht besonders hart, doch kam er blitzschnell: Der mandalirsche Unterricht im waffenlosen Kampf zahlte sich aus. Dem Bild eines Straßenjungen entsprach Helmdriel wahrlich nicht. Helmdriel nutzte die Überraschung des Mannes und gab Fersengeld, das Pferd im Schlepptau, Varmendrion hinterher.

»Bist du verrückt?«, donnerte der Mann und nahm die Verfolgung auf. »Diebsgesindel!«

Fengorm zog sein Pferd zwischen Helmdriel und seinen Verfolger und hielt den Mann mit einer herrischen Geste an.

»Er weiß es nicht besser! Entschuldigt«, sagte er. Seine Stimme klang gar nicht nach einer Entschuldigung, vielmehr nach einer Drohung. Der Mann blieb verwundert stehen und starrte den Mann in Eisen an, der für seine Augen einem Bronnjar allzu ähnlich sah. »Hier habt Ihr den Lohn für Euere Ware. Nun geht und haltet Euren Mund.«

Letzteres sollte allerdings ein frommer Wunsch bleiben: Der gesamte Markt starrte zu ihnen hinüber, und kaum dass sie ihren Weg fortsetzten, wurde der Vorfall lautstark besprochen. Varmendrion versuchte Helmdriel leise das Verhalten des *telor* zu erklären.

Emilius kaufte Vorräte und tauschte einige elfische Dinge – Kostbarkeiten in den Augen der *telor*, Plunder in denen der *lairfeyra* – gegen Pelze ein. Varmendrion spürte die Abneigung der Menschen, als er durch die Straßen ging. Einige Arbeiter steckten die Köpfe zusammen, die Blicke der Verkäuferinnen und Verkäufer wandelten sich von Ehrfurcht – dem gerüsteten Fengorm gegenüber – in offenen Abscheu, wenn sie die drei Elfen erblickten. Die Neuigkeit von den Fremden machte mit der Geschwindigkeit eines Steppenbrands die Runde. Emilius winkte Varmendrion schließlich zur Seite.

»Die Leute hier sind auf Elfen nicht gerade gut zu sprechen«, stellte er leise fest. »Ich habe einige Stimmen gehört, die behaupten, ihr wäret Boten des Unheils. Das ist nicht gut!«

»Was schlagt Ihr vor? Sollen wir noch vor Einbruch der Nacht weiterziehen?«

»Ach, nicht doch. Hinter Notmark gibt es meines Wissens kein Dorf mehr. Bevor wir ins Eherne Schwert ziehen, sollten wir uns noch einmal gut erholen! Ihr drei solltet euch vielleicht ein wenig im Hintergrund halten ... vermeiden wir möglichst alles Aufsehen.« Er zündete sich umständlich ein Röhrchen Rauchkraut an. »Am besten, wir suchen gleich eine Herberge, dann könnt Ihr Euch dort ungestört aufhalten, und wir erledigen die restlichen Einkäufe!«

Varmendrion nickte zustimmend. Er hatte schon manch eine Verfolgungsjagd erlebt, nur weil er spitze Ohren trug.

»Du lernst die *telor* wirklich gründlich kennen«, seufzte er an Helmdriel gewandt.

Etliche blinkende Münzen überzeugten die Wirtin einer Herberge, dass sie sowohl ein Zimmer frei hatte als auch Elfen aufnehmen konnte. Ihr Argwohn war dadurch zwar nicht ausgeräumt, aber immerhin überließ sie ihren Gästen zwei Zimmer.

Helmdriel kümmerte sich um die Pferde, während Kirschfeuer auf seiner Schulter hockte. Weiter hinten im Stall standen zwei Stalljungen und beobachteten ihn und ganz besonders Kirschfeuer mit offener Neugier. Als der kleine Drache sie bemerkte, richtete er sich auf Helmdriels Schulter auf und hob stolz seine Flügelchen übers Haupt. Dabei musste er sich mit den Hinterbeinen gut auf Helmdriels Schulter festkrallen, der unter Einsatz seines ganzen Körpers die Pferde striegelte. Die Krallen des Rubindrachen kniffen schmerzhaft in das Fleisch des Elfenjungen. Als Kirschfeuer dann sogar eine Stichflamme sehen ließ, um die Bewunderung ins Grenzenlose hochzutreiben, richtete Helmdriel sich auf und versetzte ihm wütend einen Klaps.

»Kein Feuer im Stall!«, schimpfte er. »Und geh von meiner Schulter runter, Angeber!«

Kirschfeuer sprang auf einen Balken und blickte Helmdriel an. Ein Zug Niederträchtigkeit glomm in seinen roten Augen auf. Helmdriel begriff gerade noch rechtzeitig.

»O nein! Lass das!«, fauchte er und hielt hastig seine Gürtelschließe fest. Es war schon einmal passiert, dass Kirschfeuer sich diesen Scherz mit ihm erlaubt hatte: Da hatte Helmdriel einen Ruck am Körper verspürt, voll Schrecken gesehen, wie sein Gürtel sich von selbst öffnete, sein Wams sich weitete, seine Hose ihren Halt an den Hüften verlor, desgleichen das Unterzeug, und seine Sachen ihm im nächsten Augenblick zu Füßen lagen. Das hatte Kirschfeuer damals während einer Beratung vor den Augen der versammelten Magier und zweier Pagenjungen mit ihm gemacht.

Diesmal zeigte Kirschfeuer tatsächlich Gnade, obwohl er Helmdriel vor den anderen Jungen nur zu gern blamiert hätte – aber vielleicht begriff sogar dieser kleine Drache, dass es Dinge gab, die zu weit gingen. Er ließ das drachische Gegenstück eines Kicherns hören und erklomm den Dachstuhl des Stalles; dort rollte er sich zusammen und beobachtete Helmdriel von oben herab, ohne sich weiter um die beiden fremden Jungen zu scheren.

Sobald Helmdriel fertig war, eilte er zu Halone und Varmendrion. Kirschfeuer beeilte sich, ihm zu folgen. Die Stallburschen aber hatten Gesprächsstoff für die ganze nächste Woche.

Als Emilius und Fengorm bei Einbruch der Dunkelheit zu den Gefährten zurückkehrten, da trugen sie zwar volle Korbflaschen unter den Armen, schienen aber nichts getrunken zu haben. Sie blickten besorgt drein.

»Die Nachricht von unserer Ankunft hat sich herumgesprochen«, erklärte Emilius.

»Geht schnell bei den paar Seelen hier«, brummte Fengorm.

»Die Stimmung ist schlecht ... geradezu gereizt. Man erzählt sich alles Mögliche über euch!«

»So, wie die ihren Praiostempel verrotten lassen, ist dieses Nest längst von den Göttern verlassen«, bemerkte Fengorm. »Kein Wunder, dass die an Geister glauben.«

»Nun, es gibt doch Geister«, wandte Varmendrion ein.

»Sicher. Aber nicht solche, wie die Leute hier sie zu sehen glauben. Ein Wunder, dass wir Pelze und Proviant bekommen haben!«

»Ein richtig nettes Städtchen«, seufzte Emilius. »Aber morgen sind wir ja hier weg.«

»Und was erzählt man sich über uns?«, wollte Halone wissen.

»Ach nichts, Schauergeschichten eben.« Fengorm zuckte mit den Schultern. »Wie Emilius sagte: Morgen sind wir fort.«

»Dann eine geruhsame Nacht«, wünschte Varmendrion ironisch. Seine alte Wachsamkeit war wieder erwacht. Er polierte gewissenhaft sein Schwert und meditierte.

Geruhsam wurde diese Nacht wahrlich nicht. Kurz vor Mitternacht ließ ein lautes Poltern sie aufschrecken. Wenig später kam Emilius herein. Er trug seinen Stab wie eine Waffe in den Händen, und seine Augen funkelten.

»Dachte ich mir's doch«, polterte er. »Die haben was im Schilde geführt! Aber das wird ihnen eine Lehre sein!«

Bevor die anderen sich erkundigen konnten, was er getan hatte, erklang das Trappeln vieler Füße. Im Nu waren Varmendrion und Halone aufgesprungen und zogen sich in aller Eile fertig an.

»Rasch, das Gepäck!«, befahl Fengorm. »Dann hinüber zu den Pferden. Wir gehen.«

Kirschfeuer flatterte erzürnt auf, als Helmdriel sich ein Paar Satteltaschen auf die Schultern wuchtete. Ihr Gewicht warf den Jungen beinahe um.

In der Wirtsstube herrschte ein kleiner Aufruhr. Die Menschen drängten sich in den Raum und redeten aufgebracht auf den Wirt und seine Frau ein. Als sie die Reisenden mit Fengorm und Varmendrion an der Spitze entdeckten, verstummten sie augenblicklich.

»Ein unwirtlicher Platz«, meinte Fengorm laut. »Lasst uns durch, wir gehen.«

Zögernd wichen die Menschen zurück. Aber gerade, als die Gefährten die Hälfte des Weges durch die Gaststube zurückgelegt hatten, stellte sich ihnen ein kräftiger Mann in den Weg und verschränkte die Arme.

»Wir verlangen die Spitzohren …«, begann er.

»Aus dem Weg!«, donnerte Fengorm den Mann an, der unwillkürlich einen Schritt zurücktrat und damit den Weg freigab. Unwilliges Murren ging durch die

Menge, doch immerhin versuchte niemand mehr, sie aufzuhalten.

»O *telor*! Ihr Unholde! Aber das ging ja nochmal gut«, meinte Varmendrion, als sie an der frischen Luft waren und um das Haus herum zu ihren Pferden eilten.

»Nicht für lange«, prophezeite Fengorm. »Wir beeilen uns besser!«

Und tatsächlich: Kaum waren sie bei ihren Pferden angekommen, da drangen die ersten Schmährufe von der Straße her zu ihnen hinüber.

»Rasch! Aufsatteln!«, rief Fengorm. Augenblicke später sprengten sie hinter dem Wirtshaus hervor in Richtung Tor. Die Menge johlte und nahm die Verfolgung auf. Am Tor zeigten sich nun ebenfalls Menschen.

Einen Herzschlag lang spürte und sah Varmendrion wieder die Bilder seiner Kindheit, glaubte zu fühlen und zu hören, wie er verfolgt und gestellt worden war. Er, der er wehrlos gewesen war. Aber das war er jetzt nicht mehr. Ihn überkam das Bedürfnis, seine Macht fließen zu lassen und die Verfolger zu vernichten. Doch der unselige Drang verflog, als er sich ihm mit Entschiedenheit widersetzte.

Bevor sie dem Tor nahe kamen, tauchte eine Gestalt wie aus dem Nichts vor ihnen auf und deutete aufgeregt auf eine Gasse. So weit erkennbar, handelte es sich um eine zerlumpte alte Frau, die ein Kopftuch trug.

Zum Zaudern blieb ihnen keine Zeit. Also folgten sie der Alten, die ihnen voraus durch das Gässlein eilte. Dicht ragten zu beiden Seiten die maroden Holzwände der Häuser auf. Die Gasse verzweigte sich, dann standen sie in einem engen, fensterlosen Hinterhof.

»Ausgezeichnete Rattenfalle«, brummte Fengorm und griff seinen Rabenschnabel. Die Frau machte einige Gesten in Richtung der Gasse, durch die sie gekommen waren, und deutete auf eine Tür.

»Nun? Folgen wir ihr«, schlug Varmendrion vor.

»Ja, was soll schon geschehen«, murmelte Emilius bitter. Aber auch er stieg vom Pferd und folgte den anderen ins Haus, nachdem er sich noch einmal vergewissert hatte, dass der Hof tatsächlich leer war. Zu seinem Erstaunen erkannte er, dass man sie offenbar nicht mehr verfolgte – so, als hätte die Meute sie verloren.

Durch die Tür betraten sie einen seltsamen Raum. Überall wuchs Efeu, kletterte an den Wänden empor, kroch über den Boden, hangelte sich an der Decke entlang. Dazwischen sprossen die verschiedenartigsten Pflanzen, allesamt solche, wie man sie in lichten Wäldern antrifft: Hohe Gräser, glänzende Farne, sogar Haselgestrüpp. In der Mitte des Raumes stand eine Kiefer, oder zumindest ihr Stamm. Die Krone verschwand über ihnen im Strohdach. In der einen Ecke hing ein faustgroßer Kristall an silbernen Kettchen und tauchte den Raum in ein fahles Licht. Irgendwo unterhielten sich Meisen im Gestrüpp, und ein Rascheln verriet, dass sie nicht die einzigen Tiere hier waren. Es hatte ganz den Anschein, als habe jemand versucht, die Essenz des Waldes in einen wenige Schritt durchmessenden Raum zu packen. Und doch, auf eine ungewisse Art fehlte dem Grün das Leben, lastete eine unbestimmte Schwermut über dem Raum.

»Keine Täuschung«, wisperte Emilius. »Das hier ist wirklich.«

Die Alte stand im hinteren Teil des Raumes, neben dem Stamm der Kiefer, und sah Varmendrion ernst an. Als sie sich vergewissert hatte, dass ihre Gäste sich satt gesehen hatten, löste sie den Knoten ihres Kopftuchs. Varmendrion spürte, wie Fengorm sich spannte. Unter dem Kopftuch der Frau kam ein Schopf langer, glatter Haare zum Vorschein. Zwar waren sie verfilzt, verrieten jedoch, dass ihre Trägerin weit jünger sein musste, als zunächst vermutet. Ihre Züge schienen allein durch Sorge derart eingefallen, nicht aber durch die Last der

Jahre. Doch es gab ein Merkmal, das alle anderen ausstach: Aus ihrem Haar lugte ein Paar spitzer Ohren hervor.

»Ihr seid eine Elfe!«, rief Emilius erstaunt. »In einer Stadt, die Elfen hasst!«

»Mein bescheidenes Heim ist vor den Blicken der Leute geschützt«, erwiderte die Elfe. Ihre Stimme klang erschöpft und rau, und sogleich drängte sich wieder der Eindruck einer alten Frau auf. Varmendrion zuckte bei ihren Worten zusammen. Halone warf ihm einen alarmierten Blick zu, doch entspannte er sich sogleich wieder: Die Stimme der Elfe hatte etwas in ihm berührt, doch schien das Gefühl zu unbestimmt, um es deuten zu können.

Emilius und Helmdriel blickten die Frau mit einem Zug von Verwirrung und Unglauben an, schwiegen jedoch. Und Fengorm hielt sich bereit, sofort einzugreifen, falls sich die Einladung doch als eine Falle entpuppen sollte.

»Euer Heim ist erstaunlich«, fuhr Emilius fort, um das entstandene Schweigen zu brechen. »Aber wir sind unhöflich.« Er stellte nacheinander seine Gefährten und sich selbst vor, dann schwieg er in der Erwartung, den Namen der Frau zu erfahren.

»Man richtet sich ein«, nickte die Elfe, ohne auf die Vorstellung ihrer Gäste einzugehen. Es war, als schnüre eine Last ihre Kehle zu, fand Halone, eine Last, die von Herzschlag zu Herzschlag wuchs. Diese Frau wollte etwas sagen, das sie nicht über die Lippen brachte. Stattdessen bekräftigte sie:

»Ihr seid hier sicher.«

Ehe Halone die Frau auf elfische Art begrüßen und so vielleicht mehr herausfinden konnte, ruckte Varmendrions Kopf hoch. Zwischen seinen Augenbrauen bildete sich eine steile Falte. Seine Hände ballten sich zu Fäusten, und mit einem Mal ging von ihm eine derart massive Bedrohlichkeit aus, wie keiner der Gefährten sie zuvor bei ihm erlebt hatte. Emilius und Halone strafften sich gleichzeitig, bereit, ihm zur Seite zu stehen, doch dazu bestand keine Veranlassung: Varmendrion entspannte sich wieder; die Drohung in seinem Gebaren verschwand; er starrte die Frau einfach nur an.

Seine Erinnerungen trafen ihn mit ganzer Wucht. Dieses Gesicht war ihm bekannt. Diese Stimme war ihm bekannt, damals kraftvoll und herrisch. Diese Elfe war ihm bekannt. Aus einer Zeit, die zweihundertfünfzig Sommer zurück lag.

»Ich kenne Euch«, raunte er.

Das faltige Gesicht der Frau nahm einen Zug von Verbitterung und Selbstzermarterung an. Wortlos drehte sie sich um und trat zu einem Sitz, der an der hinteren Wand aus Efeugeflecht und Moos gebildet wurde. Auch jetzt ging sie gebeugt wie eine alte Frau, schlurfend, wie es Elfen nicht einmal im höchsten Alter taten. Sie ließ sich in den Sitz sinken und lehnte sich mit einem Seufzer vor. Ihr eingefallenes Gesicht wandte sich wieder Varmendrion zu.

»Die Zeit ist gekommen«, seufzte sie. »Ich hatte geahnt, dass ich Euch noch einmal treffen würde. Gleich nachdem die Salamandersteine befreit wurden. Nun ist es soweit.«

Varmendrion war es, als stürze er in ein tiefes Loch. Erinnerungen, Bilder, Gefühle, Klänge zogen in ungeheuerer Klarheit an seinem geistigen Auge vorbei. Da war Feuer, da war das Schreien seines Bruders im See, das Leiden des Waldes selbst, überhastete Flucht, die Ermordung seiner gesamten Sippe. Da war Angst, da war der Blick der Elfe, die ihn untersuchte, die ihn den Söldnern übergab, da war Schmerz und fürchterliche Trauer; da war die Nähe der Elfe, die in einer paradoxen Verzweiflung versucht hatte, ein *salasandra* mit ihm auszuführen, inmitten menschlicher Krieger und während des Marsches. Er holte tief Luft. Schweißperlen standen ihm auf der Stirne, als er leise feststellte:

»Ihr seid ... die Riorn.«

Die Frau sank in ihrem Sitz zurück, als habe sie ein Schlag getroffen.

»Lange habe ich diesen Titel nicht mehr gehört. Unzählige Sommer sind vergangen ... und nun seid Ihr wieder aufgetaucht und nennt den Fluch beim Namen.« Sie seufzte und versank immer tiefer in ihrem Sitz. »Damals war ich die Mächtige, die ein ganzes Heer durch die Salamandersteine geführt, ganze Elfensippen niedergemacht hatte. Die auf der Suche war nach dem kleinen, schwachen Jungen, den sie schließlich fand. Ich war furchtbar. Ich war so voller Überzeugung, so sehr Feind des *badoc*, dass ich nicht merkte, wie ich selbst immer mehr dem Fluch verfiel ... *badoc* wurde ich vom ersten Augenblick an, an dem ich mich mit der Macht des Eishüters verbündete. Und wurde es immer mehr. An meinen Händen klebt das Blut meiner Brüder und Schwestern, das Leben der Wälder selbst, die ich doch nur schützen, die ich doch nur retten wollte ... Elfen habe ich morden lassen, weil ich fürchtete, sie könnten zu *badoc* werden. Dem Fluch habe ich mit Eifer gedient ... und wurde selbst so *badoc*, wie wohl kaum ein anderer unseres Volkes es jemals gewesen ist! Und nun seid Ihr wiedergekommen, tragt mehr Macht in Euch als die meisten Eurer Genossen – und ich bin nichts, habe alles verloren, alles fortgeworfen, was einst mein Leben hätte sein können! Richtet mich!«

Hatte sie zuvor leise, ohne Kraft, atemlos gesprochen, so schrie sie nun ihre letzten Worte heraus. Schweigen legte sich über die Gefährten, und selbst die Tiere verstummten. Varmendrions Mundwinkel zuckten. Überwältigt von der Flut der Gefühle blickte er zu Boden. Und dann sagte er nur ein Wort.

»Nein.«

Die Riorn heulte auf.

»Mir habt Ihr Euer ganzes Unglück zu verdanken! Mir allein! Ohne mich, ohne die Hilfe einer Elfe, hätte der Eishüter unsere Wälder niemals derart verheeren können, niemals! Rächt all Eure Freunde, Eure Eltern, Eure Verwandten! Rächt Euch!«

»Weder er noch ich, die ich gleichfalls zur Sippe des Taublatt gehörte, werden das tun«, ließ sich Halone vernehmen.

»Warum habt Ihr uns geholfen?«, fragte Varmendrion unvermittelt.

»Um mich zu richten! Ihr wäret den Menschen dort draußen ohne weiteres entkommen, ich weiß, aber es ist an der Zeit, mich meinem Schicksal zu stellen! Zu lange dauert nun schon meine Flucht vor mir selbst!«

»Ich töte keinen Elfen«, erwiderte Varmendrion lakonisch.

»Na, aber Ihr könntet uns helfen ... Ihr sprachst von einem Eishüter?«, fragte Emilius dazwischen. Varmendrion schenkte ihm einen vernichtenden Blick, dem Emilius gleichgültig standhielt.

»Der Eishüter, der Meister«, rief die Riorn. »Er blendete mich, er gaukelte mir vor, dass seine Macht die *lairfeyra* vor dem Unheil der Menschen schützen könne, würde ich ihm nur helfen. Oh, wie ich ihm glaubte ...«

»Wer war diese Person?«, unterbrach Emilius sie.

»Er war der Schöpfer des Windes, der den Wald zeichnete.«

»Zu welchem Zweck tat er das?«

»Er legte ein Symbol der Elemente über den Wald. Damit begann er, die in den Salamandersteinen besonders starke Erdkraft anzuzapfen, um sie für seine Zwecke zu formen. Mehr, leider, vermag ich nicht zu sagen.«

»Daher mein Traum! Die Elemente. Erde wird zu Eis. Und ich habe den Hinweis nicht verstanden. Dazu das

Zmyrnon: Es schafft ein Hexagramm, das Symbol der Elemente – zunächst bildet es ein Pentagramm, wie wir es auch erkannt haben, aber es fügt dann noch zwei weitere Schenkel an das Herz des Symbols!«, stöhnte Varmendrion. »Magister Dalus hatte es ja sogar gesagt!«

Emilius blickte ihn an.

»Nun, dann könnten wir den Weg zum Eishüter finden, indem wir dem Kraftfluss folgen.« Er runzelte die Stirn. »Aber das gelingt erst, wenn das Hexagramm entfesselt ist. Und selbst dann nur zur Not ... Nein.« Er wandte sich wieder der Riorn zu.

»Wo lebte er?«

»Im Ehernen Schwert hatte er seine Festung ... und dort schlummerte auch seine Macht, von der er mir gab, was ich für unsere Pläne brauchte. Bis er vernichtet wurde – kurz, nachdem ich Euch ihm übergeben hatte ...«

Sie blickte Varmendrion an und Tränen füllten ihre Augen. Emilius ließ sich nicht beirren.

»Wenn er vernichtet wurde ... wie könnte jemand eben das wieder heraufbeschwören, was vor hunderten Götterläufen geschehen ist?«

»Er war nicht allein. Sein Lehrling war stets bei ihm, ein *telor* in jugendlichem Alter. Die anderen waren unwichtig, irgendwelche Gefolgsleute, ohne ihn kopflos. Aber seinen Lehrling hat er stets wie seinen Augapfel gehütet. Es würde mich nicht wundern, wenn der Eishüter ihm zur Flucht verholfen hatte, bevor er selbst vernichtet wurde. Vielleicht hat er seine Häscher ja täuschen können. Ich selbst habe das Aufblühen der alten Macht wieder verspürt ... Es ist also wieder da?«

Varmendrion nickte. Emilius fuhr fort:

»Könntet Ihr uns zu der Festung dieses Eishüters führen? So könntet Ihr einen kleinen Teil Eurer Schuld begleichen.«

Das Gesicht der Elfe veränderte sich mit einem

Schlag. Alle Falten waren fort. Ihre Augen glühten vor Entschlossenheit.

»Diese Schuld«, sagte sie mit klarer Stimme, »diese Schuld ist niemals wieder gutzumachen, auch nicht zu kleinsten Teilen! Ich muss sterben für das, was ich getan habe, und zwar durch seine Hand!« Sie wies auf Varmendrion. Doch der schüttelte den Kopf. »Dann durch die Euere!«, sie zeigte auf Halone. Halone maß sie mit kaltem Blick.

»Ihr kennt meine Antwort«, sagte sie knapp.

»Erkennt Ihr nicht, dass es im höchsten Maße *badoc* wäre, wenn er oder sie Euch töten würde? Ein Elf tötet keine Elfen. Ihr müsstet das schon selber tun«, erklärte Emilius erbarmungslos. »Aber wenn Ihr uns helft …«

Varmendrion nickte.

»Mir wäre es leicht ums Herz, wenn Ihr, die Ihr mich beherrscht und entführt habt, Ihr, die Ihr also schuld am Tod der Meinen seid, uns nun helfen würdet im Kampf gegen jenen Eishüter, der erneut unsere Wälder entweiht. Helft uns, und ich werde froh sein!«

Die Riorn starrte ihn an. Die Falten waren auf ihr Gesicht zurückgekehrt, ihre Miene war erstarrt, ausdruckslos war ihr Blick. Als sie sich nicht mehr regte, machte Varmendrion eine Handbewegung zu seinen Gefährten. Er spürte keinen Zorn mehr auf diese Frau. Nicht nach all der Zeit. Und ihre Verzweiflung wirkte echt.

Schweigend traten sie durch einen Türstock aus wildem Wein in ein kleineres Zimmer, dessen Mitte ganz von einem mit hohem Schilf umgebenen Teich eingenommen wurde und ließen sich auf sein Zeichen an seinem Ufer nieder. Kirschfeuer flatterte begeistert durchs Schilf und jagte Libellen. Gelegentlich drang ein Zischen zu ihnen hinüber, wenn er den einen oder anderen Halm in Flammen aufgehen ließ.

»Wird sie uns helfen?«, fragte Fengorm. Emilius blickte zweifelnd.

»Sie braucht etwas Zeit«, meinte Varmendrion mit gesenkter Stimme. »Aber ich denke schon. Verzeiht, ich muss nun meine Gedanken ebenfalls ordnen. Die Erinnerungen sind wieder so klar ...«

Halone und Helmdriel nahmen seine Hände in die ihren und schwiegen mit ihm; Fengorm und Emilius tauschten Blicke und dann auch ein blechernes Fläschchen, aus dem sie ein paar kräftige Schlucke nahmen. Es juckte Emilius sichtlich in den Fingern, die Pause für ein Rauchkrautröhrchen zu nutzen, aber er wusste, wie sehr er seine elfischen Begleiter damit gestört hätte. Und vor die Tür gehen, hinaus in den Hof, das wollte er ebenso wenig: Fengorm und er waren sich im Stillen einig, dass man Leuten wie dieser Riorn nicht trauen dürfe, auch wenn sie noch so sehr die reuige Elfe zur Schau tragen mochten.

Schließlich hörten sie ein Geräusch vom Durchgang her. Die Riorn stand dort, hoch aufgerichtet nun, und schien um Jahrzehnte verjüngt. Statt Trauer und Zerrissenheit offenbarte sich nun eiserne Entschlossenheit in ihren Zügen.

»Ich gehe mit Euch«, sagte sie. »Ich werde den neuen Eishüter bekämpfen. Ich werde ihn besiegen. Das bin ich Euch und Euerer Sippe schuldig. Danach rächt Euch und tötet mich, Aldhelm. Aber erst werde ich den neuen Fluch brechen!«

»Ich werde nicht derart *badoc* sein«, erklärte Varmendrion und erhob sich gemeinsam mit den anderen. »Das ist ein Fehler der *telor*. Aber ich danke Euch und freue mich über Eure Hilfe. Doch nennt mich nicht Aldhelm; diese Zeit ist lang vorbei. Mit meiner Sippe verlor ich auch diesen Namen. Man nennt mich nun Varmendrion.«

Die Elfe nickte.

»Wenn Ihr gnädig seid, dann erwähnt nicht wieder diesen Titel, den Ihr für mich gebraucht habt. Ich glaubte Tharnundrê zu sein, die Riorn. Nennt mich fortan Nundrêza, Gift der Lebenskraft. Ich bin keines anderen Namens mehr wert. Und nun lasst mich zum Aufbruch rüsten!«

Wenig später verließen sie das wundersame Haus der Elfe. Nundrêza hatte feste Winterkleider hervorgeholt, dazu einen Bogen und ein Langschwert, das aussah, als wäre es seit Jahrhunderten nicht mehr benutzt worden, obwohl es von Öl glänzte. Außerdem hatte sie sich einen Rucksack umgeschnallt und über den Kopf eine Pelzmütze gezogen.

Vom Hof aus nahmen sie wieder den Weg durch eine Gasse, die diesmal aber anders verlief als jene, die sie bei ihrem Hinweg benutzt hatten. Von dem aufgebrachten Mob war keine Spur mehr zu sehen. Nach mehreren Abzweigungen – Emilius war sich sicher, dass Notmark so groß nicht sein konnte, um all diese Gässlein zu beherbergen – standen sie vor dem Stadttor.

Es war verschlossen. Zwei Fackeln zu beiden Seiten spendeten Licht. Fengorm grunzte und sprang von seinem Pferd, da trat ein Mann in den Gewändern der Stadtwache auf ihn zu. Halone fing Varmendrions bittenden Blick auf. Sie nickte.

»Ihr da!«, rief sie. »Öffnet!«

Der Wächter blickte zu Halone hinüber, die ihm in die Augen sah und etwas murmelte.

»Ihr seid doch mein Freund«, sagte sie mit einem süßen Lächeln. »Öffnet mir bitte das Tor. Wir haben eine wichtige Verabredung, die wir nicht verpassen dürfen. Wir bekämen große Schwierigkeiten.«

Der Wächter schien für einen winzigen Augenblick verwirrt. Dann nickte er, ließ ein »Natürlich!« hören und machte sich am Riegel zu schaffen. Gerade wollte er die Torflügel aufdrücken, da kamen zwei weitere Wachen mit langen Spießen herbeigeeilt. Halone machte zwei knappe Gesten, die Wachen schlugen die Hände vor die Augen und schrien auf, dann stand das Tor offen.

»Habt nochmals Dank!«, meinte sie zu dem ersten Wächter, der entsetzt zu seinen Kameraden hinübersah, die aus unerfindlichen Gründen torkelten und blind um sich schlugen.

Damit verschwanden die sechs Reisenden in der Finsternis. Kirschfeuer schoss ihnen mit eifrigem Geflatter hinterher und glitzerte blutrot, als sich ein Lichtstrahl der Fackeln auf seinen Leib verirrte.

Der Norbarde

Am nächsten Morgen zogen sie am Ufer des Walsach hinauf. Ein Trampelpfad führte hier entlang; die Grasnarbe war eingedrückt, als würde hier gelegentlich ein schwerer Karren entlangfahren, selten nur, alle paar Wochen. Zu ihrer Rechten wuchsen die ersten Ausläufer des Ehernen Schwerts empor. Nundrêza schwieg den größten Teil des Weges. Nur einmal ließ sie ihre Stimme hören.

»Wir brauchen trotzdem einen guten Führer durchs Eherne Schwert. Ich weiß zwar, was unser Ziel ist, aber ich hatte stets erfahrene Begleiter an meiner Seite, wenn wir das Gebirge durchquerten. Glaubt mir: Auf die Hilfe eines Führers können wir nicht verzichten! Aber wenn ich mich nicht irre, werden wir hier bald auf jemanden treffen, der sich hervorragend auskennt. Und nicht das Geringste mit den damaligen Geschehnissen zu tun hat«, fügte sie hastig hinzu.

Stumm ritten sie am Fluss entlang. Einzig das gelegentliche Plätschern eines Fisches, der nach Fliegen schnappte, war zu hören, hier und da auch ein einsamer Vogelruf, der aber hohl und schwermütig klang. Halone ließ ihren Blick über die Berge schweifen.

»Da hinein müssen wir also«, stellte sie fest. Ihre Stimme klang in der Stille seltsam verloren. Ihren Worten folgte wieder Schweigen. Der Funkeldrache hockte geduckt auf Helmdriels Schulter und hatte den Schwanz um den Hals des Jungen gelegt. Sein kleiner

Echsenkopf ruckte herum, während er neugierig die Umgebung betrachtete.

»Wir wollten uns in Notmark nach einem Führer umsehen«, brummte Fengorm.

»Da Ihr gerade von einem Führer sprecht ... « Varmendrion deutete auf eine Gestalt, die hinter ihnen hergerannt kam. Es war eine junge Frau, in Pelzkleider gehüllt und offensichtlich von nicht zu unterschätzender Ausdauer.

»Wartet!«, rief sie.

»Nun?«, fragte Fengorm von seinem Ross herab, als sie bei ihnen angekommen war. Sein Brustpanzer schimmerte zwischen den Pelzen hindurch.

»Ihr braucht gewiss eine Führerin?«, fragte die Frau und schöpfte Atem.

»Nun ja ...«, meinte Varmendrion.

»Ihr wollt ins Eherne Schwert? Wohin sonst, wenn Euer Weg hier entlang führt?«

»Möglich«, erwiderte Emilius und musterte sie. »Ihr kennt Euch wohl im Ehernen Schwert aus?«

»Durchaus! Ich kenne viele verborgene Pfade. Und Passagen!«

»Und warum wollt Ihr Elfen helfen, hinter denen offensichtlich halb Notmark her ist?«, wollte Varmendrion wissen und sah ihr in die Augen. »Ihr, eine *telor*?«

»Nun, Ihr würdet gut zahlen, nicht wahr?«

»Ja«, erwiderte Emilius. »Wenn Ihr gut seid.«

»Oder führt Ihr Böses im Schilde?«, ließ sich Fengorms schneidende Stimme vernehmen.

»Ich bin gut«, erwiderte die Frau brüsk. »Und ich will meinen Lohn, mehr nicht.«

»Nun, wir werden es uns überlegen«, sagte Varmendrion schließlich und lehnte sich im Sattel zurück. »Einstweilen setzten wir unseren Weg fort.«

»Aber nicht dort entlang«, widersprach die Frau. »Der Weg bringt Euch nur fort von Eurem Ziel!«

»Nun, welches Ziel haben wir denn?«, fragte Varmendrion.

»Ihr wollt ins Eherne Schwert«, entgegnete die Frau mit einem verärgerten Blick. »Den besten Zugang habt Ihr aber ganz in der Nähe, *nicht* vor Euch!«

»Wir werden morgen Mittag wieder hierher kommen«, erklärte Varmendrion. »Falls wir Euch brauchen können.«

Die Frau schüttelte über den Hochmut des Elfen ärgerlich den Kopf, machte aber keine Anstalten, sie aufzuhalten.

»Nun?«, fragte Fengorm, nachdem sie ein gutes Stück weitergeritten waren.

»Eine unbedeutende *telor*«, murmelte Varmendrion und schüttelte den Kopf. Emilius und Nundrêza ebenso.

»Dachte ich's mir«, bemerkte Fengorm. »Aber vielleicht haben wir ja dort Glück ... Ihr hattet etwas von einem guten Führer erwähnt, Nundrêza ...«

Der Pfad, dem sie bisher gefolgt waren, endete zwischen den Hügeln an einer geduckten, strohgedeckten Hütte. Sie war halb durch Bäume verborgen.

Als sie sich dem Gehöft näherten, trat ein kleiner, stämmiger Mann heraus und musterte sie argwöhnisch, doch als sie bis auf wenige Schritt herangekommen waren, wurden seine Züge freundlicher.

»Entschuldigt meinen Argwohn«, rief der Mann mit starkem Akzent. »Ich hielt Euch für Bronnjaren. Aber nun erkenne ich Elfen.«

»Ihr kennt mich, Herr Gorbon«, erwiderte Nundrêza. »Eure Dienste haben mir schon einmal sehr geholfen.«

»Wir sind Reisende«, ergänzte Fengorm. »Von Donnerbach kommen wir her!«

Das Gesicht des Mannes leuchtete bei Fengorms Worten auf. Und auch Nundrêzas Vorstellung hatte ihn ermuntert, wenngleich er sich an sie nicht mehr gut zu erinnern schien.

»Donnerbach!«, rief Gorbon. »Eine kleine Stadt. Und gute Preise! Aber kommt herein, hier draußen ist schlecht reden. Ich bin gespannt, was Ihr zu erzählen habt! Eine Ewigkeit war ich nicht mehr da. Na, kommt herein!«

Sie kamen dem Angebot des Mannes gern nach und banden die Pferde am Zaun fest. Als sie durch die Tür traten, standen sie in einem großen Raum, in dem sich alles befand, was man zum Leben brauchte – von Liegestätten über eine Kochstelle bis hin zu einem großen Holztisch mit Stühlen. Neben dem Herd lag eine Katze und schnurrte. Ein schwarzhaariger, mürrisch dreinblickender Junge saß am Tisch.

»Das ist Orbon, mein Sohn«, verkündete Gorbon. »Ihr kennt ja dieses Alter … noch nicht erwachsen, kein Kind mehr …«

Orbon betrachtete Helmdriel mit offener Abneigung. Anders verhielt es sich jedoch mit dem Mädchen, das in diesem Augenblick mit einem toten Huhn in der Hand hereinkam: Sie erblickte Helmdriel und errötete.

»Und das ist Karinja. Das Juwel der Familie! Neben ihrer Mutter, natürlich!«

Karinja kicherte, warf Helmdriel einen verstohlenen Blick zu und trug das Huhn zur Kochstelle. Nun kam eine Frau aus dem hinteren Teil des Raumes heran und begrüßte die Gäste. Dann begann sie, einen Topf mit dem Inhalt von Korbflaschen zu füllen.

»Das ist meine Frau Thila. Aber nun auf Eure Reise!«

Thila verteilte den Inhalt des Topfes auf mehrere Tonbecher und reichte sie den Gästen – auch Helmdriel –, dann ihren Kindern und Gorbon und bediente sich schließlich selber. Der Inhalt war Met, dessen Dämpfe allein schon die Sinne zu vernebeln drohten. Varmendrion warf Fengorm einen verzweifelten Blick zu.

»Ihr *müsst* das trinken!«, beschwor Fengorm ihn leise. »Es wäre eine tödliche Beleidigung …«

»Noch größer wäre sie, wenn wir tränken«, unterbrach Varmendrion ihn. »Du ahnst ja nicht, was danach geschehen würde ...«

Fengorm seufzte.

»Ver ... verzeiht, Gorbon ... aber ... nun, meine drei Begleiter hier sind Elfen ... Ihr wisst vielleicht ...«

Gorbon brach zu ihrem Erstaunen in schallendes Gelächter aus.

»Da seid Ihr ins Schwitzen gekommen, was? ›Lehne niemals den Begrüßungstrunk eines Norbarden ab!‹ Wie wahr, wie wahr! Aber ... Ich muss gestehen, ich war gerade nicht bei der Sache. Entschuldigt, entschuldigt. Kein Alkohol an Elfen, ich weiß!«

»Unsere Elfen haben ein großes Mundwerk, aber vor einem Stäbchen Rauchkraut oder einem guten Schluck kneifen sie. Jaja!«, ließ sich Emilius aus dem Hintergrund vernehmen. So leise, dass Gorbon es nicht hörte, fügte er hinzu: »Trinke gern für unsere Elfen mit!«

»Nun, wir haben sicher noch anderes?«, fragte Gorbon.

»Buttermilch ist nicht unbedingt besser«, überlegte seine Frau. »Einen Tee vielleicht. Einen richtigen.«

»Das wäre ausgezeichnet«, erklärte Varmendrion erleichtert.

Es dauerte eine Weile, bis der Tee fertig war. So lange nahm niemand einen Schluck von dem heißen Met, so sehr es gerade Emilius und Fengorm auch in den Fingern juckte. Schließlich stießen sie an. Orbon leerte seinen Becher gierig, und Karinja stand ihm darin nicht nach. Emilius dagegen trank in kleinen Schlucken, ließ jeden Tropfen in seinem Mund umherwandern und schnalzte genießerisch mit der Zunge.

»Ausgezeichnet«, brummte er. »Ausgezeichnet.«

Gorbon war von diesem Lob sichtlich beglückt.

»Setzen wir uns, bis meine Frau das Essen bereitet hat!«, schlug er vor. Schnell kamen sie ins Gespräch.

Fengorm erzählte von dem Ereignis mit der Unbekannten, die ihnen ihre Dienste als Führerin angeboten hatte. Gorbon lachte.

»Sie hat Euch versprochen, einen Weg ins Eherne Schwert zu weisen? Sicher! Sie hat Euch versprochen, vergessene Schluchten zu finden? Jede Schlucht dort ist vergessen. Nein, ich werde Euch führen! Denn im Gegensatz zu ihr werde ich auch noch bei Euch sein, wenn Ihr das Eherne Schwert betreten habt!«

Halone sammelte arkane Kraft und tastete vorsichtig nach der Wahrheit. Dann nickte sie Varmendrion zu.

»Wir kommen mit Euch«, beschloss er.

»Bin ein Norbarde«, erzählte der Mann munter, ohne auf Varmendrions Bemerkung einzugehen. »Meine Spezialität waren die Handelsbeziehungen mit den Zwergen, die im Ehernen Schwert leben. Gefährlich, aber ungemein Gewinn bringend. Dann habe ich *sie* kennen gelernt.« Er deutete zu Thila. »Wir haben uns niedergelassen, wie man so schön sagt ... obwohl ich meinen Karren gut in Stand halte, denn im Frühjahr und Herbst fahren wir wieder aus, unsere alten Strecken abklappern, auch mal im Ehernen Schwert vorbeischauen ... es lassen sich doch immer noch ganz nette Geschäfte machen, wenn man die Routen und die richtigen Leute kennt.«

Varmendrion erzählte ihm von ihrem Ziel und zeigte ihm die Karte, auf der die verlängerte Linie des Symbols ins Eherne Schwert eingetragen war. Er beschrieb Gorbon auch die Umgebung, so weit er sie in Erinnerung hatte. Ein paar Mal horchte Gorbon auf. Nundrêza ergänzte Varmendrions Schilderungen, beteuerte aber, erst dann den Weg wiederfinden zu können, wenn sie schon in die Nähe ihres Ziels gekommen wären. Gorbon nickte.

»Ich weiß nicht genau, was Ihr meint. Aber ich ahne, wo der Ort ungefähr liegen muss. Der eine Berg heißt

Drachenklippe, er erinnert an den gezackten Rücken von solch einem Biest. Der Andere dürfte der Dauerraucher sein« – Halone konnte sich einen Blick zu Emilius nicht verkneifen – »und damit sollte es uns gelingen, Euer Ziel zu finden. Nun, die Freundschaft mit mächtigen Herren war nie von Schaden ...«

»Wir werden Euch gut entlohnen«, erklärte Fengorm. »Ihr könntet Euch dann Pferde als Zugtiere leisten, vielleicht auch zum Reiten.«

In den Augen des Norbarden leuchtete es auf, doch machte er eine wegwerfende Handbewegung.

»Reden wir nicht über Geld«, rief er. »Es wird mir eine Freude sein, Euch zu helfen!«

Wenig später dampfte ein deftiges Mahl auf dem Holztisch, das selbst den Elfen schmeckte – es war Fleisch, in Zwiebeln gebraten mit einer dunklen, herben Soße. Auf eigene Art ungewohnt, mundete es doch allen. Es war das beste Essen seit einer schieren Ewigkeit.

»Ihr wisst für eine *telor* wahrlich gut zu kochen«, lobte Varmendrion. Thila lächelte ihm zu.

Emilius holte ein Holzkistchen hervor und bot nacheinander der ganzen Familie seine dünnen Tabakröllchen an.

»Bestes Rauchkraut«, erklärte Emilius. »Es wird Euch munden!«

Kirschfeuer tappte erwartungsvoll über den Tisch, spie gehorsam kleine Flämmchen aus, bis alle Röllchen entzündet waren, und hockte sich mit leicht geöffneten Flügeln vor Emilius. Der biss das Ende seines Stumpens ab und gab es dem Funkeldrachen, der es mit einem Haps verspeiste, zu Helmdriel zurückkroch und dort in aller Ruhe, aber mit geradezu böswilliger Heftigkeit zu qualmen begann und Helmdriel durch ein halbgeöffnetes Auge schadenfroh ansah.

Der schweigende Genuss des Rauchkrautes wurde

alsbald durch Orbons keuchendes Husten unterbrochen, der sich gebärdete, als müsste er sogleich ersticken. Seine Schwester, die sich mit größerer Vorsicht an den neuen Genuss herangewagt hatte, hüstelte nur, aber es stand ihr deutlich ins Gesicht geschrieben, was sie davon hielt, das Röllchen zu Ende rauchen zu müssen. Gorbon und seine Frau hingegen lachten schallend und genossen das Kraut in vollen Zügen. Die drei Elfen litten still vor sich hin – besonders Helmdriel, auf dessen Schulter Kirschfeuer inmitten einer dicken, grauen Wolke döste.

Sie verbrachten die Nacht bei ihren Gastgebern. Im Flackerschein des Kochfeuers erzählten sie noch eine ganze Weile, bis sie sich zur Ruhe begaben. Morgen würde es ins Eherne Schwert gehen.

Bei Anbruch der Dämmerung standen sie auf. Nach einem einfachen, aber reichlichen Frühstück beluden sie die Pferde. Gorbon prüfte ihre Vorräte.

»Ja ... sehr gut. Ihr kennt Euch aus«, stellte er fest. »Ich werde noch etwas Hartbrot und zwei Wasserschläuche einpacken. Dann können wir aufbrechen. Orbon wird uns begleiten.«

Sie verabschiedeten sich von Thila und Karinja, dann ging es los, den Walsach hinauf. Die Pferde hatten sie bei Gorbons Hof zurücklassen müssen. Dennoch war die Hütte schon bald nicht mehr hinter den Bäumen zu sehen. Gorbon schritt weit aus; ganz offensichtlich genoss er die Aussicht und das Wandern in vollen Zügen.

Gorbon führte sie auf steilen Pfaden sicher über immer mächtigere Berge. Je tiefer sie ins Eherne Schwert vordrangen, desto kälter wurde es. Wann immer sie in ein Tal gelangten, ließen sie keine Gelegenheit zur Jagd aus, brieten das Fleisch in der nächsten Nacht und besserten so ihre Vorräte auf. Denn Nahrung brauchten sie mehr als sonst: Die Anstrengungen forderten ihren Tribut, und irgendwann würde der Punkt gekommen sein, an dem die Jagd unmöglich wurde.

Orbon stapfte mit sauertöpfischer Miene hinter seinem Vater her, den Blick auf den Boden geheftet. Der aber nahm von der üblen Laune seines Sohnes keine Notiz und war voll Eifer bei der Sache.

Allerlei seltsame Begegnungen

Ihr Weg bot ihnen atemberaubende Ausblicke: Bizarre Landschaften von zerklüfteter Schroffheit, Wasserfälle, die viele hundert Meter über ihnen aus einer Felswand brachen und sich wie weiße Bahnen in die Tiefe stürzten, in große Seen wie schimmernde Perlen inmitten schroffen Gesteins. Dann wieder tat sich ein Tal vor ihnen auf, und tief unter ihnen gedieh undurchdringliches Grün, gewärmt von heißen Quellen. Gelegentlich sah man Rauchwolken in der Ferne – als Hinweis auf einen Vulkan. Doch das Eherne Schwert ließ sich den Anblick seiner Schätze teuer bezahlen: Immer größer wurden die Mühen, immer anstrengender das Fortkommen. An einem Tag trug ein scharfer, aber warmer Wind Ruß und Asche zu den Gefährten hin und färbte ihre Gesichter grau. Stets waren Schwärme neugieriger Dohlen bei ihnen, und Kirschfeuer machte sich dann und wann einen Spaß daraus, sie ein wenig herumzuscheuchen oder, falls eine Dohle sich zu nah in seine Nähe wagte, ihr mit einem gezielten Flammenstrahl die Schwanzfedern zu versengen. Überhaupt schien der kleine Drache wie verwandelt, seit sie das Eherne Schwert betreten hatten. War er sonst zumeist gutmütig-faul gewesen, im Bornland oft missmutig und niedergeschlagen, so flatterte er nun lebhaft umher, neckte die Wanderer oder unternahm kleine Streifzüge in die nähere Umgebung.

»Drachenland«, stellte Varmendrion fest. »Wir müssen auf der Hut sein. Ich möchte keinem von seinen großen Brüdern begegnen.«

»Seinen großen Schwestern auch nicht«, ergänzte Halone. Gorbon lachte.

»Ich hatte nicht vor, neue Bekanntschaften zu schließen«, erklärte er. »Noch sind wir sicher. Der Drache, der einst dieses Gebiet beherrschte, ist seit einiger Zeit verschwunden. Die angroschim haben davon berichtet, und sie wissen Bescheid – gerade, wenn es um Drachen geht.«

Varmendrion nickte.

»Weiß man, was mit ihm geschehen ist? War es ein großes Exemplar?«

»O nein! Weder das eine noch das andere. Nun, groß genug war er allerdings, aber nicht eben ein Hüne im Vergleich zu seinen Genossen. Ein wenig schwächlich sogar, haben die angroschim erzählt. Wahrscheinlich ist er einem Rivalen in die Quere gekommen.«

Doch Drachen sollten es auch gar nicht sein, was sie zu fürchten hatten. Varmendrion blieb plötzlich stehen und runzelte die Stirn.

»Gefahr!«, rief er. Wenige Augenblicke später schlug mit einem dumpfen Knall ein kleiner Felsbrocken vor seinen Füßen auf.

»Steinwerfer!«, rief Gorbon. »Deckung!«

»Und wo?«, fragte Halone und sah sich um. Sie standen auf einem Plateau, das sich bis zur nächsten Schlucht ohne große Erhebungen hinzog. Fengorm ergriff seinen Schild und hielt ihn über sich, während er Helmdriel packte und an sich drückte, um ihn zu schützen. Ein weiterer Stein schlug vor Varmendrion auf. Über ihnen kreiste ein halbes Dutzend Vögel – und vier von ihnen trugen noch immer ihre Last in den Klauen und warteten auf eine günstige Gelegenheit zum Wurf. Emilius sprang zu Varmendrion, kreuzte die Arme und sprach laut einige Worte.

»Hierher!«, rief er den anderen zu. Ohne zu zögern, rannten Gorbon, sein Sohn, Nundrêza und Halone im Zickzack zu ihm. Und gleich darauf sahen sie, was er bewirkt hatte: Ein weiterer Stein stürzte auf sie herab, und diesmal hätte er zweifellos einen der Gefährten getroffen; doch wenige Schritt über ihnen prallte er plötzlich von einem unsichtbaren Hindernis ab und zerbrach in kleinere Brocken, die um sie herum zu Boden fielen.

»Und nun zu uns«, brummte Gorbon. Sie zogen ihre Bögen und Emilius wies ihnen mit seinem Stab die Grenzen seines unsichtbaren Schutzschildes. Fengorm lud seine Armbrust, während Helmdriel den Schild hielt. Auf dessen Schulter saß Kirschfeuer und dachte gar nicht daran, sich zu rühren.

»Nun mach schon!«, zischte Helmdriel erbost, »Bist du ein Drache oder eine Eidechse?«

Kirschfeuer schnaubte ihm empört eine Wolke heißer Gase ins Gesicht, breitete seine Flügelchen aus und flog davon. Wie ein roter Diamant schraubte er sich in die Höhe, den Vögeln entgegen. Diese machten sich gerade daran, neue Steine zu holen, als einer von ihnen den Pfeilen zum Opfer fiel. Kirschfeuer, der nun, da er einmal mit der Jagd begonnen hatte, voll Eifer bei der Sache war, raste wie ein roter Feuerball zwischen ihnen umher und schmorte dem einen die Federn an und versetzte dem anderen schmerzliche Hiebe mit seinen scharfen Klauen. Die Vögel erkannten rasch, dass sich das Blatt gewendet hatte, und ergriffen unter schimpfendem Kreischen die Flucht. Mit sich selbst höchst zufrieden kehrte Kirschfeuer auf seinen Ruheplatz zurück. Fortan beobachteten die Wanderer argwöhnisch jeden Vogel, der sich am Himmel zeigte, und Fengorm hielt seine Armbrust stets griffbereit.

Sie passierten Felssäulen, in die fremde Symbole geritzt waren. Ein wenig wirkten diese Felsen wie Ausgucke, die die Ausläufer des Ehernen Schwerts im Blick hatten. Zwischen ihnen stand ein einsamer, knotiger Baum, der hier seltsam fehl am Platze wirkte.

»Es ist seltsam, dass diese Vögel uns angegriffen haben«, erklärte Gorbon. »Hier habe ich sie noch nie gesehen ... Wir werden bald den mir bekannten Pfad verlassen müssen, wenn wir tatsächlich zwischen Drachenklippe und Dauerraucher kommen wollen.«

»Eure Kenntnis der Berge allein wird uns schon eine große Hilfe sein«, erklärte Varmendrion zuversichtlich. »Elfen sind nicht gerade für Berge geboren ... es sei denn, jene sind von Wäldern bedeckt ...«

»Meine Kenntnis verrät mir allerdings eines. Seht zum Himmel!«

Varmendrion spähte zu den Wolken hinauf – und erschrak. Hoch über ihnen rollten graue, dichte Wolkenmassen dahin, in einer für Wolken ganz ungewöhnlichen Geschwindigkeit. Es war, als sammelten sich die Wolken über ihnen zu einer Schlacht.

»Das ist nicht gut«, flüsterte Emilius. Rasch breitete er die Arme aus, hob den Stab – und dann brachen die Niederhöllen los. Ehe der Magier sich seine Muster der Macht vergegenwärtigen konnte, fegte ein Sturm von ungeheurer Kraft auf sie herab. Schnee und Graupel gingen auf sie nieder und schnitten ihnen ins Gesicht. Hastig vergruben sie sich in ihren Fellkapuzen. Die Temperatur sank schlagartig tief unter den Gefrierpunkt. Wo sich gerade noch das Panorama des Ehernen Schwerts dem Auge dargeboten hatte, war nun nichts als eine undurchdringliche, weiße Wand zu sehen.

»Zusammenbleiben!«, keuchte Varmendrion, doch seine Stimme wurde vom Heulen des Windes verschluckt. Er stolperte vor und rempelte jemanden an, den er nicht erkennen konnte. Sie klammerten sich aneinander und versuchten, die übrigen Mitglieder der Expedition zu finden. Ein Schrei, der selbst das Tosen des Sturms übertönte, drang an ihre Ohren. Ein roter, verschwommener Punkt taumelte über ihnen hinweg. Sie fanden Gorbon und Orbon, die sich am Boden zusammengekauert hatten und von einer dünnen Schneeschicht bedeckt waren. Die anderen drei blieben im Weiß verborgen.

So schnell, wie der Sturm gekommen war, ebbte er auch wieder ab. Zuerst wurde der Wind schwächer, dann versiegte das Schneetreiben, bis nur noch einzelne Flocken herabfielen. Schließlich waren auch sie Vergangenheit, der Himmel wurde wieder klar, und wie zum Gespött kam die Sonne heraus und beleuchtete ein bizarres Bild. Im Umkreis von einigen hundert Schritt um die Gefährten war der Boden weiß, auch die Krone des einsamen Baumes war voller Schnee; dahinter endete der Schnee plötzlich, und das Land sah aus wie gewohnt.

Varmendrion schlug sich den Schnee aus den Kleidern und rappelte sich auf. Um ihn herum erhoben sich die anderen, allesamt weißen Gestalten.

»Was war denn das?«, keuchte Fengorm.

»Das gibt es nicht einmal im Ehernen Schwert«, murmelte Gorbon. »Das war Hexerei!«

Emilius schlug seine Kapuze zurück und sah ihn an.

»Genau das wird es gewesen sein«, bestätigte er. »Genau das.«

»Der Eishüter war ein Meister des Wetters«, ließ sich Nundrêza vernehmen. »Sein Nachfolger könnte diese Kunst ebenso beherrschen. Das sieht nach seiner Handschrift aus.«

»Die Frage ist nur: Wozu das? Um uns zu beeindrucken?«, erwiderte Emilius.

»Alles in Ordnung?«, erkundigte sich Halone, die ziemlich weit von den anderen entfernt gekauert hatte. Varmendrion wollte nicken – und erstarrte.

»Wo sind Helmdriel und Kirschfeuer?«, fragte er.

Hastig sahen sie sich um. Von den beiden war keine

Spur zu entdecken. Einsam starrten da nur die Felssäulen und der einsame Baum, von dem das Schmelzwasser tropfte.

»Kirschfeuer ... ich glaube, ich habe ihn vorbeiflattern sehen ...«, meinte Fengorm.

»Der Schrei, nicht wahr?«

Fengorm nickte.

»Aber Helmdriel ...«

»Da ist etwas!«, rief Halone. Eilig trat sie an einen kleinen Hügel heran, der sich im rasch schmelzenden Schnee zeigte. »Sein Rucksack, seine Waffen, alles andere! Aber er selbst ... ist fort!«

»Seine Ausrüstung ist hier«, überlegte Fengorm. »Hat er vielleicht versucht, sich vor dem Sturm zu retten und sich ... zu teleportieren?«

Emilius schüttelte den Kopf.

»Er ist ein Elfenjunge. Die hohe Magie wird ihm noch lange verschlossen sein! Gerade das Relozieren ist eine besonders schwierige Kunst.«

»Oder er *wurde* teleportiert«, warf Varmendrion ein. »Das ist die einzige Erklärung, wie er so rasch verschwinden konnte ... und dass seine Ausrüstung noch hier liegt. Allerdings ... ich weiß nicht, ob das überhaupt gelingen würde. Es sei denn, vielleicht, der Zaubernde wäre hier gewesen, hätte ihn in seine Gewalt gebracht hat, und dann ...«

»Aber wozu? Er mag mein Lehrjunge sein, er bleibt ein gewöhnlicher Elfenknabe!«, rief Varmendrion. Zu ihren Füßen hatten sich große Pfützen Schmelzwasser gebildet.

»Jedenfalls ist er verschwunden«, sagte Halone.

»Und Kirschfeuer mit ihm. Aber Kirschfeuer ging freiwillig. Er ist geflogen, hinter irgendetwas oder irgendjemandem her.«

Emilius sammelte sich und kniff dann die Augen zusammen.

»Zu viel magische Tätigkeit hier«, erklärte er. »Kann nur erkennen, dass da beim Baum und bei Helmdriels Kleidern die Dichte besonders hoch ist, aber das ist alles. Ich kann mal wieder nicht weiterhelfen!«

»Wir können nicht mehr tun, als unseren Weg fortzusetzen«, stellte Varmendrion nüchtern fest. »Wir werden eine Lösung finden!«

»Wäre großartig, bei diesen ganzen Bewegungszaubern mal Versionen zu entwickeln, bei denen man seine Ausrüstung mitnehmen kann«, brummte Emilius nach einer Weile. »Ist ja albern so.« Gerade wollte er sich mit seiner Idee an Varmendrion wenden, da blieb Halone plötzlich stehen.

»Seht!«, rief sie. In einer Senke vor ihnen lag das Gerippe eines großen Tieres.

*

Das Zmyrnon hatte seine Arbeit vollendet. Schon kurz zuvor hatten sich wieder die Magier Mandalirs an den Spitzen des Sternes eingefunden, den die Erscheinung in den Wald gefressen hatte; auch Elfen waren wieder gekommen, doch weniger als beim ersten Mal.

Das Zmyrnon fällte die letzten Bäume, dann waren alle Enden verknüpft. Das Dröhnen wurde schwächer, als das Zmyrnon in sich zusammenschrumpfte, und erstarb schließlich; die Windhose war verschwunden. Mit klopfendem Herzen warteten die Anwesenden auf das, was nun geschehen würde.

Doch es war wie beim ersten Mal – es geschah nichts. Wenigstens schien es so. Denn die Elfen klagten, noch ehe sie sich wieder zum Aufbruch rüsteten, über einen Sog, einen unerklärlichen Fluss von Kraft, und über das Leid des Waldes, das mit einem Schlag um ein Vielfaches zunahm. Es war ganz so, als zapfe etwas die Lebensenergie des Landes selbst an.

An jener Spitze des viele Meilen umspannenden Hexagramms, die am weitesten von Mandalir entfernt war, begannen langsam und unaufhaltsam Bäume und Büsche zu verdorren.

*

»Das war ein Drache. Aber er wurde nicht von einem Drachen getötet«, stellte Fengorm fest. Er hielt etwas Kleines, Braunschwarzes hoch, sodass alle es sehen konnten. »Das ist eine Pfeilspitze, vermutlich aus dem Mittelreich. Und die Spuren dort an den Knochen ... Menschen, Zwerge oder Elfen haben gegen diesen Drachen gekämpft. Keine Zwerge aus dieser Gegend, der Pfeilspitze nach zu urteilen.«

»Könnte der Kampf nicht lange vor seinem Tod stattgefunden haben? Und er wäre aus einem anderen Grund hier verendet?«, fragte Emilius.

»Unwahrscheinlich ... zwar gibt es hier viele Bissspuren, aber die dürften von Tieren stammen, die sich an dem Kadaver gütlich getan haben. Nein, hier sind tiefe Schnitte und dort ist eine Rippe angebrochen. Wenn der Drache den Kampf längere Zeit überlebt hätte, wären die Verletzungen wenigstens angeheilt.«

»Könnten sie ihm nicht nach dem Tod beigebracht worden sein?«, fragte Halone.

»Nein. Außerdem gibt es zu viele Spuren, und das waren kraftvolle Hiebe. Manche von einem Schwert, manche von einer Waffe ähnlich einem Rabenschnabel.«

Varmendrion trat an den Schädel des Drachen heran.

»Er wurde aufgebrochen«, stellte er fest. Emilius kam herbei, das Gesicht angespannt.

»Kein Karfunkel mehr«, bemerkte er.

»Dann wurde er nach dem Kampf entfernt. Nicht viel später«, brummte Fengorm, während er den Schädel untersuchte. »Der Schädel wurde sorgfältig geöffnet. Nicht von Drachen oder Tieren, vielmehr von Menschen.«

»Jemand hat einen Karfunkelstein«, meinte Emilius nachdenklich. »Und dieser Drache war nicht gerade klein ...«

Er begann, die Zähne des Ungeheuers aus dem Kiefer zu brechen und einzusammeln.

»Schön. Der Stein ist weg, der Drache – wie ich anmerken will, zum Glück! – tot, und wir sollten weitergehen. Die Berge sind nicht eben gastfreundlich«, setzte Gorbon hinzu, der mit seinem Sohn abseits des Ungeheuers gestanden hatte. Auch Nundrêza hatte sich von ihm fern gehalten. So ließen sie das nun zahnlose Skelett zurück.

Ein Kreischen ließ sie aufsehen. Ein roter, funkelnder Fleck flatterte torkelnd auf sie zu; ganz offensichtlich bereitete es ihm größte Mühe, sich überhaupt noch in der Luft zu halten.

»Das ist Kirschfeuer!«, rief Halone. Tatsächlich war es Helmdriels kleiner Begleiter. Er war zerzaust und verschrammt und sah abgekämpft und erschöpft aus. Sein funkelnder Leib flackerte. Er raste auf Varmendrion zu und prallte mit gehöriger Wucht gegen seine Brust. Rasch nahm Varmendrion ihn in die Arme. Der Drache blickte ihn gehetzt an, dann wich die Panik aus seinem Blick. Er rollte sich im Pelz zusammen und schlief fast augenblicklich ein.

»Er weiß, wo Helmdriel ist«, meinte Halone.

»Nur leider kann er uns das nicht verraten«, antwortete Varmendrion. »Noch nicht. Vielleicht kann er uns aber führen, wenn er wieder einigermaßen erholt ist.«

So blieb ihnen nichts anderes übrig, als ihren Weg fortzusetzen. Doch dauerte es nicht lange, da blieb Varmendrion stehen.

»Wir werden beobachtet!«, zischte er. Fengorm griff seine Armbrust.

»Schon wieder steinewerfende Vögel?«, fragte Emilius.

»Nein.«

Halone entdeckte sie als Erste. In den Spalten und Ritzen der Kalkfelsen, oben auf den Scheiteln der Felsendome, wurden die Bewegungen der Gefährten von unzähligen Augenpaaren verfolgt.

»Was ist das?«, fragte Fengorm. Halone schirmte die Augen mit der Hand.

»Ich weiß nicht ... So etwas wie kleine Drachen, scheint mir ... Ein wenig wie Kirschfeuer, aber von grünbrauner Farbe ...«

Unwillkürlich blickten sie zu Varmendrion, doch Kirschfeuer schlummerte erschöpft in seinen Pelzen.

»Solange sie uns nur beobachten ...« Gorbon schüttelte den Kopf. »Solche habe ich noch nie gesehen«, brummte er. »Erst ein Drachenskelett, jetzt eine Horde Kleindrachen ... dabei sind sie Einzelgänger ... ich fühle mich hier nicht wohl.«

Die Drachen verfolgten sie eine ganze Weile, dann waren sie plötzlich verschwunden. Beunruhigt prüften die Wanderer ihre Bewaffnung.

Und dann hörten sie es. Das Rauschen hunderter kleiner Flügel schwoll von Firun her an; in der Ferne sah man drei Wolken, die in ihre Richtung dahinzogen: Eine flog voraus, die zwei anderen folgten ihr in einigem Abstand; und hinter diesen wiederum zeigte sich ein Schemen, winzig noch, doch von gewaltigen Ausmaßen, wäre er erst einmal nahe gekommen.

»Ein Drache!«, rief Gorbon.

»Nicht nur einer«, fügte Varmendrion hinzu. Fengorm legte seine Armbrust beiseite und zog Schwert und Rabenschnabel.

»Das sind zu viele«, meinte Gorbon. »Wir sind verloren!«

»Wenn sie uns Böses wollen«, schränkte Halone ein.

»Drachen kümmern sich nicht viel um die Angelegenheiten der kleineren Wesen.«

»Das wollen wir hoffen«, meinte Emilius. Diese Drachen jedoch schienen sich sehr wohl um die Angelegenheiten der Wanderer zu kümmern: Die erste Wolke erreichte sie und setzte sich in respektvollem Abstand um sie herum in Nischen und Felsspalten. Wenig später kamen die zwei hinteren Wolken herbeigejagt, unzählige kleine Drachen mit jeweils zwei Köpfen, die Mäuler aufgerissen; sie versammelten sich wie eine Glocke hoch über den Gefährten.

Und dann kam der letzte Drache. Auch er hatte zwei Köpfe, aber dort endeten auch schon die Gemeinsamkeiten zu der zahlreichen Vorhut. Er war gewaltig: Seine Häupter saßen auf dürren, endlos langen Hälsen, die wiederum in einen walzenförmigen Torso mündeten. Hinter den kräftigen Hinterbeinen mit ihren scharfen Klauen schlängelte sich ein ebenfalls erstaunlich dünner Schwanz. Glänzende Schuppen von düsterem Grau und Grün panzerten den Leib der Feuerechse. Um so unglaublicher war die Landung, denn geradezu federleicht setzte der Drache auf dem Boden auf.

»Bei Rondra!«, entfuhr es Fengorm.

»Ein gewaltiges Ungetüm«, meinte Emilius, dessen Augen glänzten. Varmendrion, Halone und Helmdriel starrten stumm auf den Drachen, während Gorbon und sein Sohn vor Furcht erstarrten. Einzig Kirschfeuer ließ sich überhaupt nicht beeindrucken und machte sich noch nicht einmal die Mühe, ein Auge zu öffnen.

Einer der Drachenköpfe ringelte sich zu den Gefährten hinab. Sein Haupt war von einem dreizackähnlich gebogenen Geweih gekrönt.

»Ich bin der Wächter des Drachensteins. Ich vernichte jeden, der die Insel der Zeit betreten will, ohne Fug und Recht. Ich gewähre euch Passage, die ihr euch zum Ziel gesetzt habt die Insel der Zeit. Deinetwegen! Der du dich Aldhelm nanntest. Der du dich Mischling aus Mensch und Elf nanntest«, fauchte der Drache und neigte sich weit zu Varmendrion vor. Seine Worte wurden von einem schneidenden Zischen begleitet. Der zweite Kopf schwebte wenige Schritt über dem Ersten und musterte die übrigen Gefährten gleichgültig. »Dir sei gesagt: Das Licht ist schwach in diesen Zeiten. Diesmal wird es nicht helfen. Jetzt bist du allein. Doch kannst du es schaffen. Außerdem. Ein geschlossener Schädel ist wie eine Festung in den Wäldern. Dort wie hier lagert in der Tiefe, was Macht verspricht.«

Der Drachenkopf zog sich wieder zurück und musterte Kirschfeuer scharf. Nun schrak der kleine Drache hoch, beäugte seinen Artgenossen mit so etwas wie Belustigung und rollte sich wieder zusammen. Dieser Drache war so unverhältnismäßig viel größer und stärker, dass Kirschfeuer dagegen Narrenfreiheit besaß. Für einen Augenblick nur erwog Varmendrion, den Drachen nach Helmdriel zu fragen. Aber er ahnte, dass er ihn damit vielleicht erzürnen mochte, und verwarf den Gedanken sogleich wieder.

»Außerdem. Den ihr sucht, euch hat er gefunden.«

Noch ehe die Worte des Drachen verklungen waren, wich die Glocke, die seine Begleiter über ihm gebildet hatten, ein Stück zurück. Rund um die Gefährten stiegen die kleinen Drachen in ohrenbetäubendem Rauschen auf, formierten sich und zogen in eine scheinbar willkürlich gewählte Richtung davon. Ihnen folgten die übrigen in zwei Schwärmen, und endlich erhob sich auch der große Drache selbst in die Lüfte. Zum Abschied stieß eines seiner Häupter ein letztes Mal zu Varmendrion hinab.

»Ich habe diesen Auftrag nicht gern erfüllt. Ich musste es tun. Ich sehe, du bist kein Gewöhnlicher. Deine Gefährten sind langweilig. Du aber bist besonders.« Es klang nicht nach einer Auszeichnung, sondern eher wie eine Feststellung – in einem Ton, der sowohl für eine Persönlichkeit als auch für ein besonders knusprig gebratenes Hühnchen gelten konnte. »Geht eurer Wege ... viel Glück.«

Und damit schraubte er sich mit mächtigen Flügelschlägen in den Himmel und setzte seinen Spähern hinterher. Bald war er zu einem Schemen am Horizont geschrumpft.

»Rätselhaft«, brummte Emilius nicht ohne Begeisterung. »Nie habe ich von solch einem Exemplar gehört!«

Varmendrion nickte, doch war er nicht bei der Sache: Er fand die Bemerkung über ihn höchst unangenehm, aber warum ein Drache jemanden für etwas Besonderes hielt und warum nicht, mochte sich dem Verständnis der Menschen und Elfen entziehen.

Während sie langsam weiterzogen, fragten sie sich, was der Drache mit seinen Worten gemeint hatte. Ihnen allen stand die Erleichterung ins Gesicht geschrieben, unversehrt aus dieser Begegnung herausgekommen zu sein. Gleichzeitig aber waren sie nun doppelt vorsichtig. Ihre Vermutung, wer den Schneesturm geschickt hatte, hatte sich offensichtlich als richtig erwiesen.

Doch zunächst äußerte sich diese Gewissheit weder in Überfällen bösartiger Ungeheuer, noch in weiteren unvermuteten Schneestürmen oder Gerölllawinen.

Stattdessen geschah etwas anderes Unangenehmes, das ganz und gar nichts mit jenem geheimnisvollen Gegner zu tun hatte: Kurz nach dem Zusammentreffen mit dem Drachen musste Gorbon den Gefährten eröffnen, dass nun auch er keinen Pfad und keinen Weg mehr kannte, der sie ihrem Ziel näherbrachte. Nur die Richtung konnte er ihnen weisen. Kirschfeuer ließ sich immer noch nicht dazu bewegen, ihnen zu helfen.

»Wir sind bis hierher gekommen, wir werden auch das letzte Stück bewältigen«, erklärte Varmendrion daraufhin und zuckte mit den Schultern.

»Nun, nun. Erinnert mich an die Suche nach der Stecknadel im Heuhaufen«, brummte Emilius.

»Ihr vergesst, dass ich unser Ziel kenne«, ließ sich Nundrêza vernehmen. »Die Schwierigkeit ist nur, dass ich erst einmal in seiner Nähe sein muss, um den genauen Weg zu finden.«

Emilius prüfte, ob er bereits einen Kraftfluss ausmachen konnte, der Zmyrnon und Eishüter verband. Tatsächlich hatte er Erfolg, doch der Kraftfluss war kaum wahrnehmbar und nur eine dürftige und viel Anstrengung kostende Orientierungshilfe.

Es stellte sich heraus, dass Varmendrion nun ständig einzelne Landmarken wiedererkannte, als kenne er sie bereits – was eigentlich unmöglich war. Mochte er sie vor über zwei Jahrhunderten schon einmal gesehen haben, da hatte er andere Sorgen gehabt, und selbst sein Erinnerungsvermögen hatte Grenzen. Mit jedem Tag, den sie nun marschierten, wurden diese Ahnungen stärker und genauer. Er erinnerte sich: Diese Landschaft kannte er von den Träumen, die ihn gequält hatten. Sie kamen ihrem Ziel also näher. Auch Nundrêza war seiner Meinung. Und ganz langsam, unmerklich noch, begann eine alte Angst in Varmendrion zu wachsen.

Wieder ein Rätsel

Sie fanden Helmdriel. Seine schlanke Gestalt lag wie ein leerer Getreidesack ausgestreckt über einem Felsbrocken. Seine Hände waren blutig geschürft von den Anstrengungen, sich weiterzuschleifen. Sonst war er bis auf einige Schrammen unversehrt geblieben, doch hing ihm das einst glänzende Haar wirr ins Gesicht.

Varmendrion stürzte zu ihm hin und hob vorsichtig seinen Kopf. Helmdriels Lider flatterten. Vorsichtig drehte er ihn auf den Rücken; selbst diese Bewegungen bereiteten dem jungen Elfen unsägliche Qual. Kirschfeuer flog zu ihm und blies ihm warme Luft ins Gesicht. Varmendrion hätte nicht gedacht, dass der kleine Drache zu einem sorgenvollen Gesichtsausdruck fähig war – nun wusste er es.

Wortlos legte Varmendrion die Hand auf Helmdriels Herz und ließ seine Kräfte fließen. Dann schloss er den Jungen fest in die Arme und schmiegte seine Wange an die des Jungen. Seine Hände wärmten den zerbrechlichen Körper, seine mit dickem Fell gepolsterten Beine boten ihm einen zumindest halbwegs angenehmen Sitz. Dann versenkte Varmendrion sich und tastete nach Helmdriels Geist. Stoßweiser Atem kam über Helmdriels Lippen, die ganz trocken waren. Der Junge wechselte zwischen Wachsein und Besinnungslosigkeit hin und her. Halone kniete vor Varmendrion nieder und hielt nun ihrerseits die Hand gegen Helmdriels Brustkorb. Es war ihr, als berühre sie eine hauchdünne Hülle.

Doch dann spürte sie seine Lebenskraft und konnte erleichtert mit dem Werk des Heilens beginnen.

»Er ist gequält worden. Man hat ihn fast umgebracht«, stellte Varmendrion an Emilius gewandt fest. »Ich weiß nicht, wann er wieder alleine wird laufen können.«

»Dann geben wir ihm für den Anfang ein paar warme Decken«, sagte Emilius. »Ein Wunder, dass er nicht schon längst erfroren ist. Danach kümmern wir uns um den, der das getan hat.«

Varmendrion nickte. Emilius drohte so gut wie nie. Wenn er es doch tat, dann war es dem alten Magier sehr ernst. Dann würde er beweisen, dass er noch andere Dinge – neben dem Forschen – beherrschte.

Sie wickelten Helmdriel in dicke Pelzdecken, sodass nur noch sein Gesicht daraus hervorlugte.

»Wer immer das getan hat, kann nicht weit sein«, meinte Emilius.

»Ich fürchte, wer immer das getan hat, ist jener, den wir suchen«, meinte Varmendrion. »Helmdriels Geist wurde ... vergewaltigt. Jemand wollte etwas von ihm wissen, und er hat sich dieses Wissen mit Gewalt genommen. Doch Helmdriel hatte sich widersetzt, so erfolgreich, dass man Gewalt brauchte, bis sein Widerstand brach. Ich hoffe, wir werden auch den Schaden in seinem Geist heilen können!«

»Würde zu der Art des Eishüters passen«, bemerkte Nundrêza leise. »Gott, ich weiß doch noch zu gut, wie ich selbst mit solchen Knaben umgesprungen bin ... damals ... « Ihr Gesicht wirkte wieder alt und eingefallen.

»Ist dir dann vielleicht solche Folter hier bekannt?«, fragte Varmendrion. »Kannst du ihm helfen?«

»Ich und helfen!«, meinte Nundrêza müde. »Aber vielleicht habt Ihr Recht. Ich darf nicht jammern. Ich werde tun, was ich kann.«

Sie kniete vor Helmdriel nieder, der mit geschlossenen Augen dalag. Langsam und unter schärfster Beobachtung durch Halone und Fengorm legte sie ihm die flache Hand auf die Stirne und ließ sich in die Welt der Gedanken und Gefühle absinken.

Sie gab tatsächlich alles. Halone und Fengorm mussten sie mit vereinten Kräften von Helmdriel fortziehen, als ihr Gesicht grau wurde und sie kurz vor einem Schwächeanfall stand.

»Du brauchst Kraft für unseren restlichen Weg!«, zischte Halone, als Nundrêza sich sträuben wollte. Daraufhin gab sie klein bei. Varmendrion untersuchte indessen Helmdriel noch einmal.

»Es geht ihm tatsächlich schon viel besser. Nundrêza hat getan, was sie konnte«, verkündete er. Als sie weitergingen, hatte er sich Helmdriel, dick in Decken eingeschlagen, wie einen Rucksack mit einigen Gurten auf den Rücken geschnallt. Da sie durch die zusätzliche Last aber merklich langsamer vorankamen, eilte Halone immer wieder ein Stück voraus und erkundete die Gegend. So gelang es ihnen, einige vermeidbare Hindernisse zu umgehen.

Nach zwei Tagen konnte Helmdriel wieder eigenständig laufen. Sein Gesichtsausdruck war elend, und er vermochte sich nicht mehr zu erinnern, was mit ihm geschehen war. Aber sein Lebenswille war groß, und seine Ausdauer – im Gegensatz zu seinem Geist – kaum angegriffen, sodass er mit der Gruppe ganz gut mithielt. Kirschfeuer zeigte sich von einer ganz neuen Seite und war besonders zärtlich zu ihm.

Zu Mittag eines wolkenfreien Tages blieb Varmendrion mit einem Ruck stehen.

»Gleich passiert etwas!«, prophezeite er. Rasch tasteten seine Gefährten nach ihren Waffen. Tatsächlich vernahmen sie das Schaben von Schaufeln und das Klirren von Pickeln. Und als sie die Kuppe einer Anhöhe überwunden hatten, bot sich ihnen ein eigentümliches Bild.

Unter ihnen, in einem flachen Talkessel, arbeitete eine Gruppe Zwerge emsig daran, ein quadratisches, flaches Loch auszuheben. Neben ihnen befand sich eine bereits fertig ausgehobene Grube. Stöcke waren an jeder Ecke in den Boden geschlagen worden, und ein Netz aus Schnüren spannte sich über die Öffnung. An diesem Loch standen drei Menschen und schienen darüber zu beratschlagen; der eine von ihnen hielt ein Holzbrettchen in der Hand und zeichnete. Der Boden selbst bestand aus fest verbackenem Lehm, über den sich eine karge Grasnarbe zog. Menschen und Zwerge arbeiteten nebeneinander her; die Waffen der Zwerge standen, soweit sie sie nicht an den Gürteln trugen, in Reichweite an einen Felsbrocken gelehnt. Im Hintergrund gähnte das gezackte Loch eines Höhleneingangs.

»Gehen wir!«, schlug Varmendrion vor.

»Ihr verlasst Euch sehr auf Euer Gefühl«, murrte Emilius.

»Im Gegensatz zu euch *telor*, Herr Magister extraordinarius, wie wahr, wie wahr. Nein, ich hoffe, dass wir dort unten Hilfe finden.«

»Sehr gefährlich sehen die jedenfalls nicht aus«, stellte Fengorm fest. »Das können wir wagen!«

Emilius konnte die Halone und die beiden Norbarden dazu überreden, mit ihm zusammen im Verborgenen zu warten, während die anderen zu den Arbeitern hinunterstiegen. Als er Helmdriel ebenfalls überzeugen wollte, schnaubte der nur und schloss sich trotz seiner Schwäche Varmendrion an. Kirschfeuer hielt neugierig die Augen offen.

Ein Mann mit kurzem, grauem Haar und einem weißgrauen Vollbart blickte auf und musterte die drei näher kommenden Fremden eingehend, ehe er den angroschim ein Zeichen gab und diese daraufhin ihre Waffen senkten. Varmendrion hob die geöffnete Rechte zum Gruß und trat an den Mann heran. Das Misstrauen der Zwerge war keineswegs verflogen, aber wenigstens hielten sie ihre Waffen gesenkt.

»Scharfrichte«, erklärte der Graubärtige lächelnd und streckte Varmendrion die Hand hin. »Scharfrichte ist mein Name. Ich bin Humidologe. Richtig gesagt, Humanoidologe. Aber das kann ja kein Mensch aussprechen.« Er musterte Varmendrion, der die Fellkapuze zurückgeschlagen hatte. »Und ein Elf ebenso wenig.«

Varmendrion drückte Scharfrichte die Hand. Der *telor* erforschte weiterhin die Züge des Elfen mit gerunzelter Stirn. Ohne auf Varmendrions Worte oder die seiner zwei Begleiter einzugehen, fuhr er fort:

»Ja, eindeutig. Ihr gehört ganz klar zu den Elben«, stellte er fest. »Halb Elb ... *lairfey*, nicht wahr? *fey*, Elf oder Elb, Lair, ich weiß nicht mehr, eine Wissenslücke, muss ich gestehen, aber das ändert sich ja dauernd. Halb Mensch ... weiblicher Seite, Zeugungsalter fünfunddreißig, verstorben mit ..., hatte schwarzes Haar, das sie meist zusammengebunden hielt, außer an Feiertagen, da trug sie es offen. Steht alles in Eurer Nase, mein Herr. Seltsamerweise ist es dann auch wieder so, als wäret Ihr ganz und gar Elb, das ist ja höchst interessant! Einige Merkmale stammen von den Elben der Auen ... auch Diskreta darunter ... morphologisch kaum erklärbar ... ganz unüblich. Wobei ich aber entschieden darauf hinweisen möchte, dass die abnormen Hypothesen des Kollegen Wizwin – er selbst nennt sie Theorien, von welcher Vermessenheit das schon zeugt! – hier nichts zur Sache tun, der er mit Blutvierteln und -achteln und ähnlichem Unsinn arbeitet. Manche Leute gehen eben mit einem mangelhaften Methodeninventar an die Arbeit und vergessen, dass eine Falsifizierung weiter führen kann als eine Verifizierung.

Vergebt mir meine Neugier, aber dies hier sind Erkenntnisse, die die Wissenschaft ermöglicht hat, die objektive Wissenschaft – nicht objektiv im Sinne der Rondrianer, die ihre Lehren durch das Bollwerk der Theologie verteidigen – nachzulesen in dem hervorragenden Aufsatz von Herrn Kollegen Schweinemacher, in den Donnerbacher Archiven einzusehen, übrigens eine exquisite kleine Akademie, wenn sich da nicht jemand zu viele Kompetenzen anmaßen würde.« Scharfrichte gönnte sich einen Atemzug, doch ehe Varmendrion oder Fengorm das Wort ergreifen konnten, wurden sie vom erneuten Redeschwall des Mannes überwältigt.

»Auch möchte ich mich ganz bestimmt von den Irrlehren Pantams distanzieren, die ja nun wirklich nicht viel mit wissenschaftlicher Arbeit zu tun haben, nicht wahr? Er hätte Euch natürlich aufgrund der leichten Protuberanz an der linken sagittalen Frontalhälfte als potenziellen Heerführer, nach Shendons Modell als potenziellen Verbrecher analysiert. Shendon würde Euer markantes Gnathion zur Verifizierung heranziehen, das ist sicher, der Gesamthabitus mag für ihn irrelevant sein, an Details hängt er sich jedoch gern wieder auf; wenn er natürlich nicht gerade seine eigenen Forschungsergebnisse fälscht, um damit seine irren Lehren zu untermauern ...«

Es war ein Segen, dass Kirschfeuer auf Helmdriels Schulter sein Maul so weit aufsperrte, wie man es von einem derart kleinen Drachen nicht für möglich gehalten hätte, und herzhaft gähnte. Dies brachte Scharfrichte aus dem Konzept, und so entstand eine kurze Pause, die Varmendrion diesmal geistesgegenwärtig nutzte.

»Ihr seid bestimmt bewandert in der Kenntnis über dieses Gebirge?«

Scharfrichte starrte ihn einen Augenblick lang mit seinen grauen Augen an und blinzelte.

»Mein Herr, ich bin Humidologe. Was Fragen der

Geographie und Stratigraphie betrifft, wendet Ihr Euch am besten an Kompol, er steht dort drüben. Er ist ein toller Kerl, wenngleich diese seltsamen Namen der Zwerge ...«

Varmendrion wandte sich mit einem eiligen Nicken Kompol zu, während sich Scharfrichte nicht stören ließ und sich Fengorm und Helmdriel vornahm.

Kompol stand zwischen den anderen *angroschim* an der halb ausgehobenen Grube und sah Varmendrion mit Leidensmiene entgegen.

»Er erzählt. Furchtbar«, seufzte Kompol, nachdem Varmendrion sich vorgestellt hatte. »Wir graben hier ... Er ist der Fachmann. Hier liegen Skelette von alten Siedlern, ein paar tausend Götterläufe liegen sie schon hier ... Abstammung und Abspaltung von *fialgra* und Menschen untersuchen wir. Eine bekannte Theorie besagt ja, die Menschen wären aus Güldenland gekommen ... Aber ich möchte nicht anfangen wie Magister Scharfrichte. Man trifft hier nur selten Wanderer! Da ist man sogar froh, einem Elfen zu begegnen, nichts für ungut! Aber was heißt selten: Bis jetzt haben wir noch nie jemanden hier getroffen.«

»Ausgenommen Geschöpfe, die Hunger hatten. Und ausgewiesene Fleischfresser waren«, verbesserte ein anderer Zwerg. Varmendrion beschrieb ihnen ihr Ziel. Die *angroschim* blickten ein wenig verunsichert, steckten dann aber die Köpfe zusammen. Schließlich sah Kompol mit einem Grinsen auf.

»Wissen den Weg«, erklärte er. »Zumindest einen Teil. Kennt sich einer von Euch gut in den Bergen aus?«

Varmendrion deutete auf Gorbons Versteck, woraufhin Gorbon sich widerwillig erhob.

»Aha ... dann mussten *die* wenigstens nicht Scharfrichtes Geschichten ertragen«, murmelte Kompol und folgte Varmendrion.

Der *angroschim* konnte wertvolle Ratschläge zu größeren Schluchten oder Verwerfungen geben, die den Wanderern viele Tage Umweg ersparten.

»Dahinter beginnen die großen Gletscher, erste Ausläufer des Hohen Marmors. Dort kennt sich keiner von uns mehr aus«, bemerkte er mit einer Spur Bedauern in der Stimme. »Fast würd ich mit Euch kommen wollen ... auch wenn Ihr ein Elf seid« – er warf einen Blick zu Scharfrichte hinüber, der noch immer in Erläuterungen vertieft war – »aber ich kann den guten Magister hier nicht im Stich lassen. Zudem: Wir stehen vor einem wichtigen Fund, ich spüre es. Ist ja im Grunde auch nicht viel anders als Gold schürfen!«

Varmendrion bedankte sich bei Kompol und schaffte es nach größten Mühen und mit Hilfe der Zwerge, auch Fengorm und Helmdriel von Scharfrichte zu lösen. Kirschfeuer hatte längst das Weite gesucht und erkundete die Umgebung.

Sie kamen in den folgenden Tagen gut und schnell voran, erstaunlicherweise ohne Zwischenfälle; Varmendrions Gefühl der Vertrautheit mit einzelnen Landmarken wiederholte sich nun in einem festen Turnus. Er hatte die Bilder aus seinem Traum immer klarer vor Augen.

Eines Tages kam Halone aufgeregt von einem Kundschaftergang zurück.

»Da ist etwas ... Seltsames«, flüsterte sie. »Kommt schnell!«

Sie beeilten sich, ihr leise zu folgen. Sie führte sie in der Deckung mächtiger Felsbrocken einen leichten Hang hinab. Varmendrion erkannte am Fuß der Hänge einen Grasflecken, über dem eine kreisförmige Scheibe von etwa zwei Schritt Durchmesser aufrecht und bewegungslos schwebte. Ihre Fläche war ausgefüllt von einem unergründlichen Dunkelblau.

»Seht!«, hauchte Halone und ließ sich an einer günstigen Stelle zwischen den Felsen nieder, von wo aus sie das Geschehen gut beobachten konnten, ohne selbst entdeckt zu werden.

Neben der Scheibe, die nur wenige Fingerbreit über dem Boden des Talkessels schwebte, klopfte sich ein alter Mann den Staub aus den Kleidern. Er kaute unablässig auf irgendetwas herum. Neben ihm stand ein vierrädriger Karren, dessen Plane weit ausgebeult, ja bis zum Zerreißen gespannt war.

»Wer ist denn das?«, zischte Varmendrion.

»Keine Ahnung«, erwiderte Emilius und strengte seine Augen an. »Das Gewand habe ich bei keiner Magierschule gesehen ... auch nicht in Büchern ... die Zeichen sind allesamt fremd ... ähnlich den unseren, aber fremd ... auch kein Borbaradianer ...«

»Aber ein Magier auf jeden Fall«, flüsterte Fengorm.

»An jedem Finger ein Ring!«, stellte Halone fest. Ihre Augen waren die schärfsten. »Und ein seltsamer Magierstab! Und ein Amulett! Und ... fünf Dolche! Reich verziert dazu!«

»Und dieser Planwagen?«

»Und diese ... Scheibe? Oder ist es ein Loch?«, fragte Halone aufgeregt.

»Vielleicht ein Tor zum Limbus? Aber es sieht nicht so aus!«, murmelte Varmendrion.

Emilius sammelte sich für einen kurzen Zauber. Doch anstelle erschrocken oder erleichtert zu sein, schnaubte er entrüstet.

»Nun, nun, nun. Das gibt's doch nicht. Der tut so, als gäbe es ihn gar nicht! Nicht ein bisschen arkane Energie dort! Aber auch keinerlei Lebenszeichen! Stattdessen etwas ... etwas Fremdartiges! Oder irre ich mich etwa?«

»Nein«, beruhigte Varmendrion ihn. »Ich kann auch nichts erkennen. Da ist nur *etwas*.«

»Was soll's! Gehen wir hin«, brummte Fengorm. Als die anderen nichts sagten, erhob er sich kurz entschlossen, ließ seinen Rabenschnabel locker vom Handgelenk baumeln und ging langsam zu dem Fremden hinunter. Varmendrion schloss sich ihm an. Der Fremde bemerkte ihr Nahen sogleich, hielt im Kauen inne, zog einen winzigen Gegenstand aus seinem Gürtel und machte einige Gesten.

»Als wollte er zaubern! Aber die Gesten sind keine Zaubergesten!«, wunderte sich Emilius, der mit Halone und Helmdriel das Geschehen von ihrem Versteck aus verfolgte.

Nichts geschah. Der Fremde runzelte die Stirne, steckte ein, was er in der Hand hielt, eilte zu dem Wagen und nestelte unter heftigen Kieferbewegungen an der Plane. Er zog etwas darunter hervor, das wie eine handtellergroße Kupferscheibe aussah, brummte etwas und machte abermals einige knappe Gesten, während er Varmendrion fixierte.

»Nun, wer seid denn Ihr?«, fragte Fengorm und trat an den Mann heran. Der starrte ihn und Varmendrion überrascht an, wobei er mit dem kleinen Kupferstück in der Hand ein nicht eben beeindruckendes Bild abgab, und griff sich an den goldenen Stirnreif, der um sein von weißem Haar umwalltes Haupt lag.

»Gott, wie detailliert«, murmelte der Fremde und rollte mit den Augen, ohne ihnen die mindeste Beachtung zu schenken. »Typisch Tüsk ... Aber warum nur ...«

Fengorm und Varmendrion tauschten Blicke. Der Mann befingerte das mit mehreren konzentrischen Kreisen verzierte Amulett. Dann runzelte er ärgerlich die Stirne.

»Ach! Falsches Universum«, brummte er in seinen Bart. Er nickte den beiden mit einem schiefen Grinsen zu, trat geradewegs in die tiefblaue Scheibe hinein und war verschwunden. Der Wagen erzitterte und folgte ihm wie ein treuer Hund seinem Herrn. Einen Augenblick später war auch von der Scheibe keine Spur mehr zu sehen.

»Was lernen wir daraus?«, meinte Halone, als sie mit Helmdriel, Emilius, Nundrêza und den Norbarden aus ihrem Versteck zu den beiden anderen getreten war. Nichts zeugte von dem Ereignis, mit Ausnahme von vier tiefen Abdrücken im Gras, die der offensichtlich recht schwere Wagen hinterlassen hatte.

»Kleines Rätsel«, erwidere Emilius, sichtlich erleichtert, dass er mit seiner Ratlosigkeit nicht alleine war.

»Falsches Universum!«, grinste Fengorm. »Klingt gar nicht nett!«

Ihnen blieb nichts anderes übrig, als das Geheimnis Geheimnis sein zu lassen. Viel wichtiger schien, dass Helmdriel sich fast vollständig erholt hatte. Er meisterte die Anstrengungen des Marsches ganz leidlich, und das war auch notwendig: Das Wandern wurde um so beschwerlicher, je höher sie kamen. Denn war es einerseits derart kalt, dass ihnen der Atem vor den Mündern gefror, schwitzten sie andererseits in ihren dicken Pelzen schon bei der geringsten Anstrengung. Selbst den Dohlen war es zu kalt geworden. Einzig Kirschfeuer schienen die Temperaturen wenig auszumachen; er schlief den ganzen Tag lang wie ein Stein.

Irgendwann, die himmelhohe Silhouette des Marmorgebirges ragte schon wie eine Wand vor ihnen auf, hielt Varmendrion inne. Er hatte die Augen aufgerissen und starrte scheinbar ins Nichts.

»Hier ist es«, flüsterte er. »Wir sind fast da.«

Emilius konzentrierte sich, fand die ebenso starke wie schwer fassbare Strömung von Kraft aus den Salamandersteinen, und nickte.

»Hier ist allerdings etwas«, ließ sich auch Halone vernehmen. »Aber wohl nicht das, was wir suchen!«

Tatsächlich lag dort etwas zwischen den Felsen, das ganz und gar nicht in diese Gegend passte. Es war die Statue eines Mannes. Eines Mannes, der dalag, als habe er geruht, und dann von etwas Furchtbarem geweckt worden war. Um den Leib des Standbildes lagen verrottete Reste von Lederstücken und zusammengerosteten Rüstungsteilen. Alles war mit einer dicken Asche- und Staubschicht überzogen.

»Wer schleppt denn hier eine Statue hin!«, wunderte sich Halone. Emilius war schon herbeigekommen und begann mit einer magischen Untersuchung: Dies hier war, nach dem alten Mann mit einem besonderen Redebedürfnis und dem alten Mann mit einem überladenen Karren, ein weiteres, ein beklemmendes Rätsel.

»Nun ... Sie wurde nicht hergeschleppt«, stellte er schließlich fest. »Sie ist von selbst hergekommen.«

Als er Halones fragendem Blick begegnete, ergänzte er:

»Als Mensch aus Fleisch und Blut. Jemand hat hier ein fast vergessenes Stück Magie angewandt. Besonders grausamer Magie, möchte ich hinzufügen. Für uns ist das aber vielleicht sogar von Vorteil ... gebt mir Decken! Viele Decken!«

Erstaunt beobachteten die anderen Emilius dabei, wie er mit ihrer Hilfe die Decken um die Statue schlang. Dann griff er seinen Stab, setzte ihn an die Wange der Statue – das Gesicht war das Einzige, das zwischen den Fellen hervorlugte – und sprach eine lange Zauberformel.

Die Statue begann sich zu verändern. Leben kehrte in den kalten Stein zurück, Stein wandelte sich in Haut und Haar. Als Emilius nach einer Weile einen Schritt zurück trat, da lag dort tatsächlich keine Statue mehr, sondern ein lebendiger Mensch. Sofort eilte Halone zu ihm und ließ ihre Kräfte beruhigend auf seinen Geist einwirken. Ganz wie sie es vermutet hatte, blickte der Mann zunächst voll Panik um sich. Seine Augäpfel rasten in ihren Höhlen hin und her. Halones Mühe verhütete jedoch Schlimmeres. Sie holte ein kleines, nahrhaftes Stück Gebäck hervor und gab es dem Fremden mit ein wenig Wasser zu essen. Er war nicht etwa erschöpft, vielmehr wirkte er, als habe er schlecht geschlafen und sei nun erwacht. Schrecken und Panik waren es, die ihm den Mund versiegelten. Erst nach geraumer Zeit war der Mann ansprechbar. Varmendrion und Emilius hockten sich neben Halone zu dem Fremden.

»Ihr habt eine furchtbare Verwandlung über Euch ergehen lassen müssen«, begann Varmendrion vorsichtig.

»Sagt, diese Magie, sie gilt als vergessen!«, begann Emilius erregt, »Wer …«

Doch Varmendrion unterbrach ihn mit einer Geste.

»Aber hier bei uns seid Ihr in Sicherheit. Ihr seid wieder unter den Lebenden! Berichtet uns, was Euch hierher verschlug. Ihr könnt Euch doch noch gut erinnern, nehme ich an.«

Der Mann nickte und öffnete schließlich den Mund.

»Wie lang …«, formte er mit den Lippen. Halone gab ihm rasch etwas heilende Essenz zu trinken. Varmendrion hob die Schultern.

»Wir haben Euch hier gefunden. Dem Zustand Eurer Rüstung nach zu schließen, liegt Ihr hier schon seit einer ganzen Weile. Von Euren Gefährten – so Ihr welche bei Euch hattet – haben wir nichts gehört und auch keine Spuren gefunden. Könnt Ihr uns berichten, was Euch widerfahren ist?«

Unter Halones Hilfe gelang es dem Mann tatsächlich, von den letzten Stunden mit seinen Gefährten zu berichten: Wie sie erschöpft und verwundet den Eremiten getroffen hatten, wie der ihnen geholfen hatte, wie ihn selbst eine immer größere Schwere überkommen hatte, obgleich er der am wenigsten Verletzte von allen gewesen war, und wie ihn am Schluss die Panik übermannt hatte, als er feststellte, was mit ihm geschah. Schließlich stellte er sich als Schwertmeister Hermann vor, und es glomm Stolz in seinen Augen auf: Er sei der beste Kämpe seiner Schule gewesen, damals, vor ihrem Aufbruch ins Eherne Schwert, erzählte er. Dann musste er ermattet eine Pause einlegen.

Als Varmendrion fragte, woher die Verletzungen der Gruppe hergerührt hatten, verfiel der Fremde zunächst in Schweigen; doch dann schüttelte er mit einem Fluch den Kopf und berichtete in knappen Sätzen von dem Kampf mit dem Drachen.

»Und den Karfunkelstein haben Eure Leute?«, fragte Emilius unvermittelt.

»Diesen Edelstein, ja«, bestätigte der Mann und verzog gleich darauf das Gesicht. »Nun wisst Ihr alles über uns. Aber was soll's. Meine Freunde sind wohl längst tot.«

»Jedenfalls sind sie schon lange fort«, meinte Varmendrion. Sie brauchten nicht lange zu grübeln, um zu begreifen, was jener, der sich als Eremit ausgegeben hatte, *wirklich* von den Gefährten gewollt hatte. Während Halone bei dem Mann blieb, zogen die anderen sich zu einer kurzen Beratung zurück. Nur Gorbon und sein Sohn, die voll Unglauben die Rückverwandlung beobachtet hatten, hielten sorgsam Abstand von ihnen.

»Es könnte aber auch gar nichts mit unserer Sache zu tun haben«, wandte Fengorm ein, als sie über Eremit und Karfunkel sprachen.

»Passt aber zeitlich ganz gut. Der Mann dort hat berichtet, dass sie vor der Schneeschmelze hergekommen sind, und zwar kurz nach der vorletzten Wintersonnenwende. Das Zmyrnon begann einen Götterlauf später, im Frühling, mit seiner Arbeit. Ein Karfunkel wäre ein ausgezeichnetes Instrument, um arkane Energie zu bündeln. Vielleicht ist es der Schlüssel zu dieser Erscheinung, denn mit gewöhnlicher Magie ... sehr unwahrscheinlich.« Emilius zog ein Tabakröllchen hervor und hielt es Kirschfeuer vor die Schnauze, woraufhin der Rubindrache, der gerade neugierig aus Helmdriels

Halssaum herauslugte, beiläufig eine kleine Flamme spie.

»Rücksichtslos genug ist ein Eiswahrer. Zuzutrauen wäre es ihm«, bestätigte Nundrêza.

»Wenn also tatsächlich der, den wir suchen, einen Karfunkelstein hat ... « Emilius zog am Röllchen und ließ den Rauch genießerisch durch die Nase entweichen.

»Dann sollten wir unsere Kräfte schonen«, ergänzte Varmendrion. »Zumal unser Gegner offensichtlich ohne weiteres mit der Gruppe jenes armen Mannes fertig geworden ist. Eine solche Versteinerung ist kein Kinderspiel.«

»Und die Thesis für diese Magie ist verschollen«, meinte Emilius. »Nur die wenigsten kennen sie, und nur ein verschwindend geringer Teil beherrscht sie. Was ohnehin unter schwerer Strafe verboten ist, in den meisten Gegenden wenigstens. Unser Gegner ist mächtig.«

»Und er weiß, dass wir ihm auf den Fersen sind, wenn jener Drache sich keinen Scherz mit uns erlaubt hat«, brummte Fengorm. »Ein großartiges Gefühl.«

»Er muss auch die Gruppe dieses Hermann geraume Zeit beobachtet und von dem Kampf mit dem Drachen erfahren haben«, erklärte Emilius. »Wer einen Drachen besiegen kann, ist sowohl mächtig als auch vorsichtig. Unser Gegner aber hatte keine Schwierigkeiten, die Leute zu schwächen und schließlich zu ermorden.«

»Etwas unvorsichtig war es allerdings von ihm, den versteinerten Krieger zurückzulassen. Jetzt kann er uns Bericht erstatten«, meinte Fengorm. »Etwas unvorsichtig für einen Altmeister der Magie, findet ihr nicht?«

»Das Eherne Schwert ist groß. Der Mann hätte dort hunderte, tausende von Götterläufen lang liegen können, ohne dass ein vernunftbegabtes Wesen ihn jemals gefunden hätte«, warf Varmendrion ein.

»Wir haben ihn aber gefunden. Und unserem Gegner

dürfte das Risiko klar gewesen sein. Ich frage mich, was er damit bezweckt«, murmelte Emilius.

»Das bleibt wohl sein Geheimnis ...«, brummte Fengorm.

Als sie zu Schwertmeister Hermann zurückkamen, hatte der sich in seinen Fellen aufgesetzt und ließ sich von Halone Met einflößen, den Emilius ihr gegeben hatte. Er klagte über einen grauenhaften Muskelkater am ganzen Körper, der jede Bewegung mit wütendem Reißen begleitete.

»Was tun wir mit ihm?«, fragte Halone.

»Er kann nicht mit uns kommen«, stellte Varmendrion fest. »Wir haben weder genügend Vorräte, noch können wir warten, bis er voll wiederhergestellt ist.«

»Dann soll Gorbon ihn mit zurück nehmen«, meinte Emilius. »Unser Ziel kann nicht mehr weit sein. Und ich möchte den guten Mann nicht in unsere Sache hineinziehen. Er soll jetzt umkehren.«

Die anderen dachten lange über Emilius' Vorschlag nach. Schließlich stimmten sie zu.

»Emilius hat Recht. Ich erkenne inzwischen die Felsformationen wieder, von denen mein Traum ausging«, sagte Varmendrion.

»Er hat uns bereits mehr geholfen, als ich es je von einem *telor* erwartet hätte, trotz meiner Erfahrung«, erwiderte Halone. »Gorbon soll zu seiner Familie zurückkehren, Emilius hat Recht. Hier erwartet ihn nur der Tod.«

Als sie Gorbon ihren Entschluss mitteilten, war er zunächst entrüstet und beleidigt. Doch nachdem sie ihm auseinander gesetzt hatten, mit welcher Macht sie es hier zu tun hatten, da gab er endlich klein bei. Aber gänzlich wies er Fengorms Ansinnen zurück, ihm einen Beutel mit Gold als Dank zu überreichen, und diesmal funkelten seine Augen derart entschlossen, dass klar war: Keine Überredungskunst würde ihn umstimmen.

»Es ist eine Lehre für meinen Jungen«, erklärte er mit Blick auf Orbon, der seit ihrer Abreise kaum ein Wort mit ihnen gewechselt hatte. »Er musste ohnehin die Berge kennen lernen, und mit Euch zu reisen hat mich gefreut! Nur eines versprecht mir: dass Ihr mich auf dem Rückweg besucht!«

Am nächsten Morgen trennte sich Gorbon mit seinem Sohn und dem Schwertmeister von den anderen und ging den Weg zurück, den sie gekommen waren. Mit gemischten Gefühlen setzte der Rest der Expedition den Weg fort.

»Wir haben viel Kraft auf der Reise verbraucht«, murmelte Halone. »Unser Gegner dagegen wird uns voll ausgeruht erwarten!«

»Nun, ich trage noch genügend Stärke in mir. Und wir sind zu sechst«, wandte Varmendrion ein.

»Hoffen wir, dass unser Gegner nicht gleichfalls Verbündete hat«, erwiderte Halone. Nundrêza schüttelte den Kopf.

»Die Bruderschaft des Eishüters ist kurz nach seinem Tod zerfallen. Die Anhänger haben sich in alle Winde verstreut.«

»Das wollen wir ...«, setzte Varmendrion an und verstummte schlagartig. Sie waren eine Senke hinaufgewandert, zwischen unscheinbarem, aber gefährlich lockerem Geröll hindurch. Varmendrion hatte gerade als Erster die Kuppe erreicht.

»Varmendrion?«, fragte Halone alarmiert.

Varmendrion ließ seinen Blick über die schroffen Felsformationen gleiten. Sie sahen aus wie überall in dieser Höhe. Und doch ... Diese hier waren ihm vertraut.

»Vor uns befindet sich ein Felssturz. Dort vorn«, erklärte er. Die anderen sahen ihn an.

»Der Aufstieg hat uns alle sehr angestrengt«, meinte Fengorm. »Da kann es schon zu ...«

»Seht selbst.«

Was ihm noch auf der Zunge lag, schluckte Fengorm herunter. Er trat einige Schritte vor – und erstarrte. Als er sich umwandte, stand ein Ausdruck des Unglaubens auf seinem Gesicht.

»War das wieder eine Eurer …«, begann er. Doch verschluckte er den Rest der Frage. Varmendrion blieb in erstarrter Haltung stehen. Sein Gesicht war plötzlich grau und eingefallen.

Dann trat er vor. Der Wind blies ihm entgegen und blähte seinen Mantel, als wolle er ihn zurückhalten. Varmendrion hielt inne. Vor seinen Füßen ging es senkrecht in die Tiefe.

Die Mag Therened

Sie standen am Rand eines kreisrunden, viele hundert Schritt durchmessenden Talkessels. Das Licht der Sonne wurde vom hellen Gestein reflektiert und erhellte den Kessel bis zum Boden. Doch war er so tief, dass man nichts erkennen konnte – bis auf einige dunkle Flecken, die an menschliche Gestalten erinnerten und sich nicht regten, und das Gleißen kleiner Lichtpunkte, die von oben wie im Staub verstreute Diamanten aussahen. Zur Linken tat sich ein gewaltiger Spalt in der Felswand auf, so als habe ein Riese eine Axt erprobt. Diesem gegenüber gähnte ein quadratisches Loch, das auf die Entfernung winzig wirkte. Der Wind bildete Wirbel, sogar eine stete Staubhose, die bis über den Rand hinauf reichte. Kein lebendes Wesen war weit und breit auszumachen, mit Ausnahme von einigen Vögeln, die die Ankömmlinge über ihre stilettartigen Schnäbel hinweg neugierig musterten. Und es fiel auch schwer, sich hier ein lebendes Wesen vorzustellen: Eine Aura des Schweigens lag über dem Ort. Nicht eines Schweigens der Worte; vielmehr war es wie ein Schweigen der Zeit selbst.

»Was ist das?«, wagte Fengorm zu fragen. Seine Stimme zerschnitt die Stille wie eine Klinge.

»Das«, flüsterte Nundrêza, »das ist die Mag Therened. Die Insel der Zeit.«

»Und ich kenne sie«, fügte Varmendrion hinzu. »Ich bin bereits hier gewesen.«

Er war bleich geworden. Seine Hand krampfte sich um den Griff des Schwertes, der aus seinem Pelzumhang hervorsah. Er starrte in die Tiefe, als wolle er den Kessel mit den Augen durchleuchten. Staub wirbelte über den Saum der Klippe.

»Wir müssen ein Stück zurück. Hier kommen wir niemals hinunter. Folgt mir«, erklärte Nundrêza, ohne auf Varmendrions Feststellung einzugehen. Auch ihr Gesicht war aschfahl geworden.

»Dort hinunter?«, fragte Fengorm leise. Emilius hob die Schultern.

Der Weg, den Nundrêza wählte, war beschwerlich und riskant. Sie umrundeten den Kessel wohl zur Hälfte und entfernten sich dabei immer weiter von ihm; es ging steiler und steiler bergab, je weiter sie kamen. Doch während Nundrêza offenbar von einer Art innerer Verzweiflung weiter gedrängt wurde, war Varmendrion von einem inneren Feuer ergriffen, das ihn stärker und stärker antrieb.

Und dann standen sie in einer Schlucht. Varmendrion sah sich um und stöhnte. Nundrêzas Gesicht hatte den Ausdruck von Todesergebenheit angenommen: Verzerrt waren ihre Lippen, eingefallen die Züge, und die Haut schien faltiger als je zuvor.

Flach und gleichmäßig, wie er war, erinnerte der Boden an eine Straße. Und genau das war er: eine Straße inmitten des Ehernen Schwerts. Die einzige Straße, die in die Mag Therened führte. Die Straße, die seit einer Ewigkeit kein lebendiges Wesen mehr betreten hatte, die nur noch in einigen Legenden wandernder Barden weiterlebte. Der Weg war so sauber, als wäre er noch heute in Benutzung. Die Schritte unzähliger Generationen von Männern und Frauen hatten ihre Spuren im blanken Fels hinterlassen, sodass man fast glaubte, sie marschieren zu hören.

Aber das lag zweihundertfünfzig Sommer zurück. Erinnerungen stiegen vor Varmendrions geistigem Auge empor: Er sah sich stürzen, dort an der Felsnase, sich an ihr festklammern, zu schwach zum Weinen, ein Häuflein Elend inmitten der Schergen. Er hörte die Mahnung der Riorn Tharnundrê, spürte ihre Hand, wie sie ihn emporzerrte. Es war, als wäre es gestern geschehen. Aber es war zweihundertfünfzig Sommer her.

Varmendrion griff sich an die Schläfen, drängte mit aller Macht seine Gefühle zurück und richtete sich zu voller Größe auf. Er ahnte, was ihn nun erwartete. Er war bereit. Wortlos schritt er voran, das Kinn gehoben, die Hand um den Schwertgriff gelegt.

Je weiter sie kamen, desto enger und steiler wurde die Schlucht. Sie schlängelte sich durch den Fels. Schildwälle lagen niedergerissen und verbrannt da, wie sie nach dem letzten Gefecht der Mag zurückgelassen worden waren. An mehreren Stellen war der Fels glasiert von der Gewalt magischer Entladungen. Varmendrions Schritte wurden schwer. Niemand wagte ein Geräusch zu machen.

Ein toter Vogel lag mitten auf ihrem Weg. Ein Pfeil stak in seiner Brust. Varmendrion schenkte ihm kaum einen Blick. Abgesehen von dem Pfeil war das Tier unversehrt, als wäre es gestern geschossen worden. Er trat um die nächste Wendung des Weges und stand im Talkessel.

Gleißendes Licht blendete ihn. Heiße Luft traf ihn wie eine Wand. Seine Ohren vibrierten vom Sirren des Windes.

Und da lagen sie. Ihre Körper zeigten keine Spur der Verwesung, trugen kein Mal der Aasfresser, die sich auf jedem anderen Schlachtfeld binnen Augenblicken nach dem letzten Hieb einfanden. Einzig die Trockenheit hatte ihr Werk getan. Nicht einmal Wind und Staub waren tätig gewesen: Obgleich hoch oben eine Windhose tobte, blieb es hier unten vollkommen windstill. Sogar das Metall der polierten Rüstungen war unversehrt wie am Tag der Schlacht, nicht im Mindesten angelaufen. Dies war es gewesen, was sie von oben als gleißende Lichtpunkte gesehen hatten. Fünfhundert Sonnenwenden war es her, dass Nundrêza und ihre Schergen Varmendrion hierher verschleppt hatten. Und schon damals war alles so gewesen, wie sie es nun vorfanden – die Schlacht war schon damals seit Urzeiten geschlagen, der Boden mit den unversehrten Leichen der Gefallenen übersät.

Varmendrion schritt wie im Traum zwischen den toten Hüllen der Krieger einher. Seine Erinnerungen drohten ihn zu überwältigen. Er sah Blut, hörte Schreie, spürte die Hitze magischer Entladungen. Da war er wieder mitten im Getümmel. Aber natürlich nicht in jenem um die Mag Therened, sondern in der Schlacht um Feydalir.

Varmendrion setzte im gelblichbraunen Licht der reflektierten Sonne seinen albtraumgesäumten Weg fort. Stumm folgten ihm seine Gefährten, fassungslos über den Anblick, der sich ihnen bot. Nundrêza ging ihnen mit zusammengepressten Lippen und geschlossenen Augen voran.

An dem quadratischen Höhleneingang fanden sie zwei Körper in den stählernen Kokons von Vollrüstungen. Der rechte, der auf dem Rücken ausgestreckt dalag, hatte die Arme über dem Kopf angewinkelt, hielt noch das Langschwert in der Rechten und den Rabenschnabel in der Linken. Der Andere lag auf dem Bauch und hatte die Arme um den Körper geschlungen, als hätte er seinen Gegner im Augenblick des Todes umarmen wollen. Breitschultrige Männer waren es gewesen. Sie lagen da, wie sie gefallen waren, unbehelmt, die Augen geöffnet, ihre Bärte frei von jedem Zeichen der Zeit, und ihre

Haut war frisch. Was immer die beiden besiegt hatte, es war mächtig gewesen, und ob es nun hatte herauskommen oder hineinkommen wollen, es hatte damit offenbar Erfolg gehabt. Die erstaunlich große Tür war in unzählige Stücke zersplittert. Halone und Emilius beschworen magisches Licht.

»Dieses Gangsystem führt in die Zitadelle des Eishüters«, bemerkte Nundrêza in niedergeschlagenem Tonfall. »Allerdings haben wir stets einen anderen Zugang benutzt – hier unten war ich nur das eine Mal, als wir Euch hierher gebracht haben, Varmendrion. Also ist mir der Weg erst weiter oben vertraut ... aber wir schaffen das schon.«

Tatsächlich sollte sich das Finden des Weges als nicht allzu schwer erweisen. Nachdem sie einen langen, geraden Gang passiert hatten, durch zwei hinabgelassene und aufgebrochene Fallgatter hindurch, und am Ende des Ganges an den gähnenden Schlitzen von Schießscharten vorbeigeschritten waren, hatten sie einen langen Flur betreten. Im Schein von Emilius' und Halones Lichtkugeln erkannten sie eine Reihe von Türen, allesamt aus Eisen geschmiedet und, anders als die Rüstungen der Kämpfer im Talkessel, von einer Rostschicht überzogen. Hinter einer von ihnen erklang ein tiefes Stampfen und Rauschen. Aber alle waren sie mit Ausnahme einer Einzigen fest verschlossen. Erstaunlich war, dass die Spuren der Schlacht sich nicht bis in die Gänge fortsetzten; nichts zeugte hier mehr davon, und es gab auch kein Anzeichen anderen vergangenen Lebens.

Wortlos trat Nundrêza auf die offene Eisentür zu. Nur hier konnten sie damals entlanggegangen sein, denn keine der Türen war dem Anschein nach seit jenen Tagen der Schlacht bewegt worden.

Sie schritten durch das weitverzweigte Gangsystem und erhaschten gelegentlich Blicke in große Kammern, in denen unförmige Gegenstände lagen. So sehr es die

Gefährten auch reizte, einen der Räume zu durchstöbern, um Aufschluss über deren ursprüngliche Bewohner zu bekommen, so sehr drängte doch die Zeit: Nundrêza würde keinen Augenblick länger als unbedingt notwendig hier unten verweilen, das stand deutlich in ihrem Gesicht geschrieben. Auch die anderen hatten nichts dagegen, eine weitere Erkundung auf später zu verschieben.

Langsam änderte sich das Aussehen der Wände. Zunächst fiel auf, dass die Gänge viel größer wurden, als wären sie zum Transport großer Maschinen oder für große Wesen gemacht. Aber auch ihre Beschaffenheit veränderte sich: War es zunächst polierter Fels gewesen, wurde dieser, als sie eine grob behauene Treppe hinaufgestiegen waren, durch ein Mosaik bunter, an Speckstein erinnernder Steine ersetzt, die im Licht der Fackeln glänzten und den Wänden das Aussehen gaben, als wären sie mit der Schuppenhaut eines Reptils überzogen. Da gab es Passagen, die sich ihnen ganz in Grün darboten; solche, die von dunkelroter Farbe waren, mit einer gelbbraunen, hier und da gezackten Linie auf halber Höhe; dann, unmittelbar bevor der Gang sich in eine gewaltige Kaverne öffnete, waren die Mosaiksteine kreisförmig angeordnet mit je einer handtellergroßen, schwarzen Obsidiankuppel in ihrem Zentrum, was endgültig an die Augen einer Echse erinnerte. Die Obsidianaugen wirkten im unsteten Licht der Fackeln täuschend lebendig. Die Temperatur stieg sprunghaft an, sodass die Gefährten in ihren dicken Pelzen im Nu ins Schwitzen gerieten.

Die Kaverne, in die der Gang mündete, war in geisterhaftes Licht getaucht; in ihrer Mitte wand sich eine Schlange aus einer Schale. Sie leuchtete in fahlem Gelb und war durchscheinend. Vielleicht handelte es sich um ein Trugbild, jedenfalls konnten die Gefährten ihren Weg unbehelligt fortsetzen.

Die Gänge trugen nun eindeutig die Handschrift von Echsenwesen. Ungewöhnlich war ihr Baustil, ihre Formen fremd. Doch all das war nichts gegen den Saal, den sie schließlich durch ein gewaltiges Tor betraten.

Die Halle, die von gewaltigen Ausmaßen schien, schimmerte in einem warmen Goldton. Am anderen Ende, dem Eingang gegenüber, bot sich den Gefährten ein atemberaubender Anblick dar. Ganz aus Obsidian, Speckstein, Hämatit und den verschiedensten anderen Gesteinen gefertigt füllte dort eine massige Statue die gesamte Breite der Halle aus: Ein Drache. Kirschfeuer stieß einen spitzen Schreckensschrei aus, fuhr wie der Blitz zwischen Helmdriels Pelze und kam erst wieder zum Vorschein, als sie den Raum verlassen hatten.

Auf den ersten Blick wirkte das Reptil lebendig. Die Vielzahl der Gesteine war so geschickt zusammengesetzt und mit solcher Sorgfalt behauen und poliert, dass man die Muskeln unter dem glänzenden Schuppenleib arbeiten zu sehen glaubte, ja, dass sich die Brust unter ihren gewaltigen Pyritschildern zu heben und zu senken schien. Die Augen des Ungetüms bestanden aus einem Mosaik geschliffener Edelsteine: Saphire und Rubine bildeten die Fassung für die diamantene Pupille selbst, die weiße Funken zu sprühen schien. Das Maul hatte der Drache weit aufgerissen; armlange Spieße drohten darin über einer Zunge aus glänzendem Speckstein. Aus den Nüstern des Drachen drang feiner Rauch, vielleicht von einer heißen Quelle oder durch Vulkanismus gespeist. Doch eine Sache war besonders auffällig: In dem tief zu den Gefährten hinabgesenkten Schädel des Drachen gähnte ein Loch, umkränzt von kostbaren Steinen, gleich der Öffnung eines Brunnens, und über den gezackten Rücken des Drachen zog sich eine Treppe, die nur bei genauem Hinsehen erkennbar war. Aus der runden Öffnung ragte ein Podest, aus dem wiederum etwas wuchs, das an eine geöffnete, leere Klaue erinnerte.

Die Gefährten bestaunten die Statue. Emilius mühte sich, magische Muster zu erkennen, schloss jedoch bald geblendet die Augen.

»Hier ist alles von Magie durchtränkt«, stellte er fest. »Die Statue ist allerdings echt, kein Trugbild.«

Als sie die Halle durchquerten, nicht ohne Ehrfurcht vor der gewaltigen Statue, war ihr Weg von einem verwirrenden Muster verschiedenfarbiger Steine gesäumt. Die Linien hatten zwar den Drachen als Bezugspunkt, mehr aber konnten die Gefährten nicht entschlüsseln. In der Absicht, den Fuß der Treppe zu finden, trat Emilius auf die Statue zu. Doch Varmendrion hielt ihn zurück.

»Ich weiß, dass es Euch reizt«, meinte er. »Aber diese Kultur ist uns fremd und wir werden all unsere Kräfte brauchen. Zügelt Eueren Wissensdurst, bis all das hier vorbei ist.«

Emilius fügte sich, warf einen Blick voll Bedauern auf das Ungetüm und folgte den anderen.

Ein Dutzend Steintore, allesamt halb geöffnet, bildete den Ausgang der Drachenhalle. Nundrêza durchquerte eines davon, ohne zu zögern. Auch auf der anderen Seite herrschte ein düsteres, aber warmes Goldlicht, und auch hier waren die Wände reich verziert. Ein Bächlein floss durch eine prächtige Rinne den Gang entlang, sprudelte über kleine Stufen und wand sich hier und da, als hätte es sich seinen Weg selbst gebahnt. Das Bächlein ergoss sich aus einem haarfeinen Spalt, der sich zwischen Decke und Wand öffnete, und wurde von einer großen Schale aus einem opalähnlichen Gestein aufgefangen.

Sie passierten wenig später einen Raum, dessen Wände in blutrotem Licht glühten; er war rund und gänzlich leer, trug konzentrische Kreise als Bodenmuster und machte den Eindruck eines Andachtsraumes. Aus einem anderen Gang zu ihrer Rechten drang ein stetes Rauschen. Als Emilius neugierig die Fackel hineinhielt, glitzerte ihm die Gischt eines Wasserfalls entgegen, der die ganze Breite des Ganges einnahm und eine Reihe steinerner Schalen speiste. Das Rauschen des Wasserfalls verklang erst allmählich, während sie weitergingen.

In einem anderen Raum, den sie durchquerten, befand sich ein breites Becken, in dem wiederum eine achatene Schale ruhte. Nundrêza nestelte ihren Becher hervor und schöpfte etwas von dem Inhalt der Schale, probierte zuerst selbst und reichte den Becher dann weiter.

»Gibt astrale Kraft«, erklärte sie. »Gottlob wusste der Eishüter nichts von diesem Magiebrunnen. Mein Geheimnis ... und diese Gänge mied er ohnehin wie die Zorgan-Pocken. Ich war die Einzige, die von ihrer Existenz und ihren Zugängen wusste.«

Helmdriel trat neugierig näher heran und kostete vorsichtig, als Emilius ihm den Becher reichte. Für die Dauer eines Augenblicks wirkte er verwirrt, ohne dass ein Grund dazu erkennbar war.

»Geheimnisvoll, was?«, scherzte Emilius. Tatsächlich fühlten sich alle gestärkt, mit Ausnahme von Fengorm, der nur mit den Schultern zuckte.

Schließlich betraten sie einen unbeleuchteten, kreisrunden Raum; selbst als Emilius und Halone ihr Licht wieder aufflammen ließen, verschwand die Decke in der Finsternis über ihnen. Er erinnerte ein wenig an das Haus einer Trompetenschnecke. Eine schmale Rampe schraubte sich entlang der Wand empor. Im Schein des magischen Lichts schienen die Wände zu leben, als kröchen hunderte kleiner Tiere beständig über ihre Oberfläche. Als sie näher herantraten, erkannten sie, dass es sich um fremdartige, kantige Zeichen handelte, die sich, dicht an dicht geschrieben, die Rampe begleitend emporwanden.

»Wie ein riesiges Buch, nicht aus Pergament, sondern

aus Stein«, flüsterte Emilius. Der Klang seiner Worte hallte scharf und ungewöhnlich laut von den Wänden wider. »Es soll solche Zeichen auch in den Kellern einer Magierakademie geben ... man hat bis heute nur einen Bruchteil entschlüsseln können. Wie gern würde ich mich hier einrichten ...«

»Später, Emilius, später«, bat Varmendrion. »Dies hier ist wahrlich hochinteressant. Erinnert tatsächlich an die Schrift der Echsen.«

»Wie eine Lernhalle – man läuft die Rampe empor, prägt sich dabei die Schrift ein ...« Emilius befand sich in einer anderen Welt.

»Ihr könnt hierher zurückkehren, wenn wir fertig sind«, meinte Varmendrion. »Müssen wir dort hinauf?«, fragte er, an Nundrêza gewandt. Die Elfe nickte.

»Es gibt mehrere solcher Hallen. Sie sind nach einem bestimmten Muster angeordnet, glaube ich ... aber diese hier sollte die richtige sein. Obwohl eine wie die andere aussieht.«

»Mehrere Hallen!«, begeisterte sich Emilius. »Dann lasst uns schnell unseren Feind finden!«

Die Rampe besaß kein Geländer. Sie waren recht froh, dass ihr Licht schon bald nicht mehr bis hinab auf den Boden der Halle reichte, denn sonst wäre vielleicht manch einer von gefährlichem Schwindel befallen worden. Nach einer Weile passierten sie große, blinde Kugeln aus einem ehemals wohl durchsichtigen Material, die an langen Ketten in verschiedener Höhe herabhingen.

»Die Lettern bewegen sich!«, rief Emilius verzückt. »Je nach dem, von wo das Licht einfällt, verwandelt sich jeder Buchstabe ... es scheint jeweils drei auf einem Fleck zu geben ... das bedeutet dann ...«

»Emilius!«

Nur widerwillig ging der Magier weiter. Die Wände rückten enger und enger zusammen. Schließlich waren sie an der Spitze des schneckenhausartigen Gewölbes angelangt. Ein Durchgang führte dort oben in einen finsteren Gang.

»Endlich!«, seufzte Fengorm.

Nundrêza führte die Gruppe an mehreren Abzweigen vorbei zu einer steil empor führenden Treppe, die sie hinaufstiegen.

Hier oben wirkten die Gänge recht schmucklos. Sie wurden feuchter. Ein leichter Modergeruch hing in der Luft, und gelegentlich krallten sich bleiche Flechten in die Ritzen der Wände. Einmal stießen sie auf das Skelett eines größeren Säugetiers, wenig später auf eine Ansammlung verschiedener Tierknochen in einem sonst leeren Raum. Ein Gefühl seltsamer Vertrautheit befiel Varmendrion, Helmdriel und Emilius. Auf einmal blieb Emilius stehen und reckte seinen Hals in einen Raum, der wohl einmal durch eine Holztür verschlossen gewesen war.

»Das ist doch mein Arbeitsraum!«, entfuhr es ihm.

»Euer Arbeitsraum ist ein wenig voller«, entgegnete Varmendrion und schaute ihm über die Schulter. »Aber ihr habt Recht! Die Gänge verlaufen hier ganz genauso, wie sie es unter unserer Festung tun. Und dieser Raum ist tatsächlich genauso geschnitten wie der Eure!«

»Festung?«, fragte Fengorm neugierig.

Varmendrion überging seinen Einwurf und schritt atemlos weiter.

»Dann müsste dort hinten der Aufgang sein ... tatsächlich! Darüber folgt noch ein Gang – und wir sind auf ebener Erde! Ich fürchte, wir haben bald unser Ziel erreicht!«

Fengorm warf seine Pelze zurück und ergriff seine Waffen. Halone nestelte ihren Bogen hervor. Varmendrion warf einen Blick zu Helmdriel. Der Junge war kalkweiß im Gesicht geworden und sah sich ruckartig um. Kirschfeuer fixierte ihn mit misstrauisch zusammengekniffenen Augen.

»Was ist mit dir?«, fragte Varmendrion und legte Helmdriel prüfend die Hand auf die Stirne.

»Nichts«, murmelte Helmdriel. Emilius blickte argwöhnisch. Doch da er nichts als Unsicherheit in dem Jungen erkennen konnte, zogen sie weiter.

Tatsächlich schien der Verlauf der Gänge genau denen unter Mandalir zu entsprechen, bis hin zu jenem Abschnitt, der nachträglich beim Bau der alten Zwergenfestung hinzugefügt worden war. Doch anstelle in die Palasträume Mandalirs zu treten, gelangten sie an der Öffnung des Gangsystems in einen weiten, von hellem Licht erfüllten Tunnel, der ganz und gar aus Eis bestand. Sie löschten das Licht. Nundrêzas Schritte gewannen mit Betreten des Eislabyrinths deutlich an Sicherheit.

»Es ist nicht mehr weit«, flüsterte sie mit halb erstickter Stimme. Ein Kloß schien in ihrem Hals zu sitzen.

Seltsamerweise war es in den Eisgängen recht warm und die Temperatur stieg auf ein angenehmes Maß, je weiter sie ihren Weg fortsetzten. Gelegentlich sah man schwarzen Fels durch das Eis hindurchschimmern, aber stets herrschte ein gedämpftes, weißes Licht. Doppelt vorsichtig stießen sie tiefer in das Gewirr aus Eisgängen vor. Die Gänge schienen einem bestimmten Muster zu folgen: Es war, als strebten sie alle einem Fluchtpunkt weit vor sich zu.

Emilius und Varmendrion behielten Helmdriel stets fest im Blick, um eingreifen zu können, sollte ihm etwas zustoßen; nur zu gut war ihnen seine scheinbar sinnlose Entführung noch in Erinnerung. Varmendrion selbst wurde von wachsender Unruhe ergriffen. Er wusste nicht, woher sie kam; die Quelle lag irgendwo tief in seinem Unterbewusstsein. Seine Handflächen wurden feucht.

»Wenn das alles eine Falle ist? Besser könnte sie nicht angelegt sein!«, sagte Fengorm. Doch Nundrêza schüttelte den Kopf.

»Fallen gab es nur in den unteren Gängen, und die konnte ich mit euch umgehen. Hier oben aber herrscht keine Gefahr: Der Eishüter mag hinterhältig und um keine List verlegen sein, aber Fallen würde er nicht aufstellen. Das ist nicht seine Art – er wird auch ohne solche Hilfsmittel mit seinen Gegnern fertig.«

»Hoffentlich hat er sich da heute überschätzt«, seufzte Fengorm.

Eishüter

Sie passierten blasenförmige Räume, die aufgereiht waren wie Perlen auf einer Schnur. Gelegentlich fiel das Sonnenlicht herein und brach sich in allen Regenbogenfarben an kantigen Eisdornen. Zu ihrer Rechten öffnete sich dann und wann ein Loch im Eis, das durch eine hauchdünne Eisschicht hindurch den Blick auf ein Panorama von bizarrer Schönheit freigab. Varmendrion konnte ihr keinen Reiz abgewinnen; seine Unruhe stieg und wurde zu Furcht, einer Furcht, die sich durch den Verstand nicht verdrängen ließ. Mehrfach schien es ihm für die Dauer von Augenblicken so, als wäre er wieder ein kleiner, hilfloser Junge, der zu erschöpft war, um Todesangst zu verspüren. Halone musterte ihn mit steigender Sorge. Doch ehe sie etwas sagen konnte, umrundeten sie eine Kurve – und erstarrten. In der Mitte einer Eishalle stand ein ergrauter Mann in dicken Fellkleidern. Varmendrion erbleichte.

»Er sieht ihm sogar ähnlich!«, rief Nundrêza. Ehe die anderen dazwischenfahren konnten, streckte sie die Faust aus und schleuderte einen Strahl puren Feuers gegen den Mann. Doch das Feuer durchdrang die Gestalt ohne Widerstand und brachte nur die Wand hinter ihm zum Schmelzen. Der Gestank von verbrannten Haaren erfüllte den Raum. Die Gestalt aber lachte.

»Haltet ihr mich, den Eishüter dieses Gletschers, wahrlich für derart dumm? Gerade Ihr, Verräterin an Eurem Volk, die Ihr meinem Lehrer dientet und seine

Stärken kennen solltet?« Der Eishüter fixierte Nundrêza. Dann ruckte sein Kopf zu Varmendrion herum, der wie entrückt dastand. »Ich kenne Euer Begehr. Lange genug konnte ich Eurem Marsch beiwohnen. Denn mich verlangte nach Euch, Varmendrion, der Ihr Aldhelm hießet!«

»Eine Illusion«, brummte Emilius. »Er selbst steht an einem anderen Ort. Das hier ist nur sein Abbild.«

»Wie klug Ihr das erkannt habt, Magister. Nun ja. Mein Lehrer hat einen Fehler gemacht – Euch suchte er, Aldhelm, um die Lichtelfen zu locken und dann ihre Kraft zu nutzen, doch hatte er sie unterschätzt. So ist das Unaussprechliche Ritual nicht vollzogen worden, und Ihr wurdet durch die Gnade der Lichtelfen gerettet. Unsere Anhänger haben sich wohl bemüht, nach seiner Vernichtung weiter zu bestehen. Aber der Eishüter war tot. Mich, der ich sein Nachfolger sein sollte, hatte er in Sicherheit gebracht – und damit gleichzeitig von dieser Welt entrückt. So zerstreute sich unser Gefolge, bis die Bruderschaft vergessen und verschwunden war. Nun sind fünfhundert Sonnenwenden vergangen, und wie es der Eishüter vorgesehen hatte, gelangte ich endlich zurück in diese Welt. Der Zeitpunkt ist wahrlich gut gewählt: Borbarad ist zurückgekehrt mit seinen Dämonen, die Zeiten sind finster geworden – und die Elfen des Lichts werden Euch nicht mehr helfen. Wenn ich Euch besiegt habe, ist die letzte Barriere gefallen. Mein Diener aus Wind hat seine Aufgabe erfüllt. Das Samenkorn, das der Eishüter säte, das so lange im Boden ruhte, es kann nun aufgehen. Die Kraft der Erde wird mich nähren. Eis über Erde. Wehe Euch! Wehe Euch, Aldhelm, Ihr werdet nun mein Werkzeug sein dürfen. Ihr anderen, ihr sterbt bald. Ich habe Euch einen würdigen Gegner ausgesucht!«

Damit entschwand der Eishüter im Nichts.

»Würdiger Gegner?«, fragte Fengorm.

»Und wie konnte er unseren Anmarsch verfolgen? Woher weiß er, was wir gerade tun?«, zischte Emilius alarmiert. »Diese Erscheinung hat keine Sinne! Er muss uns auf andere Weise beobachtet haben!«

»Nun sicher«, meinte Fengorm.

»Ja, aber *womit* beobachtet er uns?«, fragte Emilius und wirbelte plötzlich zu Helmdriel herum. Er machte rasche Gesten und erbleichte.

»Oh, wir unerfahrenen Kinder!«, flüsterte er. »Der Eishüter war die ganze Zeit über bei uns! In den Augen dieses Jungen! Deshalb hat er ihn unversehrt ...«

Ehe er geendet hatte, ging ein Ruck durch Helmdriel. Mit einem kräftigen Faustschlag beförderte er den nichts ahnenden Kirschfeuer von seiner Schulter, sodass der Drache aufkreischte und gegen die Wand der Eisröhre geschleudert wurde, warf sich den Pelzmantel von den Schultern und rannte los.

Augenblicklich wollten die anderen die Verfolgung aufnehmen, doch im Gegensatz zu Helmdriel glitten sie auf dem Eis aus und stürzten zu Boden. Emilius hob die Hand, um Helmdriel mit Magie aufzuhalten, aber da war der Junge schon um eine Ecke verschwunden. Das Getrappel seiner Füße verlor sich.

»Was ist denn in den gefahren?«, polterte Fengorm, nachdem er sich wieder aufgerichtet hatte. Wie zum Spott bot der Boden ihnen nun wieder Halt.

»Unser Feind hat ihn in seiner Gewalt«, flüsterte Emilius. »Ich hatte etwas Ähnliches befürchtet ... aber dass es so schlimm sein könnte ... unser Gegner ist wahrlich mächtig!«

»Und nun?«

»Weiter!«, sagte Nundrêza. »Wir dürfen dem Eishüter keine Zeit geben!«

Halone, die den wüst vor sich hin meckernden Kirschfeuer aufgehoben hatte, nickte.

»Etwas anderes können wir wohl nicht tun«, meinte

sie. Ein Blick zu Varmendrion bestätigte ihr, dass der Manundar wohlauf war, obgleich sie seine Furcht nun stärker als je zuvor spürte.

»Die Vergangenheit«, flüsterte er. Halone ergriff seine Hand und spendete ihm Kraft. Tatsächlich gelang es Varmendrion, seine Angst zurückzudrängen.

»Er hat Helmdriel. Auf«, stieß er hervor. Seine Miene war hart geworden.

Sie gingen noch eine Weile durch die Welt aus Eis, aber Helmdriel blieb verschwunden. Schließlich mündete der Eisgang wieder in einen Korridor aus Fels – der Zugang war mit mehreren Lagen dicker Felle sorgfältig verhängt worden.

Als sie den Vorhang mit gezückten Waffen zurückschlugen, fanden sie sich in einem großen, quadratischen Raum wieder. Auf der gegenüberliegenden Seite des Raumes wurde ein Vorhang zur Seite gerissen und gab den Blick auf einen geräumigen Gang frei. An dessen Ende erschien eine kleine Gestalt. Es war Helmdriel. Kirschfeuer riss sein kleines Maul auf, buckelte wie eine Katze und stieß ein lautes Fauchen aus.

Mit festen Schritten trat Helmdriel ihnen entgegen. Seine Augen waren nicht mehr jene der *lairfeyra*: Sie glommen blutrot. Der schlanke Körper war unversehrt und schimmerte, als wäre er von einer dünnen Wachsschicht überzogen. Seine Hände waren leer, doch als er sie nach Varmendrion ausstreckte, da wohnte eine tödliche Macht in ihnen.

»Zur Seite!«, schrie Emilius. Magie ließ die Luft erzittern, zog in gerader Bahn auf Varmendrion zu. Emilius streckte die Rechte aus, als wolle er den Angriff mit der Handfläche abfangen. Und tatsächlich: Anstatt Varmendrion zu treffen, fiel der Zauber auf seinen Wirker zurück. Helmdriels schmale Gestalt wurde mehrere Schritt zurückgeschleudert, schlug flach auf den Boden hin – und war unverzüglich wieder auf den Beinen.

Angeschlagen wirkte er, doch nicht besiegt. Und so ging er sogleich zum nächsten Angriff über. Kirschfeuer sprang von Varmendrions Schulter, umflatterte Helmdriel mit wütendem Kreischen und ließ sich dann in gebührender Entfernung nieder, tatenlos, da sich der Kraft, die er schon einmal Helmdriel gegenüber gewirkt hatte, nun kein Ansatzpunkt mehr bot. Den Jungen auf andere Art anzugreifen wagte er nicht, da er mit drachischer Intuition erfasste, dass er jener Macht damit nicht schaden würde, die von ihm Besitz ergriffen hatte.

»Wir dürfen ihn nicht töten!«, schrie Varmendrion, der Helmdriels Zustand richtig deutete. »Er ist besessen! Emilius!«

Emilius hatte bereits gehandelt. Eine Wirkung war nicht zu erkennen, doch als Helmdriel auf sie zuschritt, prallte er plötzlich gegen eine unsichtbare Barriere. Verärgert runzelte er die Stirne und streckte eine Hand aus.

Doch Emilius verlor keine Zeit. Während Nundrêza, Fengorm und Halone vorstürmten, zeichnete er rasch mit dem Stab ein Pentagramm auf den Boden. Schon hatte Helmdriel die Barriere gebannt und ging weiter, hob die Arme zur Beschwörung. Fengorm ließ seinen Rabenschnabel fallen und sprang auf ihn zu, um ihn zu packen, Halone und Nundrêza im Gefolge. Aber Helmdriel stieß Halone und Nundrêza wie beiläufig von sich und hieb Fengorm mit derartiger Wucht den Rücken der Faust ins Gesicht, dass der Krieger vor ihm niederstürzte. Eine seltsame Schwäche überkam Fengorm und drückte ihn zu Boden. Helmdriel stand breitbeinig über ihm und spannte seine schlanke Gestalt. Sein Blick galt nicht Fengorm, sondern Emilius, der sein Symbol fast beendet hatte. Helmdriels Züge spiegelten Erregung. Er streckte die Arme nach dem alten Magier aus, um dessen Bemühungen mit einem raschen Hieb arkaner Energie zunichte zu machen.

Fengorms Blick glitt die schlanke Gestalt des Jungen

hinauf, die Schenkel empor – und dort präsentierte sich ihm klein und rund ein Ziel, das, wurde es nur ordentlich getroffen, selbst einen dämonisch Besessenen in die Knie zwingen musste. Ohne zu zögern fuhr Fengorm herum, ließ seine behandschuhte Rechte fast senkrecht hinaufschnellen, zwischen die Schenkel, schrammte über deren Innenseite, die nicht mehr weich war wie die Haut eines Elfen, sondern hart wie Stein. Und traf mit aller Wucht.

Doch anstatt sich vornüber zu krümmen, zu spucken und zusammenzubrechen, durchzuckte es Helmdriel nur; selbst die Arme hielt er weiterhin nach Emilius ausgestreckt. Allein seine Züge verzerrten sich unwillkürlich, und für einen Augenblick war die Beschwörung unterbrochen. Der Junge versetzte Fengorm einen Tritt, der ihn trotz seiner Rüstung aufkeuchen ließ, und stieg über den Krieger auf Emilius zu, der sein Pentagramm fertiggestellt hatte und nun eilig begann, einen Zauber zu wirken.

»Nicht mit mir!«, brummte Fengorm. Trotz Schwindel im Haupt sprang er Helmdriel von hinten an, packte ihn zwischen den Beinen, umschlang seinen Hals und versuchte ihn hoch zu heben, doch Helmdriel stand wie ein Fels. Halone und Nundrêza waren herbeigeeilt und ergriffen nun Helmdriels Knöchel.

Für einen Augenblick war der Junge bewegungsunfähig. Auf seinem Gesicht breitete sich der Ausdruck von Panik aus, er öffnete den Mund zu einem ohrenbetäubenden Schrei, einem Schrei, wie ihn keine Elfenkehle zu artikulieren fähig war. Da war Varmendrion schon vor ihm, schloss die Augen und streckte die Hand aus, um ihm die gespreizten Finger auf die Stirne zu setzen. Ein spastisches Zucken ging durch den Körper des Jungen, ein Aufbäumen gewaltiger Kraft. Er trieb Fengorm die Ellenbogen in die Seite, sodass der Krieger seinen Klammergriff lösen musste. Fengorm bekam sogleich die Oberarme zu fassen und trieb ihm das Knie gegen die Hinterbacken. Helmdriel jedoch trat aus und traf Nundrêza und Halone, die die Hände vor die Gesichter schlugen; Varmendrion dagegen ließ unbeirrt seine Kräfte wirken. Zwar hinderten sie Helmdriel daran ihn anzugreifen, brachen jedoch nicht den Bann, unter dem er stand. Varmendrion wich zurück, die Hand auf die Stirne gepresst; er schwitzte. Helmdriels unverwandter Blick, der nicht mehr Helmdriel gehörte, musterte ihn mit dem Ausdruck von Erstaunen, Neugier, aber auch so etwas wie Respekt vor einem Mächtigen. Doch kämpfte er weiterhin gegen die Bande an, mit denen Varmendrion ihn zu umspinnen suchte, und so kam er, obwohl er sich bewegte, als wate er durch zähen Schleim, Emilius immer näher. Dass Fengorm an ihm hing, störte ihn offenbar nicht im Geringsten.

Das Entsetzen stand deutlich in Emilius Gesicht geschrieben, denn er wusste, was geschehen würde, wenn Helmdriel ihn vor dem Abschluss seines Zaubers erreichte. Varmendrion verstärkte seine Bemühungen. Plötzlich blitzte es in Helmdriels Augen auf – mit einem Ruck befreite er sich aus Fengorms Umklammerung, trat nach hinten aus und stieß Varmendrion die Handflächen mit derartiger Wucht vor die Brust, dass es den Elfen zu Boden warf. Varmendrion löste die Hand von seiner Stirne – und damit riss das unsichtbare Band. Helmdriel fuhr mit unglaublicher Behendigkeit herum, fixierte Emilius, spannte seinen Körper bis in die letzte Faser an, ging in die Knie und stieß sich vom Boden ab.

Im selben Augenblick jedoch rammte Emilius den Magierstab ins Zentrum des Pentagramms. Helmdriel wurde mitten im Flug durch einen solch heftigen Schlag erschüttert, dass es ihn fast auseinander riss. Hart stürzte er auf das Eis nieder, und etwas Unförmiges, Nebelartiges zwängte sich aus Mund und Nase, Ohren und

After, während er würgte, blindwütig um sich schlug und sich in Zuckungen wand. Es quoll unaufhaltsam aus ihm heraus. Das Zentrum des Pentagramms begann dunkelrot zu glühen, schien sich zu öffnen wie ein Tor in eine andere Welt, und verschlang die Erscheinung.

Damit war es vorbei. Emilius stützte sich auf seinen Stab und keuchte. Halone und Nundrêza halfen Fengorm rasch auf die Beine. Varmendrion aber stürzte zu Helmdriel.

Der Junge lag mit verkrampften Gliedern inmitten des Pentagramms, das nun wieder zu einfachen Linien im Eis verlaufen war, zitterte am ganzen Körper und war schweißnass. Rasch nahm Varmendrion ihn in die Arme, schlang seinen Umhang um den frierenden Körper und legte ihm unter den Fellen die Hand auf die Brust, um heilende Kräfte fließen zu lassen.

»Was war denn das?«, keuchte Emilius. »Ist er in Ordnung?«

Nach einer Weile nickte Varmendrion.

»Er hätte es fast nicht überlebt. Ihm wurde beinah zu viel abgefordert.« Er ballte die Faust. »Der Eishüter hat keine Macht mehr über ihn. Dafür wird er bezahlen. Für Helmdriel war das grauenhafter als Folter.«

»War es ein … ein Dämon?«, fragte Halone mit zittriger Stimme. Nundrêza schüttelte den Kopf.

»Das denke ich nicht. Die Eishüter verstehen sich nicht gut auf Dämonen. Aber was immer es war, Euer Magier hat es besiegt. Unglaublich …«

Emilius gönnte sich ein stolzes Lächeln.

Sie legten nur eine kurze Pause ein. Dann traten sie durch den zweiten Vorhang in die Kammer des Eishüters.

»Es ist alles noch so wie früher«, flüsterte Nundrêza. »Dort hinten geht es hinaus zum Gletscher!«

Varmendrion versuchte, sich zu erinnern, aber er spürte, wie seine Bemühungen nur eine wachsende

Furcht bei ihm wachriefen. Doch war ihm dieser Raum auf eine schreckliche Art und Weise vertraut; unwillkürlich beschlich ihn wieder ein Gefühl von Panik.

Vorsichtig durchquerten sie die Kammer. Auch wenn Nundrêza behauptete, der alte Eishüter habe keine Fallen verwendet – vielleicht hatte sein Nachfolger sich doch noch eine Überraschung einfallen lassen. Was nicht der Fall war. Unversehrt erreichten sie das andere Ende des Raumes.

»Macht euch bereit«, flüsterte Nundrêza. Sie zitterte am ganzen Leib. »Lasst den Jungen hier. Er hat dem Eishüter bereits alles gegeben, was der sich nehmen konnte. Er ist hier sicher.«

Varmendrion wollte widersprechen, senkte dann jedoch zustimmend den Kopf. Seine Hände zitterten.

»Wenn zumindest einer bei ihm bleiben könnte«, seufzte Halone, die ganz genau wusste, wie unmöglich dieser Wunsch zu erfüllen war: Gleich würden sie alle ihre Kräfte brauchen. Also betteten sie Helmdriel sorgsam auf etwas, das wohl die Bettstatt des Eishüters darstellte, und zum Abschluss träufelte Halone ihm einige Tropfen einer Flüssigkeit zwischen die Lippen, die den Jungen schlafen ließe. Dann war es so weit. Das Schicksal erwartete sie.

Als sie die schweren Felle beiseite gezogen hatten, die den Eingang verschlossen, ragte vor ihnen ein viele Schritt hoher Eiswulst auf, in den eine Art Treppe geschlagen worden war. Von oben drang Sonnenlicht herein. Wie durch ein Wunder hatte sich hier unten ein knorriger Baum festgesetzt, und es hatte den Anschein, als wäre er vom Eishüter gepflegt worden.

Als sie den Wulst erstiegen hatten, mussten sie geblendet die Augen schließen. Vor ihnen erstreckte sich eine Ebene von reinem, blauweißem Eis, die sich in geschwungenen Bögen dahinzog und zur Linken einen

Buckel bildete. Halone glaubte, etwas durch das Eis hindurchschimmern zu sehen, das in vielen Schritt Tiefe dort begraben lag. Das Sonnenlicht durchdrang das Eis so mühelos, als wäre es klares Wasser. Dort unten stand, ganz im Eis eingeschlossen, ein Podest, daneben etwas, das einer Bank glich. Um Podest und Bank war ein zerstörtes Symbol zu erkennen, dessen Linien an Narben erinnerten. Quer über den Linien lag etwas, was einst Mensch oder Elf gewesen sein mochte: Von hier aus waren nur schwarz verkohlte Umrisse zu erkennen. Aber etwas anderes zog Halones Aufmerksamkeit auf sich. Genau über der verlängerten Linie des Podests, oben auf der Anhöhe, stand eine Gestalt. Neben ihr wuchs eine Säule bis auf Hüfthöhe empor und trug einen klaren, funkelnden Edelstein.

»Der neue Eishüter!«, flüsterte Nundrêza.

»Ich spüre einen Fluss von Kraft«, wisperte Halone.

»Erdkraft«, erklärte Nundrêza leise. »Sie beginnt zu fließen! Wir müssen uns beeilen!«

»Gut«, brummte Fengorm und feuerte seine Armbrust nach dem Mann in der Ferne ab. Doch der Bolzen wurde auf halber Strecke von einem plötzlichen Windstoß ergriffen und trudelte harmlos zu Boden.

»Schade«, brummte Fengorm widerwillig und zog seine Waffen. »Wir müssen näher heran! Auch für Eure magischen Spielchen. Vor Pfeilen hat unser Freund sich offenbar geschützt.«

Sie waren nur wenige Schritte weit gegangen, da hörte Fengorm Halones Aufschrei neben sich.

»Varmendrion?«

Varmendrion starrte um sich, die Augen vor Schreck geweitet, richtete dann den Blick auf jenes, was Halone schon unter dem Eis entdeckt hatte, und rührte sich nicht mehr.

»Ich kenne das«, flüsterte er. »Da ist Angst ... nur Angst ...«

Hinter ihnen erklang ein Knirschen. Dort, wo gerade noch die steinerne Terrasse mit dem Zugang zu den Gemächern des Eishüters gewesen war, ragte nun eine spiegelglatte Eiswand empor.

»Wir wollen auch gar nicht fort, ehe wir Euch zermalmt haben«, brüllte Fengorm zum Eishüter hinüber. »Gebt mir Halt!«, wandte er sich an die Elfen.

»Damit ... damit ... damit wirst du ... über Eis laufen ... wie über feste Erde«, stammelte Varmendrion, konzentrierte sich und ließ seine Kräfte fließen. Kaum hatte seine Magie zu wirken begonnen, taumelte er zurück: Die Konzentration hatte ihn ungeheure Kraft gekostet. Die Panik forderte nun um so stärker ihren Tribut.

Nun berührte Halone Fengorm, beschrieb einige Gesten mit den Händen und sammelte sich. Ihr Geist nahm die Form seines Körpers auf, füllte sie mit den Farben seiner Kleidung und seiner Haut, modellierte sie bis in kleine Einzelheiten. Als Halone wenige Herzschläge später zurücktrat, da standen drei sich bis aufs Haar gleichende Fengorms neben ihr.

»Viel Glück!«, wünschte sie ihnen, als Fengorm und seine zwei Abbilder mit synchronen Bewegungen aufs Eis hinaus traten. Halone zog ihren Rapier und folgte ihnen in kurzem Abstand. Währenddessen sammelte Emilius Kraft und bereitete einen Angriff auf den Eishüter vor. Varmendrion dagegen war immer noch krank vor Angst.

Während die drei Fengorms sich stetig auf den Mann zu bewegten, starrte der Eishüter konzentriert vor sich hin und schrieb mit einem Finger ein Zeichen in die Handfläche. Zunächst geschah gar nichts. Fengorm arbeitete sich mit seinen zwei Abbildern langsam und vorsichtig auf den Eishüter zu. Er öffnete die Arme mit dem Rabenschnabel in der einen und mit dem Schwert in der anderen zur tödlichen Schere. Gleich würde er den Eishüter erreicht haben, das Eis unter seinen Füßen gab ihm Halt, sein Gegner stand unbewegt. Gleich würde sich die Schere schließen, da spürte Fengorm, wie sich der Boden unter seinen Füßen zu regen begann. Hastig suchte er Halt, aber das Eis begann sich unter seinen Füßen zu drehen, bildete tatsächlich einen Strudel, als wäre es zäher Brei. Halone gelang es gerade noch zurückzuspringen, doch rutschte sie dabei aus, stürzte und prellte sich die Schulter; ihr Rapier schlitterte den leichten Hang hinab und blieb schließlich mitten auf dem Eis liegen.

Fengorm indessen versuchte, sich mit seinen Waffen abzustützen, doch nutzte es ihm nichts: Der Strudel zog ihn hinab. Er war schon bis zur Hüfte eingesogen, als es Emilius endlich gelang, den arkanen Fluss zu unterbrechen. Der Strudel erstarrte mitten in der Bewegung, als wäre er frisch gefroren, und hielt Fengorm unentrinnbar gefangen. Seine Abbilder verschwanden. Der Eishüter lachte.

»Auf meinem Grund wollt ihr mich schlagen!«, rief er. Seine Stimme klang über die Weite des Gletschers hin seltsam verloren. »Ich wusste, dass ihr so dumm sein würdet!«

Emilius ging unmittelbar zum Angriff über, doch versagte seine Kunst. Auch der Eishüter blieb nicht untätig: Er legte die Hände zusammen, um ein neues Muster zu weben. Über ihnen rollten die Wolken am Himmel und verdichteten sich rasant.

Emilius' Hände erwachten zu fieberhafter Tätigkeit. Er starrte zu den Wolken empor, fuhr mit den Fingern durch die Luft und murmelte unablässig etwas vor sich hin, als versuche er, ein hochkomplexes Muster zu entwirren. Hastig stellte sich Nundrêza vor ihn, um ihn vor Angriffen des Eishüters zu schützen, aber der war ganz und gar mit der Wettermagie beschäftigt. Schon bildeten die Wolken einen Wirbel, schon begann ein starker

Wind zu wehen, der sie allesamt von den Füßen fegen und sie auf der spiegelglatten Eisfläche zu seinem Spielball machen würde, wenn er nur ein wenig mehr an Kraft gewänne. Doch plötzlich geriet der Wirbel in Unordnung: Der Wind schien nun in zwei entgegengesetzte Richtungen blasen zu wollen, und dann zerrissen die Wolken. Der Sturm ebbte ab, ehe er sich hatte entfalten können.

Nundrêza trat zur Seite und konzentrierte sich, da streckte der Eishüter erzürnt einen Arm aus. Ein dünner, scharfer Strahl aus Eis schoss aus seinen Fingern und griff nach Emilius. Der hob die geöffnete Hand, fing damit den Angriff ab und warf ihn auf seinen Wirker zurück. Doch der konterte auf die gleiche Art: Der Strahl wechselte erneut die Richtung und wandte sich Emilius zu, der gerade noch Zeit hatte, die Hand in seine Bahn zu bringen und den Strahl abermals zurückzuwerfen. Doch der Eishüter stand Emilius an Geschick in nichts nach, und so kehrte sich die arkane Kraft erneut um, nur um wiederum zurückgeworfen zu werden. So ging es mehrfach hin und her, bis Emilius einen winzigen Fehler machte – und der Eisblitz ihn mit aller Gewalt traf. Emilius keuchte und brach zusammen.

Halone hatte inzwischen Varmendrion erreicht: Mit Fengorms Lähmung war ihr Plan fehlgeschlagen, auf Reichweite an den Eishüter heranzukommen. Sie musste Varmendrion wieder zu klarem Verstand verhelfen. Und tatsächlich gelang es Varmendrion mit ihrer Hilfe endlich, seine Selbstbeherrschung zurückzugewinnen. Doch als er Kraft sammelte, sahen sie, wie der Kristall beim Eiswahrer zu glühen begann.

»Nun lernt meine wahre Macht kennen!«, donnerte er. Er war hinter den Kristall getreten und hatte ihn mit beiden Händen ergriffen. Die Elfen verspürten einen Ruck im astralen Gefüge. Eine Macht ungeheuren Ausmaßes begann sich zu sammeln.

Varmendrion wollte eilig ein schützendes Netz aus astralen Energien weben, doch es war zu spät. Der Kristall gleißte in blendendem Weiß auf; die Macht der Erde selbst rollte auf die Gefährten zu und konzentrierte sich auf Varmendrion. Ihre Gewalt würde seinen Geist brechen und ihn zum Diener des Eishüters machen, ihn umformen für das Ritual, für das der Eishüter ihn brauchte.

Da sprang Nundrêza hoch. Sie breitete die Arme aus, rief unbekannte Worte, blickte gen Himmel; für die Dauer eines Augenblicks schien ihr Körper zu glühen, dann erklang ein durchdringendes Fauchen, als dem Eishüter die Kontrolle über seine Macht entglitt. Der Kristall wurde immer heller und heller, sodass das Licht sich durch die geschlossenen Augenlider fraß und jeden blendete. Der Eishüter suchte verzweifelt die Kontrolle wiederzuerlangen, doch Nundrêza vereitelte hartnäckig seine Versuche. Eine milchigweiße Kugel wuchs aus dem Kristall, dehnte sich quälend langsam aus, bis sie Eishüter und Karfunkel vollständig einhüllte, wuchs noch weiter, erreichte Fengorm, der ihr ebenso entsetzt wie hilflos entgegensah, zog auch über ihn hinweg. Und dann schrumpfte sie wie eine riesenhafte Papierkugel langsam wieder in sich zusammen und bekam Risse, aus denen heiße Luft und Wasserdampf entwichen. Es erscholl ein Knall, der den Boden erzittern ließ. Feine Splitter schlugen durch die Felle der Gefährten und drangen in die Haut.

Halone blickte auf. Die Wucht der Explosion hatte sie gegen die Felswand zurückgeworfen. Dort, wo der Kristall gestanden hatte, klaffte nun ein Krater; so als habe jemand eine gewaltige Schale aus dem Eis geschlagen. Der Eishüter aber war verschwunden. Er war von der Wucht der Explosion zu Partikeln zerrissen worden. Fengorm hatte ein ähnliches Schicksal erlitten. Von dem Krieger war nichts mehr zu sehen.

Die anderen waren glimpflich davongekommen. Wer von ihnen noch Kraft besaß, tat sein Bestes, um die schlimmsten Verletzungen der anderen zu heilen. Emilius hockte da, kaum bei Sinnen, stöhnte und hielt sich den Kopf, aber er war zum Glück nicht schwer verletzt.

Scheinbar unversehrt dagegen war Nundrêza, die ausgestreckt auf dem Boden lag. Aber alles Leben war aus ihrem Leib gewichen. Als die Gefährten sie näher betrachteten, erkannten sie, dass sie nur noch eine leere Hülle war, die Haut hart wie Eis.

»Sie hat mit ihrer Lebenskraft gewirkt«, flüsterte Varmendrion. »Sie hat alles gegeben, um dem Eiswahrer die Kontrolle zu rauben. Dabei galt der Angriff nur mir ... sie wäre vielleicht mit dem Leben davongekommen ...«

Sie beschlossen, die Leiche Nundrêzas zu bestatten, sowie sie einen Weg aus dem Gletscher gefunden hätten. Wichtiger war aber zunächst einmal der Zustand Helmdriels. Emilius brachte mit einem letzten Kraftaufwand die Eiswand zum Bersten, die ihnen den Weg in die Gemächer des Eiswahrers versperrte, dann brach er unter heftigem Kopfweh zusammen.

Helmdriels Züge hatten sich geglättet. Er schlummerte friedlich, als habe der Sieg über den Eishüter seinem Erlebnis den Schrecken genommen. Nachdem Varmendrion sich über seinen Zustand vergewissert hatte, trat er an die Truhen heran, die noch immer, wie damals, an den Wänden standen. Emilius trat an seine Seite und öffnete sie; stellte jedoch halb enttäuscht fest, dass sie fast ausschließlich Gerätschaften und Dinge enthielten, die nur für Druiden von Nutzen waren. Einige Gegenstände, deren Bedeutung er nicht verstand, nahm er mit.

Gerade hatte er die letzte Truhe bis zum Boden durchwühlt, als Varmendrion einen erstaunten Ruf ausstieß. Hastig griff er einen kleinen Gegenstand. Er richtete sich auf, starrte an, was er in der Hand hielt, und wankte. Es war der Talisman aus dem Holz der Blutulme, den er damals hier in diesem Raum hatte ablegen müssen. Er barg seinen Fund in der Faust und spürte, wie die Tränen gegen seine Augen drückten. Der Talisman seines Bruders. Das Amulett, mit dem alles angefangen hatte: Kaum hatte er, Varmendrion, es von seinem Bruder genommen und sich umgelegt, da war das Unheil über sie hereingebrochen ...

»Komm«, drängte Halone leise, die wohl ahnte, welche Bedeutung das Kleinod für Varmendrion besaß. »Gehen wir. Dies ist kein guter Ort für schwere Erinnerungen.«

Varmendrion nickte. Doch während ihres ganzen Weges barg er den Blutulmentalisman fest in der Hand.

Glücklicherweise fanden sie den Weg aus dem Gletscher erstaunlich gut. Emilius hätte zwar trotz seiner Schwäche gern das geheimnisvolle Gangsystem erforscht, aber zum einen konnten sie beim besten Willen die verborgenen Zugänge nicht mehr ausmachen, und zum anderen wollten die Elfen diesen Ort so schnell wie möglich verlassen.

Sie fanden einen offenbar regelmäßig benutzten Ausgang, der sie in ein blühendes – tatsächlich: blühendes! – Tal tief unterhalb des Gletschers führte. Es war schwülwarm dort unten: Heiße Quellen speisten trübe Tümpel. Nach dem Aufenthalt im Reich des Eishüters hatten das Klima und die strotzende Vegetation fast etwas Bedrückendes. Dennoch legten die Gefährten hier eine längere Rast ein und pflegten Helmdriel, der sich nach wenigen Tagen einigermaßen erholt hatte, sodass sie ihren Weg fortsetzen konnten.

Obgleich der Rückweg nicht weniger beschwerlich war als der Hinweg, kam er ihnen doch leichter und auch kürzer vor; vielleicht war es auch die Aussicht auf die Rückkehr in Städte oder Wälder, die ihre Schritte beschwingte. Aber der Tod Fengorms hatte die Atmosphäre verändert. Sie konnten sich über ihren Sieg nicht mehr freuen. Zudem wurde Emilius, der einzige Mensch in der Gruppe, von Tag zu Tag trübsinniger; schließlich war sogar sein Vorrat an Tabakröllchen aufgebraucht. Doch dann begannen Helmdriel und Emilius sich anzufreunden und gegenseitig zu stützen. Wie Großvater und Enkel wirkten die beiden.

Und als sie endlich Gorbons Hütte betraten, dort überschwänglich begrüßt und bewirtet wurden, da war es, als fiele ihnen allen eine Last von den Herzen. Gorbon aber war über Fengorms Tod bestürzt.

»Er war ein großer Mann«, erklärte Emilius. »Herzlich und handfest. Und er war ein glühender Verehrer der Kriegsgöttin Rondra. Ein solches Ende hat er gewiss nicht verdient!«

»Wahrlich nicht«, stimmte Gorbon ihm zu. »Er hat mir gefallen.«

»Lasst uns ihm für seine Hilfe danken«, sagte Emilius und hob den Becher. Auch die Elfen, die in Stille trauerten, stießen mit an. Danach sprachen sie über die Erlebnisse ihrer Reise, stets mit trüben Gedanken an den toten Krieger. Das Mahl, obwohl ausgezeichnet zubereitet, wollte keinem so recht schmecken.

Sie nahmen Gorbons Gastfreundschaft nur für einen Tag in Anspruch: Es zog sie nach Hause.

»Sie werden heute Nacht eine Überraschung erleben«, brummte Emilius und kicherte mit Helmdriel, als sie sich wieder auf der Straße befanden.

»So?«, fragte Halone neugierig. Aber weder Emilius noch Helmdriel verrieten etwas.

Als Gorbon und seine Frau an diesem Abend zu Bett gehen wollten, da bemerkten sie, dass da etwas unter der Decke lag – etwas, das sich bewegte.

Gorbon griff einen Schürhaken und zog die Bettdecke fort. Ein kleiner, graugrüner Drache mit zwei Köpfen kam darunter zum Vorschein und funkelte sie an. Noch während sie das Wesen ungläubig beäugten, fing der Drache zu pumpen an. Und dann spuckte er etwas aus, das zunächst wie Feuer aussah, jedoch aus seltsamen, gelben Tropfen bestand. Auch waren die Tropfen kalt und blieben vor dem Drachen als glimmender Haufen liegen. Je länger sie ihn beobachteten, desto heftiger spuckte der Drache, und dabei löste er sich vom Schwanzende her auf, bis er schließlich ganz verschwunden war. Der Haufen verlor seinen Schimmer. Gorbon und seine Frau konnten es kaum fassen: Die Tropfen hatten sich in Scheiben verwandelt, in goldene Scheiben – auf dem Bett lag nun ein Häuflein blanker Dukaten. Nun würden sie sich Pferde kaufen können, und einen Karren dazu, und vielleicht sogar neue Kleider für die Kinder und sich selbst …

Rückkehr und Erfüllung

Im Eilmarsch durchquerten die Gefährten das Bornland. Der Rote Pass war zu ihrem Glück noch in befahrbarem Zustand, obwohl sich schon der Herbst ankündigte. Nach vielen Tagen gelangten sie wohlbehalten zurück in die Wälder der Salamandersteine.

Als sie tief die frische Waldluft einatmeten und ihre Pferde zwischen den Bäumen hindurch in Richtung Mandalir lenkten, erschien vor ihnen ein Elf, um sie willkommen zu heißen.

»Die Schneise des Zmyrnons schließt sich mit erstaunlicher Geschwindigkeit«, berichtete dieser auf Varmendrions Nachfrage. »Der Wald leidet nicht mehr. Bald wird nichts mehr von dieser Erscheinung zeugen.«

»Das Hexagramm ist also fort. Ich möchte nur wissen, ob es absichtlich gegen Mandalir ausgerichtet war«, überlegte Varmendrion.

»Das war kein Zufall«, sagte Emilius und paffte Rauchringe. »Weder die Ausrichtung des Hexagramms gegen Mandalir noch die Übereinstimmung der Höhlen hier mit denen im Ehernen Schwert. Was für Wunder diese Festung noch in sich bergen mag ... und die Gänge im Ehernen Schwert erst ...«

Emilius' Züge nahmen einen sehnsuchtsvollen Ausdruck an.

»Wahrhaftig ein Rätsel«, stimmte Varmendrion ihm zu. »Aber ich denke, dieses Geheimnis darf Mandalir noch eine Weile behalten.«

»Das Leben könnte langweilig werden, wenn am Ende noch alle Geheimnisse gelüftet würden«, seufzte Emilius und verdrehte die Augen. Varmendrion lachte.

»Aber jetzt werde ich mit Halone endlich etwas wirklich Spannendes unternehmen! Und Ihr, Magister, seid in Eurem Kämmerlein doch glücklich!«

Der alte Magier wiegte den Kopf und paffte an seinem Stumpen.

*

Der Herbst präsentierte sich in bunten Farben.

Halone und Varmendrion hatten Mandalir verlassen und waren mit Helmdriel zu einem See geritten. Sie fanden eine Zunge aus Felsgestein, die sich ein Stück in die Wasserfläche hinein schob. Vereinzelt hatten bescheidene Bäume ihre Wurzeln in die Fugen und Ritzen getrieben, auch Gras und Sträucher gediehen auf dem kargen Untergrund.

Sie folgten dem Grat bis fast zu seinem Ende. Dort, auf einem hohen Punkt, setzten sie sich nieder und betrachteten schweigend die Landschaft: den Wald, der die Wasserfläche säumte, die Felsendome, die hier und da über die Wipfel hinausragten. Sie ließen die Gefühle einströmen, Empfindungen von einer Macht, wie sie sie seit ihrem Wiedersehen, ja seit der Zeit vor der Vernichtung ihres Dorfes nicht mehr erlebt hatten. Als Enten sich unter lautem Geschrei aus der Mitte des Sees erhoben, die braun gefleckte Ente voraus, die Schar grünköpfiger Freier im Gefolge, da traten Tränen in Varmendrions Augen. Doch niemand sah seine Tränen, denn auch Halone war tief in sich versunken. Ein Windstoß riffelte das Wasser, als Varmendrion zu singen begann, eine klare, zweistimmige Melodie, ohne Worte, in die Halone mühelos einfiel, antwortend, fordernd, beschwichtigend. Ihrer beider Gesang wand sich aneinander empor, kletterte, stieg und fiel, die Melodien trennten sich, um bald darauf wieder zusammenzufinden, und die Melancholie ihrer Stimmen hallte vom Saum des Waldes wider und legte sich über den See.

So saßen sie nebeneinander und waren doch aufs Innigste vereint, bis Hand zu Hand fand, der Gesang verebbte und sie sich einander zuwandten. Halone erlebte nun erneut, was sie vor all dieser endlosen Zeit gespürt hatte, das Abenteuer mit ihrem Geliebten, mit A'lamjandir, das so voller Hoffnung begonnen hatte und so rasch zerstört worden war.

Diesmal gab es keinen Schrecken. Während die Sonne sich hinter die Wipfel des Waldes neigte, tauschten sie Blicke und erwiderten Bewegungen. So stauten sie das Verlangen und die Erwartung an, bis sie schließlich die inneren Schleusen öffneten, sich umschlangen, in Windeseile – wenn auch ohne Hast – das Ritual des gegenseitigen Entkleidens vollzogen, Zunge zu Zunge fand, sie schließlich eins wurden und verharrten, als die Lust ihren Gipfel erreichte, andauernd, lang, und ihre Sinne allein noch einander wahrnahmen.

»Ein Kind?«, fragte sie. Diesmal aber war keine Antwort nötig.

Auf der anderen Seite der Felszunge schwamm Helmdriel an Land und begutachtete seinen Fang. Er wusste ganz gut, was Varmendrion und Halone taten, allein ihn kümmerte es nicht – noch nicht. Aber auf Schwester oder Bruder freute er sich dann doch. Und morgen würde er sich einen Spaß daraus machen, die beiden zu wecken und sie mit frisch gerösteter Forelle zu verwöhnen. Er betastete den kleinen Anhänger aus Blutulmenholz, den Varmendrion ihm geschenkt hatte, mit den Worten: Er wird dir mehr Glück bringen als mir. Derweil ein roter Funken übers Wasser schoss und unschuldige Enten verschreckte, wie nur Funkeldrachen es fertig bringen.

*

Varmendrion ritt mit Halone den gewundenen Pfad entlang und tauchte in den Wald ein. Die Mauern der Festung verschwanden hinter Laub und Gesträuch. Varmendrion reichte Halone die Hand.

»Wir werden viel erleben«, prophezeite er. »Sobald dieses Kind geboren und in Helmdriels Alter ist, gehen wir auf Reisen. Mandalir ist in guten Händen! Zu lange lebte ich schon in diesen Mauern.«

»Und ich bin glücklich! Ich spüre es, meine Unruhe vergeht. Nun werde ich wieder an einem Ort leben können, ohne das Gefühl zu haben, gleich wieder aufbrechen zu müssen«, erwiderte Halone. »Zumindest für eine Weile!«

Hinter ihnen ritt Helmdriel und lächelte fröhlich. Kirschfeuer jagte Schmetterlinge.

Es war ein schöner Tag zum Reisen.

Anhang

Erklärung aventurischer Begriffe

Die Götter und Monate

1. Praios = Gott der Sonne und des Gesetzes (entspricht dem Juli)
2. Rondra = Göttin des Krieges und des Sturmes (entspricht dem August)
3. Efferd = Gott des Wassers und der Seefahrt (entspricht dem September)
4. Travia = Göttin des Herdfeuers, der Gastfreundschaft und der ehelichen Liebe (entspricht dem Oktober)
5. Boron = Gott des Todes und des Schlafes (entspricht dem November)
6. Hesinde = Göttin der Gelehrsamkeit, der Künste und der Magie (entspricht dem Dezember)
7. Firun = Gott des Winters und der Jagd (entspricht dem Januar)
8. Tsa = Göttin der Geburt und der Erneuerung (entspricht dem Februar)
9. Phex = Gott der Diebe und Händler (entspricht dem März)
10. Peraine = Göttin des Ackerbaus und der Heilkunde (entspricht dem April)
11. Ingerimm = Gott des Feuers und des Handwerks (entspricht dem Mai)
12. Rahja = Göttin des Weines, des Rausches und der Liebe (entspricht dem Juni)

Die Zwölf = die Gesamtheit der Götter
Der Namenlose = der Widersacher der Zwölf

Maße

Meile = 1 km
Schritt = 1 m
Spann = 20 cm
Finger = 2 cm

Himmelsrichtungen

Osten (Rahja), Süden (Praios), Westen (Efferd), Norden (Firun)

Begriffe, Namen, Orte

Angroschim: Zwerge.

Astralenergie (mandra): Ursprüngliche Energie, die mit entsprechender Fertigkeit zu magischen Wirkungen geformt werden kann.

Badoc: Ein elfischer Begriff für mensch-artig, unelfisch. Elfen, die lange Zeit in menschlicher Gesellschaft bzw. außerhalb der elfischen Gemeinschaft verbringen, werden *badoc*.

Borbarad: Mächtiger Schwarzmagier aus der Rohalzeit, wurde verbannt, kehrte nach Jahrhunderten zurück und wurde abermals besiegt.

Bornland: Nordöstliches Land in Aventurien, grenzt unter anderem an → *Glorania* und das → *Eherne Schwert*.

Bronnjar: Adeliger des → *Bornlandes*.

Ehernes Schwert: Unüberwindliche Gebirgskette im Nordosten Aventuriens.

Feydalir: Untergegangene Kampfschule in den Salamandersteinen. Entstand in einer verlassenen Zwergenfestung.

Feygra: Elfenfeind.

Feyiama: Elfenfreund.

Fialgra: → *Isdira* für Ork.

Geode: Zwergischer Zauberkundiger, der seine Kräfte aus der Erdkraft schöpft.

Glorania: Land des ewigen Winters, teilweise von Dämonen bewohnt.

Götterlauf: Jahr.

Himmelsturm: Legendärer und seit Jahrhunderten verlassener Turm der Hochelfen im Ewigen Eis. Siehe Abenteuer-Tetralogie ›Folge dem Drachenhals‹.

Hui: Uhu.

Isdira: Sprache der Elfen.

Karfunkelstein: Ein edelsteinähnliches Gebilde, das sich im Gehirn eines Drachen befindet und dessen Seele in sich birgt, auch nach dem Tod des Körpers. In kundigen Händen Werkzeug für magische Manipulationen.

Lairfeyra: Waldelfen.

Mandalir: 1. Orden zur Verbindung von Wissen, elfischer Weisheit und körperlicher Wehrhaftigkeit. 2. Ordensfestung inmitten der Salamandersteine, errichtet auf den Ruinen von → *Feydalir*.

Mandra: → *Astralenergie*.

Praioslauf: Tag.

Rosenohr: Spitzname der Elfen für Menschen, → *telor*.

Salamandersteine: Bewaldeter Gebirgszug im nördlichen Aventurien, oft auch als Grenze der Zivilisation bezeichnet.

Salasandra: Eine Form gemeinschaftlicher Meditation der Elfen. Langwierig, und in seiner stärksten Form nur in der eigenen Sippe erreichbar.

Spektabilität: Eigentlich Titel des Rektors einer Magierakademie.

Spitzohr: Spitzname für Elfen.

Taubra: Elfen unverständliche Magie.

Telor: → *Isdira* für Mensch.

Tochter Satuarias: Hexe.

Yiama: Das persönliche Musikinstrument eines Elfen.

Das Schwarze Auge

1. Band: Ulrich Kiesow, *Der Scharlatan* · 06/6001
2. Band: Uschi Zietsch, *Túan der Wanderer* · 06/6002
3. Band: Björn Jagnow, *Die Zeit der Gräber* · 06/6003
4. Band: Ina Kramer, *Die Löwin von Neetha* · 06/6004
5. Band: Ina Kramer, *Thalionmels Opfer* · 06/6005
6. Band: Pamela Rumpel, *Feuerodem* · 06/6006
7. Band: Christel Scheja, *Katzenspuren* · 06/6007
8. Band: Uschi Zietsch, *Der Drachenkönig* · 06/6008
9. Band: Ulrich Kiesow (Hrsg.), *Der Göttergleiche* · 06/6009
10. Band: Jörg Raddatz, *Die Legende von Assarbad* · 06/6010
11. Band: Karl-Heinz Witzko, *Treibgut* · 06/6011
12. Band: Bernhard Hennen, *Der Tanz der Rose* · 06/6012
13. Band: Bernhard Hennen, *Die Ränke des Raben* · 06/6013
14. Band: Bernhard Hennen, *Das Reich der Rache* · 06/6014
15. Band: Hans Joachim Alpers, *Hinter der eisernen Maske* · 06/6015
16. Band: Ina Kramer, *Im Farindelwald* · 06/6016
17. Band: Ina Kramer, *Die Suche* · 06/6017
18. Band: Ulrich Kiesow, *Die Gabe der Amazone* · 06/6018
19. Band: Hans Joachim Alpers, *Flucht aus Ghurenia* · 06/6019
20. Band: Karl-Heinz Witzko, *Spuren im Schnee* · 06/6020
21. Band: Lena Falkenhagen, *Schlange und Schwert* · 06/6021
22. Band: Christian Jentzsch, *Der Spieler* · 06/6022
23. Band: Hans Joachim Alpers, *Das letzte Duell* · 06/6023
24. Band: Bernhard Hennen, *Das Gesicht am Fenster* · 06/6024
25. Band: Niels Gaul, *Steppenwind* · 06/6025
26. Band: Hadmar von Wieser, *Der Lichtvogel* · 06/6026
27. Band: Lena Falkenhagen, *Die Boroninsel* · 06/6027
28. Band: Barbara Büchner, *Aus dunkler Tiefe* · 06/6028
29. Band: Lena Falkenhagen, *Kinder der Nacht* · 06/6029
30. Band: Ina Kramer (Hrsg.), *Von Menschen und Monstern* · 06/6030
31. Band: Johan Kerk, *Heldenschwur* · 06/6031
32. Band: Gun-Britt Tödter, *Das letzte Lied* · 06/6032

Das Schwarze Auge

33. Band: Barbara Büchner, *Das Galgenschloß* · 06/6033
34. Band: Karl-Heinz Witzko, *Tod eines Königs* · 06/6034
35. Band: Hadmar von Wieser, *Der Schwertkönig* · 06/6035
36. Band: Barbara Büchner, *Schatten aus dem Abgrund* · 06/6036
37. Band: Barbara Büchner, *Seelenwanderer* · 06/6037
38. Band: Hadmar von Wieser, *Der Dämonenmeister* · 06/6038
39. Band: Christel Scheja, *Das magische Erbe* · 06/6039
40. Band: Linda Budinger, *Der Geisterwolf* · 06/6040
41. Band: Momo Evers, *Und Altaia brannte* · 06/6041
42. Band: Barbara Büchner, *Blutopfer* · 06/6042
43. Band: Lena Falkenhagen, *Die Nebelgeister* · 06/6043
44. Band: Karl-Heinz Witzko, *Die beiden Herrscher* · 06/6044
45. Band: Bernhard Hennen, *Die Nacht der Schlange* · 06/6045 Hardcover
46. Band: Barbara Büchner, *Das Wirtshaus Zum lachenden Henker* · 06/6046
47. Band: Karl-Heinz Witzko, *Die Königslarve* · 06/6047
48. Band: Tobias Frischhut, *Geteiltes Herz* · 06/6048
49. Band: Hadmar von Wieser, *Erde und Eis* · 06/6049
50. Band: Britta Herz (Hrsg.), *Gassengeschichten* · 06/6050
51. Band: Jörg Raddatz & Heike Kamaris, *Sphärenschlüssel* · 06/6051
52. Band: Alexander Huiskes, *Die Hand der Finsternis* · 06/6052
53. Band: Martina Nöth, *Zwergenmaske* · 06/6053
54. Band: Gun-Britt Tödter, *Koboldgeschenk* · 06/6054
55. Band: Heike Kamaris & Jörg Raddatz, *Blutrosen* · 06/6055
56. Band: Ulrich Kiesow, *Das zerbrochene Rad: Dämmerung* · 06/6056
57. Band: Ulrich Kiesow, *Das zerbrochene Rad: Nacht* · 06/6057
58. Band: Jesco von Voss, *Der Letzte wird Inquisitor* · 06/6058
59. Band: Olaf Flatergast, *Druiden-Rache* · 06/6059
60. Band: Alexander Wichert & Christian Thon, *Blakharons Fluch* · 06/6060 (in Vorb.)

61. Band: Alexander Lohmann: *Die Mühle der Tränen* · 07/6061
    (in Vorb.)
62. Band: Karl-Heinz Witzko, *Westwärts, Geschuppte!* · 06/6062
    (in Vorb.)
63. Band: Thomas Finn, *Das Greifenopfer* · 06/6063 (in Vorb.)

Sonderausgabe des 15., 19. und 23. Romans in einem Band:
Hans Joachim Alpers, *Die Piraten des Südmeers* · 06/9185
    (in Vorb.)

Weitere Bände in Vorbereitung

Micha Pansi

Das Debüt einer hoch begabten Autorin! Das faszinierende Epos einer archaischen Welt auf den Trümmern unserer Gegenwart!

»Geschickt vermischt sich Realistisches mit Visionärem ... Ein gekonntes Spiel mit kruder Lust am Kitsch und viel Spannung.«

Neue Zürcher Zeitung

06/9111

HEYNE-TASCHENBÜCHER